annabac

SUJETS & CORRIGÉS 2024

Français 1re générale

- **Hélène Bernard**
  Professeure agrégée de Lettres modernes
- **Sylvie Dauvin**
  Professeure agrégée de Lettres classiques
- **Dominique Féraud**
  Professeur des Universités
- **Ronan Guellec**
  Professeur agrégé de Lettres modernes
- **Mathilde de Maistre**
  Professeure agrégée de Lettres modernes
- **Florian Pennanech**
  Professeur agrégé de Lettres modernes
- **Sophie Saulnier**
  Professeure agrégée de Lettres modernes
- **Swann Spies**
  Professeur agrégé de Lettres modernes
- **Bérangère Touet**
  Professeure agrégée de Lettres modernes
- **Laure Warot**
  Professeure agrégée de Lettres modernes

ISSN 1168-3791 ISBN 978-2-278-10576-2

Achevé d'imprimer par IPS en France
Dépôt légal 10576-2/01 - Août 2023

Hatier

SOMMAIRE GÉNÉRAL

Avec votre Annabac, préparez-vous aux épreuves

1 Maîtriser les œuvres au programme 2023-2024

2 S'approprier les méthodes des épreuves

3 Préparer l'épreuve écrite

4 Préparer l'épreuve orale

du bac français **en 4 étapes !**

Les fiches et les sujets classés par œuvre & parcours

Pour chaque œuvre au programme 2023-2024,
voici les ressources de votre Annabac.

Indiquez sur cette liste l'avancement de vos révisions.
☐ À retravailler encore ☒ Désormais ok !

Les recueils de poésie au programme

Les *Cahiers de Douai*, d'Arthur Rimbaud
« Émancipations créatrices »

La rage de l'expression, de Francis Ponge
« Dans l'atelier du poète »

Mes forêts, d'Hélène Dorion • « La poésie, la nature, l'intime »

Autre œuvre romanesque

Les pièces de théâtre au programme

Le Malade imaginaire, de Molière • « Spectacle et comédie »

Les Fausses Confidences, de Marivaux • « Théâtre et stratagème »

Juste la fin du monde, de Jean-Luc Lagarce « Crise personnelle, crise familiale »

Autres œuvres théâtrales

Dans votre Annabac, vous trouverez deux types de corrigés :

Corrigé guidé — Corrigé flash

Crédits photographiques : **10-11** : © Éditions Hatier • **10-hm** : Collection Poésie (n° 116) © Gallimard • **10-hd** : © 2023 Éditions Bruno Doucey • **11-hd** : © Le Livre de Poche • **11-bd** : © Les Solitaires Intempestifs • **12-h** : Coll. Musée Arthur Rimbaud, Charleville-Mézières • **12-b** : © Éditions Hatier • **14-h** : ph © Louis Monier. All rights reserved 2023 / Bridgeman Images • **14-b** : Collection Poésie (n° 116) © Gallimard • **16-h** : ph © Maxyme G. Delisle • **16-b** : © 2023 Éditions Bruno Doucey • **18-h** : Coll. Château de Versailles • **18-b** : © Éditions Hatier • **20-h** : ph © Selva/Leemage • **20-b** : © Éditions Hatier • **22-h** : ph © FineArtImages/Leemage • **22-b** : © Éditions Hatier • **24-h** : Coll. Archives Hatier • **24-b** : © Éditions Hatier • **26-h** : Coll. Archives Hatier • **26-b** : © Éditions Hatier • **28-h** : Coll. Musée Carnavalet, Histoire de Paris/Paris-Musées • **28-b** : © Le Livre de Poche • **30-h** : Coll. Archives Hatier • **30-b** : © Éditions Hatier • **32-h** : ph © G. Dagli Orti/De Agostini Picture Library/Bridgeman Images • **32-b** : © Éditions Hatier • **34-h** : ph © Brigitte Enguerand/Divergence • **34-b** : © Les Solitaires Intempestifs • **70** : Collection Folio (n° 168) © Gallimard

- Coordination éditoriale : Anaïs Goin assistée de Rachel Le Nouail
- Édition : Sophie Lovera
- Graphisme : Dany Mourain et le studio Favre & Lhaïk
- Prépresse : Hatier et Nadine Aymard
- Illustration : Juliette Baily
- Schémas : STDI
- Mise en page : STDI
- Iconographie : Hatier illustration

Maîtriser les ŒUVRES

Les recueils de POÉSIE

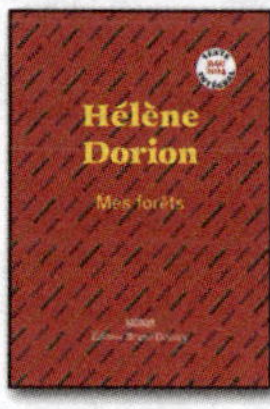

Les œuvres de LITTÉRATURE D'IDÉES

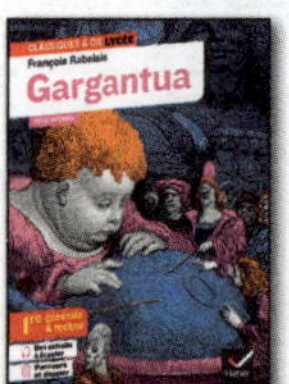

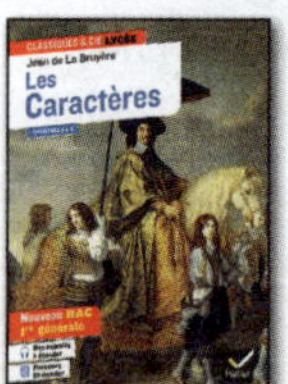

Les ROMANS

Les pièces de THÉÂTRE

1 Rimbaud, *Cahiers de Douai* (1870)

Les *Cahiers de Douai* rassemblent les premiers poèmes du jeune Rimbaud, qui portent déjà en eux les germes de l'œuvre à venir.

A L'auteur et le contexte littéraire

Arthur Rimbaud (1854-1891)

Repères biographiques

- Malgré l'excellence de ses résultats scolaires, Rimbaud accepte mal l'autorité et fait de nombreuses fugues.
- Il commence à écrire des poèmes à quinze ans.
- Il cesse toute activité littéraire à vingt ans et choisit une vie d'aventurier.

Recueils clés

- *Une saison en enfer* (1873)
- *Illuminations* (1873-1875)

Contexte littéraire

- Le **romantisme** est remis en question, mais Hugo reste une figure dominante de la poésie.
- Le **Parnasse** se positionne contre le romantisme et contre le réalisme.
- Le **symbolisme** est incarné par Baudelaire.

B La composition et les thèmes du recueil

1. La composition

- Les *Cahiers de Douai* se compose de deux cahiers, comprenant respectivement **quinze et sept poèmes**. Rimbaud ne donne pas de titre aux cahiers.
- L'ordre des poèmes semble **chronologique** : dix-sept poèmes sont datés.
- La forme privilégiée par Rimbaud est le **sonnet**, mais il écrit aussi de longs poèmes sur le modèle de la ballade, de l'ode latine, du réquisitoire ou de la saynète amoureuse.

2. Les principaux thèmes

● Le modèle antique est très présent dans la poésie de Rimbaud. On reconnaît l'influence des **écrivains latins** qu'il a étudiés en classe dans sa manière d'évoquer les figures de la mythologie gréco-latine.

> **INFO Les Parnassiens s'inspirent de la mythologie grecque et glorifient la figure idéalisée de Vénus. Rimbaud, qui voudrait être publié dans *Le Parnasse contemporain*, fait aussi allégeance à ce mouvement dans « Soleil et chair ».**

● Mais Rimbaud est aussi et surtout un **poète de son temps**, notamment lorsqu'il dénonce la guerre franco-prussienne menée par Napoléon III, ou la misère des classes populaires.

● Dans d'autres poèmes, il célèbre le plaisir des rencontres amoureuses ou le bonheur des nuits à la belle étoile, en communion avec une nature protectrice. Son **lyrisme** se teinte alors souvent d'**autodérision.**

C Le parcours : « Émancipations créatrices »

1. Exprimer sa révolte

● Rimbaud se révolte **contre le monde de la bourgeoisie** et ses valeurs. Cette opposition se manifeste par des **fugues**. Cinq de ses poèmes en font l'éloge, chantant la **liberté absolue**. Il dresse également les portraits de bourgeois « bouffis » et se présente, à l'inverse, en étudiant « débraillé ».

● Le jeune poète se dresse également contre Napoléon III – qui déclare la guerre à la Prusse en juillet 1870 – et contre la politique que mène ce dernier.

2. Inventer son propre langage

● Pour inventer son propre langage, Rimbaud se nourrit d'autres œuvres littéraires et manie avec habileté l'**art de la caricature et de la parodie**.

> **CITATION Pour Rimbaud, Baudelaire est « le premier voyant, roi des poètes, un vrai Dieu », mais son travail sur la langue poétique est insuffisant car « les inventions d'inconnu réclament des formes nouvelles » (Rimbaud, « Lettre à Demeny », 1871).**

● Il **joue avec les codes de la poésie** et crée la surprise par différents procédés : mots à la rime de sens opposé ou susceptibles de choquer son lecteur ; rejets, contre-rejets ou enjambements, qui déconstruisent le rythme des mètres traditionnels ; chute inattendue des sonnets.

● Ce faisant, il invente un **nouveau lyrisme**, dénué de grandiloquence, qui se caractérise par un vocabulaire familier, un mélange des registres et des images surprenantes.

2 Ponge, *La rage de l'expression* (1952)

Bien que *La rage de l'expression* ne soit pas l'œuvre la plus connue de Ponge, ce recueil apporte un éclairage particulier sur sa conception de la poésie : tel un artisan, le poète nous introduit ici dans son atelier.

A L'auteur et le contexte littéraire

Repères biographiques

Ponge vit tous les grands événements qui bouleversent le xxe siècle.

- Il est mobilisé lors des deux guerres mondiales.
- Il adhère au Parti communiste en 1937.
- Il entre dans la Résistance en 1941.
- Il participe au mouvement surréaliste, avant de s'en éloigner.

Francis Ponge (1899-1988)

Recueils clés

- *Le Parti pris des choses* (1942)
- *Proêmes* (1948)

Contexte littéraire

- Le **mouvement surréaliste**, dont le chef de file est André Breton, naît dans la première moitié du xxe siècle.
- Le **Nouveau Roman**, dans les années 1950, prône la recherche d'une écriture neutre mettant à l'arrière-plan toute subjectivité.

B La composition et les thèmes du recueil

1. La composition

- *La rage de l'expression* est composé de **sept pièces**.
- La première, « Berges de la Loire », peut être considérée comme un **texte programmatique**. Les autres, plus longues, sont composées de plusieurs textes séparés par des astérisques, indiquant les étapes de la description ou de la réflexion.
- La sixième section, « Le Carnet du Bois de Pins », est la plus complexe puisqu'elle se compose de cinq sous-parties.

ŒUVRES

2. Les principaux thèmes

- Le titre du recueil est surprenant car il n'annonce pas un thème mais commente plutôt l'**état d'esprit du poète** qui serait pris par « la rage de l'expression ». Ce titre laisse entendre une violence, un combat, une volonté farouche de trouver la **juste expression**. Ponge se fixe en effet pour but non pas de décrire ou de raconter l'objet choisi, mais de **« l'approcher » avec « délicatesse »**. Il choisit d'ailleurs ses thèmes pour leur difficulté.

> CITATION **« L'écrivain véritable est un homme qui ne trouve pas ses mots. Alors il les cherche. Et, en cherchant, il trouve mieux. »**
> **(Paul Valery, *Cahiers II* (1894-1914))**

- Ce sont des **« objets » de la nature** que les titres de sections annoncent : la Loire, les pins, le ciel de Provence, les animaux ailés qui y vivent et les fleurs et arbres fleuris qui y poussent.

- Prose ou poésie ? Le recueil mêle des vers et différents jeux typographiques à des définitions, des alignements de chiffres, etc. En passant ainsi d'une forme à une autre, le poète cherche la **forme adéquate** sans s'interdire de **multiplier les propositions**.

C Le parcours : « Dans l'atelier du poète »

1. De Boileau à Ponge

- Tel Boileau, Ponge remet « vingt fois sur le métier » son ouvrage et nous donne à lire ses **tâtonnements**, ses **essais**, ses « variantes ».

- Dans les « Berges de la Loire », le poète s'impose des **consignes d'écriture**. Il exerce sur sa poésie une surveillance constante, recommençant, épurant, retouchant. Et c'est cette recherche expérimentale qu'il donne à lire et qui fait œuvre.

> MOT-CLÉ **L'art poétique est un poème dans lequel le poète explique sa conception de la poésie et la met en pratique dans le poème même.**

2. Les choses et les mots

- Dans *La rage de l'expression*, Ponge s'engage à remédier aux déficiences de la langue, en cherchant **les mots les plus adaptés aux sujets choisis**. Il entame cette « conquête » pour avancer dans « la connaissance et l'expression » des choses.

- Pour ce faire, le poète doit **transformer radicalement le fonctionnement même du langage** : aidé du dictionnaire, il ausculte les objets et retranscrit les définitions qui constituent le matériel de travail avec lequel il construit ses propres textes-définitions.

3 Hélène Dorion, *Mes forêts* (2021)

Dans ce recueil de poésie contemporaine, on suit l'auteure dans le monde vibrant, signifiant et sensible des forêts.

A L'auteure et le contexte littéraire

Hélène Dorion (1958)

Repères biographiques
- Poétesse, romancière, essayiste, Hélène Dorion est une écrivaine francophone québécoise très présente dans la vie littéraire de son pays.
- Traduite en une quinzaine de langues, elle a une renommée internationale.

Œuvres clés
- *Comme résonne la vie* (poèmes, 2018)
- *Pas même le bruit d'un fleuve* (roman, 2020)

Contexte littéraire
- Poésie contemporaine
- Influence de poètes comme Pierre Reverdy (1889-1960), Yves Bonnefoy (1923-2016), Philippe Jacottet (1925-2021).

B La composition et les thèmes du recueil

1. La composition

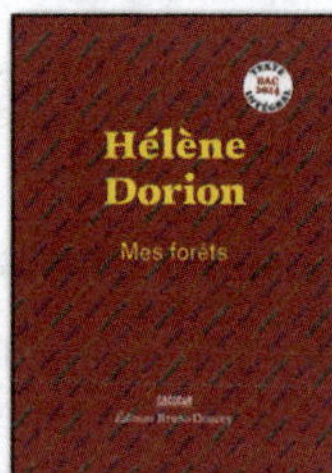

● *Mes forêts* est un recueil de **59 poèmes** organisés en quatre sections, la dernière étant elle-même subdivisée en trois. **Cinq poèmes supplémentaires**, tous intitulés « Mes forêts », s'intercalent entre les différentes sections.

● Le recueil **joue sur le rythme** en alternant le long et le court. La première section est composée de vingt-cinq poèmes courts, la deuxième d'un seul long poème, la troisième de trente poèmes plus ou moins longs et la dernière de trois longs poèmes.

● Chaque section s'ouvre sur la **citation** d'une auteure contemporaine. On peut les lire à la suite les unes des autres : elles forment alors une sorte de **litanie** qui questionne inlassablement **le sens de la vie**.

2. Les principaux thèmes

● La **forêt**, telle que décrite par la poétesse, **forme un tout** dont les éléments s'**interpénètrent**. Cette perception est suggérée par l'absence de ponctuation, les enjambements et l'utilisation particulière du blanc graphique, qui brouillent les contours de chaque poème.

● Poésie à la première personne, interrogation sur soi, communion avec la nature, évocation de l'écoulement du temps : on trouve dans ce recueil tous les éléments du **registre lyrique**.

● Pour autant, l'utilisation de la 1re personne n'est pas synonyme d'appropriation de la forêt par l'auteure, et ce retour vers l'intime n'exclut pas l'**évocation du monde** et de ses **perturbations**. Le « je » de la poétesse se fond dans un **« nous » collectif** qui dit la perte des repères. La révolte contre les ravages du monde s'exprime avec force.

C Le parcours : « La poésie, la nature, l'intime »

1. La nature, une poétique

● Le pluriel du titre l'annonce, la forêt de l'auteure est **plurielle, changeante**. Elle est **difficile à cerner** et ne peut se réduire à une seule approche. C'est pourquoi les cinq poèmes « Mes forêts » tentent tour à tour d'en donner une définition métaphorique.

● De vastes **réseaux synesthésiques** parcourent le recueil, mêlant couleurs, matières et sons.

2. La nature, miroir de nos vies

● Dans *Mes forêts,* Hélène Dorion emprunte la **forme épique** pour raconter la **création du monde** (« Avant l'aube »), l'**histoire des hommes** (« Avant l'horizon ») et une **histoire plus personnelle** (« Avant la nuit ») qui s'insère dans « la longue marche du savoir », de l'âge d'or à l'ère numérique. La poétesse choisit également parfois une forme fragmentée, pour faire entendre l'**écoulement du temps** (« Une chute de galets »).

> MOT-CLÉ **Les récits de la création du monde sont des cosmogonies.**

● La relation que le « je » poétique entretient avec la nature est **fusionnelle**. Les forêts deviennent le **double de la poétesse**. L'immersion dans la nature permet un **retour sur soi** et ce rapport à la connaissance de soi s'exprime dans un beau paradoxe : « prendre le large/vers moi-même ».

● La poétesse écoute, déchiffre, s'interroge, sans jamais tomber dans le romantisme : son **lyrisme demeure retenu**, à la recherche de sens.

4 Rabelais, *Gargantua* (1534-1542)

Gargantua **narre les aventures d'un géant doté d'un formidable appétit de bonne chère et de savoir. À travers ce récit plein de verve, Rabelais livre un plaidoyer pour une culture humaniste.**

A L'auteur et le contexte littéraire

François Rabelais (v. 1483-1553)

Repères biographiques

- Érudit de la Renaissance, il prend l'habit de moine puis devient médecin.
- Sa vocation littéraire s'affirme tardivement et ses œuvres témoignent de sa vaste culture humaniste.

Œuvres clés

- *Pantagruel* (1532)
- *Gargantua* (1534 puis 1542)

Contexte littéraire

- Né pendant la Renaissance, l'**humanisme** se tourne vers l'Antiquité pour repenser la place de l'homme dans la société moderne.
- Ce mouvement de pensée se caractérise par une grande curiosité pour tous les domaines du **savoir** et un vif intérêt pour la **pédagogie**.

B La composition du roman et les thèmes

1. La composition

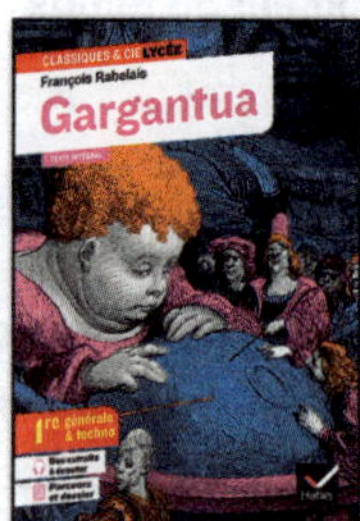

- À l'instar de *Pantagruel*, *Gargantua* est construit comme une **parodie d'épopée**. Cependant, ce deuxième roman apparaît davantage marqué par l'**esprit satirique** : Rabelais raille la culture médiévale, à laquelle il oppose les idéaux de l'humanisme.
- *Gargantua* est découpé en **quatre ensembles** distincts (l'enfance, l'éducation, la guerre et l'abbaye de Thélème) : cette partition correspond à la composition

des **romans de chevalerie** où étaient abordées la formation, les prouesses puis l'entrée en religion des héros.

2. Les principaux thèmes

- Destiné à faire rire, *Gargantua* est également une œuvre érudite qui permet à Rabelais d'évoquer des sujets sérieux : l'**éducation**, la **guerre**, la **religion**, la place de l'**homme** dans l'univers.
- Le roman est contemporain des débuts de l'**humanisme**, une époque de foi en l'homme et en ses progrès. *Gargantua* reflète ainsi l'idée que l'humanité pourrait s'améliorer et atteindre la sagesse morale grâce au **savoir**.

C Le parcours : « Rire et savoir »

1. « Rire est le propre de l'homme »

- Mécanisme caractéristique de l'humain, le rire apparaît à Rabelais comme une **panacée**, c'est-à-dire un remède universel à la douleur et au chagrin, ainsi qu'un moyen de **libérer l'esprit des préjugés**.

> CITATION **« Rire est le propre de l'homme » : cette maxime, tirée d'un traité d'Aristote, est reprise par Rabelais dans son « Avis au lecteur ».**

- Le rire rabelaisien s'abreuve à de multiples sources : il emprunte à la **farce** avec des effets de décalage ; puise dans le **lexique populaire** ; joue du **gigantisme** des personnages ; se fait **parodie** quand il imite le discours des doctes ; recourt aussi à l'**ironie** pour rendre le texte ambivalent.
- Le comique n'est pas une fin en soi sous la plume de Rabelais. Il se comprend dans le cadre d'une **pensée chrétienne** et cherche a contrebalancer la faiblesse humaine en incitant au discernement.

2. Le « gai savoir »

- Le « Prologue » de *Gargantua* se place sous l'autorité de **Socrate, figure du sage antique** dissimulé sous les traits d'un bon vivant : derrière l'apparence comique se cache un « divin savoir ». Rabelais, comme Socrate, amène son lecteur à se connaître soi-même.
- Chez Rabelais, le rire s'attaque aux vices des institutions comme aux préjugés des individus : il démystifie l'autorité des prétendus savants pour inciter le lecteur à **penser par soi-même** et à se mettre en quête de la « substantifique moelle ». La satire véhicule une vision humaniste.

5 La Bruyère, *Les Caractères* (1688-1696)

Dans *Les Caractères*, La Bruyère mêle réflexions, maximes et portraits : il donne à voir les ridicules de ses contemporains et dénonce la société du paraître qui triomphe à la Cour ou dans les salons.

A L'auteur et le contexte littéraire

Jean de La Bruyère (1645-1696)

Repères biographiques

- Issu de la bourgeoisie, il acquiert une charge de trésorier après des études de droit.
- En 1684, il devient précepteur du duc Louis de Bourbon, petit-fils du Grand Condé.
- Il entre à l'Académie française en 1693 et prend le parti des « Anciens ».

Œuvres clés

- *Les Caractères* (première édition en 1688, suivie de sept autres du vivant de l'auteur)

Contexte littéraire

- Le **classicisme** promeut un idéal esthétique et moral fondé sur la mesure, le respect des règles et la sobriété.
- La **querelle des Anciens et des Modernes** oppose ceux qui prônent une imitation des auteurs latins et grecs aux tenants de l'invention de formes nouvelles.

B La composition de l'œuvre et les thèmes

1. La composition

- Inspirée des *Caractères* de **Théophraste** (IVe s. av. J.-C.), l'œuvre de La Bruyère se présente comme une traduction de l'auteur grec, sorte de caution morale et littéraire. Au fil des éditions, La Bruyère y ajoute un **mélange original** de descriptions, remarques et aphorismes dans le goût de l'époque classique.

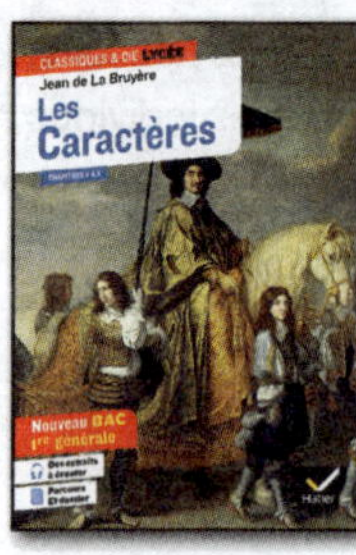

- Au-delà du **désordre** apparent de l'œuvre, certains **regroupements** apparaissent : les livres I à IV dépeignent la psychologie de l'homme ; les livres V à X proposent une peinture de la société et du pouvoir ; les livres XI à XVI étudient l'homme dans une perspective morale et religieuse.

2. Les principaux thèmes

- *Les Caractères* décrivent toutes les **conditions** et tous les **profils** psychologiques dans la société du temps de La Bruyère. Ils opposent ceux qui sont utiles au **fonctionnement de la société** à ceux qui la dénaturent.
- Dans cette œuvre, la satire devient un instrument puissant au service de la **critique des institutions et des préjugés**. La Bruyère dénonce ainsi les abus de pouvoir, les égarements de la Cour ou encore la fausse dévotion.

C Le parcours : « La comédie sociale »

1. Un miroir de la société

- La Bruyère fait autant œuvre d'historien, à la manière de Saint-Simon, que de **moraliste** à l'instar de La Rochefoucauld. Cependant, il entend aussi conjuguer l'instruction et le divertissement, tel Molière.

> MOT CLÉ **Un moraliste observe et décrit le comportement de ses semblables. S'il cherche à instruire le lecteur, il ne se fait pas pour autant moralisateur.**

- La société dépeinte dans *Les Caractères* n'est plus régie par l'ordre ancien : les « **Grands** » n'ont plus que les « dehors » de l'aristocratie et la **bourgeoisie** se hisse au rang de cette dernière par l'argent et les intrigues.

2. Divertir en corrigeant les mœurs

- La Bruyère excelle dans l'art du portrait. Les caricatures qu'il dresse de ses contemporains visent à créer des « **types** » humains. La façon dont l'auteur met en scène les travers et les manies des hommes suscite le rire et fait écho au thème baroque du « **théâtre du monde** ».

> INFO **Selon une conception héritée du baroque, chacun joue un rôle, consciemment ou malgré lui, sur la grande scène du monde.**

- Avec un sens de la formule et de l'anecdote qui fait mouche, l'auteur des *Caractères* démontre à quel point la société de son temps est soumise au **règne du paraître**.

6 O. de Gouges, *Déclaration des droits de la femme et de la citoyenne* (1791)

Dans sa *Déclaration des droits de la femme et de la citoyenne*, Olympe de Gouges revendique pour les femmes des droits égaux à ceux des hommes, au nom de la nature et de la raison.

A L'auteur et le contexte littéraire

Olympe de Gouges (1748-1793)

Repères biographiques

- Jeune veuve, Marie Gouze gagne Paris au début des années 1770. Sous le nom d'Olympe de Gouges, elle se fait une place dans les salons du temps.
- Pendant la Révolution, elle multiplie les écrits pour promouvoir les droits des opprimés.
- Elle est guillotinée en 1793 en raison de son hostilité à la Terreur.

Œuvres clés

- *Déclaration des droits de la femme et de la citoyenne* (1791)
- *L'Esclavage des Noirs, ou L'heureux naufrage* (1792)

Contexte littéraire

- Le mouvement des **Lumières** prône l'usage de la raison dans tous les domaines et combat l'arbitraire.
- Il inspire les principes de la **Révolution française**, qui s'expriment notamment dans la *Déclaration des droits de l'homme et du citoyen* (1789).

B La composition de l'œuvre et les thèmes

1. La composition

- Adressée à la reine Marie-Antoinette, la *Déclaration des droits de la femme et de la citoyenne* constitue un **pastiche** critique de la *Déclaration des droits de l'homme et du citoyen*, présentée au roi Louis XVI et votée le 26 août 1789.

- L'œuvre d'Olympe de Gouges imite la forme juridique de la *Déclaration* de 1789 : elle comporte un **préambule** et dix-sept **articles de loi**. L'auteure ajoute un **postambule** dans lequel elle appelle les femmes à s'emparer de leurs droits.

ŒUVRES

2. Les principaux thèmes

- La *Déclaration* rédigée par Olympe de Gouges revendique un **statut juridique, politique et social** pour les femmes.
- Demeurée sans valeur légale, cette œuvre a marqué une étape dans l'histoire de la **pensée féministe**, qui la relie au traité de Poullain de La Barre, *De l'égalité des deux sexes* (1673), et à l'essai de Simone de Beauvoir, *Le Deuxième Sexe* (1949).

C Le parcours : « Écrire et combattre pour l'égalité »

1. L'écriture au service de l'égalité des sexes

- La *Déclaration* d'Olympe de Gouges apparaît d'abord comme le **pendant absent** de celle de 1789, qui semble ne concerner que les individus de sexe masculin. En effet, les femmes de l'époque ne pouvaient ni voter ni exercer de fonctions politiques.
- Pourtant, le texte ne saurait se réduire à un simple contre-projet : c'est un **plaidoyer** en faveur de l'égalité des droits qui vise à établir la **concordance** entre les sexes au sein de la nation.

> CITATION **« La femme a le droit de monter sur l'échafaud ; elle doit avoir également celui de monter à la tribune [...] » (article X).**

2. Une femme engagée

- Afin de détruire les préjugés, Olympe de Gouges use des ressources de l'**art oratoire** : judiciaire, son discours dénonce les injustices faites aux femmes ; épidictique, il blâme les hommes pour leurs comportements ; délibératif, il propose un nouveau modèle de société égalitaire.
- Ses écrits témoignent de son combat en faveur de l'**égalité des droits pour tous**, sans distinction de sexe, de couleur ni de revenu. Elle s'est insurgée en particulier contre la traite des esclaves dans les colonies.

7 Prévost, *Manon Lescaut* (1731)

Ce roman propose l'une des plus célèbres histoires d'amour de la littérature française. Jugé « scandaleux » dans les années 1730, le récit connaît un véritable succès grâce au personnage éponyme, élevé au rang de mythe littéraire.

A L'auteur et le contexte littéraire

Abbé Prévost (1697-1763)

Repères biographiques
- L'abbé Prévost a d'abord été moine, puis prêtre en 1726, avant d'abandonner l'état ecclésiastique dès 1728.
- Endetté par amour pour une femme, il doit s'exiler à plusieurs reprises avant de revenir en France, en 1743.
- Traducteur, historien, journaliste, il fut surtout un romancier prolifique.

Œuvres clés
- *Manon Lescaut* (tome VII des *Mémoires et aventures d'un homme de qualité qui s'est retiré du monde*, 1731)
- *Cleveland* (1731-1739)

Contexte littéraire
- Au XVIIIe siècle, le **genre romanesque** connaît un succès croissant, mais reste souvent décrié pour ses invraisemblances, voire son immoralité.
- La **censure** s'abat sur les œuvres jugées déviantes – leur assurant parfois un certain succès, lié au scandale.

B Le résumé et les thèmes de l'œuvre

1. Le résumé de l'œuvre

- Le chevalier des Grieux, jeune noble destiné à une carrière ecclésiastique, s'éprend au premier regard d'une fille du peuple, Manon Lescaut, pour laquelle il quitte tout. Avide de plaisirs et de luxe, elle l'entraîne dans un **milieu trouble**.
- Tous deux fuient et s'installent à Paris, mais très vite, le couple manque d'argent. Ils enchaînent les vols et sont emprisonnés à plusieurs reprises. Leur amour est **réprouvé** par la société qui, rigide, ne tolère pas leurs **transgressions**.
- Déportée en Louisiane, où Des Grieux la suit, **Manon meurt** d'épuisement. Éprouvé, Des Grieux finit par rentrer en France.

2. Les principaux thèmes

- Des Grieux raconte ses aventures au narrateur qui lui-même retranscrit le récit du chevalier **à la première personne**. Un an après la mort de Manon, Des Grieux **analyse rétrospectivement** ses sentiments et motivations. Déchiré entre son aveuglement passionnel et une lucidité favorisée par le recul, il livre un témoignage **partial**. Il se présente comme une **victime de la fatalité**.

> MOT-CLÉ **Les romans-mémoires, récits rétrospectifs menés à la première personne, permettent d'accéder à une sensibilité individuelle et favorisent l'empathie.**

- Des Grieux décrit Manon comme une **héroïne ambiguë** et fascinante, une « charmante et perfide créature » qu'il rend **responsable** de sa perte, tout en justifiant son amoralité et son inconscience.

C Le parcours : « Personnages en marge, plaisirs du romanesque »

1. Manon et Des Grieux : des héros en marge

Les héros **transgressent les codes sociaux et moraux** de leur époque.

- Manon, « fille de rien », envoyée au couvent pour juguler un penchant précoce pour le **plaisir**, séduit d'emblée Des Grieux.
- Issu d'une famille aristocratique, celui-ci fait pour Manon le « choix d'une vie obscure et vagabonde » et sacrifie sa conscience, sa fortune et son honneur. Initié par le frère de Manon, Lescaut, il fréquente les **milieux peu recommandables** du jeu, vole, triche et en vient à commettre un meurtre.

2. Les sources du plaisir romanesque

- Les protagonistes sont **attachants** car ils conservent une pureté touchante. Manon émeut par son insouciance, Des Grieux ne s'arrache pas sans douleur à son sens de l'honneur et aux exigences de son milieu.
- Empruntant au répertoire romanesque traditionnel, les **multiples péripéties** s'enchaînent à un rythme soutenu et tiennent en haleine le lecteur. Prévost cherche bien à **divertir** son lecteur.

3. Une réflexion sur les valeurs

C'est également la dimension réflexive de l'œuvre qui fait son intérêt. L'auteur souhaite peindre un « exemple terrible de la force des passions », afin d'**instruire** le lecteur. Des débats sur la nature de l'existence ou le droit au **bonheur individuel** jalonnent le récit. En proposant une fin tragique, Prévost semble vouloir avertir le lecteur de la fatalité de la passion.

8 Balzac, *La Peau de chagrin* (1831)

L'histoire de Raphaël, dont la vie dépend d'un étrange talisman, relève à la fois du roman réaliste et du conte fantastique. À travers ce récit, Balzac donne à réfléchir sur l'existence humaine.

A L'auteur et le contexte littéraire

Honoré de Balzac (1799-1850)

Repères biographiques

- Doté d'une énergie débordante, Balzac a écrit plus de quatre-vingt-dix romans.
- Pilier du mouvement réaliste, il développe une conception originale du roman.
- Dans *La Comédie humaine*, vaste fresque qui englobe toute son œuvre, il entend « faire l'inventaire de la société française ».

Œuvres clés

- *Eugénie Grandet* (1833)
- *Le Père Goriot* (1835)
- *Illusions perdues* (1837-1843)

Contexte littéraire

- Au XIXe siècle, le **roman** connaît un véritable âge d'or : il s'impose comme le principal genre littéraire.
- Le mouvement **réaliste**, qui s'épanouit dans la seconde moitié du XIXe siècle, s'inspire de la vie réelle de l'époque, sans souci de l'embellir.

B Le résumé et les thèmes de l'œuvre

1. Le résumé de l'œuvre

- **Première partie : « Le talisman ».** Raphaël de Valentin, jeune aristocrate ruiné, au bord du suicide, s'empare d'« une peau de chagrin » chez un vieil antiquaire. Capable d'exaucer tous ses désirs, elle rétrécit à chaque vœu réalisé et écourte d'autant la vie de son propriétaire. Incrédule, Raphaël formule un premier souhait – participer à un luxueux banquet – qui se réalise aussitôt.
- **Deuxième partie : « La femme sans cœur ».** Raphaël fait le récit de sa jeunesse studieuse et de sa passion malheureuse pour Fœdora, la « femme

sans cœur ». Son deuxième vœu – disposer d'une fortune – se réalise, mais la peau a rétréci. D'abord dubitatif, Raphaël est ensuite gagné par l'angoisse.

- **Troisième partie : « L'agonie ».** Terrifié par la puissance maléfique de la peau, Raphaël vit reclus pour réfréner ses moindres désirs. Il trouve un bonheur éphémère dans un amour partagé pour Pauline, mais meurt dans ses bras, consumé par ses propres désirs.

2. Les tonalités

- *La Peau de chagrin* est un roman en prise avec la société de son temps. Déçue par les soubresauts politiques du début du siècle, la jeunesse **romantique** peine à trouver sa place dans la société. Raphaël partage avec cette génération le « **mal du siècle** ». Bridé dans ses rêves, solitaire, tourmenté, usé avant l'âge, il finit broyé par un monde qu'il abhorre.

- Ancré dans la réalité, le récit laisse cependant planer un climat d'incertitude propre au **fantastique** : tantôt persuadé du pouvoir de son talisman, tantôt incrédule, Raphaël se consume, comme la peau, pour avoir noué ce **pacte faustien**.

> INFO **Balzac revisite le mythe de Faust, docteur qui a vendu son âme au diable pour atteindre une immortalité qui sera la source de ses malheurs.**

C Le parcours : « Les romans de l'énergie : création et destruction »

1. L'énergie selon Balzac

- Dans le système balzacien, influencé par la **théorie vitaliste** de la médecine de l'époque, chaque homme est doté d'un **capital d'énergie** vitale propre qui se **consomme** ou se **préserve**, selon ses choix de vie.

- Certains usent de cette force vitale en **avares** (Fœdora), d'autres en **prodigues**, comme Raphaël qui, dans sa jeunesse met son énergie au service de ses études. Il acquiert plus tard la peau de chagrin, mais il ne sait pas user de son pouvoir. La dépense de l'énergie vitale le tue progressivement : l'énergie peut autant être une force créatrice que destructrice.

2. Une réflexion sur l'existence

- Balzac expose un **dilemme** : pour bien vivre, doit-on mener une vie courte, mais intense, ou une vie longue et paisible, mais proche de l'ennui ? Raphaël expérimente ces deux extrêmes sans succès.

- L'auteur met en tension **diverses manières d'être**, sans délivrer aucune leçon définitive et renvoie le lecteur à ses propres réflexions.

9 Colette, *Sido* (1930) suivi de *Les Vrilles de la vigne* (1908)

Dans ses récits inspirés de sa propre vie, Colette nous emmène sur les traces de ses souvenirs et de ses sensations.

A L'auteure et le contexte littéraire

Sidonie Gabrielle Colette, dite Colette (1873-1954)

Repères biographiques

- Le premier mari de Colette, l'écrivain Henry Gauthier-Villars, dit Willy, l'introduit dans le Tout-Paris de la Belle Époque.
- Elle mène une vie de femme libre et indépendante.
- Romancière, reporter, rédactrice de publicité, épistolière et journaliste, Colette fait cependant scandale pour ses activités au music-hall.

Œuvres clés

- *La Maison de Claudine* (1922)
- *La Naissance du jour* (1928)
- *Gigi* (1943)

Contexte littéraire

- L'écriture de Colette, comme celle des poétesses Anna de Noailles et Renée Vivien, exprime le désir d'émancipation de la **femme moderne**.
- À la suite des expérimentations romanesques de Proust, Colette cherche à rendre compte, au plus près, des sensations éprouvées au contact de la nature.

B La composition des œuvres et leurs thèmes

1. La composition des œuvres

● *Sido* est une œuvre de maturité dans laquelle l'auteure évoque son **enfance** dans sa maison natale, à Saint-Sauveur-en-Puisaye, dans les années 1880. Le texte est divisé en trois parties : la première est consacrée à Sidonie, dite « Sido », la mère de Colette ; la deuxième, « Le Capitaine », à son père Jules ; la troisième, « Les Sauvages », à son demi-frère Achille, son frère Léo et sa demi-sœur Juliette.

● *Les Vrilles de la vigne*, œuvre de jeunesse publiée en 1908, rassemblent **dix-huit chroniques** composées à une époque où Colette s'affirme, libérée du contrôle de Willy. Oscillant entre **fiction et réalité**, elle y revendique ses choix et sa **propre liberté**.

2. Les genres et les thèmes

● *Sido* est un **récit autobiographique** romancé, composé par de « petites touches » et échappant à toute linéarité chronologique. La mère, **Sido**, est un personnage omniprésent, vers lequel chaque protagoniste converge.

● *Les Vrilles de la vigne* présentent une grande **variété de formes narratives** : des récits autobiographiques aux accents de poèmes en prose (« Nuit blanche », « Jour gris ») ; des « Dialogues de bêtes » à l'écriture théâtrale (« Toby-Chien et la musique ») ; des extraits de journal intime (« Partie de pêche »). Colette aborde des **thèmes divers**, notamment son désir de **liberté**. Elle livre ses sentiments les plus intimes et fait aussi une peinture satirique de la bourgeoisie parisienne (« Belles-de-jour »).

C Le parcours : « La célébration du monde »

1. Le monde célébré par Colette

● Le **jardin édénique** de la maison familiale est au centre des souvenirs évoqués dans *Sido*. Colette vante ce lieu de paix aux mille et une merveilles, dont Sido est la figure centrale. C'est un lieu symbolique d'**initiation** et de transmission entre mère et fille et l'occasion d'une **contemplation** de la nature.

● Dans *Les Vrilles de la vigne*, les **paysages** de la baie de Somme et de la Côte d'Azur sont célébrés pour leur beauté et le plaisir auquel ils sont associés (l'amour avec Missy, l'insouciance des festivités).

2. Le thème central de la nature

● Chaque être vivant évoqué, plante ou animal, suscite l'**admiration**. Les souvenirs visuels, tactiles et auditifs se mélangent.

> INFO **Charles Baudelaire utilisait déjà des « correspondances » symboliques pour exprimer la synesthésie produite par ce concert de sensations.**

● Cette célébration des sensations exprime un **vibrant bonheur** d'être au monde. La nature prend une dimension **panthéiste** : Sido, à l'image d'une prêtresse antique, en déchiffre les signes secrets.

3. L'écriture de la célébration

● La **faune** et la **flore** sont décrites précisément, et la baie de Somme fait l'objet d'un reportage **quasi journalistique**.

● Mais l'écriture de Colette frappe d'abord par son **caractère poétique**. L'auteure célèbre le pays quitté par de **saisissantes images**. Ses **phrases amples et musicales** sont aptes à recréer le souvenir, faisant écho à celles de Marcel Proust (*À la recherche du temps perdu*, 1913-1927).

10 Molière, *Le Malade imaginaire* (1673)

Dans *Le Malade imaginaire*, Molière nous fait rire aussi bien d'Argan, qui se croit toujours malade, que des médecins. À travers cette comédie-ballet où le théâtre se mêle au chant et à la danse, il crée un spectacle complet.

A L'auteur et le contexte littéraire

Molière (1622-1673)

Repères biographiques

- Né à Paris dans une famille bourgeoise, il fonde l'Illustre Théâtre en 1643.
- Au sein de cette troupe, il écrit et joue des farces et des comédies.
- En 1658, il entre sous la protection de la famille royale.

Œuvres clés

- *Le Misanthrope* (1666)
- *Le Bourgeois gentilhomme* (1670)
- *Le Malade imaginaire* (1673)

Contexte littéraire

- Il s'illustre dans le genre nouveau de la **comédie-ballet**, pièces destinées aux fêtes célébrant les victoires militaires de Louis XIV.
- Le XVIIe siècle est celui du **classicisme**, dont les valeurs s'incarnent dans la figure de l'« honnête homme ».

B La composition de la pièce et les thèmes

1. La composition

- La pièce se compose de **trois actes** ponctués d'intermèdes dansés et chantés, précédés d'un prologue précisant la volonté de « délasser [le roi] de ses nobles travaux ».
- Les **intermèdes** sont, au XVIIe siècle, de courts divertissements chorégraphiques qui interviennent entre les actes d'une comédie.

2. Les principaux thèmes

- Argan est un **hypocondriaque**, soumis à son médecin et à son apothicaire. La médecine est ainsi moquée à travers des personnages grotesques. Tout au long de la pièce, Molière fait la **satire de la médecine** de son époque.
- L'**amour filial** et le **mariage** : comique farcesque, quiproquos, travestissements rythment une pièce qui met en lumière les relations entre parents et enfants. Ainsi, bien que son mariage avec Cléante ne soit pas accepté par son père, Angélique l'aime profondément.

C Le parcours : « Spectacle et comédie »

1. La comédie : un genre conçu pour le spectacle

- Plus que tout autre genre théâtral, la comédie **trouve dans la mise en scène son aboutissement**. Le lecteur de la pièce rit en imaginant Toinette se déguiser en médecin de pacotille pour asséner à Argan un diagnostic burlesque, mais moins que le spectateur qui la voit à l'œuvre sur scène.
- La comédie utilise pleinement le principe de la double énonciation. Ainsi en est-il quand les personnages – pour parvenir à leurs fins – jouent la comédie, **sous l'œil complice du public**. Dans le *Malade imaginaire*, Béline feint son affection conjugale, puis Argan simule la mort, pour le plus grand plaisir du spectateur qui voit clair dans le jeu de chacun.

> INFO **La double énonciation est une caractéristique essentielle du théâtre : les répliques d'un personnage sont destinées aux autres personnages, mais aussi au spectateur.**

2. La comédie : un spectacle complet et varié

- La comédie peut **associer d'autres arts** pour se transformer en un spectacle complet. Ainsi Molière, dans ses comédies-ballets, ajoute des parties chantées et dansées, qui offrent au public un divertissement réjouissant. Deux ans après la première représentation du *Mariage de Figaro* de Beaumarchais (1784), Mozart adapte la pièce en opéra, avec l'aide du librettiste Lorenzo Da Ponte, créant un **spectacle dramatique et lyrique** d'une grande puissance.
- Genre plastique, la comédie peut réunir une **grande variété de registres**. La satire de la médecine atteint ainsi son apogée lors de la « cérémonie burlesque d'un homme qu'on fait médecin » qui clôt *Le Malade imaginaire*.

11 Marivaux, *Les Fausses Confidences* (1737)

Dans la pièce, Dubois est un valet rompu à l'art du stratagème, qu'il met au service d'un ancien maître amoureux. Le spectateur devient complice de la machination qui se déploie sous ses yeux.

A L'auteur et le contexte littéraire

Marivaux (1688-1763)

Repères biographiques

- Journaliste, il est fasciné par les mœurs de son époque.
- Il se tourne rapidement vers le théâtre et connaît le succès.
- Tout au long de sa carrière théatrale, il collabore de manière fructueuse avec la troupe des Comédiens-Italiens.

Œuvres clés

- *L'Île des esclaves* (1725)
- *Le Jeu de l'amour et du hasard* (1730)
- *Les Fausses Confidences* (1737)

Contexte littéraire

- Marivaux s'inspire de la ***commedia dell'arte***, née en Italie au XVIe siècle, qui se fonde sur des types comiques et sur l'improvisation.
- Le mouvement culturel, artistique et philosophique des **Lumières** se répand en Europe et symbolise une période de renouveau intellectuel.

B La composition de la pièce et les thèmes

1. La composition

● Cette comédie se compose de **trois actes** en prose. L'intrigue se fonde sur l'amour que ressent Dorante, jeune homme ruiné, pour la jeune et belle veuve Araminte, dont il devient l'intendant.

● L'astucieux **Dubois**, ancien valet de Dorante désormais au service d'Araminte, multiplie les menées afin de servir son ancien maître sous le manteau. Ses **« fausses confidences »** produisent l'effet escompté : Araminte accepte finalement l'amour sincère de Dorante.

2. Les principaux thèmes

- L'œuvre interroge **l'authenticité des sentiments**, à travers un langage raffiné propre à exprimer les subtilités de la naissance de l'amour : c'est le **marivaudage**.
- L'**argent** et la **condition sociale** : dès le début de la pièce, le spectateur comprend qu'Araminte et Dorante ne pourront ni s'aimer ni se marier à cause de la trop grande différence de statut social qui les sépare. En effet, Dorante est persuadé qu'il n'est pas assez riche pour plaire à Araminte, jeune veuve fortunée. Le valet Dubois, metteur en scène de leur amour, parviendra néanmoins à braver les convenances sociales.

C Le parcours : « Théâtre et stratagème »

1. Des stratagèmes pour faire triompher l'amour

- Dans la comédie classique, le stratagème vient **au secours de l'amour sincère**. Ainsi, dans *L'Avare* de Molière (1668), Valère multiplie les ruses afin de conquérir Élise contre l'avis de son père. Dans *Le Barbier de Séville* (1775), Beaumarchais fait de Figaro l'adjuvant des amours du comte et de Rosine face à Bartholo, véritable tyran domestique.
- Chez Marivaux, le stratagème **permet aux cœurs de se révéler** : c'est le cas dans *Les Fausses Confidences* comme dans *Le Jeu de l'amour et du hasard*, où le travestissement réciproque des maîtres et des valets conduit les personnages à s'avouer leurs vrais sentiments.

2. L'art du stratagème

- Dans la comédie classique, le stratagème est en général mis en œuvre par un **domestique rusé**. Dubois, meneur de jeu hors pair dans *Les Fausses Confidences*, est ainsi l'héritier d'une longue tradition de valets et de servantes qui, par leur habileté et leurs ruses, peuvent prétendre rivaliser avec leurs maîtres.

> CITATION **« Plus de raisonnement : laissez-vous conduire, » lance Dubois à Dorante (acte III, scène 1). Le valet se veut le maître de la machination.**

- Pour arriver à leurs fins, ces personnages **se travestissent et jouent la comédie :** ainsi Toinette se déguise en médecin dans *Le Malade imaginaire* afin de faire entendre raison à Argan ; dans *Les Fourberies de Scapin*, le valet contrefait plusieurs accents afin de bastonner librement son maître.
- Chez Marivaux, les **détours du langage** comme le travestissement jouent un rôle clé : le spectateur complice se réjouit de voir prendre corps le stratagème à travers un jeu de demi-mensonges et de « fausses confidences ».

12 J.-L. Lagarce, *Juste la fin du monde* (1990)

La pièce de Lagarce met en scène les retrouvailles impossibles d'un personnage avec sa famille ; elle cherche à explorer l'intimité familiale à travers les méandres du langage.

A L'auteur et le contexte littéraire

Jean-Luc Lagarce (1957-1995)

Repères biographiques
- Il étudie d'abord la philosophie.
- En 1977, il fonde le théâtre de la Roulotte.
- Il met en scène des pièces contemporaines déjà connues, puis ses propres créations.

Œuvres clés
- *Derniers Remords avant l'oubli* (1987)
- *Juste la fin du monde* (1990)
- *Le Pays lointain* (1995)

Contexte littéraire
- Dans les années 1970, le théâtre **se renouvelle profondément**, dans le sillage du théâtre de l'absurde de l'après-guerre.
- La tendance est à l'hybridation des formes : l'écriture théâtrale se poétise et/ou exprime une réflexion philosophique sur le sens de l'existence.

B La composition de la pièce et le résumé

1. La composition

● La pièce s'ouvre par un **prologue** et se termine par un **épilogue**, qui encadrent **deux parties.** La première partie et la seconde partie sont elles-mêmes séparées par un **intermède**, qui comporte 9 scènes très brèves.

2. Le résumé

● Ténue, l'intrigue se résume au **retour de Louis auprès des siens** après des années d'absence : celui-ci essaye d'annoncer sa mort prochaine – sans jamais y parvenir.

- Chacun des membres de la famille s'exprime tour à tour dans des interventions qui tournent au monologue, voire au soliloque. La **tension** atteint son paroxysme au cours du face-à-face final entre Louis et son frère cadet Antoine.
- L'écriture en versets, quasiment poétique, accentue la **fragmentation du langage** et souligne l'indicibilité des sentiments. En écho au prologue, l'épilogue clôt la pièce ; comme surgie d'outre-tombe, la voix de Louis regrette son éternel mutisme.

C Le parcours : « Crise personnelle, crise familiale »

1. Soi-même face aux autres

- Les dramaturges se servent des histoires de famille pour interroger la complexité des rapports humains. *Juste la fin du monde* exhibe la **solitude de personnages en décalage avec leur famille.** Dans le théâtre antique déjà, c'est contre son oncle Créon qu'Antigone se dresse au nom de ses valeurs.
- La famille **enferme l'individu dans un rôle** dont il est difficile de s'affranchir. Louis est un avatar dégradé du « fils prodigue » de la Bible : il croit à tort pouvoir renouer avec les siens et se faire pardonner son absence.
- **Chacun reste largement insondable** pour les autres comme pour lui-même. Louis repart sans avoir pu confier sa mort imminente. Gaston, héros du *Voyageur sans bagage* (Anouilh, 1937), devenu amnésique à 18 ans, cherche à reconstituer son passé et à retrouver sa famille, découvrant peu à peu l'être méprisable qu'il était.

> CITATION **Dans sa *Poétique*, Aristote recommandait déjà de représenter des familles « dans lesquelles il s'est passé ou fait des choses terribles. »**

2. Une communication difficile

- « Rien ici ne se dit facilement, » déclare Antoine. Chacun **peine à trouver les mots justes** et scrute les failles de sa parole. Dans *Assoiffés* de Mouawad (2007), Murdoch, un adolescent tourmenté, se heurte au silence de parents incapables de lui accorder de l'attention.
- D'obscurs monologues témoignent des **confusions** de l'histoire familiale ; Louis subit les reproches de sa sœur et l'ironie de son frère. Dans *Le Retour au désert* (1988), Koltès donne également à voir la confrontation d'un frère et d'une sœur en proie au poids de leur passé.
- Les mots se heurtent à l'**hostilité** de qui les recueille : Antoine pense que Louis l'inonde « d'histoires ». Dans *Papa doit manger* (2003), Marie NDiaye met en scène les mensonges d'un père qui, après dix ans d'absence, cherche à reprendre sa place dans une famille qui s'est reconstruite sans lui.

S'approprier les méthodes des épreuves

INFOS et CONSEILS sur le bac de français

Trois SUJETS ÉTAPE PAR ÉTAPE

1 En quoi consistent les épreuves du bac de français ?

Le bac de français est défini dans le Bulletin officiel n° 17 du 25 avril 2019. Il fait référence à un programme d'œuvres renouvelé tous les ans (voir p. 12 à 35).

A En résumé

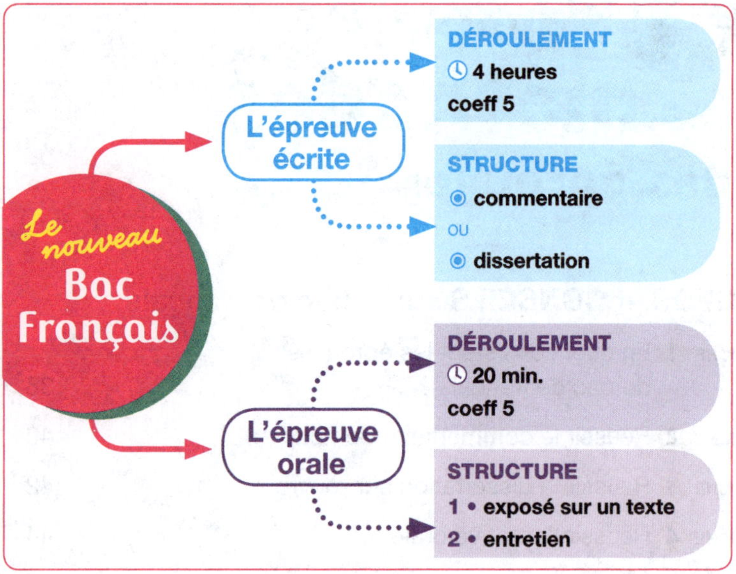

B L'épreuve écrite

1. Le commentaire

- Cet exercice porte sur un texte littéraire, en lien avec un des objets d'étude du programme de 1re.
- Vous devez composer un devoir qui présente de manière **organisée** ce que vous avez retenu de votre lecture, et justifier par des **analyses précises** votre **interprétation** et vos jugements personnels.

2. La dissertation

- Trois sujets de dissertation vous sont proposés : vous choisissez celui qui est **en rapport avec l'œuvre du programme** que vous avez étudiée.

● Cet exercice vous amène à conduire une réflexion personnelle organisée. Pour développer votre argumentation, vous devez vous appuyer sur votre connaissance de l'œuvre et sur les autres textes étudiés dans le cadre du parcours associé, ainsi que sur vos **lectures** et votre **culture personnelle.**

C L'épreuve orale

1. Le déroulement précis de l'épreuve

● Vous vous présentez à l'épreuve orale avec un descriptif des extraits des œuvres que vous avez étudiés en classe.

● L'examinateur choisit un des extraits et vous indique, également, la question de grammaire à laquelle vous devez répondre et qui consiste à analyser la syntaxe d'une courte phrase ou d'une partie de phrase.

● Vous avez ensuite un temps de préparation de 30 minutes.

2. L'exposé sur un texte (12 min.)

● Commencez par **lire** l'extrait à voix haute, de manière **expressive**, après l'avoir situé brièvement dans l'œuvre ou le parcours associé.

● Proposez-en une **explication au fil du texte**. Illustrez vos idées par des citations prises dans l'extrait.

● Enfin, répondez à la **question de grammaire** de manière précise.

> REMARQUE **Cette première partie de l'épreuve est notée sur 12 points. L'entretien quant à lui est noté sur 8 points.**

3. L'entretien (8 min.)

● Ce second temps de l'épreuve est consacré à la présentation d'une œuvre que vous avez lue au cours de l'année en lecture cursive. L'examinateur ne revient pas sur la première partie de votre oral.

● Vous commencez par présenter brièvement cette œuvre et exposer les raisons de votre choix.

● L'entretien se poursuit par un échange avec l'examinateur : il s'agit alors de montrer vos capacités à dialoguer, à **étoffer** votre réflexion, à **défendre votre point de vue** en vous appuyant sur la connaissance de l'œuvre.

2 Réussir le commentaire de texte

Le commentaire littéraire consiste à proposer une interprétation d'un texte de manière argumentée. Le texte proposé au bac relève de l'un des objets d'étude abordés pendant l'année, mais n'appartient pas à une œuvre au programme.

A Lire et comprendre le texte

- Lisez une première fois le **texte**, sans oublier le **paratexte** et les **notes** : cela vous permet d'établir la « carte d'identité » du texte.

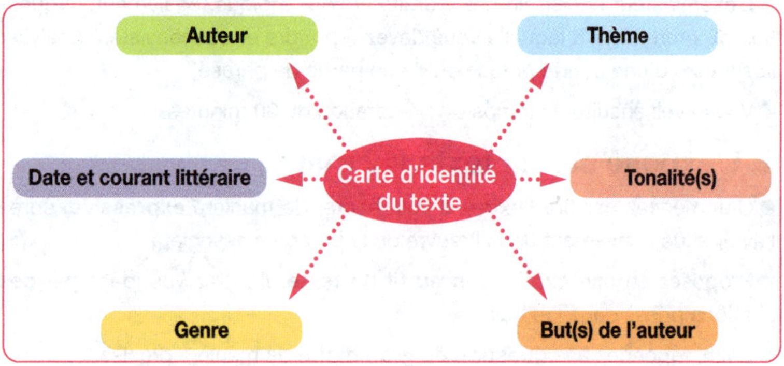

- Notez vos **impressions de lecture** : qu'avez-vous compris ? Quel effet le texte produit-il sur vous ?
- Relisez plusieurs fois le texte en l'annotant : identifiez sa **structure** et repérez les **procédés littéraires** qui vous semblent signifiants. Notez toutes vos remarques en vrac au brouillon.

B Organiser ses idées

- Essayez de résumer la spécificité du texte en une phrase afin de trouver votre **problématique** : quel est l'enjeu principal du texte ? Qu'est-ce qui le rend intéressant, selon vous ?
- Identifiez ensuite **deux ou trois pistes de réponse** (ou axes de lecture) qui structureront votre analyse. Attention, un procédé littéraire ne constitue pas un axe de lecture !

  Exemple : Une description réaliste

  [Ce titre de partie constitue bien une piste d'interprétation du texte : vous allez montrer qu'il s'agit d'une description réaliste.]

Contre-exemple : Le champ lexical de la nature

[Il s'agit ici d'un procédé littéraire, qui n'a d'intérêt qu'au sein d'une analyse.]

- Classez les éléments relevés de manière à constituer des parties et des sous-parties équilibrées. Votre plan doit aller **du plus simple au plus complexe.**
- Chaque sous-partie doit comporter :

Des procédés littéraires → justifiés par → **Une idée clé** → illustrée par → **Des citations du texte**

C Rédiger le commentaire

- Rédigez d'abord votre **introduction** au brouillon. Elle doit comporter :

– une phrase d'amorce ;
– une courte présentation du texte (utilisez la carte d'identité élaborée) ;
– votre problématique, de préférence sous forme de question ;
– l'annonce de votre plan.

- Rédigez ensuite votre **développement** en suivant le plan établi au brouillon.

Retenez que : un paragraphe = une sous-partie

- Ménagez des transitions entre vos grandes parties.
- Rédigez enfin une **conclusion** qui synthétise votre démonstration et répond à la problématique. Vous pouvez terminer en ouvrant sur d'autres textes partageant les mêmes enjeux, mais évitez les ouvertures artificielles.

CONSEIL Gardez au moins 10 minutes pour vous relire : la qualité de la langue fait partie des critères d'évaluation !

L'ESSENTIEL

Bien gérer son temps le jour J !

Étapes	Durée
① Je choisis mon sujet.	10 min.
② Je travaille au brouillon (lecture et analyse du texte, élaboration de la problématique et du plan détaillé)	2 heures
③ Je rédige mon devoir au propre.	1 heure 30
④ Je me relis attentivement.	15 min.

3 Réussir la dissertation sur œuvre

Le jour du bac, vous avez le choix entre trois sujets de dissertation sur un même objet d'étude, selon l'œuvre et le parcours que vous avez étudiés en classe. Vous devez montrer que vous en avez compris les principaux enjeux.

A Analyser le sujet et trouver des idées

- Le sujet se présente le plus souvent soit sous la forme d'une **question**, soit sous la forme d'une **citation** suivie d'une question. Une phrase de consigne délimite ensuite le champ de votre réflexion (l'œuvre seule ou l'ensemble des textes pouvant s'inscrire dans le parcours concerné).
- Lisez attentivement le sujet et identifiez les **mots clés**. Reformulez la citation et/ou la question de différentes manières pour vous **l'approprier** et en dégager les éventuels **présupposés**.

> MOT CLÉ **Un présupposé est un énoncé dont la validité est admise (souvent implicitement) dans le sujet : « Dans quelle mesure cette œuvre est-elle réaliste ? » présuppose que l'œuvre est réaliste par certains aspects.**

- Notez en vrac **toutes les idées et les questions** qui vous viennent à l'esprit : à ce stade, il n'y a pas de mauvaise idée.
- Listez au brouillon les œuvres et les textes que vous avez lus dans le cadre du parcours concerné : ils pourront vous fournir de précieux exemples. Quel éclairage apportent-ils sur le sujet ?

B Construire le plan

- La formulation du sujet peut vous indiquer le type de plan à privilégier.

– Si le sujet vous invite à **discuter** une affirmation, choisissez un **plan dialectique** : vous devez d'abord expliciter l'affirmation (I), puis la nuancer, (II) avant de la reformuler pour dépasser la contradiction (III).

– Si le sujet vous demande de **prouver** la validité d'une thèse, privilégiez le **plan thématique** : présentez successivement différents arguments en faveur de la thèse proposée.

- Reprenez vos notes et organisez vos idées : vous devez avoir, pour chaque partie, au moins deux **arguments**, illustrés par un ou plusieurs **exemples** chacun. Chaque argument correspond à une sous-partie.
- Vous devez mettre vos connaissances **au service de votre argumentation** : il ne s'agit pas de « recaser » des citations ou des éléments d'analyse appris par cœur, mais de sélectionner les exemples les plus pertinents et de montrer comment ils illustrent votre idée.

C Rédiger la dissertation

● Rédigez d'abord votre **introduction** au brouillon. Elle doit comporter :
- une phrase d'amorce ;
- la citation qui sert de support au sujet (le cas échéant) ;
- une reformulation de la problématique ;
- l'annonce de votre plan.

● Rédigez ensuite votre **développement** en suivant le plan établi au brouillon (une sous-partie = un paragraphe).

> **CONSEIL Ménagez des transitions entre vos grandes parties et utilisez des connecteurs logiques pour aider le correcteur à comprendre la logique de votre argumentation.**

● Rédigez enfin une **conclusion** qui synthétise votre point de vue et répond à la problématique posée par le sujet. Vous pouvez terminer en élargissant le débat (autre époque, autres arts...)

● **Relisez** attentivement l'ensemble de votre devoir : que vous soyez à l'aise ou non en orthographe, on fait souvent des fautes lorsque l'on est pris dans le fil d'une réflexion. L'important est de réussir à les corriger !

L'ESSENTIEL

Choisir un plan adapté

Je dois **discuter** une affirmation. → **Plan dialectique**
I. thèse
II. antithèse
III. synthèse

Je dois **prouver** la validité d'une thèse. → **Plan thématique**
• argument 1
• argument 2
etc.

4 Réussir l'épreuve orale

L'épreuve orale dure 20 minutes et vous disposez de 30 minutes de préparation. Vous êtes évalué(e) tant sur vos connaissances que sur votre capacité à vous exprimer à l'oral.

A Comprendre l'épreuve

- L'épreuve orale se déroule comme suit :

	Durée, barème	Structure
1re partie : exposé	12 min. 12 points	• lecture du texte • explication linéaire • question de grammaire
2e partie : entretien	8 min. 8 points	• présentation d'une œuvre intégrale • échange avec l'examinateur

B Bien gérer le temps de préparation

1. Préparer l'explication

- Commencez par **délimiter le passage à expliquer** : il ne correspond pas forcément à la totalité de l'extrait étudié en classe.
- **Lisez** une première fois le texte pour vous le remettre en mémoire, puis **relisez-le** en l'annotant au fil de votre lecture.
- Notez au brouillon les idées importantes, **dans l'ordre du texte**, en utilisant **un code couleur clair** qui vous permette de vous repérer facilement dans vos notes et dans le texte.

> CONSEIL **N'essayez pas de rédiger l'intégralité de votre explication : face à l'examinateur, vous devez être naturel(le) et spontané(e).**

- Contrairement au commentaire écrit, l'explication doit être linéaire, c'est-à-dire **suivre le fil du texte**. Vous pouvez la structurer en reprenant les mouvements du texte, mais il ne s'agit pas de construire un plan autour d'axes de lecture.

2. Garder du temps pour les autres parties de l'oral

- Prévoyez environ 5 minutes pour répondre à la question de grammaire, et 5 minutes pour préparer la 2e partie de l'oral, en notant les idées clés de votre présentation.

C Réussir la première partie de l'oral

- Présentez brièvement le texte (auteur, œuvre, époque, parcours dans lequel il s'inscrit), puis **lisez-le** à haute voix.

> CONSEIL **Soignez la lecture : ne parlez pas trop vite, faites les liaisons et utilisez une intonation adaptée.**

- Expliquez ensuite le texte **sans le paraphraser** : il ne s'agit pas de reformuler le propos de l'auteur, mais de proposer une interprétation du texte. Vous devez donc toujours **analyser** les procédés que vous relevez.
- **Concluez** votre explication en synthétisant vos observations : quels sont les principaux enjeux du texte ? Ouvrez éventuellement en évoquant d'autres textes du parcours.
- Répondez enfin à la question de grammaire :
  - **citez** la phrase ou le passage concerné ;
  - **décrivez**-en la structure en utilisant un vocabulaire adapté.

D Réussir la deuxième partie de l'oral

- Dans un premier temps, l'examinateur vous invite à présenter l'œuvre que vous avez choisie. Soyez **concis mais efficace** :
  - résumez brièvement l'œuvre et ses principaux enjeux ;
  - expliquez pourquoi vous avez choisi de la présenter.
- L'examinateur prendra appui sur votre présentation pour vous poser des questions. C'est surtout votre **aptitude à dialoguer** qui est évaluée : efforcez-vous de développer vos réponses et de réagir aux propositions de l'examinateur.

L'ESSENTIEL

Quelques conseils pour être à l'aise à l'oral

Pendant l'année	Le jour J
• Prendre la parole en public dès que possible. • Repérer les tics de langage et les gestes nerveux et s'entraîner à les éliminer.	• Prendre le temps de s'installer confortablement. • Ne pas parler trop vite ni trop bas. • Respirer profondément.

1 Un commentaire *étape* par *étape*

Charles Baudelaire, *Les Fleurs du mal*, « À une passante »

4 heures
20 points

▶ Commentez ce texte de Charles Baudelaire, extrait des *Fleurs du mal*.

TEXTE

À une passante

La rue assourdissante autour de moi hurlait.
Longue, mince, en grand deuil[1], douleur majestueuse,
Une femme passa, d'une main fastueuse[2]
Soulevant, balançant le feston[3] et l'ourlet ;

Agile et noble, avec sa jambe de statue.
Moi, je buvais, crispé comme un extravagant,
Dans son œil, ciel livide où germe l'ouragan,
La douceur qui fascine et le plaisir qui tue.

Un éclair… puis la nuit ! — Fugitive beauté
Dont le regard m'a fait soudainement renaître,
Ne te verrai-je plus que dans l'éternité ?

Ailleurs, bien loin d'ici ! trop tard ! *jamais* peut-être !
Car j'ignore où tu fuis, tu ne sais où je vais,
Ô toi que j'eusse aimée, ô toi qui le savais !

Charles Baudelaire, *Les Fleurs du mal,* « Tableaux parisiens » (1861).

1. En grand deuil : vêtue de noir.
2. Fastueuse : luxueuse.
3. Feston : broderie utilisée comme bordure d'une étoffe.

ÉTAPE 1 au brouillon — Étudier le paratexte

5 min

Repérez le titre de l'œuvre, son auteur et sa date de publication, puis puisez dans vos connaissances les éléments qui vous permettront de **situer rapidement le texte à étudier** dans l'histoire littéraire.

Charles Baudelaire : *Baudelaire (1821-1867) a profondément renouvelé l'écriture poétique. Hanté par l'ennui, l'angoisse et la beauté, il fait figure de poète maudit par sa vie dissolue.*

« À une passante » : *Le titre évoque une rencontre furtive, en pleine rue, avec une femme.*

1861 :
- *Le Second Empire voit Paris se moderniser et la bourgeoisie triompher ; la littérature se fait l'écho de ces transformations.*
- *À sa publication, le recueil Les Fleurs du mal fait scandale.*

ÉTAPE 2 au brouillon — Lire une première fois le texte

10 min

Cette première lecture va vous permettre de comprendre le texte et d'en dégager les grandes caractéristiques.

- Identifiez les **termes difficiles** et essayez d'en déduire le sens, à partir du contexte.
- Notez au brouillon vos **premiers repérages**, sous forme de courtes mentions.

Premiers repérages :
- *femme fascinante*
- *rencontre éphémère*
- *enthousiasme et dépit*
- *lyrisme*
- *beauté*
- *sonnet régulier*

ÉTAPE 3 au brouillon

Travailler sur le texte à travers des relectures successives

30 min

Ces relectures vont vous permettre d'approfondir progressivement votre compréhension et votre analyse du texte.

Étudiez l'énonciation : qui parle ? À qui ? Quels sont les pronoms personnels utilisés ? Y a-t-il des marques de subjectivité (termes mélioratifs ou péjoratifs, modalisateurs marquant le doute ou la certitude) ?

Qui parle ?
Le poète (voir l'emploi du pronom personnel sujet « je », « moi »)

À qui ?
La « passante » est d'abord évoquée à la 3e personne, mais on observe à partir du vers 11 un glissement énonciatif : cette femme, pourtant enfuie, est tutoyée, ce qui crée une proximité fictive entre elle et le poète.

Étudiez la composition du texte : y a-t-il une progression ? Y a-t-il des effets de répétition ? Quelles étapes peut-on dégager ?

On peut mettre en évidence deux étapes :
1. les deux quatrains narrent une rencontre fortuite, brève et unilatérale ;
2. les deux tercets expriment le dépit qu'elle fait naître.

Repérez les **registres** présents dans le texte, les émotions exprimées : est-ce un texte pathétique, lyrique, satirique, etc. ?

C'est un poème lyrique :
- *forte présence de la 1re personne du singulier*
- *expression d'émotions intenses : enthousiasme, regret*
- *ponctuation exclamative et interrogative*

Repérez les **éléments de style** : par exemple dans un poème, relevez les champs lexicaux, les images, les effets de rythme, les jeux de sonorités.

- *Champs lexicaux : du corps (« main », « jambe », « œil ») et des mouvements (« agile », « balançant », « soulevant »)*
- *Figures de style : métaphores (v. 5, 7, 9), antithèse (v. 8), chiasme (v. 13)*
- *Effets de rythme : présence de nombreuses coupes (v. 2, 6, 9 et 12, notamment)*
- *Jeux de sonorités : assonances en [u], [ou] (v. 1) ; allitérations en [r] ; rime « beauté »/« éternité »*

ÉTAPE 4 au brouillon — Formuler une problématique et établir un plan

15 min

Réfléchissez aux **questions que suscite le texte** et déduisez-en la **problématique**.

QUESTIONS

- *Pourquoi le titre du poème est-il suggestif ?*
- *Quel rôle le décor joue-t-il ?*
- *Qu'est-ce qui attire l'œil du poète ?*
- *Comment la passante est-elle décrite ? Comment le poète sublime-t-il la femme ?*
- *Quelles émotions Baudelaire exprime-t-il ? En quoi peut-on parler d'instant de grâce ?*

→ *PROBLÉMATIQUE*

Comment l'apparition fugitive d'une femme permet-elle à Baudelaire d'exprimer sa vision de la beauté ?

Organisez votre réponse en deux (ou trois) parties.

• Exposé des caractéristiques les plus évidentes :
De quoi parle le texte ?
Comment en parle-t-il ?

• Approfondissement :
Quelle vision du monde se dégage du texte ?

Partie 1
Une rencontre fulgurante

Partie 2
Un retentissement profond sur le poète

ÉTAPE 5 au brouillon — Chercher des idées pour chaque partie et construire votre plan détaillé

30 min

Pour chaque partie, vous devez recenser les passages pertinents dans le texte, et analyser les procédés employés. Appuyez-vous sur votre travail préliminaire (étapes 2 et 3) en vous efforçant de **répartir vos remarques de manière équilibrée** entre les parties et sous-parties.

MÉTHODES

Voici ce que le travail de recherche pourrait donner **pour la partie 1.**

Partie 1
Une rencontre fulgurante

Argument 1
Le sonnet prend pour décor un cadre urbain bruyant.
RÉFÉRENCES AU TEXTE : verbe « hurler » au v. 1, assonances et allitérations mimant les sonorités et le vacarme de la ville

Argument 2
Se détache une femme d'une élégance remarquable.
RÉFÉRENCES AU TEXTE : verbes de mouvement, champ lexical du corps et des vêtements, rythme du premier quatrain

Argument 3
La rencontre reste éminemment fugace.
RÉFÉRENCES AU TEXTE : lexique de la fugacité, métaphore de « l'éclair »

Voici ce que le travail de recherche pourrait donner **pour la partie 2.**

Partie 2
Un retentissement profond sur le poète

Argument 1
Le poète semble s'éprendre au premier regard.
RÉFÉRENCES AU TEXTE : jeu de regards, oxymore « plaisir qui tue », métaphores décrivant la femme

Argument 2
Le poète regrette amèrement ce qui ne sera probablement jamais possible.
RÉFÉRENCES AU TEXTE : jeu des temps verbaux, négations, adresse à la femme disparue

Argument 3
La passante devient l'incarnation d'un idéal inaccessible.
RÉFÉRENCES AU TEXTE : subjonctif imparfait du dernier vers, syntaxe du titre, rime signifiante (v. 9-11)

Les **transitions entre les parties** sont essentielles. Elles permettent de guider le lecteur dans la progression de votre commentaire, et de montrer les différents niveaux d'analyse selon lesquels vous traitez le texte. Rédigez-les à l'avance, au brouillon, au même titre que l'introduction et la conclusion.

Transition entre la 1re et la 2de partie
Ainsi, c'est une vision brève et foudroyante que relate le sonnet : l'apparition inattendue de cette femme magnétique bouleverse profondément le poète et lui laisse entrevoir un idéal de beauté.

ÉTAPE 6 au propre

Rédiger l'introduction

15 min

L'introduction doit présenter et caractériser le texte.

En vous appuyant sur le paratexte et votre première lecture du texte, **partez du plus général** (l'auteur, l'époque) **pour aller au particulier** (la forme du texte, ses thèmes).

La présentation et la caractérisation du texte vous amènent ensuite à proposer une **problématique** qui va guider votre commentaire.

[Accroche] *Au XIXe siècle, la ville s'impose comme une riche source d'inspiration pour les artistes.*

[Présentation de l'auteur et de l'œuvre] *Avide de modernité, Baudelaire s'en saisit dans ses Fleurs du mal (1857) et plus précisément dans ses « Tableaux parisiens » (1861). Le poète s'y présente comme un promeneur curieux, à l'affût de scènes et de rencontres insolites, attentif aux passants anonymes.*

[Présentation et caractérisation du texte étudié] *Le sonnet « À une passante » évoque une silhouette féminine entraperçue, captivante, mais vite évanouie.*

[Problématique et annonce du plan] *Comment l'apparition fugitive d'une femme permet-elle à Baudelaire d'exprimer sa vision de la beauté ? Nous verrons d'abord combien la rencontre s'avère fugace, avant d'analyser son retentissement profond sur le poète.*

CONSEIL
Respectez la logique de l'introduction : partez de considérations générales pour aboutir progressivement aux enjeux du texte précis à commenter.

CONSEIL
Caractérisez précisément et brièvement le texte étudié en identifiant sa forme et son thème. Si vous le pouvez, situez-le dans l'œuvre, par exemple lorsqu'il s'agit de l'incipit d'un roman ou du dénouement d'une pièce de théâtre.

ÉTAPE 7 au propre

Rédiger le développement

1 h 45

Le développement doit être **progressif** : appuyez-vous systématiquement sur des références précises au texte ou des citations commentées pour étayer vos arguments. Utilisez des connecteurs logiques afin de guider votre lecteur dans votre argumentaire.

I. Une rencontre fulgurante

1. Un cadre urbain bruyant

L'anecdote prend place dans un décor urbain, esquissé de manière lapidaire mais suggestive.

Personnifiée, la rue s'impose d'emblée comme une entité agressive, par le verbe « hurlait », à l'imparfait duratif, en valeur à la rime. L'adjectif « assourdissante », renforcé par le jeu rocailleux des allitérations en [r] et des assonances en [u] et [ou], accentue l'impression d'un chaos sonore. Désagréables à l'oreille, des hiatus miment le vacarme ambiant : « La rue assourdissante autour de moi hurlait. »

C'est dans ce cadre urbain déplaisant, peu propice à une rencontre amoureuse, qu'une femme fait alors irruption.

LÉGENDE
- Argument
- Références au texte
- Interprétation

CONSEIL
Prenez garde à ne pas confondre la démarche du commentaire et celle de l'étude linéaire : le premier exige une exploration structurée des enjeux du texte, tandis que la seconde vous invite à l'aborder phrase à phrase, de son début jusqu'à la fin.

2. Une femme d'une élégance remarquable

Celle-ci capte le regard du poète qui en esquisse les traits.

La focalisation s'opère instantanément sur la femme, dont l'apparition soudaine semble faire taire tous les bruits de la rue. La femme surgit à l'improviste et se détache brusquement du cadre, comme le montre le passé simple « passa » à la césure (v. 3). Le poète dévoile par touches sa silhouette élégante (« longue », « mince »), ses mouvements (« agile », « soulevant », « balançant »), puis les différentes parties de son corps (« main », « jambe », « œil »).

CONSEIL
Pensez à analyser la valeur des temps dans votre étude de texte. Elle peut vous permettre de repérer un effet de sens.

Les détails vestimentaires raffinés (« feston », « ourlet ») suggèrent un statut social aisé, impression renforcée par l'adjectif polysémique « noble » qui associe beauté physique et morale. Le vers 4 reproduit la sensualité de sa démarche par le retour du son [s] (« Soulevant,/balançant/le feston »).
L'expansion « en grand deuil » laisse entendre que cette inconnue, vêtue de noir, serait libre.

La passante se distingue donc par son élégance magnétique.

CONSEIL
À la fin de chaque sous-partie, veillez à revenir à l'idée directrice formulée dans la première phrase du paragraphe ; complétez-la avec votre interprétation, qui découle de l'analyse de procédés.

3. Une rencontre éphémère

Le poète esquisse sur le vif une ébauche instantanée.

L'écriture tente, comme un cliché photographique, de figer ce mouvement dans le temps.
Les vers épousent les ondulations des mouvements furtifs de la femme, tandis qu'abondent les termes liés à la rapidité : « fugitive » (v. 9), « fuis » (v. 13).
La métaphore de l'« éclair » (v. 9) et la syntaxe heurtée reflètent le choc de la rencontre et son extrême fugacité : « Un éclair... puis la nuit ! ».
Ici, le jeu des antithèses traduit l'extrême brutalité de ce qui s'est joué. Les points de suspension et le tiret renforcent la distance spatio-temporelle qui sépare le poète de la femme enfuie.

C'est donc un passage éphémère et fugace que le poète tente de fixer grâce à l'écriture, afin de l'immortaliser.

[Transition] Ainsi, l'apparition brève et inattendue de cette femme magnétique bouleverse profondément le poète et lui laisse entrevoir un idéal de beauté.

INFO+
Le sonnet est créé selon l'esthétique de l'ébauche et de l'instantané que Baudelaire a élaborée sous l'influence des aquarelles du peintre Constantin Guys : il s'agit d'exprimer « le transitoire, le fugitif, le contingent », caractéristiques de la modernité (*Le Peintre de la vie moderne*, 1863).

II. Un retentissement profond sur le poète

1. Un poète subjugué

D'emblée, la femme subjugue le poète, arraché à un quotidien infernal.

Le trouble du poète transparaît dans le rythme heurté et l'allitération en [r] des vers 6 et 7. Le participe passé « crispé » (v. 6) reflète son attitude figée. Cette immobilité contraste fortement avec le mouvement continu de la femme qui, indifférente, passe son chemin. Cette séduction naît d'un jeu de regards (« œil », v. 7, « regard », v. 10), tandis que le verbe hyperbolique « je buvais [...] dans son œil » dit avec force la fascination du poète ; la femme agit comme un poison à la beauté ambiguë, hypnotique et dangereuse. L'image de l'« éclair » (v. 9) exprime l'illumination de la rencontre, pourvoyeuse de « douceur » et de « plaisir » (v. 8).
Au vers 7, « l'ouragan » métaphorique qui « germe » dans son regard laisse présager un tempérament impétueux, propice au naufrage. En outre, l'oxymore du « plaisir qui tue » (v. 8) suggère que la femme est d'une beauté paradoxalement mortelle. Elle n'offre manifestement qu'une promesse de bonheur illusoire.

La passante fait ainsi naître une attirance trouble, qui laisse la place au spleen.

CONSEIL
Pensez à rythmer votre commentaire, en utilisant des mots de liaison : la rédaction gagnera en clarté et en élégance.

2. Un sentiment d'inachèvement

Le sonnet fait résonner la déception du poète, en proie au spleen, après avoir effleuré l'idéal.

Baudelaire tire profit de la forme du sonnet pour mettre en scène cette fugace rencontre. Les deux quatrains esquissent le portrait d'une femme répondant à l'idéal baudelairien. Les deux tercets, centrés sur l'intériorité du poète, expriment le spleen né de cette rencontre impossible, la beauté ne pouvant être que transitoire.
L'ivresse amoureuse permet la suspension du temps, une échappée hors d'une existence sans relief.

INFO+
Traditionnellement, le sonnet repose sur un basculement des quatrains aux tercets, qu'on appelle « volta ».

Mais sitôt la femme passée, le poète replonge dans la « nuit » (v. 9). La question rhétorique (v. 11) traduit la crainte du poète de ne plus la revoir. Les notations temporelles et spatiales se succèdent sur un rythme saccadé (v. 12), tandis que les gradations spatiales (« ailleurs, bien loin d'ici ») puis temporelles (« trop tard », « jamais ») pointent l'échec de la rencontre. La ponctuation exclamative témoigne du désespoir né de la frustration. Les tournures négatives explicitent la solitude du poète, comme l'illustrent le chiasme des pronoms personnels et le parallélisme (v. 13).

Le désespoir exprimé est à la mesure de l'enthousiasme violent provoqué par la rencontre.

INFO+
Selon Baudelaire, la femme provoque des sentiments ambigus : « une tête de femme, veux-je dire, c'est une tête qui fait rêver à la fois, mais d'une manière confuse, de volupté et de tristesse » (*Journaux intimes*, 1851-1862).

3. L'incarnation d'un idéal

La femme incarne un idéal hors de portée.

Le poète voit en cette femme sensuelle l'allégorie d'une beauté paradoxale, éternelle et transitoire (« fugitive beauté », v. 9). Le verbe « renaître », placé en évidence en fin de vers 10, indique sa force : la passante arrache le poète à sa vie médiocre. Pourtant, la femme demeure anonyme, comme le précise le déterminant indéfini du titre, « À une passante ». L'espoir d'un rapprochement est cependant formulé par le tutoiement (« Ô toi… »), sans parvenir pour autant à initier un dialogue. Le poète s'adresse désormais tragiquement à un être qui n'est déjà plus là. La rime « beauté »/« éternité » (v. 9 et 11) suggère ironiquement que l'absolu est hors d'atteinte ici-bas. Le spleen l'emporte donc : le désarroi du poète perce dans le dernier vers, construit sur un parallélisme (« Ô toi que j'eusse aimée, ô toi qui le savais ! »). Le subjonctif imparfait, marquant l'irréalité, renforcé par l'interjection lyrique, prend acte de l'occasion manquée. Seule l'émotion poétique perdure.

Le poète suggère que l'écriture poétique permet d'atteindre la beauté et l'idéal, inaccessibles en ce monde.

INFO+
L'idéal et la beauté sont de grands thèmes baudelairiens. Ils arrachent ponctuellement le poète au « spleen », état de mal-être profond et d'angoisse existentielle.

INFO+
Le registre lyrique est celui de l'expression des sentiments personnels. Il permet d'exprimer l'exaltation, et n'est pas réservé à l'expression de l'amour.

ÉTAPE 8 au propre — Rédiger la conclusion

10 min

La conclusion doit proposer un **bilan de votre réflexion,** en reprenant les grandes étapes de votre étude du texte. Le but est de répondre de manière claire et synthétique à la problématique énoncée en introduction, avant de **relier les enjeux du texte étudié à un autre texte,** ou à une œuvre d'art.

[Synthèse] *Ainsi Baudelaire parvient-il à fixer dans l'écriture un instant de grâce impromptu : l'éphémère accède à l'éternité grâce à la poésie ; la rencontre de la fascinante inconnue laisse un goût amer d'inachevé, tout en nourrissant l'inspiration créatrice.*

[Ouverture] *Dans d'autres poèmes, comme dans « L'amour du mensonge », Baudelaire décline les émotions ambiguës que lui inspirent les femmes, tantôt célébrées, tantôt décriées.*

CONSEIL
Sautez une ligne avant la conclusion et utilisez un connecteur logique qui marque explicitement l'étape finale.

CONSEIL
L'ouverture peut proposer un autre texte, évoquer l'histoire littéraire ou une œuvre d'art.

ÉTAPE 9 au propre — Se relire

20 min

Ne négligez pas l'étape de la relecture : elle vous permet de vous assurer de la clarté de votre propos, et d'éliminer les fautes d'orthographe ou de syntaxe.

Posez-vous ces **questions.**

- Les différentes étapes de mon plan apparaissent-elles clairement (choix des connecteurs, sauts de ligne entre vos différentes parties, présence d'alinéas) ?
- Ce paragraphe est-il compréhensible pour un lecteur extérieur ?
- Les citations sont-elles intégrées correctement ?

Vérifiez également la syntaxe et les **chaînes d'accord** : l'adjectif accordé avec le nom ou le pronom auquel il se rapporte, le verbe accordé avec son sujet, ainsi que la terminaison des verbes en fonction de leur temps et de leur groupe.

Le stratagème : un ressort comique ?

4 heures
20 points

Le stratagème au théâtre est-il toujours un ressort comique ?

Vous répondrez à cette question dans un développement structuré. Votre travail prendra appui sur *Les Fausses Confidences* de Marivaux, sur les textes et documents que vous avez étudiés en classe dans le cadre du parcours « Théâtre et stratagème », et sur votre culture personnelle.

ÉTAPE 1 au brouillon — Analyser le sujet

15 min

Vous devez commencer par **définir les termes du sujet**, en tenant compte des liens de sens entre eux.

- **Le stratagème** : Au théâtre, le stratagème est une ruse imaginée par un ou des personnages pour atteindre un but précis.
- **au théâtre** : Les pièces littéraires sont destinées à être représentées sur scène, jouées par des comédiens.
- **est-il toujours** : La formulation avec « toujours » présuppose que, le plus souvent, le stratagème sert à faire rire, ou que c'est son rôle le plus évident.
- **un ressort comique ?** : L'expression renvoie aux paroles, gestes et situations qui suscitent le rire des spectateurs.

Cette première étape va vous permettre de **reformuler** le sujet.

REFORMULATION

Les ruses des personnages dans les pièces de théâtre ont-elles d'autres fonctions que celle de faire rire les spectateurs ?

ÉTAPE 2 au brouillon — Dégager la problématique et trouver les axes de réponse

15 min

Réfléchissez aux **questions que suscite le sujet** et déduisez-en la **problématique.**

QUESTIONS

- *Dans quelles pièces l'intrigue est-elle basée sur un stratagème ?*
- *À quoi sert le stratagème dans chaque cas ?*
- *Quels effets comiques suscite-t-il ?*
- *Provoque-t-il toujours le rire ?*

→ PROBLÉMATIQUE

Les stratagèmes des personnages dans les pièces de théâtre n'ont-ils comme seule fonction que de faire rire ?

Organisez votre réponse en deux ou trois temps :

1. Réponse au problème qui paraît la plus évidente.

2. (et 3) Examen des limites de la première réponse et approfondissement du questionnement.

Axe I

Oui, le stratagème au théâtre est un ressort comique.

Axe II

Cependant le stratagème peut avoir des fonctions plus sérieuses.

ÉTAPE 3 au brouillon — Chercher des idées pour chaque axe, les organiser en un plan détaillé

45 min

Pour chaque axe, cherchez **deux ou trois arguments** : il s'agit de détailler les différents cas de figure dans lesquels l'idée est vraie.

Attention, chacun des arguments doit **s'appuyer sur une référence précise** à un texte, un personnage ou un passage précis.

Voici ce que ce travail de recherche pourrait donner **pour l'axe 1**.

Axe 1
Oui, le stratagème au théâtre est un ressort comique.

Argument 1
Parce qu'il est mis en œuvre par un personnage ingénieux, qui suscite le rire.
EXEMPLE : Le personnage de Scapin est le meilleur exemple du valet rusé dont les stratagèmes font rire le spectateur.

Argument 2
Parce qu'il permet de se moquer de ceux qui pensaient être les plus forts.
EXEMPLE : Les ruses de Scapin ont pour effet de ridiculiser des pères trop autoritaires.

Argument 3
Parce qu'il peut prendre des formes très théâtrales, dont l'effet comique est assuré lors d'une représentation.
EXEMPLE : Dans Le Mariage de Figaro, Chérubin est déguisé en femme par la comtesse et Suzanne, afin de prendre au piège le comte Almaviva.

Voici maintenant ce qu'il pourrait donner **pour l'axe 2.**

Axe 2

Cependant le stratagème peut avoir d'autres fonctions plus sérieuses.

Argument 1

Chez Marivaux, il oblige l'autre à se découvrir et permet de vérifier l'authenticité de ses sentiments.

EXEMPLE : Le stratagème d'Araminte dans Les Fausses Confidences a pour but de forcer Dorante à avouer son amour pour elle.

Argument 2

L'inversion des rôles valet/maître remet en question – le temps de la fiction théâtrale – les rapports de domination qui régissent la société.

EXEMPLE : Dans Le Jeu de l'amour et du hasard de Marivaux, maîtres et valets échangent leur place.

Argument 3

Dans d'autres pièces, le stratagème peut prendre la dimension d'un complot avec une visée sociale ou politique.

EXEMPLE : Dans Tartuffe, le stratagème a pour but de dénoncer l'imposteur qui met en danger la famille. Dans Lorenzaccio, le stratagème est un véritable complot qui doit permettre d'éliminer le tyran.

Les **transitions entre les parties** sont essentielles pour faire apparaître la progression de votre réflexion. Rédigez-les à l'avance, au brouillon, au même titre que l'introduction et la conclusion.

Transition entre la 1re et la 2de partie

À l'issue de cette première étape, on peut conclure que le stratagème est bien souvent un ressort comique, en particulier dans les comédies traditionnelles inspirées de la tradition italienne. Cependant, nous allons voir qu'il peut jouer d'autres rôles, plus sérieux.

ÉTAPE 4 au brouillon — Rédiger l'introduction

15 min

L'introduction doit restituer votre analyse du sujet et **amener progressivement la problématique** que vous avez dégagée. Il s'agit de montrer que vous avez compris les implications du sujet : ce qu'il présuppose, à travers l'amorce qui ouvre l'introduction, et ce sur quoi il porte exactement grâce à la définition des termes.

[Amorce] *Les intrigues des comédies traditionnelles, comme celles de Molière, sont souvent fondées sur des stratagèmes que mettent en place certains personnages pour en manipuler d'autres.* [Reformulation du sujet] *Ces stratagèmes ont-ils d'autres fonctions que celle de faire rire les spectateurs ?*

[Définition des termes du sujet] *On peut définir un stratagème comme un ensemble de ruses mises en place par un personnage pour arriver à ses fins. Celles-ci peuvent reposer sur l'emploi d'un déguisement ou d'autres accessoires, mais aussi sur le mensonge ou la manipulation par le langage. Souvent, elles suscitent le rire, puisqu'un personnage se voit dupé, parfois puni.*

[Problématique et annonce du plan] *Mais ces stratagèmes n'ont-ils pour seule visée que de faire rire ? Certes, le stratagème est souvent un ressort comique, cependant, il peut avoir d'autres fonctions plus sérieuses. Lesquelles ?*

CONSEIL
Quand vous énoncez votre problématique, recourez de préférence à une **interrogation directe** : formulez-la de manière soutenue avec une reprise du GN sujet par un pronom inversé.

ÉTAPE 5 au brouillon — Rédiger le développement

2 heures

Vous devez prendre garde à **enchaîner** vos arguments de manière **progressive** et systématiquement vous appuyer sur des **exemples.** Utilisez des connecteurs logiques appropriés afin de guider votre lecteur dans votre argumentaire.

I. Le stratagème au théâtre est un ressort comique

1. Parce qu'il est mis en œuvre par un personnage ingénieux, qui suscite le rire

Dans la comédie traditionnelle, de Plaute à Molière en passant par la commedia dell'arte, le stratagème est conçu et réalisé par un personnage type, celui du domestique rusé, qui déclenche le rire par sa verve et sa capacité à retourner la situation.

Prenons l'exemple des Fourberies de Scapin de Molière (1671). Par ses ruses, Scapin réussit à extorquer de Géronte l'argent nécessaire pour sauver la bien-aimée de son jeune maître Léandre. Au cours d'une scène particulièrement comique, il va jusqu'à faire croire au vieillard qu'il le protège d'assaillants imaginaires et profite de sa crédulité pour le rouer de coups de bâton.

Les personnages féminins ne sont pas en reste : par exemple, dans La Surprise de l'amour (1722) de Marivaux, Colombine, servante rusée, s'allie à Arlequin afin de rendre leurs maîtres respectifs amoureux l'un de l'autre, alors qu'ils prétendent l'un et l'autre avoir renoncé à l'amour. Pour ce faire, elle conçoit plusieurs stratagèmes, qui lui permettent également de séduire son complice.

Dans les deux cas, le valet et la servante – par leurs ruses – retournent la situation au profit des jeunes gens et permettent à l'amour véritable de triompher.

LÉGENDE
- Argument
- Exemple
- Exploitation de l'exemple

INFO+
Dans la ***commedia dell'arte*** – genre théâtral populaire italien, né au XVIe siècle –, des acteurs masqués improvisent des comédies dont l'intrigue est le plus souvent basée sur une ruse. Molière s'en est beaucoup inspiré.

2. Parce qu'il permet de se moquer de ceux qui pensaient être les plus forts

Le stratagème est ainsi l'occasion de se moquer de ceux qui détiennent le pouvoir et de dénoncer les défauts qu'ils incarnent : autoritarisme, cupidité, bêtise...

Les ruses de Scapin permettent effectivement de punir Géronte, incarnation de l'avarice et de l'autorité paternelle abusive. Dans Le Barbier de Séville (1775) de Beaumarchais, le comte Almaviva tombe amoureux de Rosine, que Bartholot, vieux barbon, est résolu à

CONSEIL
Veillez à bien marquer les **liens logiques** entre les idées.

épouser. Le comte et son valet Figaro mettent en place diverses ruses pour déjouer la vigilance du vieillard, dont les prétentions amoureuses sont ridiculisées par le dénouement.

Toutes ces ruses s'inscrivent dans la fonction morale de la comédie classique, qui est de « corriger les mœurs par le rire ». Elles mettent en évidence les défauts et les vices des personnages autant qu'elles en font la satire.

INFO+
C'est une **référence** à la citation latine « *castigat ridendo mores* » : la comédie classique a pour fonction d'élever moralement les spectateurs.

3. Parce qu'il peut prendre des formes très théâtrales et fait du spectateur un complice

Notons enfin que le stratagème peut prendre des formes très théâtrales – personnages dissimulés, déguisements, quiproquos… –, dont l'effet comique est assuré lors d'une représentation. On peut citer Le Mariage de Figaro (1778) de Beaumarchais : à la scène 2 de l'acte II, la comtesse et Suzanne déguisent Chérubin en femme, afin de confondre le comte Almaviva qui cherche à séduire Suzanne, promise à Figaro. L'effet comique de cette ruse est renforcé par l'inversion des attributs vestimentaires traditionnellement associés au féminin et au masculin.

CONSEIL
Prenez bien en compte les spécificités liées à chaque genre littéraire : ici, le théâtre est inséparable de la question de la mise en scène et de la représentation.

L'efficacité du stratagème tient également au fait qu'il transforme le spectateur en complice du meneur de jeu. Dans Les Fausses Confidences (1737), le spectateur est ainsi le complice de Dubois. Comme lui, il sait où l'action entraîne les personnages et s'amuse de les voir se laisser prendre au piège.

Le stratagème se révèle être par conséquent un procédé théâtral particulièrement plaisant pour le spectateur.

[Transition] À l'issue de cette première étape, on peut conclure que le stratagème est bien souvent un ressort comique, en particulier dans les comédies traditionnelles inspirées de la tradition italienne. Cependant, nous allons voir qu'il peut jouer d'autres rôles, plus sérieux.

II. Cependant, le stratagème peut avoir d'autres fonctions plus sérieuses

1. Obliger les personnages à se dévoiler et à reconnaître leurs sentiments

Le stratagème peut avoir pour fonction d'obliger les personnages à dévoiler leurs sentiments : c'est le cas notamment dans le théâtre de Marivaux. Dans Les Fausses Confidences (1737), Dubois n'est pas le seul à user d'un stratagème. Araminte ruse elle aussi quand – à la scène 13 de l'acte II – elle prétend, devant Dorante, accepter d'épouser le comte ; elle entend ainsi vérifier la nature de ses sentiments et le pousser à l'aveu de son amour. Si la scène a une dimension comique (Dorante n'est-il pas dans la situation du dupeur dupé ?), elle prend progressivement une dimension plus pathétique, le jeune homme éprouvant une véritable souffrance.

De fait, dans cette pièce comme dans d'autres de Marivaux, le stratagème permet au dramaturge de donner à voir le fonctionnement d'un cœur amoureux. Dans le cas des Fausses Confidences, la question n'est pas tant de savoir si Araminte va tomber amoureuse de Dorante grâce au stratagème mis en place, mais plutôt de montrer comment le sentiment amoureux naît et se développe en elle, comment elle va progressivement l'accepter. D'ailleurs, Dubois annonce plusieurs fois au cours de la pièce l'inévitable résultat, comme pour bien faire comprendre aux spectateurs que l'intérêt de l'histoire n'est pas là.

Dans cette comédie, la ruse permet le triomphe de l'amour, mais elle n'est pas le sujet de la pièce, centrée sur l'observation du sentiment amoureux et de ses progrès.

CONSEIL
Dans cette sous-partie, l'argument est développé en deux temps, et illustré à chaque fois par la **pièce que vous avez étudiée.** N'oubliez pas effectivement de donner à celle-ci une place importante (mais non exclusive) dans votre devoir.

2. Interroger des rapports de domination en les inversant momentanément

Dans certaines pièces, le stratagème conduit à une inversion des rôles sociaux entre maîtres et valets, interrogeant du même coup les rapports de domination – au moins pendant le temps de la représentation.

On peut citer Le Jeu de l'amour et du hasard (1730) de Marivaux : inquiets du mariage que l'on projette pour eux, Silvia et Dorante décident de prendre la place de leurs domestiques respectifs, et finissent par s'éprendre l'un de l'autre. Le stratagème des jeunes gens, dont ils sont eux-mêmes dupes, permet à Marivaux de mettre en lumière les préjugés sociaux, en particulier dans la réaction de Silvia face à celui qu'elle croit être son futur mari, et qui est en fait le valet de Dorante. Dans Le Mariage de Figaro, la comtesse, afin de confondre son mari qui veut la tromper, prend le rôle de sa servante, Suzanne. L'alliance des deux femmes et les jeux d'inversion mettent ici en évidence le pouvoir injuste que les hommes exercent sur les femmes.

Ainsi, l'inversion des rôles résultant des ruses des personnages permet d'interroger les fondements des rapports de domination de classe ou de genre.

CONSEIL
La conclusion partielle fait écho aux différentes idées développées dans la sous-partie qui précède : les exemples qui précèdent font effectivement référence à des rapports de domination de deux types, de classe ou de genre.

3. Dénoncer une imposture ou le pouvoir d'un tyran

Dans d'autres œuvres, le stratagème a d'autres enjeux que l'amour ; il vise à démasquer un imposteur ou à renverser un tyran.

Quand, à l'acte IV de Tartuffe ou l'imposteur (1669) de Molière, face à l'aveuglement de son mari, Elmire demande à Orgon de se cacher sous la table afin qu'il puisse assister à son entrevue avec Tartuffe, c'est dans le but de démasquer celui-ci, qui sème le vice et la division au sein d'une famille, en prenant les apparences d'un saint homme. Dans Lorenzaccio (1834), drame romantique de Musset, les personnages organisent un complot qui doit permettre d'éliminer un tyran.

Le stratagème mis en place dans une pièce peut donc opérer également comme un ressort dramatique, et montrer des personnages en prise avec l'hypocrisie sociale ou la violence du pouvoir.

ÉTAPE 6 au brouillon Rédiger la conclusion

15 min

La conclusion doit proposer un **bilan de votre réflexion**, en reprenant les grandes étapes de votre démonstration. Le but est de répondre de manière claire et synthétique à la problématique énoncée en introduction, avant de la relier à une autre piste de réflexion, ou à une autre question.

[Synthèse] *Pour conclure, si le stratagème est généralement un ressort comique, en particulier dans les comédies traditionnelles, il peut avoir des fonctions plus sérieuses en révélant la vérité des sentiments ou des rapports de domination. Le stratagème semble un procédé très efficace pour toucher le spectateur, qu'il s'agisse de le faire rire ou de le faire réfléchir.*

[Ouverture] *Jacques Copeau dit ainsi que « le théâtre fait appel à l'intelligence, au jugement, à la réflexion, à toutes les réactions et les facultés de l'âme par lesquelles le spectateur se distingue du spectacle ».*

CONSEIL
Si vous pensez traiter la dissertation, essayez de mémoriser des citations issues des œuvres étudiées et d'autres se rapportant aux genres.

ÉTAPE 7 au brouillon Se relire

15 min

Ne négligez pas l'étape de la relecture : elle vous permet de vous assurer de la clarté de votre propos, et d'éliminer les fautes d'orthographe ou de syntaxe.

Demandez-vous notamment si les différentes étapes de votre plan apparaissent clairement (choix des connecteurs, sauts de ligne entre vos différentes parties).

Colette, *Les Vrilles de la vigne*, « J'appartiens à un pays... »

20 minutes
20 points

DOCUMENT

J'appartiens à un pays que j'ai quitté. Tu ne peux empêcher qu'à cette heure s'y épanouisse au soleil toute une chevelure embaumée de forêts. Rien ne peut empêcher qu'à cette heure l'herbe profonde y noie le pied des arbres, d'un vert délicieux et apaisant dont mon âme a soif… Viens, toi qui l'ignores, viens que je te dise tout bas : le parfum des bois de mon pays égale la fraise et la rose ! Tu jurerais, quand les taillis de ronces y sont en fleurs, qu'un fruit mûrit on ne sait où, – là-bas, ici, tout près, – un fruit insaisissable qu'on aspire en ouvrant les narines. Tu jurerais, quand l'automne pénètre et meurtrit les feuillages tombés, qu'une pomme trop mûre vient de choir, et tu la cherches et tu la flaires ici, là-bas, tout près…

Et si tu passais, en juin, entre les prairies fauchées, à l'heure où la lune ruisselle sur les meules rondes qui sont les dunes de mon pays, tu sentirais, à leur parfum, s'ouvrir ton cœur. Tu fermerais les yeux, avec cette fierté grave dont tu voiles ta volupté, et tu laisserais tomber ta tête, avec un muet soupir…

Et si tu arrivais, un jour d'été, dans mon pays, au fond d'un jardin que je connais, un jardin noir de verdure et sans fleurs, – si tu regardais bleuir, au lointain, une montagne ronde où les cailloux, les papillons et les chardons se teignent du même azur mauve et poussiéreux, tu m'oublierais, et tu t'assoirais là, pour n'en plus bouger jusqu'au terme de ta vie !

Il y a encore, dans mon pays, une vallée étroite comme un berceau où, le soir, s'étire et flotte un fil de brouillard, un brouillard ténu, blanc, vivant, un gracieux spectre de brume couché sur l'air humide… Animé d'un lent mouvement d'onde, il se fond en lui-même et se fait tour à tour nuage, femme endormie, serpent langoureux, cheval à cou de chimère… Si tu restes trop tard penché vers lui sur l'étroite vallée, à boire l'air glacé qui porte ce brouillard vivant comme une âme, un frisson te saisira, et toute la nuit tes songes seront fous…

Colette, *Les Vrilles de la vigne*, « Jour gris », 1908.

PREMIÈRE PARTIE : EXPLICATION DE TEXTE ET QUESTION DE GRAMMAIRE — 12 min

▶ Lisez le texte à voix haute. Puis expliquez-le.

▶ Analysez la structure syntaxique de la phrase suivante (l. 12 à 14) :
« Et si tu passais, en juin, entre les prairies fauchées, à l'heure où la nuit ruisselle sur les meules rondes qui sont les dunes de mon pays, tu sentirais, à leur parfum, s'ouvrir ton cœur. »
Délimitez les propositions et identifiez leur nature et leur fonction.

SECONDE PARTIE : PRÉSENTATION D'UNE ŒUVRE ET ENTRETIEN — 8 min

▶ Présentez l'œuvre que vous avez retenue et expliquez les raisons de votre choix.

ÉTAPE 1 avant le jour J — Préparer la 1re partie de l'épreuve — 2 heures

Imaginez que l'extrait ci-dessus figure dans le descriptif des œuvres et des textes que vous présenterez lors de l'épreuve orale. Ce texte, étudié en classe, aura donc fait l'objet d'un travail personnel avant l'épreuve. C'est ce travail personnel que nous décrivons ci-dessous.

Préparez la lecture à voix haute. Relisez attentivement le texte afin de vous assurer d'en avoir compris le sens général et de trouver le ton qui convient.

Repérez les passages difficiles à lire à voix haute puis lancez-vous. Faites-le si possible devant quelqu'un ou en vous enregistrant, pour vous améliorer.

Sens général

La narratrice décrit avec nostalgie un pays qu'elle a quitté et invite l'être aimé à la suivre dans ce paradis perdu.

Ton à adopter

Soulignez dans votre lecture le contraste entre la nostalgie du pays perdu et l'exaltation de la narratrice. Faites entendre que la narratrice s'adresse à la personne aimée pour décrire le paysage.

Difficultés

• Plusieurs phrases sont allongées par des appositions et des compléments circonstanciels. Identifiez la structure de ces phrases pour ne pas vous perdre dans la lecture.
• Ce texte est plus poétique que narratif. Mettez en valeur les effets de rythme et les sonorités, sources de musicalité.

Préparez l'explication de texte. Il s'agit d'approfondir le travail réalisé en classe. Relisez le texte et interrogez-vous sur vos impressions de lecture. Puis reprenez vos notes de manière à construire une fiche personnelle sur cet extrait. Vous pouvez la construire en trois parties. Voici ce que pourrait donner la rédaction de cette fiche :

***Les Vrilles de la vigne* de Colette**
Extrait : « J'appartiens à un pays... »

1) Les éléments de contexte

• Colette séparée de Willy
• Texte dédié à Missy

2) L'enjeu de l'extrait

Comment la narratrice parvient-elle à plonger l'être aimé au cœur de sa rêverie ?

3) Les mouvements du texte

• Une invitation à un voyage mélancolique (1er §)
• Un voyage vers la volupté (2e §)
• La destination : un jardin de l'oubli (3e §)
• Une plongée dans la rêverie (4e §)

Voir le corrigé → étape 5.

CONSEIL
Appuyez chaque point de l'analyse sur un **fait observé** dans le texte. N'hésitez pas à annoter celui-ci (dans une version de travail) avec des symboles et des couleurs différentes.

Préparez la question de grammaire. Relisez le texte en essayant d'anticiper la question de grammaire qui pourrait vous être posée en lien avec l'un des points du programme.

> **INFO**
> Voici les principaux points du **programme de langue** :
> • les temps et modes verbaux ;
> • la phrase complexe et les subordonnées ;
> • l'expression de l'interrogation ;
> • l'expression de la négation.

ÉTAPE 2
avant le jour J

Préparer la 2de partie de l'épreuve

4 heures

Imaginez qu'en lien avec le thème du parcours « La célébration du monde », votre enseignant vous a proposé la lecture cursive du roman Le Mas Théotime*, de Henri Bosco, paru en 1945.*

Préparez la présentation de l'œuvre retenue. Reprenez vos notes de lecture. Synthétisez-les, puis formulez deux ou trois raisons pour expliquer votre choix.

***Le Mas Théotime* (1945)**

1) Éléments de présentation

- *Auteur : Henri Bosco, écrivain du XXe siècle*
- *Thème : œuvre qui célèbre la Provence*
- *Résumé : Pascal, propriétaire d'un mas provençal, voue une passion à ses terres, entretenues par des métayers. Mais le retour de Geneviève – son amour de jeunesse – dans sa vie, et son conflit avec son voisin Clodius viennent troubler la paix de son domaine.*

2) Raisons de mon choix

- *J'ai trouvé cette lecture* ***palpitante*** *: l'intrigue comporte de nombreux rebondissements ; elle est enrichie par l'alternance de moments descriptifs des travaux des champs et de moments mystérieux et introspectifs centrés sur les protagonistes.*
- *J'ai été* ***émue*** *par les descriptions poétiques de la nature provençale.*

Anticipez les questions de l'examinateur. Celui-ci vous demandera de préciser les caractéristiques clés de l'œuvre, ainsi que son lien avec l'une des œuvres au programme (ou avec le thème du parcours associé).

ÉTAPE 3 — le jour J

Exploiter le temps de préparation le jour de l'examen

30 min

Utilisez bien la totalité du temps de préparation.

Principales étapes

1. Relisez rapidement le texte (ou le passage sélectionné) pour vous le remettre en mémoire.
2. Écrivez les éléments de contexte, l'enjeu du texte (sur lequel vous conclurez) et le plan du texte.
3. Notez les éléments d'analyse, en indiquant le numéro de la ligne pour pouvoir retrouver les citations.
4. Gardez 5 minutes pour préparer la question de grammaire.
5. S'il vous reste du temps, mettez par écrit les grandes lignes de votre présentation pour l'entretien.

CONSEIL
Pour faciliter votre oral, **numérotez** les pages de brouillon.
N'écrivez qu'au **recto** et utilisez une **page différente** pour chaque mouvement du texte.

ÉTAPE 4 — le jour J

Présenter le texte, le lire à voix haute

3 min

L'épreuve commence. Avant de lire le passage demandé, **introduisez progressivement votre exposé.**

Publiées en 1908, Les Vrilles de la vigne marquent une période de transition dans la vie de Colette. Séparée de Willy, son premier mari, elle se produit dans des spectacles de music-hall et vit avec Mathilde de Morny.

C'est à cette compagne, surnommée Missy, que sont dédiés trois textes du début de l'œuvre, dont « Jour gris », dans lequel Colette exprime la nostalgie des paysages de son enfance.

Nous verrons comment la narratrice parvient à plonger l'être aimé au cœur de sa rêverie.

LÉGENDE
Présentation de l'œuvre
Situation de l'extrait
Enjeu du texte

Puis après avoir repris votre respiration, **lisez le passage demandé** de manière pertinente et expressive. Ne lisez pas trop vite, marquez des pauses.

MÉTHODES

ÉTAPE 5 le jour J

Développer l'explication de texte

7 min

Commentez le texte en vous appuyant sur ses mouvements que vous pouvez annoncer brièvement. Efforcez-vous de ne pas parler trop vite.

1. Une invitation à un voyage mélancolique

- Le verbe « j'appartiens » présente le pays de l'enfance comme un lieu d'enracinement. Le contraste entre ce présent et le passé composé « j'ai quitté » exprime la nostalgie de la narratrice.
- Le « je » s'adresse à un « tu » (Missy), d'abord étranger à ce paradis perdu, ce que soulignent les négations des lignes 1 et 3, puis invité à le découvrir avec l'impératif « Viens ». La description se fait ensuite à travers le regard du « tu » (dans l'anaphore « tu jurerais »).
- Le conditionnel présent, employé seul ici, puis dans des systèmes hypothétiques, a valeur d'irréel du présent : le pays de la narratrice n'est pour l'instant accessible au « tu » qu'à travers l'imagination.
- Le paysage se construit sur des synesthésies. La narratrice établit des correspondances entre les cinq sens : « vert délicieux », « le parfum [...] égale la fraise et la rose », « un fruit mûrit [...] qu'on aspire en ouvrant les narines ». Les sonorités donnent à la description une dimension musicale, avec les assonances en « i » (l. 7 à 9) et les allitérations en « s » (l. 8).
- La description brouille les repères spatiaux et temporels. La fraise et la rose du printemps côtoient la pomme d'automne, et le groupe d'adverbes « là-bas, ici, tout près » répété deux fois déroute le lecteur.

MOT CLÉ
La **synesthésie** désigne une association de plusieurs perceptions sensorielles.

2. Un voyage vers la volupté

- La sensualité apparaît dans le deuxième paragraphe, où l'on relève des métaphores à connotations sexuelles (« la lune ruisselle sur les meules rondes qui sont les dunes de mon pays »). Plongé dans la nuit, le paysage reflète les ébats amoureux.

CONSEIL
Enchaînez les différentes parties de l'explication de **manière fluide**. Évitez de rappeler le plan de manière trop scolaire.

• L'être aimé est ainsi envahi par la volupté (« avec cette fierté grave dont tu voiles ta volupté ») et s'abandonne au plaisir qui s'exprime dans l'oxymore d'un « muet soupir ».

3. La destination : un jardin de l'oubli

• « Et si tu arrivais, un jour d'été, dans mon pays » : dans cet écho au deuxième paragraphe, le verbe « passais » est remplacé par « arrivais ». Le « tu » a rejoint le « je ».
• Le paysage est décrit par touches de couleurs impressionnistes (« bleuir » et « azur mauve »).
• Mais le texte prend une tonalité sombre avec les adjectifs « noir », « poussiéreux », la négation « sans fleurs », et l'évocation de « cailloux » et de « chardons ».
• Le voyage dans le passé éloigne de la réalité : l'amante, subjuguée par le paysage, oublie paradoxalement la narratrice après l'avoir rejointe (l. 21).

MÉTHODE
Dans une explication linéaire, vous devez commenter précisément la **progression** du texte.

MÉTHODES

4. Une plongée dans la rêverie

• Mais le quatrième paragraphe relance la description avec l'adverbe « encore ». Le voyage dans le passé devient une plongée dans l'imaginaire. Le texte prend des accents fantastiques avec la personnification du brouillard (l. 25) et ses métamorphoses : l'univers merveilleux de la chimère se mêle à l'allusion au jardin d'Eden où rôde le « serpent langoureux ».
• Les images de vie et de mort se superposent : le « berceau » de la vallée abrite un « gracieux spectre de brume ». L'être aimé fusionne avec le paysage et s'y perd dans la rêverie autant que la narratrice.
• Dans le système hypothétique, on passe de l'irréel du présent au potentiel : le présent remplace l'imparfait dans la subordonnée (« si tu restes ») et le futur remplace le conditionnel (« un frisson te saisira »), ce qui réduit la distance entre le pays d'enfance de la narratrice et la personne interpellée.

Conclusion

L'évocation du pays de l'enfance de la narratrice prend ici la forme d'une invitation au voyage adressée à l'être aimé. Les paysages sont célébrés comme un spectacle complet pour les sens où les deux amantes finissent par se rejoindre et se perdre dans une rêverie fantastique.

Dans ce texte plus poétique que narratif, Colette semble faire écho aux synesthésies de la poésie baudelairienne, notamment développées dans le sonnet « Correspondances » des Fleurs du mal (1857).

LÉGENDE
Bilan de l'explication
Ouverture

ÉTAPE 6 le jour J

Répondre à la question de grammaire

2 min

Votre réponse doit être **précise** et **utiliser les termes grammaticaux** qui conviennent.

[Et si tu passais, en juin, entre les prairies fauchées, à l'heure [où la lune ruisselle sur les meules rondes] [qui sont les dunes de mon pays]], [tu sentirais, à leur parfum, s'ouvrir ton cœur].

Cette phrase est constituée de quatre propositions. Deux d'entre elles forment un système hypothétique : une subordonnée circonstancielle de condition introduite par « **si** », et une proposition principale. L'ensemble formule une hypothèse à valeur d'irréel du présent.

Les deux autres sont des subordonnées relatives : la première est épithète du nom « heure », la seconde est épithète du nom « meules ». Ce sont des expansions du nom qui apportent des précisions dans la phrase.

MÉTHODE
Pour repérer toutes les propositions d'une phrase, soulignez les **verbes conjugués** : à chaque verbe conjugué correspond une **proposition.**

ÉTAPE 7 le jour J

Présenter l'œuvre choisie

3 min

Présentez l'œuvre, l'auteur et le contexte de publication, puis **résumez** brièvement l'œuvre et citez-en quelques **caractéristiques clés.**

J'ai choisi de présenter Le Mas Théotime, roman d'Henri Bosco publié en 1945. Cet auteur est né en Provence, et son amour pour sa région natale transparaît dans ce roman.

Le narrateur, Pascal Dérivat, vit au Mas Théotime. Il entretient un vaste domaine de terres provençales avec ses métayers, la famille Alibert. Il mène une existence paisible et solitaire, jusqu'à l'arrivée de Geneviève, une cousine qu'il aimait dans sa jeunesse, mais qu'il a toujours rejetée. La jeune femme illumine le quotidien de Pascal, mais attise aussi la haine qu'il éprouve pour son voisin Clodius : à leurs habituelles querelles de territoire vient s'ajouter la jalousie de Pascal, notamment lorsqu'il trouve un soir Geneviève chez Clodius. Quelques jours après, le meurtre de ce dernier sème la confusion : Pascal découvre qu'il lui a légué ses terres. Malgré ses sentiments pour le narrateur, Geneviève s'enfuit avec le meurtrier, un amant jaloux épousé après son divorce, qu'elle fuyait en venant chez Pascal.

Le Mas Théotime est avant tout un roman rural : tous les personnages, Pascal, Clodius, les Alibert, Geneviève et le cousin Barthélémy, ont en effet un attachement profond à la terre qu'ils cultivent ou, dans le cas de Geneviève, qu'ils explorent. Clodius lègue ainsi son domaine à Pascal : malgré leur haine, il le respecte dans sa capacité à prendre soin de ses terres. Plusieurs mystères donnent au récit des allures de roman policier : le meurtre de Clodius, le passé mouvementé de Geneviève ou la mystérieuse carte trouvée à l'ermitage de Saint-Jean mentionnant un trésor.

Le caractère passionné des personnages et leur proximité avec la nature teintent par ailleurs le roman d'accents romantiques.

LÉGENDE
Présentation brève
Résumé
Analyse

À NOTER
Dans cette présentation, vous pouvez essayer de rattacher le roman à un **sous-genre.**

MÉTHODES

Justifiez votre choix en évoquant votre expérience de lecture.

• *J'ai d'abord apprécié les rebondissements palpitants de l'intrigue, comme la dispute avec Clodius, le meurtre, ou la présence angoissante du meurtrier chez Pascal. Tous ces événements sont liés à l'intrigue amoureuse, qui m'a profondément ému(e). Malgré son amour pour Geneviève, Pascal reste incapable de se rapprocher d'elle véritablement.*

• *Ensuite, j'ai été touché(e) par la célébration de la nature provençale. De nombreux passages décrivent la terre de façon très poétique, au gré des promenades de Pascal. Une sorte de communion s'établit entre les personnages et le paysage. Ainsi Pascal trouve l'apaisement dans les vergers du cousin Barthélémy, ou inversement, voit sa colère et ses angoisses vibrer dans un orage d'été. Cette symbiose avec la nature me rappelle les œuvres de Colette, notamment l'émerveillement de la narratrice devant le jardin de Sido, ou son mal-être face à la mer dans « Jour gris ».*

CONSEIL
Cette partie de l'épreuve est très **personnelle.** Vous pouvez justifier votre choix en vous appuyant sur les **émotions** que vous avez ressenties au cours de votre lecture.

ÉTAPE 8 le jour J — Répondre aux questions de l'examinateur

5 min

Prenez le temps de réfléchir avant de répondre. **Veillez à argumenter vos réponses** et à faire référence à des passages précis de l'œuvre.

> QUESTION. Vous évoquiez dans votre présentation le mystère de l'ermitage de Saint-Jean. Le lecteur aura-t-il le fin mot de cette énigme ?

> RÉPONSE. Non, sur la carte trouvée par Geneviève figure un dessin, que l'on retrouve sur les murs de la chapelle, et sur les draps brodés de toute la famille de Pascal : un cœur rappelant une rose, et transpercé par une croix. Ce dessin ne trouve pas d'interprétation dans le roman. Et le « trésor » mentionné sur la carte reste caché, malgré les travaux effectués à l'ermitage à la fin du roman. Il s'agit très certainement d'un trésor spirituel.

À NOTER
L'examinateur vérifiera votre **connaissance de l'œuvre** en vous posant des questions précises sur l'intrigue.

> QUESTION. Quel est le mode de narration dans Le Mas Théotime ? Que pensez-vous de ce choix ?

> RÉPONSE. Dans Le Mas Théotime, la narration est à la première personne. Le narrateur est le personnage principal du roman, et c'est à travers son point de vue que les éléments de l'intrigue nous sont livrés. Cela permet de ménager un grand mystère sur le personnage de Geneviève et sur les événements liés à Clodius : le lecteur mène l'enquête en même temps que Pascal. Par ailleurs, le texte revêt ainsi une grande sensibilité. Le lecteur s'identifie au personnage principal en étant plongé au cœur de ses pensées et émotions.

À NOTER
La narration peut se faire à la **première personne** (le narrateur est le personnage principal ou le témoin des événements) ou à la **troisième personne** (le narrateur est omniscient).

> QUESTION. Vous avez évoqué la dimension romantique du roman de Bosco. Pouvez-vous définir ce qu'est le romantisme, le situer dans le temps et déterminer si l'auteur appartient à ce courant ?

> RÉPONSE. Le romantisme est un courant littéraire européen de la première moitié du XIXe siècle. Il se caractérise par l'exaltation du moi, la mélancolie, le goût pour l'ailleurs et la revendication de liberté. Les auteurs les plus représentatifs du courant en France sont Victor Hugo, Alfred de Musset, Alphonse de Lamartine, Gérard de Nerval. Henri Bosco, auteur du XXe siècle, ne peut être qualifié de romantique, mais les personnages du roman ont bien un caractère romantique, exalté, centré sur leurs passions.

CONSEIL
Les **mouvements littéraires** font partie des connaissances attendues en classe de Première. Révisez-les avant l'examen.

MÉTHODES

> QUESTION. Quel rapprochement pouvez-vous faire entre Le Mas Théotime et les œuvres de Colette ?

> RÉPONSE. Colette et Henri Bosco partagent la même sensibilité à la nature et la même capacité à faire du paysage un objet poétique.
Comme Pascal, la narratrice des Vrilles de la vigne et de Sido voit dans la nature un reflet de ses propres émotions. Chez Colette, ce sont surtout les fleurs et les animaux (chats, chiens, rossignol) qui ont cet effet miroir. Chez Bosco, c'est plutôt la nature dans ce qu'elle a de monumental : la terre, le bois, l'orage.

Préparer l'épreuve écrite

Un SUJET COMPLET • Amérique du Nord, mai 2023

17 DISSERTATIONS sur les œuvres au programme

Les recueils de poésie

Les œuvres de littérature d'idées

Les romans et les récits

Les pièces de théâtre

8 COMMENTAIRES de texte

4 Amérique du Nord, mai 2023
Commentaire

Racine, *Bérénice*, acte IV, scène 5

4 heures
20 points

INTÉRÊT DU SUJET • Ce texte montre deux célèbres amants, Titus et Bérénice, lors d'une des scènes de rupture les plus connues de la littérature.

▶ Commentez ce texte de Racine, extrait de *Bérénice* (1670).

Vous devrez composer un devoir qui présente de manière organisée ce que vous avez retenu de votre lecture et justifier par des analyses précises votre interprétation.

DOCUMENT

La mort de l'empereur de Rome, Vespasien, conduit son fils Titus à lui succéder. Titus aime Bérénice, une reine étrangère. Le peuple romain est hostile à la royauté et Titus va se séparer de Bérénice. À la scène 5 de l'acte IV, les deux amants se retrouvent face à face.

TITUS
[…]
Aidez-moi, s'il se peut, à vaincre sa faiblesse[1],
À retenir des pleurs qui m'échappent sans cesse ;
Ou, si nous ne pouvons commander à nos pleurs,
Que la gloire du moins soutienne nos douleurs ;
Et que tout l'univers reconnaisse sans peine
Les pleurs d'un empereur et les pleurs d'une reine.
Car enfin, ma princesse, il faut nous séparer.

BÉRÉNICE
Ah ! cruel, est-il temps de me le déclarer ?
Qu'avez-vous fait ? Hélas ! Je me suis crue aimée.

ÉCRIT

Au plaisir de vous voir mon âme accoutumée
Ne vit[2] plus que pour vous. Ignoriez-vous vos lois,
Quand je vous l'avouai pour la première fois ?
À quel excès d'amour m'avez-vous amenée !
Que ne me disiez-vous : « Princesse infortunée,
Où vas-tu t'engager, et quel est ton espoir ?
Ne donne point un cœur qu'on ne peut recevoir. »
Ne l'avez-vous reçu, cruel, que pour le rendre,
Quand de vos seules mains ce cœur voudrait dépendre ?
Tout l'Empire a vingt fois conspiré contre nous.
Il était temps encor : que ne me quittiez-vous ?
Mille raisons alors consolaient ma misère :
Je pouvais de ma mort accuser votre père,
Le peuple, le sénat, tout l'Empire romain,
Tout l'univers, plutôt qu'une si chère main.
Leur haine, dès longtemps contre moi déclarée,
M'avait à mon malheur dès longtemps préparée.
Je n'aurais pas, Seigneur, reçu ce coup cruel
Dans le temps que j'espère un bonheur immortel,
Quand votre heureux amour peut tout ce qu'il désire,
Lorsque Rome se tait, quand votre père expire,
Lorsque tout l'univers fléchit à vos genoux,
Enfin quand je n'ai plus à redouter que vous.

Titus

Et c'est moi seul aussi qui pouvais me détruire.
Je pouvais vivre alors et me laisser séduire.
Mon cœur se gardait bien d'aller dans l'avenir
Chercher ce qui pouvait un jour nous désunir.
Je voulais qu'à mes vœux rien ne fût invincible,
Je n'examinais rien, j'espérais l'impossible.
Que sais-je ? J'espérais de mourir à vos yeux
Avant que d'en venir à ces cruels adieux.
Les obstacles semblaient renouveler ma flamme.
Tout l'Empire parlait. Mais la gloire, Madame,
Ne s'était point encor fait entendre à mon cœur
Du ton dont elle parle au cœur d'un empereur.
Je sais tous les tourments où ce dessein me livre ;
Je sens bien que sans vous je ne saurais plus vivre,

Que mon cœur de moi-même est prêt à s'éloigner ;
Mais il ne s'agit plus de vivre, il faut régner.
[…]

Jean Racine (1639-1699), *Bérénice*, 1670, extrait de l'acte IV, scène 5.

1. Sa faiblesse : ici, Titus parle de son propre cœur.
2. Ne vit : il s'agit ici du verbe *vivre*.

LES CLÉS DU SUJET

Définir le texte

Carte d'identité du texte

- **Contexte** : XVIIe siècle, l'âge classique
- **Thème** : un amour impossible
- **Auteur** : Jean Racine (1639-1699), dramaturge
- **Tonalités** : pathétique et tragique
- **Buts de l'auteur** : émouvoir et montrer la souffrance d'une séparation pour raison d'État

Formuler la problématique

Dans cette scène de rupture tragique, comment Racine oppose-t-il l'amour au devoir ?

Construire le plan

1. Une passion malheureuse et tragique	• Montrez l'aspect pathétique du discours de Titus, tout à sa plainte. • Intéressez-vous aussi au discours de Bérénice, centré sur le reproche : en quoi se sent-elle trahie ? • Étudiez le caractère inéluctable de cette séparation et le trouble qu'elle inspire aux personnages.
2. La nécessité du devoir	• Comment le face à face se produit-il entre les deux personnages ? Parviennent-ils vraiment à échanger ? • Montrez que, malgré sa gloire et sa puissance nouvellement acquises, Titus est dépassé par son destin. • Intéressez-vous à la manière dont ce dilemme tragique se résout à la fin de l'extrait.

4 CORRIGÉ GUIDÉ

Les titres en couleur ou entre crochets ne doivent pas figurer sur la copie.

Introduction

[Présentation du contexte] Au XVIIe siècle, les dramaturges classiques puisent souvent les sujets de leurs pièces dans l'histoire antique ; l'épisode de la séparation entre Titus et Bérénice inspire Jean Racine par « la violence des passions » qu'il suscite. [Présentation de l'œuvre et de l'extrait] L'extrait proposé, proche du dénouement, se situe à la scène 5 de l'acte IV : Titus, qui doit devenir empereur de Rome, affronte Bérénice, reine de Palestine, pour lui annoncer leur séparation ; son amour pour elle doit impérativement s'incliner devant son devoir. [Problématique] Dans cette scène de rupture tragique, comment Racine oppose-t-il l'amour au devoir ? [Annonce du plan] Nous étudierons dans un premier temps l'expression de cette passion malheureuse, puis nous verrons que la tragédie naît de la nécessité du devoir à accomplir.

I. Une passion malheureuse et tragique

> **▶ Le secret de fabrication**
> Il s'agit ici de montrer la tonalité pathétique de cet amour contrarié qui s'exprime dans la joute oratoire des deux protagonistes. Ceux-ci se répondent au moment où la décision de la rupture semble inévitable.

1. La douleur de Titus

• Le discours de Titus est empreint d'une douleur pathétique que marquent la répétition de « pleurs » (v. 2, 3, 6) et la rime avec « douleurs » (v. 4). De même, les vers 1 et 2 (« Aidez-moi […] / À retenir des pleurs qui m'échappent sans cesse ») s'apparentent à une didascalie interne qui invite le comédien, lors de la représentation théâtrale, à montrer ses larmes au public.

• Titus exprime d'emblée ses sentiments pour émouvoir Bérénice, afin qu'elle le rejoigne dans une déploration commune, comme en témoigne le parallélisme du vers 6 (« Les pleurs d'un empereur et les pleurs d'une reine »). Les déterminants possessifs de la première personne du pluriel (« nos pleurs », v. 3 ; « nos douleurs », v. 4) succèdent ainsi aux marques de celle du singulier (« Aidez-moi », v. 1 ; « m'échappent », v. 2), unissant les deux personnages dans une même complainte élégiaque.

> **MOT CLÉ**
> L'**élégie**, héritée de la poésie antique, désigne une œuvre mélancolique où s'exprime la tristesse liée aux amours impossibles, à l'absence ou au deuil.

• Le futur empereur souhaite persuader Bérénice que seule « la gloire » (v. 4) doit les réunir et guider leurs sentiments mutuels : le respect qu'ils se doivent à eux-mêmes implique donc leur séparation.

2. Les reproches amers de Bérénice

• Accablée par la décision de Titus, Bérénice lui fait une réponse vibrante d'émotion et pleine de reproches. Les interjections (« Ah ! »), les exclamations (« Hélas ! »), les questions rhétoriques (« Qu'avez-vous fait ? ») qui disloquent le rythme des alexandrins, témoignent du trouble de Bérénice et de l'intensité du choc qui la frappe.

• Cette séparation annoncée lui semble insurmontable car elle est vécue comme une trahison amoureuse, comme le montre la répétition de l'adjectif « cruel » (v. 8, v. 17, v. 27). De même, la phrase exclamative « À quel excès d'amour m'avez-vous amenée ! » (v. 13) est une accusation directe à l'encontre de Titus, qui paraît ainsi porter l'entière responsabilité de la situation.

• Le reproche porte notamment sur la temporalité de la rupture : sachant que leur amour était impossible, Titus aurait dû provoquer la séparation plus tôt pour limiter leur souffrance. Le dépit de Bérénice est renforcé par l'interjection lyrique : « Hélas ! je me suis crue aimée » (v. 9) qui joue sur la proximité graphique et phonique entre « crue » et « cruel ». Notons aussi la plainte (à l'imparfait de l'indicatif) faite à Titus sur son choix de repousser le moment fatidique de la séparation : « Il était temps encor : que ne me quittiez-vous ? » (v. 20).

3. Une séparation jugée inéluctable par Titus

• Titus présente la séparation comme un fait nécessaire, comme l'indique le parallélisme du v. 6 (« Les pleurs d'un empereur et les pleurs d'une reine ») qui met en lumière à la fois le rapprochement et l'éloignement qui s'opèrent entre Titus et Bérénice : leurs larmes sont similaires, mais leur statut politique (face au peuple romain) les oblige à rompre.

• À l'injonction stoïque et pragmatique de Titus (« Que la gloire du moins soutienne nos douleurs ») répond le déferlement de colère de Bérénice. Par l'enjambement des vers 10-11 (« mon âme accoutumée/ Ne vit plus que pour vous »), la reine place sa souffrance sur un terrain existentiel : cette rupture représente pour elle une condamnation à mort.

À NOTER
Bérénice menace à plusieurs reprises son amant de se suicider s'il l'abandonne, avant d'y renoncer à la fin de la pièce pour donner l'exemple au monde de « l'amour la plus tendre et la plus malheureuse ».

• Le couperet tombe donc : « Car enfin, ma princesse, il faut nous séparer. » La tournure impersonnelle, mais injonctive (« il faut ») permet à Titus de se disculper et de ne pas se placer lui-même comme l'agent principal de cette décision : celle-ci est présentée comme un coup du destin, une obligation extérieure qui le dépasse et l'écrase.

[Transition] Le malheur de cette passion contrariée est lié au conflit tragique entre l'amour et le devoir.

II. La nécessité du devoir

> **▶ Le secret de fabrication**
> Il s'agit d'explorer dans cette partie la dimension tragique de cet échange qui réside essentiellement dans l'enfermement des deux interlocuteurs dans leur propre logique.

1. Un face à face vain

• Les deux personnages tentent de se convaincre l'un l'autre dans l'espoir de modifier leur comportement. Bérénice accuse Titus de n'avoir pas fait ce qu'il fallait faire pour leur éviter à tous deux de souffrir. Elle émet même l'idée (sans vraiment y croire) que Titus pourrait encore modifier sa décision : ironiquement, « coup cruel » rime avec « bonheur immortel » (v. 27-28).

• Cette argumentation semble vaine car, comme en atteste l'opposition permanente entre le présent et le passé, tout semble déjà joué. Les vers 14 à 16 cherchent à exorciser la douleur de la séparation, en envisageant un discours fictif que Titus aurait pu prononcer : le spectateur sait que ce conseil, eût-il été donné jadis, n'aurait pas été suivi ; la tragédie était alors déjà en germe.

• La forme même du texte révèle déjà une séparation effective des amants : les répliques longues du couple, comme juxtaposées, reflètent leur état d'âme, plutôt qu'elles ne constituent un véritable dialogue. Chacun projette sur l'autre un désir qu'il sait impossible, mais auquel il fait encore mine de croire : Titus espère encore que Bérénice va renoncer à son amour ; Bérénice pense encore que Titus peut délaisser la raison d'État ou rallier le peuple romain à leur cause.

2. Une toute-puissance dérisoire

• Dans sa réponse à Bérénice, Titus, perdu (« Que sais-je ? », v. 39), tablant sur son pouvoir « invincible » et aveuglé par son insouciance, fait part de ses rêves passés (« Je n'examinais rien, j'espérais l'impossible. », v. 38) et de son espoir d'une conciliation entre son amour et ses devoirs d'empereur (v. 37).

• En devenant empereur, Titus acquiert un pouvoir qui devrait le rendre libre de ses décisions. Le couple pourrait *a priori* être libéré du poids écrasant qui pèse sur eux, signifié par la gradation hyperbolique : « votre père, / Le peuple, le sénat, tout l'Empire romain, / Tout l'univers » (v. 22-24).

• Mais cette nouvelle liberté n'est qu'illusoire : Titus, désormais au service de l'Empire romain, est condamné à régner et à accomplir son destin d'empereur (v. 43-44).

3. Une décision inéluctable

• Le cœur du dialogue réside ainsi dans la résolution finale, douloureuse et tragique, d'un dilemme entre l'amour et le devoir, une reine (étrangère de surcroît) ne pouvant en aucun cas devenir l'épouse d'un empereur romain.

> INFO
> Ce **rejet de la royauté** date du soulèvement du peuple romain contre la tyrannie de Tarquin le Superbe (VIe siècle av. J.-C.). Les Romains sont prêts à accepter un empereur, mais se méfient des rois – la nuance est importante à l'époque.

• Les rêves de sincérité de Bérénice ne font plus le poids face à la conscience impériale de Titus, qui choisit de renoncer à son amour pour elle. Par l'allégorie, la « gloire » (v. 42) devient une rivale invincible et l'emporte grâce à son charme (le « ton dont elle parle au cœur d'un empereur » v. 44).

• À la fin de l'extrait, la raison d'État, qui exige le dépassement de soi, prend définitivement l'ascendant sur la passion amoureuse. La conjonction adversative « Mais » (v. 48) introduit une négation (« il ne s'agit plus de vivre »), puis une affirmation (« il faut régner »), toutes deux sous forme de tournure impersonnelle : Titus doit ainsi obéir à une force qu'il ne maîtrise plus et qui le pousse à renoncer à l'existence humaine (« sans vous je ne saurais plus vivre », v. 46) et à ses plaisirs. Désormais empereur, Titus devient donc, à l'instar des dieux, immortel.

Conclusion

[Synthèse] Dans la préface de *Bérénice,* Racine définissait le plaisir de la tragédie comme la « tristesse majestueuse » ressentie notamment dans les passions : c'est bien ce qu'incarne la rupture de ce couple extraordinaire et touchant qui, malmené par sa souffrance, ne se comprend plus.

[Ouverture] Ce dilemme entre l'amour et le devoir à accomplir rappelle celui de Rodrigue dans *Le Cid* (1637) de Corneille, qui se résout à tuer en duel le père de sa fiancée, afin de venger l'honneur de son propre père.

5 Amérique du Nord, mai 2023
Dissertation

Les personnages romanesques de *Manon Lescaut*

4 heures
20 points

INTÉRÊT DU SUJET • D'un roman, on retient souvent ses personnages principaux, dont le profil doit parvenir à captiver le lecteur ; qu'en est-il des personnages de *Manon Lescaut* ?

▶ Dans *Manon Lescaut*, est-ce parce que les personnages sont marginaux qu'ils sont romanesques ?

Vous répondrez à cette question dans un développement organisé. Votre réflexion prendra appui sur le roman de l'abbé Prévost au programme, sur le travail mené dans le cadre du parcours associé à cette œuvre et sur votre culture personnelle.

LES CLÉS DU SUJET

Analyser le sujet

Dans *Manon Lescaut*, **est-ce parce que** les **personnages** sont **marginaux** qu'ils sont **romanesques** ?

- **est-ce parce que…** : induit le postulat du caractère marginal et romanesque des personnages ; il faut questionner ce lien et voir si le romanesque des personnages n'a pas d'autres sources.
- **personnages** : le couple central, mais aussi d'autres personnages, construits en écho ou par contraste
- **marginaux** : qui refusent les normes morales et sociales de la société
- **romanesques** : dignes de figurer dans un roman car hors du commun, en rupture avec une forme de banalité, notamment par l'intensité des sentiments qui les caractérise et les événements qui les affectent

Formuler la problématique

Dans quelle mesure la marginalité des personnages peut-elle être un vecteur du romanesque ?

Construire le plan

1. Des personnages marginaux sources de romanesque	• En quoi le roman nous confronte-t-il à des personnages socialement et moralement décalés ? • À quoi voit-on que Des Grieux se marginalise ? • Montrez que marginalité et aventures sont liées.
2. Un amour romanesque et marginal	• Qu'a d'improbable et de décisif la relation qui se noue entre les deux héros ? • À quels obstacles les amants font-ils face ? • Étudiez le caractère extrême de cette passion.
3. Des personnages qui questionnent nos existences	• En quoi le roman met-il en garde contre les passions ? • Réfléchissez aux valeurs contrastées incarnées par les différents personnages. • Le roman ne semble-t-il pas aussi exalter la passion ?

5 CORRIGÉ FLASH

ÉCRIT

Introduction

[Accroche] Dès ses débuts, le roman abonde en personnages marginaux qui semblent être la clé d'une histoire réussie ; Don Quichotte, le héros éponyme du roman de Miguel de Cervantès, paru en 1605, en témoigne. [Explication du sujet] Le sujet présenté évoque ainsi le fort lien qui unit marginalité et romanesque : dans *Manon Lescaut*, est-ce parce que les personnages sont marginaux qu'ils sont romanesques ? [Problématique] Dans quelle mesure la marginalité des personnages peut-elle être un vecteur du romanesque ? [Annonce du plan] Nous verrons que la marginalité des personnages, alimentée par une passion tragique, constitue le ressort du romanesque qui interroge l'individu sur ses choix et les valeurs de la société.

I. Des personnages marginaux sources de romanesque

1. Une galerie de personnages en marge

• Les profils et les actions de certains personnages du roman leur confèrent une dimension romanesque par leur décalage avec la société et la morale.

• Ainsi, Manon Lescaut, jeune fille « de naissance commune », échappe au couvent et vend ses charmes, finissant déportée avec des femmes de mauvaise vie ; Des Grieux est un jeune noble qui fuit par amour la carrière ecclésiastique à laquelle il se destinait ; Lescaut, le frère de Manon, peu fréquentable, est un voyou qui évolue dans le monde du jeu et de la triche.

- L'immoralité gangrène aussi les classes privilégiées : des hommes riches et respectés s'offrent les faveurs de Manon.

2. La marginalisation progressive du héros

- Peu à peu, Des Grieux renonce à tout pour Manon : l'honneur, la vie confortable associée à son rang et même ses principes moraux.
- Ainsi, les amants mènent une vie en marge ; le manque de ressources et les goûts de luxe de Manon les poussent à vivre d'expédients douteux. Des Grieux en vient à mentir, voler et se fait complice d'escroqueries. Conscient de déchoir, il agit pourtant comme un « infâme personnage », par amour.

3. Des aventures rocambolesques

- En rupture de ban, les amants échappent à leur vie toute tracée ; leur fuite inaugurale signe le début d'une « vie obscure et vagabonde », Des Grieux se retrouvant mêlé à des aventures rocambolesques.
- Les péripéties s'enchaînent à un rythme effréné : ainsi, la tentative d'escroquerie du vieux G.M. entraîne l'incarcération de Des Grieux, qui s'évade en faisant couler le sang. Le couple devient hors-la-loi, enchaînant brèves périodes d'accalmie et infortunes cuisantes. Dans *L'Astragale* (1965), Albertine Sarrazin donne aussi à voir les aléas de la relation mouvementée entre Anne et Julien, délinquants confrontés aux difficultés d'une vie précaire.
- La conduite transgressive des amants déclenche des rebondissements incessants, contribuant largement au plaisir narratif, jusqu'à la déportation en Amérique, signe que le couple ne parvient pas à trouver sa place dans la société de l'époque.

> **À NOTER**
> Les lieux, dans *Manon Lescaut,* sont symptomatiques d'une certaine marginalisation sociale : les frasques se soldent par une exclusion géographique. C'est paradoxalement dans le Nouveau Monde que le couple renoue avec une forme de normalité sociale.

II. Un amour romanesque et marginal

1. Un amour non conventionnel et décisif

- Prévost reprend le topos du coup de foudre : la passion qui meut Des Grieux, épris au premier regard, contribue à rendre le personnage romanesque.
- Le couple ne répond pas à la vision traditionnelle de la société de l'époque : les amants sont de conditions opposées (un fils de bonne famille, une jeune fille sans

> **À NOTER**
> Selon É. Souriau (*Vocabulaire d'esthétique*, 1990), le **romanesque** émane de trois éléments principaux : le primat de l'affectif (sentiments nobles, intenses) ; des événements denses ; le jeu sur les extrêmes (le sublime et l'infâme, par exemple).

ressources), ils vivent en dehors du cadre du mariage religieux. Cet amour fait écho à celui que se vouent Tristan et Iseut, passionnément épris après avoir absorbé par erreur un philtre magique.

2. Un amour contrarié

- Non conforme aux codes de la société, la relation amoureuse est mise à mal par de nombreux opposants.

- La propension de Manon à l'infidélité (M. de B., le vieux G.M., le fils de G.M.) fait rebondir l'intrigue, en éveillant les soupçons de Des Grieux, voire en le séparant de celle qu'il aime.

- Leur relation est hypothéquée par des instances de pouvoir et d'autorité. Le père de Des Grieux, défenseur du code aristocratique, fait enlever son fils dans l'espoir de le ramener à la raison. Tiberge, l'ami vertueux, condamne vertement cette passion subversive. Pour autant, Des Grieux en fait le pivot de sa nouvelle existence : « elle me tient lieu de gloire, de bonheur et de fortune. »

- De même, Béroul raconte la traque de Tristan et Iseut par des barons jaloux qui cherchent à révéler au grand jour leur relation interdite.

3. Une passion extrême

- Des Grieux confesse en 1715 au marquis de Renoncour qu'il serait prêt à « aller au bout du monde » pour suivre celle qu'il aime. L'intensité des sentiments en jeu rattache bien les personnages à l'univers romanesque.

- Le récit rétrospectif à la première personne révèle les multiples cas de conscience de Des Grieux mûri, réfléchissant à son parcours. Déchiré entre les valeurs de son milieu et son amour pour Manon, il montre comment il a tout sacrifié pour sa passion dévastatrice.

- Des Grieux perd Manon dans des circonstances tragiques, au moment même où le couple cherchait à rentrer dans le rang en se mariant : la passion semble *in fine* injustement punie.

III. Des personnages qui questionnent nos existences

Enfin, les personnages sont captivants et émouvants parce que leur destin marginal et funeste donne à penser.

1. Un destin tragique

- Dans « L'avis de l'auteur », Prévost annonce un récit à la fois divertissant et instructif. Des Grieux se dit victime d'un « amour fatal » qui lui fait « violer tous les devoirs ». Les aventures du jeune homme pourraient être interprétées comme la démonstration de la nécessité de fuir des passions destructrices.

• À de multiples reprises, Des Grieux exprime une perte de contrôle. Il constate, perplexe, son propre avilissement pour une femme dont le comportement aura causé sa perte. Prévost mettrait alors en garde contre l'amour.

2. Des héros qui interrogent nos mœurs et notre liberté

• L'auteur propose ainsi un débat éthique sur la manière de mener sa vie. Certains, comme Tiberge ou le père de Des Grieux, sont d'ardents (mais froids ?) défenseurs de la vertu et de l'honneur, condamnant vigoureusement « le poison des plaisirs ».

• À l'opposé, certains protagonistes deviennent des agents du mal, comme Lescaut. Manon présente un système de valeurs singulier, distinguant la fidélité de corps et celle du cœur. Des Grieux, quant à lui, reste tiraillé, mais tient tête à son père et choisit de s'abandonner à ses sentiments.

3. L'amour : une nouvelle valeur ?

• Prévost écrit à une époque marquée par de nouvelles aspirations au bonheur individuel. Le roman, paru en 1731, semble esquisser une morale fondée sur le cœur et la liberté des sentiments.

• Des Grieux, malgré ses frasques, déclare que sa vie avec Manon était pleine d'« innocence ». L'amour semble alors devenir une valeur en soi, d'autant qu'il permet au héros d'accomplir des « prodiges ».

• Touchants, les amants cherchent une place dans une société très codifiée et rigide. Le lecteur s'attache à ces personnages qui défient les lois. Face à la vertu froide, la passion, sublime, peut paraître exaltante. L'amour grandit les personnages.

Conclusion

[Synthèse] Ainsi ce roman donne-t-il au lecteur le plaisir de suivre les aventures trépidantes de jeunes amoureux que rien n'arrête dans leur course au bonheur, mais dont la passion est sans cesse contrariée. Transgressifs, les personnages outrepassent les barrières sociales et morales et donnent à réfléchir sur les codes qui régissent nos sociétés. [Ouverture] Prévost s'impose comme un précurseur du romantisme qui, au siècle suivant, prise les personnages passionnés, marginaux, assoiffés d'absolu.

6 Amérique du Nord, mai 2023
Dissertation

L'échec de Raphaël dans *La Peau de chagrin*

4 heures
20 points

INTÉRÊT DU SUJET • Ce sujet nous invite à nous interroger sur un des personnages les plus forts des romans balzaciens : pourquoi Raphaël de Valentin est-il l'homme de l'échec ? En est-il seul responsable ?

« Raphaël avait pu tout faire, il n'avait rien fait ». Cette formule, qui se trouve à la fin de *La Peau de chagrin*, éclaire-t-elle votre lecture de ce roman de Balzac ?

Vous répondrez à cette question dans un développement organisé. Votre réflexion prendra appui sur le récit d'Honoré de Balzac au programme, sur le travail mené dans le cadre du parcours associé à cette œuvre et sur votre culture personnelle.

ÉCRIT

LES CLÉS DU SUJET

Analyser le sujet

« Raphaël avait pu tout faire, il n'avait rien fait ». Cette formule, qui se trouve à la fin de *La Peau de chagrin*, éclaire-t-elle votre lecture de ce roman de Balzac ?

- **avait pu/n'avait… fait** : les deux verbes au plus-que-parfait font le bilan de l'existence de Raphaël.
- **faire** : qu'entend-on par « faire » ? Il faut s'interroger sur les réussites que Raphaël aurait pu accomplir, et dans quels domaines.
- **tout/rien** : le jeu de l'antithèse entre les deux pronoms suggère avec cruauté que la vie de Raphaël n'est qu'un échec absolu.
- **éclaire-t-elle votre lecture** : la formulation de la question laisse entendre qu'il faut nuancer le propos, trouver une manière de s'opposer à cette affirmation un peu brutale, notamment sur la responsabilité de Raphaël.

Formuler la problématique

Raphaël de Valentin est-il le seul responsable des nombreux échecs de son existence ?

Construire le plan

1. Un homme riche d'atouts	• Raphaël est un jeune homme d'une ambition démesurée. Étudiez son enfance pour montrer d'où lui vient cette soif de conquête. • Quels modèles auraient pu guider son action pour accomplir de grandes choses ? • En quoi la peau de chagrin est-elle un puissant atout pour un homme si ambitieux ?
2. Un homme incapable de grandes réalisations	• En quoi Raphaël échoue-t-il dans le domaine littéraire ? • Analysez ses deux relations amoureuses : pourquoi sont-elles, par sa faute, des échecs ? • Montrez qu'il n'a pas réussi socialement.
3. Un homme empêché de réussir	• L'antiquaire n'est-il pas en partie responsable des échecs futurs de Raphaël ? • Comment Rastignac a-t-il nui à Raphaël, tout en prétendant être son ami ? • Pourquoi Raphaël ne pouvait-il rien faire dans la société de son époque ?

6 CORRIGÉ **FLASH**

Les titres en couleur ou entre crochets ne doivent pas figurer sur la copie.

Introduction

[Accroche] Les incursions de Balzac dans le fantastique ont été rares. *La Peau de chagrin*, récit réaliste et fantastique datant de 1831, lui permet de mener une réflexion philosophique sur la volonté.

[Explication du sujet] Bien que le héros possède de nombreux atouts pour réaliser ses ambitions, il échoue et achève sa vie sans avoir réussi. Il ne peut que le constater lui-même à la fin du récit : « Il avait tout pu faire, il n'avait rien fait. » Ces deux propositions reposent sur une antithèse que l'asyndète rend plus brutale : Raphaël a été incapable de concrétiser

MOT CLÉ
Une asyndète consiste à supprimer tout mot de liaison entre deux propositions. Le rapport logique devient ainsi implicite, et parfois plus fort.

ses désirs alors qu'il en avait la possibilité. [Problématique] Pour autant, le héros est-il seul responsable de ses échecs ? [Annonce du plan] Après avoir étudié les différents atouts dont dispose le personnage, nous verrons qu'il n'a pas su les exploiter pour les mettre au service de son ambition ; enfin, nous montrerons que ses projets se sont heurtés à des obstacles qui ont compromis ses chances de succès.

I. Un homme riche d'atouts

1. De grandes ambitions

• L'ambition de Raphaël prend racine dans son enfance : il vit comme une humiliation d'appartenir à une famille ruinée et souffre de devoir mener une vie économe et austère.

• À vingt ans, il fréquente le grand monde et tombe facilement amoureux, mais se montre incapable de séduire une femme. Son ambition grandit : « Je voulus me venger de la société, je voulus posséder l'âme de toutes les femmes. »

• Ces expériences développent en lui un sentiment d'échec et une soif de revanche sur le destin, qui excitent son ambition. Comme il le dit lui-même, « je m'instituai grand homme ».

2. Des modèles

• Des personnages illustres servent de guides à Raphaël, notamment Rousseau : à la mort de son père, Raphaël s'installe à Paris dans le logis occupé au XVIIIe siècle par ce philosophe et homme des Lumières (c'est précisément une des raisons qui le décident à s'installer dans cet appartement délabré).

• Raphaël nourrit une admiration politique pour Napoléon qui incarne à ses yeux l'esprit de conquête. Le grand homme rythme les moments clés de la vie du héros : la dernière pièce qu'il dépense dans une maison de jeu est un napoléon, la fin du roman le compare à un « Napoléon déchu ».

• Enfin, il envie la réussite sociale de Rastignac, sa richesse et son succès auprès des femmes. Le jeune Parisien devient son mentor et son compagnon de débauche.

3. Le pouvoir de la peau de chagrin

• Après avoir songé au suicide, Raphaël vit une vraie renaissance en acquérant la peau de chagrin chez un vieil antiquaire.

• Dans le magasin d'antiquités, le jeune homme est fasciné par les représentations des grands hommes qui ont fait progresser l'histoire de l'humanité : les rois, les empereurs, les artistes. La peau de chagrin, qui a le pouvoir d'exaucer tous ses vœux, lui permettra de devenir l'un d'eux.

ÉCRIT

• L'antiquaire l'informe que le possesseur de cet objet étrange sera « plus riche, plus puissant et plus considéré que ne peut l'être un roi constitutionnel ». L'énumération et l'hyperbole affirment la toute-puissance de la peau de chagrin.

À NOTER
N'oubliez pas de faire une **brève analyse** de votre citation qui enrichira votre réflexion et précisera votre propos.

II. Un homme incapable de grandes réalisations

1. L'échec littéraire

• Dans sa mansarde parisienne, notre héros écrit notamment un essai, *Théorie de la volonté*, qui ne connaît aucun succès et sombre dans l'oubli.

• Aux côtés de Rastignac, Raphaël oublie sa vocation littéraire. Seuls comptent désormais sa vanité et ses plaisirs égoïstes.

2. Les échecs amoureux

• Sa relation avec Fœdora est d'emblée condamnée à l'échec : comme l'en prévient Rastignac, Raphaël ne parviendra jamais à séduire cette femme orgueilleuse qui résiste à tous les hommes. C'est seulement par une trahison qu'il parviendra à surprendre son intimité.

• Pauline est une femme noble et vertueuse qui incarne la femme idéale. Mais Raphaël lui préfère une femme inaccessible. Lorsqu'il retrouve Pauline, dans la troisième partie, et qu'ils deviennent amants, il est déjà trop tard pour enrayer la malédiction de la peau de chagrin.

3. L'échec social

• Raphaël ne parvient pas à égaler le succès de Rastignac. Il intègre le monde de l'aristocratie parisienne, mais adopte aveuglément le « système dissipationnel » de son mentor : en égoïste absolu, il dépense sans compter, satisfaisant ses besoins et ses plaisirs, sans se soucier d'aider les autres ni de réaliser ses rêves de gloire. Sa ruine est inéluctable.

• Il finit son existence solitaire, rejeté de tous, comme dans le centre thermal d'Aix-les-Bains où il suscite l'hostilité générale.

III. Un homme empêché de réussir

1. Le piège de l'antiquaire

• Certes l'antiquaire prévient Raphaël des dangers de la peau de chagrin. Il lui donne une leçon de sagesse, l'invitant à modérer sa volonté pour vivre mieux et plus longtemps. Pour lui, le savoir est la clé du contrôle de soi et de la longévité.

• Pourtant, le personnage est ambigu. Figure diabolique, il propose un pacte faussé à Raphaël : il sait que l'ambitieux Raphaël sera fasciné par le pouvoir de la peau de chagrin et qu'il aura plus à y perdre qu'à y gagner.

• Il est donc à l'origine d'un piège qui prive Raphaël de toute sa liberté et le condamne à la destruction.

2. La perversité de Rastignac

• Dévoré d'ambition, Rastignac ne supporte pas la rivalité et aime jouer avec les êtres humains.

• Tout en affirmant vouloir l'aider à réussir, il exerce sur Raphaël une influence néfaste : il le pousse à faire de nombreuses dépenses, lui fait découvrir les maisons de jeu et le manipule pour le faire tomber amoureux de Fœdora.

• Comme l'antiquaire, habile, Rastignac fait figure de tentateur : Raphaël ne cesse de voir en lui un frère.

3. Une société incorrigible

• La société française elle-même représente le plus grand obstacle de réussite. Balzac montre à quel point, sous la monarchie de Juillet, la France est gagnée par la corruption et la médiocrité. Il semble ainsi impossible de changer la société ou d'y nourrir des rêves de grandeur.

• L'auteur en fait ainsi une description peu flatteuse tout au long du roman : lors du banquet de Taillefer, les invités rivalisent de bêtise ; à la fin du roman, seule Fœdora subsiste, cette « femme sans cœur », à l'image de la société elle-même, froide et égoïste. Comment parvenir à forger de grands hommes dans un tel contexte ?

ÉCRIT

Conclusion

[Synthèse] Il est vrai que Raphaël n'a rien pu faire. Mais pouvait-il réaliser ses ambitions ? Les obstacles n'étaient-ils pas trop grands ? Le héros n'est souvent qu'une victime d'hommes manipulateurs ou d'une société impossible à réformer.

[Ouverture] Au-delà de l'échec de Raphaël, c'est celui de la société française, étriquée et décadente, qu'évoque Balzac. Ainsi écrit-il, dans *Le Médecin de campagne* : « La médiocrité, monsieur, suffit à toutes les heures de la vie ; elle est le vêtement journalier de la société. »

À NOTER
En guise d'**ouverture**, vous pouvez citer une œuvre qui aborde un thème proche et qui élargit votre réflexion.

7 Amérique du Nord, mai 2023
Dissertation

Description et célébration dans *Sido* et *Les Vrilles de la vigne*

4 heures
20 points

INTÉRÊT DU SUJET • Ce sujet invite à réfléchir sur la façon concrète dont peut s'y prendre un auteur ou une autrice pour célébrer le monde, exprimer son admiration et la faire partager.

▶ Dans *Sido* suivi de *Les Vrilles de la vigne*, célébrer le monde, est-ce seulement le décrire ?

Vous répondrez à cette question dans un développement organisé. Votre réflexion prendra appui sur les deux récits de Colette au programme, sur le travail mené dans le cadre du parcours associé à ces œuvres et sur votre culture personnelle.

LES CLÉS DU SUJET

Analyser le sujet

célébrer le monde : faire l'éloge du monde, en révéler ses qualités, dire en quoi il suscite l'admiration

décrire : énumérer les éléments qui constituent le monde tel qu'il est

Dans *Sido* suivi de *Les Vrilles de la vigne*, **célébrer le monde**, est-ce **seulement** le **décrire** ?

seulement : le sujet présuppose que décrire est nécessaire pour célébrer le monde, mais insuffisant.

Formuler la problématique

Colette se contente-t-elle de montrer le monde tel qu'il est, ou le transfigure-t-elle par l'écriture pour mieux le célébrer ?

Construire le plan

1. Décrire le réel semble nécessaire pour célébrer le monde	• Comment Colette décrit-elle le monde qui l'entoure ? • Quels sont les procédés utilisés dans ces descriptions ? • Quelles qualités du monde peuvent se révéler simplement en le décrivant ?
2. Mais célébrer implique aussi d'exprimer sa subjectivité	• Montrez comment la célébration suppose des procédés qui impliquent la subjectivité de l'autrice. • Intéressez-vous à la dimension lyrique des deux récits, à l'émotion qui s'en dégage. • La célébration du monde ne suppose-t-elle pas d'associer à la description le souvenir personnel ?
3. En réalité, célébrer suppose donc de transfigurer le monde	• Montrez comment Colette reconstruit un univers personnel à partir de sa propre vision du monde. • Soulignez comment cette transfiguration de la réalité donne au texte son caractère poétique.

7 CORRIGÉ FLASH

Les titres en couleur ou entre crochets ne doivent pas figurer sur la copie.

Introduction

[Accroche] Dans *Claudine à l'école*, l'héroïne de Colette s'exclame, après avoir lu la présentation de son village dans son manuel de géographie : « Moi, ça ne me dit rien du tout, ces descriptions-là ! » [Explication du sujet] La simple description objective et factuelle ne suffit donc pas à rendre compte du lien affectif entre l'enfant et son village. De la même manière, dans *Sido* et *Les Vrilles de la vigne*, Colette, connue pour ses descriptions, entend célébrer le monde, en particulier le monde de son enfance et la nature. Mais célébrer le monde, est-ce seulement le décrire ? [Problématique] Colette se contente-t-elle de montrer le monde tel qu'il est, ou le transfigure-t-elle par l'écriture pour mieux le célébrer ? [Annonce du plan] On verra que, si décrire semble nécessaire pour célébrer le monde, ce n'est pas suffisant : la célébration suppose une part de subjectivité qui s'exprime autrement que par la simple description du monde. En réalité, célébrer suppose de transfigurer le monde, de le réinventer, et non seulement d'en faire l'inventaire.

I. Décrire le réel semble nécessaire pour célébrer le monde

1. Décrire pour montrer la richesse et la diversité du monde

• Dans les deux œuvres, les paysages et les portraits abondent. Dans *Sido*, Colette glorifie les lieux de son enfance et en célèbre les figures. Dans *Les Vrilles de la vigne,* on retrouve des textes consacrés au portrait de Valentine ou au paysage de la baie de Somme.

• Les descriptions de Colette se distinguent souvent par la recherche du terme exact, comme lorsque *Sido* évoque les « lauriers-cerises dominés par un junko-biloba ». La faune et la flore de Saint-Sauveur donnent lieu à des listes de termes rares qui montrent la diversité du monde.

> À NOTER
> La « description » en littérature consiste souvent en une **énumération** de noms et d'adjectifs, permettant de caractériser un lieu (**paysage**) ou une personne (**portrait**).

2. Décrire pour révéler un monde insoupçonné

• Décrire permet aussi à Colette de révéler ce que ses lecteurs et lectrices n'ont pas l'habitude de voir, grâce à sa connaissance beaucoup plus fine du monde de la nature. Là où un œil non exercé ne voit que des roses, Colette voit « les sanguines filles du rosier, de la croix-de-Malte, des hortensias et des bâton-de-Saint-Jacques, et même le coqueret-alkékenge ».

• Décrire permet ainsi de rendre visible ce qui ne l'était pas, d'explorer l'inconnu et d'exhumer des sensations nouvelles, des impressions inédites : « je dénude et hisse au jour ce que l'œil humain n'a pas, avant le mien, touché… » (*Sido*).

> INFO
> Le peintre allemand **Paul Klee** (1879-1940) déclarait dans « Confession créatrice » (1920) : « L'art ne reproduit pas le visible, il rend visible ».

II. Mais célébrer implique aussi d'exprimer sa subjectivité

1. Célébration du monde et expression de soi

• Célébrer le monde implique aussi d'en affirmer la valeur, ce qui suppose donc un jugement subjectif. C'est la raison pour laquelle le texte de Colette devient souvent lyrique, se faisant hymne à la nature (« Ô géraniums, ô digitales… » s'écrie-t-elle dans *Sido*) ou ode à l'être aimé (dans les textes des *Vrilles de la vigne* dédiés à « M. »).

• La description doit être complétée par l'expression de l'intériorité de la narratrice qui manifeste ses préférences : « aucun été, sauf ceux de mon enfance, ne commémore le géranium écarlate et la hampe enflammée des digitales. Aucun hiver n'est plus d'un blanc pur à la base d'un ciel bourré de nues ardoisées » (*Sido*).

• La célébration du monde suppose l'expression d'un réseau de préférences personnelles et s'inscrit ainsi dans la tradition du discours épidictique où la louange d'un objet suppose toujours le blâme d'un autre. La célébration par Colette des paysages de forêt s'associe à la satire des paysages marins à plusieurs reprises dans les deux œuvres, par exemple dans « Jour gris » ; de même, « Printemps de la Riviera » est consacré à la satire des paysages du Midi.

À NOTER
En rhétorique, on appelle traditionnellement **épidictique** un discours qui repose sur l'éloge ou le blâme d'une personne ou d'une chose.

2. Le rôle de la mémoire personnelle

• Dans les deux œuvres, la tonalité se fait souvent nostalgique : le monde qui est célébré est un monde disparu qui ne demande cependant qu'à renaître. Dans « Le Dernier Feu », Colette évoque ainsi les violettes qui viennent d'éclore, mais ne les célèbre que parce qu'elles rappellent celles d'autrefois : « Ô violettes de mon enfance ! Vous montez devant moi, toutes… ».

INFO
Dans *À la Recherche du temps perdu* de Marcel Proust (1871-1922), le narrateur ressuscite le village de son enfance grâce au **souvenir du goût d'une madeleine** trempée dans son thé.

• Célébrer ce n'est donc pas seulement décrire, c'est aussi raconter ce qui donne de la valeur à une chose ou à une personne, c'est pourquoi l'écriture de Colette se fait volontiers autobiographique : dans « Le Capitaine » et « Les Sauvages », les anecdotes sur Jules, Achille et Léopold permettent de rendre ces personnages attachants et émouvants.

III. En réalité, célébrer suppose donc de transfigurer le monde

1. Une description impressionniste

• L'écriture de Colette rappelle la peinture impressionniste, c'est-à-dire qu'elle relate l'impression laissée sur elle plutôt que l'objet décrit lui-même : « tout le chaud jardin se nourrissait d'une lumière jaune, à tremblements rouges et violets, mais je ne pourrais dire si ce rouge, ce violet dépendaient, dépendent encore d'un sentimental bonheur ou d'un éblouissement optique. » (*Sido*)

INFO
L'**impressionnisme,** qui tire son nom du tableau *Impression, soleil levant* (1874) de Monet, vise la saisie de sensations fugitives plutôt que de la réalité objective.

• Les anecdotes les plus réalistes se mêlent ainsi constamment aux évocations les plus subjectives, comme en témoigne « Musical-halls », dont la première partie est un récit franchement comique, avec chute, et la seconde, une galerie de portraits impressionnistes.

2. Une recréation poétique

• Le monde n'est donc pas tant décrit que recréé, ce qui contribue au caractère onirique et poétique des textes. Dans « Jour gris », le paysage de l'enfance, coloré par une vision fantastique (la brume est un spectre) ou merveilleuse (la forêt conduit à un mystérieux château), se transforme en royaume de conte de fées.

MOTS CLÉS
L'**onirique** rappelle le monde du rêve. Le **fantastique** désigne l'apparition inquiétante du surnaturel, le **merveilleux** un monde dans lequel le surnaturel fait partie du quotidien.

• Les textes sont souvent de véritables poèmes en prose comme le montre « Chanson de la danseuse » où se mêlent indistinctement souvenirs d'enfance, amour du music-hall et expression du désir, pour mieux célébrer la liberté et la vie.

Conclusion

[Synthèse] Si décrire le monde permet d'en célébrer l'abondante diversité et les trésors cachés, *Sido* et *Les Vrilles de la vigne* prouvent que cette description doit passer par le prisme de la subjectivité pour recréer et ainsi célébrer véritablement le monde.

[Ouverture] L'œuvre de Colette est ainsi une véritable école du regard : il faut apprendre à voir le monde autrement car « nous ne regardons, nous ne regarderons jamais assez, jamais assez juste, jamais assez passionnément. » (*De ma fenêtre*).

L'expression de la révolte dans les *Cahiers de Douai*

4 heures
20 points

INTÉRÊT DU SUJET • Dès ses seize ans, Rimbaud fait reconnaitre son talent par des poètes influents. Qu'ont donc de si particulier ses poèmes pour les intéresser ainsi ?

On dit de Rimbaud qu'il est un poète de la révolte : comment s'exprime-t-elle dans les *Cahiers de Douai* ?

Vous répondrez à cette question dans un développement organisé en vous appuyant sur les *Cahiers de Douai*, sur les textes que vous avez étudiés dans le cadre du parcours associé et sur votre culture personnelle.

LES CLÉS DU SUJET

Analyser le sujet

On dit : unanimité qui peut laisser place à la discussion ou aux nuances.

révolte : présuppose des contraintes dont il faut se libérer.

On dit de Rimbaud qu'il est un poète de la **révolte** : **comment s'exprime-t-elle** dans les ***Cahiers de Douai*** ?

comment s'exprime-t-elle ? : les différentes expressions de la révolte.

les *Cahiers de Douai* : ce sont les premiers poèmes de Rimbaud, il a seize ans quand il les écrit.

Formuler la problématique

C'est un adolescent à l'étroit dans son univers familial, scolaire, social, conscient des enjeux politiques de son époque, qui écrit les poèmes qui composent les *Cahiers de Douai*. On peut se demander comment Rimbaud se libère de tous ces liens dans son écriture poétique.

Construire le plan

1. Comment se défaire des modèles littéraires ?	• Demandez-vous quels sont les poèmes qui s'apparentent à des formes poétiques déjà vues. • Comment Rimbaud y appose-t-il sa marque ?
2. Les thématiques du refus	• Recensez les poèmes dans lesquels Rimbaud exprime une révolte et demandez-vous contre quoi elle s'exerce. • De quelles manières exprime-t-il sa révolte ?
3. Une liberté créatrice	• Intéressez-vous aux poèmes qui chantent la liberté. • Montrez quelles libertés Rimbaud prend avec la langue et les règles de versification.

8 CORRIGÉ FLASH

Les titres en couleur ou entre crochets ne doivent pas figurer sur la copie.

Introduction

[Accroche] C'est un adolescent à l'étroit dans son univers familial, scolaire, social, conscient des enjeux politiques de son époque qui écrit les poèmes composant les *Cahiers de Douai*. [Sujet] On dit de lui qu'il est un poète de la révolte. [Problématique] On peut se demander comment Rimbaud se libère de tous ces liens dans son écriture poétique et cela dès ses premiers poèmes qui composent les *Cahiers de Douai*. [Annonce du plan] Nous verrons d'abord comment le poète parvient à se démarquer de l'influence de ses prédécesseurs ; puis nous traiterons des différents thèmes qui font le socle de ses révoltes ; enfin, nous verrons comment il crée sa propre voix poétique à la recherche d'une nouvelle langue.

I. Comment se défaire des modèles littéraires ?

1. L'empreinte des anciens

• « Soleil et chair », long poème construit sur le modèle latin, chante la création du monde par les dieux de la mythologie. Mais, dans « Venus Anadyomène », le poète montre son insolence en faisant de Vénus un personnage repoussant.

• Dans « Ophélie », poème à la césure régulière et au rythme lent, Rimbaud semble s'aligner sur les poètes romantiques qui ont souvent repris la figure d'Ophélia, personnage de *Hamlet* de W. Shakespeare. Mais le huitième quatrain éclate avec violence dans une vision poétique : « Ciel ! Amour ! Liberté ! Quel rêve, ô pauvre Folle !/Tu te fondais à lui comme une neige au feu : /Tes grandes visions étranglaient ta parole/– Et l'Infini terrible effara ton œil bleu ! »

• Rimbaud s'empare aussi du Tartuffe de Molière dans « Le Châtiment de Tartufe », mais va plus loin que le dramaturge. Il fait le portrait d'un personnage répugnant, en montre l'obscénité, et par-delà, celle de la religion hypocrite derrière laquelle Tartuffe se cache.

2. L'influence des modernes

• Rimbaud, en envoyant ses poèmes à Théodore de Banville, cherche à se faire publier dans la revue *Le Parnasse contemporain.* Il doit donc faire allégeance au Parnasse tout en affirmant sa différence.

• Si les références mythologiques de « Soleil et chair » s'inscrivent dans la veine parnassienne, « Bal des pendus », poème réaliste et grimaçant, va à l'encontre des principes du Parnasse qui s'érige contre le réalisme et la laideur.

• Rimbaud admire Baudelaire. Des similitudes existent entre « Le Buffet » de Rimbaud et « le gros meuble à tiroirs » de Baudelaire (Spleen LXXVI). Mais si Baudelaire en fait la métaphore de son « triste cerveau », Rimbaud en révèle avec plaisir les secrets comme s'il feuilletait un vieux livre d'histoires.

CITATION
« Un gros meuble à tiroirs encombrés de bilans,/De vers, de billets doux, de procès, de romances,/ Avec de lourds cheveux roulés dans des quittances,/Cache moins de secrets que mon triste cerveau. » Baudelaire, *Les Fleurs du mal*, « Spleen et Idéal », 1857.

[Transition] C'est donc dans la reprise et la réappropriation que Rimbaud s'émancipe des influences littéraires qui ont nourri sa culture poétique. Mais cette émancipation s'exprime aussi dans le choix des thèmes traités.

II. Les thématiques du refus

1. La mesquinerie bourgeoise tournée en dérision

• « À la musique » est composé comme un diptyque. Les six premiers quatrains font un tableau sans pitié des « bourgeois poussifs ». Le gandin, le notaire, les rentiers, les employés de bureau, leur femme, les épiciers et même les voyous, nul n'échappe au regard méprisant du poète.

• Ils sont méprisables dans leur aspect physique qui montre leur suffisance et dans la petitesse de leurs préoccupations liées à l'argent et à l'apparence.

• À l'inverse, l'autoportrait de Rimbaud, au rythme plus vif, le montre en étudiant débraillé. Nul besoin, comme les pioupious, de caresser les bébés ou de parler pour enjôler les bonnes, le jeu des regards suffit pour exprimer le désir.

2. Les attaques contre Napoléon III, le politique, la religion

• En 1870, date des *Cahiers de Douai*, Napoléon III est Empereur des Français et déclare la guerre aux Prussiens. Rimbaud montre son opposition à Napoléon III et à la guerre franco-prussienne dans plusieurs sonnets.

• Il utilise la structure du sonnet pour dénoncer les prétentions bonapartistes. Dans « Morts de Quatre-vingt-douze… », il exalte l'héroïsme des soldats morts pour les idéaux de la Révolution française (onze premiers vers) et réserve la chute pour dénoncer la manipulation des bonapartistes. Dans « L'Éclatante Victoire de Sarrebrück », le poète achève de ridiculiser l'Empereur dans les deux tercets.

• C'est aussi sous la forme du sonnet qu'il s'attaque à l'Empereur de manière directe – « Rages de Césars » – ou indirecte – « Le Mal », dans lequel sont mis en accusation et le Dieu qui se rit de la guerre et l'Empereur qui l'a déclarée.

3. La dénonciation de la misère

• Dans « Le Forgeron », Rimbaud reprend une anecdote historique et dresse un tableau précis des rapports de classe entre paysans, ouvriers et la noblesse qui abat sa puissance sur les classes pauvres et les maintient dans la misère.

• Le poème « Les Effarés » montre les enfants pauvres, affamés et gelés regardant le boulanger cuire son pain dans la chaleur de son fournil. Ils n'ont droit ni à la chaleur ni au pain, mais au « vent d'hiver ».

• « Le Forgeron », en alexandrins réguliers, à la forme emphatique, est une accusation argumentée ; « Les Effarés », composé de tercets de deux octosyllabes et d'un tétrasyllabe, joue sur l'émotion. Les tétrasyllabes forment un poème interne (« Leurs culs en rond »/« Le lourd pain blond »/« Dans un trou clair »/« Chante un vieil air »/« Chaud comme un sein »/« On sort le pain »/« Et les grillons »/« Sous leurs haillons »/« Qu'ils sont là, tous »/« Entre les trous »/« Du ciel rouvert »/« Au vent d'hiver »).

[Transition] Nous avons vu les principaux thèmes sur lesquels Rimbaud exerce sa critique et la manière dont il ajuste sa voix à la thématique traitée, mais il prend aussi d'autres voies pour clamer son goût pour la liberté.

III. Une liberté créatrice

1. La « liberté libre »

• Cette révolte contre toutes les autorités et les injustices va de pair avec la revendication d'une liberté totale, comme il l'écrit à Izambard en novembre 1870 : « Que voulez-vous, je m'entête affreusement à adorer la liberté libre. »

- Cette liberté vraiment libre, Rimbaud la trouve dans la fugue et le vagabondage, dont il raconte des épisodes dans « Au Cabaret-Vert », ou dont il dit le bonheur dans le célèbre « Ma Bohême ».
- Il n'y a ici plus d'attache aux anciens, d'appropriation ni de prise en compte d'un contexte politique et social, mais une relation totalement personnelle au cosmos, à la nature et à l'écoute des sensations.

2. Une poésie inventive

- Cette expérience de la liberté contribue à l'invention d'une poésie qui, sous des dehors de légèreté (« Roman »), cherche une « langue nouvelle ».
- Rimbaud prend des libertés avec la langue, il crée des néologismes – on « Robinsonne » (« Roman ») – et emploie des expressions triviales relevant d'un lexique familier, voire grossier.

> **CITATION**
> « En attendant, demandons aux poètes du nouveau, – idées et formes. Tous les habiles croiraient bientôt avoir satisfait à cette demande. – Ce n'est pas cela ! »
> Rimbaud, **Lettre dite du Voyant**, Lettre à Paul Demeny, 15 mai 1871.

- Dans ses vers, le poète semble s'amuser à tordre la langue et la syntaxe. Les nombreux rejets perturbent la cohérence syntaxique, et parfois même le sens : « Tout plein, c'est un fouillis de vieilles vieilleries,/De linges odorants et jaunes, de chiffons/De femmes ou d'enfants, de dentelles flétries » (« Le Buffet »).

Conclusion

[Synthèse] Les *Cahiers de Douai* forment un riche recueil dans lequel s'expriment les différentes facettes de l'écriture poétique du jeune Rimbaud : réappropriation parfois insolente de la poésie de ses prédécesseurs, révolte ouverte face aux événements et à la société de son époque, revendication d'une liberté totale le menant à la création d'une poésie inventive.

[Ouverture] C'est cette nouvelle poésie qu'il expose dans les Lettres dites du « Voyant » dans lesquelles il porte un jugement critique sur les poètes du XIXe siècle et énonce les principes d'une poésie radicalement nouvelle.

ÉCRIT

9 Sujet d'écrit • Commentaire

Lamartine, *Œuvre posthume*, « Les Voiles »

4 heures
20 points

INTÉRÊT DU SUJET • Dans ce poème construit sur la métaphore qui assimile la vie à un voyage, Lamartine réussit à renouveler ce lieu commun et à écrire une page autobiographique originale.

Commentez ce texte d'Alphonse de Lamartine, extrait d'*Œuvre posthume*.

DOCUMENT

*Lamartine, amateur de voyages, part en 1844 à Ischia, une île au large de Naples. La contemplation de la mer éveille en lui une méditation sur sa vie, alors assombrie par des soucis financiers, et lui inspire simultanément des œuvres autobiographiques en prose (*Les Confidences*), mais aussi des poèmes marqués par ses déceptions.*

Quand j'étais jeune et fier et que j'ouvrais mes ailes,
Les ailes de mon âme à tous les vents des mers,
Les voiles emportaient ma pensée avec elles,
Et mes rêves flottaient sur tous les flots amers.

Je voyais dans ce vague où l'horizon se noie
Surgir tout verdoyants de pampre[1] et de jasmin
Des continents de vie et des îles de joie
Où la gloire et l'amour m'appelaient de la main.

J'enviais chaque nef[2] qui blanchissait l'écume,
Heureuse d'aspirer au rivage inconnu,
Et maintenant, assis au bord du cap qui fume,
J'ai traversé ces flots et j'en suis revenu.

Et j'aime encor ces mers autrefois tant aimées,
Non plus comme le champ de mes rêves chéris,
Mais comme un champ de mort où mes ailes semées
De moi-même partout me montrent les débris.

Cet écueil me brisa, ce bord surgit funeste,
Ma fortune[3] sombra dans ce calme trompeur ;
La foudre ici sur moi tomba de l'arc céleste
Et chacun de ces flots roule un peu de mon cœur.

Ischia[4], 1844, septembre.

Alphonse de Lamartine, *Œuvre posthume*, « Les Voiles », 1873.

1. Pampre : branche, rameau de vigne portant des feuilles et des grappes de raisin.
2. Nef (nom féminin) : navire.
3. Ma fortune : mon destin, mon sort, ma vie.
4. Ischia : île de la baie de Naples.

LES CLÉS DU SUJET

Définir le texte

Carte d'identité du texte

- **Époque** : 2e moitié du XIXe siècle
- **Mouvement** : romantisme

- **Genre** : poème en vers réguliers
- **Type de texte** : narratif, descriptif

But : exprimer son état d'âme, donner une image de la vie

Thèmes : le voyage en mer, les états d'âme du poète

- **Tonalités** : lyrique, élégiaque, épique
- **Autres adjectifs** : pictural, allégorique

Construire le plan

① Un poème tableau	• À partir de la structure du poème, analysez les paysages marins (ou « marines ») que peint le poète. • Comparez-les et dites précisément en quoi ils s'opposent. • Montrez la dimension épique de la description.
② Un paysage mental exprimant la mélancolie romantique	• En quoi ces tableaux sont-ils en résonance avec l'univers mental de Lamartine ? • Analyser les registres du poème. Quelle progression de ton marque le poème ? • Quelle image de Lamartine se dessine ?
③ Le voyage, allégorie de la vie	• Quelle interprétation symbolique, allégorique du voyage suggère Lamartine ? • Quelle conception de la vie révèle cette allégorie ? • Quel regard Lamartine jette-t-il sur sa destinée ?

9 CORRIGÉ GUIDÉ

Les titres en couleur ou entre crochets ne doivent pas figurer sur la copie.

Introduction

[Présentation du contexte] Le thème du voyage, source d'exotisme, a toujours inspiré les artistes, notamment les écrivains : générateur de beaux « tableaux », il prend aussi chez les poètes de multiples valeurs symboliques Les romantiques l'ont exploité pour son pouvoir évocateur, en l'associant au thème du temps, cher à Lamartine.

[Présentation du texte et annonce du plan] Dans « Les Voiles », le poète romantique évoque des voyages maritimes à travers deux « marines » [I], qui reflètent son paysage mental [II] ; ces voyages sont à l'image de sa vie, sur laquelle il jette un regard rétrospectif, et du destin humain sur lequel il médite [III].

I. Un poème tableau

> **▶ Le secret de fabrication**
> Cette partie souligne l'aspect très pictural du poème : elle analyse le contraste entre les deux tableaux de mer et les notations sensorielles qui les accompagnent.

Lamartine déploie devant les yeux du lecteur deux « marines », peintures de la mer qui représentent des navires tantôt en haute mer tantôt rentrés au port. Les deux tableaux, composés lors d'un séjour sur une île italienne « Ischia », forment un diptyque contrasté : le vers 11 marque la transition de l'un à l'autre par la liaison « et maintenant » qui oppose passé et présent.

1. Deux « marines »

- Le poème se déroule comme deux voyages et mentionne de nombreux éléments liés à la navigation. Le titre « Les voiles » fonctionne comme une métonymie de la « nef », dont on discerne à la fin du poème les « débris ».

- Le champ lexical de la navigation, omniprésent, évoque notamment les déplacements du bateau, qui a « traversé » les « flots », qu'un « [écueil] brisa » et qui « sombra ». Tout est en mouvement : les ailes ouvertes du poète-bateau l'emportent, le bord surgit, la foudre tombe, chaque flot « roule »…

- Ces déplacements font voyager le lecteur à travers des paysages divers et s'ouvrent sur des perspectives multiples : les « flots » et leur « calme trompeur », mais aussi « l'horizon », « des continents », des « îles », un « rivage inconnu », un « cap », un « écueil », « l'arc céleste » qui s'ouvre à l'infini.

- Les deux voyages qu'opposent les circonstances temporelles (« autrefois », « maintenant ») n'ont pas la même atmosphère : le premier ressemble aux aventures pleines de « rêves », de « joie », de surprises et de découvertes (« je voyais surgir », « rivage inconnu ») ; le second est une scène de naufrage (« débris », « brisa », « sombra »).

2. Tous les sens sollicités

- Ces marines abondent en notations visuelles : elles dessinent les formes harmonieuses des voiles gonflées par le vent, celles plus escarpées et dures du « cap » et de « l'écueil » ; elles se colorent du « pampre » et du « jasmin » « verdoyants », de la blancheur de « l'écume », des éclairs de la « foudre ».

- Mais les autres sens sont aussi sollicités : l'odorat par la mention du « jasmin » et du cap qui « fume », l'ouïe par l'évocation des « vents », de la foudre qui suggère le tonnerre. Les notations auditives sont accentuées par des jeux sur les sonorités : légères dans les deux premières strophes (le son [è] se combine à la douceur des consonnes (« j », « m » et « l ») : « jeune, *étais*, *fier*, ouvrais, mes ailes, mon âme, mers »…), les sonorités se durcissent dans la dernière strophe (« c/k, p, b » et la sonore « r »).

3. La dimension épique

- L'implication des quatre éléments naturels fait de ces voyages une aventure épique : « les mers » (au pluriel pour en amplifier l'immensité) figurent l'eau, les « vents » l'air, la « foudre » le feu et le « cap » la terre.
- Lamartine ne fait-il pas penser à Ulysse qui, lui aussi, a dû faire face aux « flots amers », au « calme trompeur », a connu le paradis « verdoyants » avec Circé, a vu son navire en « débris », a dû essuyer la « foudre » avant de rentrer chez lui ?

II. Un paysage mental, exprimant la mélancolie romantique

> ▶ **Le secret de fabrication**
> Cette partie montre comment le bateau est assimilé au poète et les étapes du voyage, aux différentes étapes de sa vie ; elle analyse le passage du lyrisme à l'élégie.

La confrontation entre le passé et le présent du poète donne à ces voyages une valeur métaphorique : ils peignent, sur un ton à la fois lyrique et élégiaque, la mélancolie romantique.

1. Le motif du poète bateau

Les indices personnels qui parsèment le poème, le « je » qui ouvre le poème et presque toutes les strophes, le vocabulaire affectif (« j'enviais », « j'aime »…), la métonymie « mon cœur », indiquent la forte implication affective de Lamartine. Et par le biais du mot « ailes » qui amène le mot « voiles », le poète devient bateau lui-même ; c'est lui qui est « bris[é] ». S'esquisse alors un double portrait, en écho au double voyage.

2. Du lyrisme…

Le premier portrait, empreint de lyrisme, dessine un être fougueux parce que « jeune », plein de « rêves ». Il multiplie le vocabulaire positif : « verdoyants » (le vert étant symbolique de jeunesse), « joie », « gloire », « amour », « heureuse »… Il est peuplé d'allégories gracieuses et généreuses au geste symbolique d'amitié : « la gloire et l'amour appelaient [le poète] de la main ».

3. ...à l'élégie

> **CONSEIL**
> Si vous connaissez des œuvres (peinture, sculpture, photos...) en rapport avec le texte, mentionnez-les.

• Le second portrait, en demi-teinte, a le ton de l'élégie. Les couleurs ont disparu, l'immobilité a gagné : le poète est « assis », songeur, « au bord du cap » comme Le voyageur contemplant une mer de nuages du peintre Caspar David Friedrich (1817). Les mots de la souffrance et des désillusions envahissent le poème, qui semble une déploration funèbre, un « thrène » à l'antique : « champ de mort », « débris », « brisa », « funeste ». L'alexandrin se fait plus lent et s'allonge parfois par un enjambement qui entraîne avec lui la totalité du vers suivant (v. 15-16, 19-20). La valeur symbolique de la « fumée » – les souvenirs – souligne la mélancolie de cette lamentation.

• Le poète tout entier est pris dans ce parcours méditatif : corps (« mes ailes »), sens (« je voyais »), cœur (« j'aime »), « pensée » mais aussi « âme ». Le voyage est physique, affectif, intellectuel, moral et philosophique à la fois.

III. Le voyage, allégorie de la vie

> **▶ Le secret de fabrication**
> Cette partie montre comment le poème s'ouvre sur une réflexion plus générale sur la vie, la mort et la condition humaine.

Comme dans « Le Lac » (1820) qui évoque aussi des « rivages », « l'océan des âges » et un appel à « jeter l'ancre », Lamartine, par le mot « âme » dès le vers 2, invite à discerner dans « les voiles » la valeur symbolique d'une allégorie : ce voyage-là est celui de la vie.

1. Une structure symbolique

• La structure du poème parfaitement symétrique – ascendant jusqu'au vers 10, descendant à partir du vers 11 qui lui sert de pivot – invite à cette interprétation. De longueur égale, les deux parties qui figurent la jeunesse d'abord, puis, après une brusque rupture, la vieillesse, aboutissent à la mort et se répondent en un réseau d'échos en opposition : « ma fortune sombra » répond à « mes rêves flottaient » et « le champ de mort » au « champ de mes rêves ». Le poème suit la courbe de la vie.

• Chaque mot prend alors un sens figuré qui redonne à des clichés une vie nouvelle : on parle bien des « écueil(s) » de la vie, de « cap » dans la vie, d'une vie « amère » qui coule... (« flots amers »). L'expression « j'en suis revenu » a sans doute un double sens, propre et figuré (= je suis désabusé). On comprend alors les expressions étranges alliant deux mots, l'un de sens concret, l'autre abstrait : « continents de la vie », « îles de joie », « flots amers ».

2. La présence implicite du destin

• Le jeu des temps annonçait dès le début cette évolution et cette méditation sur le destin : des vers 1 à 10, l'imparfait joue son rôle de « temps cruel qui nous présente » « la vie comme quelque chose d'éphémère » (Proust).

• Il est douloureusement souligné par les adverbes « maintenant », « autrefois » et « encor » – tous au milieu du poème – et relayé par le présent, celui de l'écriture du poème qui sera celui du reste de la vie.

3. Un bilan fataliste et attendri

Et c'est bien une méditation, un retour sur soi que propose Lamartine.

• Des événements passés, relatés au passé simple définitivement irrémédiable (« brisa » « tomba »), il tire au présent (celui de l'écriture) mais aussi au passé composé les conséquences de ce qui, bien que passé (signifié par le participe passé) a des répercussions sur son présent (contenu dans l'auxiliaire au présent) : « j'ai traversé », « j'en suis revenu ». Il figure par là tout ce que chaque être au cours de sa vie contient de changement mais aussi de permanence (« j'aime encor ») : les « rêves » ont subsisté.

• Quelle est la teneur de ce bilan ? À l'âge mûr, devenu spectateur de sa vie (il n'est plus, dans la strophe ultime, sujet des verbes mais complément : « *me* brisa »), il ne peut rien contre la fuite du temps qui consacre la défaite de l'homme : tous les temps verbaux sont utilisés, sauf le futur, mais le champ lexical de la mort suffit à l'évoquer (« funeste, champ de mort »).

• Faut-il pour autant sombrer dans le désespoir ? Lamartine, même s'il exprime ses regrets devant ce « naufrage », semble plutôt conseiller la lucidité attristée, une soumission sans révolte (que faire contre les « flots qui roule[nt] un peu de [son] cœur » ?). Mais, symboliquement assis en retrait sur le « cap » et surplombant l'horizon, il teinte ce fatalisme d'un regard bienveillant et indulgent, presque amusé, pour le jeune homme qu'il était et pour ses « rêves » (« j'aime encor »). Il ne renie pas son « beau voyage » qui l'a rendu « heureux » mais, instruit par l'expérience, il s'apprête à accepter son sort avec sa poésie chargée de garder les traces nostalgiques de ses souvenirs.

Conclusion

[Synthèse] Le poème s'appuie sur deux tableaux en contraste pour rendre compte d'un état d'âme et figurer l'écoulement de la vie. Le ton des « Voiles » est fortement marqué par le contexte – le romantisme – et la sensibilité passionnée de Lamartine. [Ouverture] Mais, comme d'autres poètes avant lui – on songe à certains poèmes de Du Bellay – il assigne à sa poésie la fonction de préserver, métamorphosée et pérennisée par la beauté d'une forme, l'image de la vie passée.

10 Sujet d'écrit • Dissertation

La rage de l'expression : un nouveau projet poétique

4 heures
20 points

INTÉRÊT DU SUJET • Peut-on mélanger l'art et les sciences en littérature ? Ce sujet propose une réflexion sur la conception que Ponge se fait de la poésie, qui doit allier science et art.

▶ Dans *La rage de l'expression* (« L'œillet »), Francis Ponge estime que les disciplines nécessaires au succès de son projet poétique sont « celles de l'esprit scientifique sans doute, mais surtout beaucoup d'art ». De quelle manière cela s'applique-t-il dans son recueil ?

Vous répondrez à cette question dans un développement organisé en vous appuyant sur *La rage de l'expression*, sur les textes que vous avez étudiés dans le cadre du parcours associé et sur votre culture personnelle.

ÉCRIT

LES CLÉS DU SUJET

Analyser le sujet

celles de l'esprit scientifique : la démarche de Ponge repose sur une observation précise de l'objet, proche de celle d'un chercheur ou d'un scientifique. L'auteur recourt à des outils précis (lexique, définitions…).

Dans *La rage de l'expression*, Francis Ponge estime que les disciplines nécessaires au succès de son projet poétique sont « **celles de l'esprit scientifique** sans doute, **mais surtout beaucoup d'art** ». **De quelle manière** cela s'applique-t-il dans son recueil ?

De quelle manière… ? : le sujet invite non à nuancer la citation de Ponge, mais à l'expliciter en prenant appui sur son application concrète dans le recueil et le parcours « Dans l'atelier du poète ».

mais surtout beaucoup d'art : la poésie de Ponge reste à dominante artistique ; l'art littéraire du poète, qui réside dans sa façon très singulière de scruter l'objet, vient enrichir et embellir la prose.

Formuler la problématique

Au profit de quelle conception de la poésie Francis Ponge allie-t-il science et littérature dans son atelier poétique ?

Construire le plan

1. La mise en œuvre d'un esprit scientifique	• Intéressez-vous à la manière dont Ponge se définit : se considère-t-il avant tout comme un poète ou comme un savant ? • Quelle méthode scientifique Ponge met-il concrètement en œuvre dans son recueil ?
2. Un laboratoire linguistique	• Montrez que les mots deviennent un champ d'expérimentation linguistique très varié. • En quoi l'œuvre propose-t-elle également une réflexion sur le processus même de création poétique ?
3. Un nouvel art poétique	• Intéressez-vous à la quête du mot juste chez Ponge : comment parvient-il à donner une définition juste des objets ? • Quelle finalité Ponge assigne-t-il à cette quête littéraire ?

10 CORRIGÉ FLASH

Les titres en couleur ou entre crochets ne doivent pas figurer sur la copie.

Introduction

[Accroche] Constitué de textes composés entre 1938 et 1944, *La rage de l'expression* (1952) représente une étape importante dans la réflexion poétique de Francis Ponge.

[Explication du sujet] Le poète y affirme que les disciplines nécessaires au succès de son projet poétique sont « celles de l'esprit scientifique sans doute, mais surtout beaucoup d'art ».

[Problématique] Au profit de quelle conception de la poésie Francis Ponge allie-t-il science et littérature dans son atelier poétique ?

[Annonce du plan] Nous verrons dans un premier temps la manière dont Ponge met en œuvre un véritable esprit scientifique dans son recueil ; puis nous montrerons que l'auteur envisage cette œuvre comme un grand laboratoire linguistique et littéraire ; enfin nous étudierons l'originalité de l'art poétique de Ponge engendrée par ces nouvelles approches.

I. La mise en œuvre d'un esprit scientifique

1. Un regard d'observateur scientifique

• L'acte poétique de Francis Ponge est avant tout le résultat d'un exercice phénoménologique de « retour aux choses » : « L'objet est toujours plus important, plus intéressant, plus capable [...] : il n'a aucun devoir vis-à-vis de moi, c'est moi qui ai tous les devoirs à son égard. » (« Berges de la Loire »)

MOT CLÉ
À l'origine d'un courant important de la philosophie du XXe siècle, la **phénoménologie** consiste en un retour à la signification des choses mêmes, à l'étude des faits de l'expérience vécue.

• Cette approche philosophique est indissociable d'un regard scientifique sur les « choses » en question. En effet, Ponge se veut moins « poète » que « savant ». Il n'est pas question de « faire un poème » d'une chose, mais d'en « rendre compte », et donc de l'observer scientifiquement : « je suis de plus en plus convaincu que mon affaire est plus scientifique que poétique » (lettre à G. A. dans l'*Appendice au* « Carnet du Bois de Pins »).

• Son écriture est ainsi conçue comme une étude, un « éclaircissement d'impressions » (« La Mounine »). Il s'agit par exemple « d'avancer dans la connaissance et l'expression du bois de pins » plutôt que d'en faire un poème traditionnel.

2. La recherche d'une méthode scientifique

• Francis Ponge fonde son étude, comme il l'avait déjà fait dans *Le parti pris des choses*, sur le fonctionnement des êtres et des choses. Les êtres ou les objets étudiés appartiennent au monde animal (« La guêpe » ; « Notes prises pour un oiseau »), floral et végétal (« L'œillet » ; « Le mimosa » ; « Le Carnet du Bois de Pins ») ou évoquent des paysages naturels chers à l'auteur (« La Mounine »).

• Tel un scientifique, Ponge rend compte de ses multiples tentatives et de ses échecs pour parvenir à la description la plus précise et la plus adéquate de l'objet choisi : il intègre, dans sa démonstration, de longs développements théoriques, des comptes rendus d'observations personnelles, des résumés de son avancement, mais aussi des définitions tirées du dictionnaire Littré.

• Dans un entretien de 1967 avec le jeune écrivain Philippe Sollers, Francis Ponge rappelle que parmi les plus grands écrivains de l'Antiquité se trouvaient « des géographes et des botanistes, des hommes de sciences naturelles » : son dessein est donc de s'en inspirer, en considérant que « la poésie ne doit pas être faite par un, mais par tous ». La poésie doit être accessible à tous, et non pas seulement à quelques grands poètes visionnaires et inspirés qui seraient au-dessus du commun des mortels. Ponge se fait donc scientifique en dissociant par exemple les qualités de l'oiseau (« Bêtes à plumes. Faculté de voler. Caractères spéciaux du squelette. Attitudes ou expressions caractéristiques. ») avant de les recomposer littérairement, en réduisant l'animal à une essence symbolique : « le petit sac de plumes, et le foudroyant départ capricieux en vol ».

[Transition] La mise en œuvre de cet esprit scientifique donne naissance à des réflexions et à des expériences sur l'écriture elle-même.

II. Un laboratoire linguistique

1. Des expérimentations linguistiques

• Grâce à son regard scientifique, Ponge en vient à considérer les mots comme une matière verbale qui disposerait de propriétés particulières, comme n'importe quel élément chimique. Ils sont sélectionnés, disséqués, triturés, comme pour en étudier le fonctionnement interne, à la fois graphique et phonique : « *Le mot* OISEAU : il contient *toutes les voyelles* [...] Mais, à la place de l'S, comme seule consonne, j'aurais préféré l'L de l'aile : OILEAU, ou le V du bréchet, le V des ailes déployées, le V d'*avis* : OIVEAU. »

• Le dessein de l'auteur est de rafraîchir son accès au sens, de « replonger » son regard dans l'eau du fleuve, quand celui-ci s'est desséché (« Berges de la Loire »). La forme en elle-même est absurde, artificielle et ne mène à rien. Ponge parle de « dérèglement », de « déraillement », d'« égarement » : il s'agit bien de briser les vieilles tables de la poésie pour inventer autre chose.

• L'écriture devient alors un vaste espace d'expérimentation, comme l'indique Ponge dans *Méthodes* (1988) : « PARTI PRIS DES CHOSES *égale* COMPTE TENU DES MOTS ». Puisqu'on prend la décision de scruter les choses, il s'agit d'adopter un lexique adéquat, qui évolue selon les expériences ; tel un savant dans son laboratoire, Ponge multiplie les tentatives d'innovation linguistique, à travers de multiples jeux de mots, images et métaphores incongrues, jeux étymologiques, variations à l'infini, etc.

2. Une réflexion sur le processus créateur

• Ponge met ainsi de la distance rationnelle et critique vis-à-vis de sa propre écriture poétique. Les réflexions sur le processus de création, ses chemins et ses obstacles, abondent : « L'on apercevra [...] à quels outils, à quels procédés, à quelles rubriques l'on doit ou l'on peut faire appel [...] L'on apercevra aussi quels écueils il faut éviter, quels autres il faut affronter [...] » (« L'œillet »)

• La connaissance de l'objet ou de l'être se situe dans l'élaboration du texte, dans les méandres du processus de création. Plutôt que de valoriser l'œuvre terminée, le poète met à l'honneur les mécanismes de fabrication du texte, à travers ce qui s'apparente à des notes personnelles, des brouillons, des carnets de création. Parfois, le constat peut être d'une rude autodérision ironique et sarcastique : « Tout cela n'est pas sérieux. Qu'ai-je gagné pendant ces quinze pages […] et ces dix jours ? – Pas grand-chose pour la peine que je me suis donnée. » (« Le Carnet du Bois de Pins »)

À NOTER
Francis Ponge s'inscrit dans les pas du poète **Paul Valéry**, qui valorisait la *poïêsis* (le processus de création) au détriment du *poïêma* (le poème achevé).

[Transition] À travers ces expérimentations littéraires nées de l'observation scientifique, Francis Ponge trace les contours d'un nouvel art poétique.

III. Un nouvel art poétique

1. L'impossible conquête du mot juste

• Francis Ponge, dont le caractère spontané rappelle celui des surréalistes, a pourtant ici une démarche plus classique : il cherche inlassablement la parole la plus juste, la plus propre à décrire l'objet étudié. Tel un Boileau remettant « vingt fois sur le métier » son ouvrage, Ponge rature et rectifie sans cesse : « Que mon travail soit celui d'une rectification continuelle de mon expression […] en faveur de l'objet brut. » (« Berges de la Loire »)

• Cet art de la correction est particulièrement présent dans la production d'infinies variations sur un même thème, comme dans « Le Carnet du Bois de Pins » où la combinatoire poétique engendrée par la « formation d'un abcès poétique » peut se réaliser « *ad libitum* » (à volonté). Le poète s'amuse même à proposer au lecteur d'empiler des vers comme bon lui semble (« 12345, 12435, 12354 […] »), ridiculisant ainsi l'écriture poétique traditionnelle.

• Parfois l'échec de l'expression juste peut se transformer en colère : « Je n'arriverais pas à conquérir ce paysage, ce ciel de Provence ? Ce serait trop fort ! Que de mal il me donne ! » (« La Mounine ») Pourtant le désir d'exprimer la chose de la manière la plus adéquate est trop fort pour être abandonné. Dans son essai *Pour un Malherbe* (1965), Ponge définit ainsi le véritable poète : « celui qui a tellement fort quelque chose à dire, quelque émotion à communiquer, [qu']il n'oubliera jamais ce qu'il voulait dire et il finira toujours par le dire, par le faire passer comme une évidence. »

ÉCRIT

2. « Relever le défi des choses au langage »

• Il s'agit donc bien, dans *La rage de l'expression*, de « relever le défi des choses au langage » (« L'œillet ») en décrivant les choses « de leur propre point de vue ». Paradoxalement, cette démarche n'engendre pas une poésie impersonnelle : elle est au contraire très subjective, en quête constante d'une ouverture sur soi et sur le monde.

• En effet, Ponge explique qu'il faut qu'il « se débarrasse d'une tendance à dire des choses plates et conventionnelles. Ce n'est vraiment pas la peine d'écrire si c'est pour cela. » (« Le Carnet du Bois de Pins ») Dans cette perspective, le recueil devient un immense laboratoire de déconstruction du mythe de l'inspiration poétique héritée du romantisme. La langue doit être renouvelée en contredisant « tout ce qui a été écrit avant ». La poésie, pour Ponge, n'est plus affaire « d'arranger les choses (le manège) […] Il faut que les choses nous dérangent. » (*Méthodes*, 1961). Ce langage nouveau devient pour l'homme celui « de la joie et du bonheur non seulement pour lui, mais pour tous » (« Notes prises pour un oiseau »).

• C'est seulement en se débarrassant du « magma poétique » qu'il est possible, selon Ponge, de « sortir du ronron » en inventant un nouveau lexique, de nouvelles images, en parlant « contre les paroles » évidentes. L'entreprise mène à une totale redéfinition de la poésie traditionnelle : « Est-ce là la poésie ? Je n'en sais rien, et peu importe. Pour moi c'est un besoin, un engagement, une colère, une affaire d'amour-propre et voilà tout. »

Conclusion

[Synthèse] Dans *La rage de l'expression*, Francis Ponge met ainsi en œuvre des méthodes très singulières d'écriture, mêlées aux disciplines de l'esprit scientifique, afin de trouver de nouvelles voies, une nouvelle conceptualisation de la poésie qui puisse entrer en résonance avec les choses concrètes : « une telle recherche pourra […] légitimement être appelée *poésie* ».

[Ouverture] Cette conception de l'écriture comme « scription opérante » trouve une place centrale chez les écrivains et penseurs de la revue *Tel Quel* tout au long des années 1960.

11 Sujet d'écrit • Commentaire

Baudelaire, *Petits poèmes en prose*, « Les yeux des pauvres »

4 heures
20 points

INTÉRÊT DU SUJET • Adressé à une femme autrefois aimée mais désormais haïe, ce poème surprend par sa forme et son propos.

Commentez ce texte de Baudelaire, extrait des *Petits poèmes en prose*.

DOCUMENT

Dans cette lettre de rupture atypique, alors qu'il évoque une soirée passée à la terrasse d'un quartier riche du Paris du Second Empire, Baudelaire reproche à une de ses maîtresses et, à travers elle, à tous les nantis, leur indifférence cruelle pour les plus pauvres et fait le constat de l'incommunicabilité entre les êtres.

Ah ! vous voulez savoir pourquoi je vous hais aujourd'hui. Il vous sera sans doute moins facile de le comprendre qu'à moi de vous l'expliquer ; car vous êtes, je crois, le plus bel exemple d'imperméabilité féminine qui se puisse rencontrer.

Nous avions passé ensemble une longue journée qui m'avait paru courte. Nous nous étions bien promis que toutes nos pensées nous seraient communes à l'un et à l'autre, et que nos deux âmes désormais n'en feraient plus qu'une ; – un rêve qui n'a rien d'original, après tout, si ce n'est que, rêvé par tous les hommes, il n'a été réalisé par aucun.

Le soir, un peu fatiguée, vous voulûtes vous asseoir devant un café neuf qui formait le coin d'un boulevard neuf, encore tout plein de gravois[1] et montrant déjà glorieusement ses splendeurs inachevées. Le café étincelait. Le gaz lui-même y déployait toute l'ardeur d'un début, et éclairait de toutes ses forces les murs aveuglants de blancheur, les nappes éblouissantes des miroirs, les ors des baguettes et des corniches, les pages aux joues rebondies traînés par les chiens en laisse, les dames riant au faucon perché sur leur poing, les nymphes et les déesses portant sur leur tête des fruits, des pâtés et du gibier, les Hébés[2] et les Ganymèdes[3] présentant à bras tendu la petite amphore à bavaroises ou l'obélisque bicolore des glaces panachées ; toute l'histoire et toute la mythologie mises au service de la goinfrerie.

Droit devant nous, sur la chaussée, était planté un brave homme d'une quarantaine d'années, au visage fatigué, à la barbe grisonnante, tenant d'une main un petit garçon et portant sur l'autre bras un petit être trop faible pour marcher. Il remplissait l'office de bonne[4] et faisait prendre à ses enfants l'air du soir. Tous en guenilles. Ces trois visages étaient extraordinairement sérieux, et ces six yeux contemplaient fixement le café nouveau avec une admiration égale, mais nuancée diversement par l'âge.

Les yeux du père disaient : « Que c'est beau ! que c'est beau ! on dirait que tout l'or du pauvre monde est venu se porter sur ces murs. » – Les yeux du petit garçon : « Que c'est beau ! que c'est beau ! mais c'est une maison où peuvent seuls entrer les gens qui ne sont pas comme nous. » – Quant aux yeux du plus petit, ils étaient trop fascinés pour exprimer autre chose qu'une joie stupide et profonde.

Les chansonniers disent que le plaisir rend l'âme bonne et amollit le cœur. La chanson avait raison ce soir-là, relativement à moi.

Non seulement j'étais attendri par cette famille d'yeux, mais je me sentais un peu honteux de nos verres et de nos carafes, plus grands que notre soif. Je tournais mes regards vers les vôtres, cher amour, pour y lire ma pensée ; je plongeais dans vos yeux si beaux et si bizarrement doux, dans vos yeux verts, habités par le Caprice et inspirés par la Lune, quand vous me dites : « Ces gens-là me sont insupportables avec leurs yeux ouverts comme des portes cochères[5] ! Ne pourriez-vous pas prier le maître du café de les éloigner d'ici ? » Tant il est difficile de s'entendre, mon cher ange, et tant la pensée est incommunicable, même entre gens qui s'aiment !

Charles Baudelaire, *Petits poèmes en prose*, « Les yeux des pauvres » 1869.

---

1. Gravois : gravats.
2. Hébé : fille de Zeus et d'Héra dans la mythologie grecque. Elle sert le nectar aux dieux et aide aux travaux domestiques.
3. Ganymède : prince légendaire de Troie. Zeus, changé en aigle, l'enlève et l'emporte sur l'Olympe où il devient immortel.
4. L'office de bonne : le travail d'un domestique.
5. Portes cochères : portes dont les dimensions permettent l'entrée en voiture.

LES CLÉS DU SUJET

Définir le texte

Carte d'identité du texte

- **Époque** : milieu du XIXe siècle
- **Genre** : poème en prose sous forme de lettre
- **Type de texte** : narratif, descriptif et argumentatif
- **Thèmes** : la pauvreté, l'indifférence des riches, l'incommunicabilité
- **Tonalité** : pathétique
- **Autres adjectifs** : contrasté, poignant, critique
- **Buts** : critiquer les riches, exprimer sa compassion pour les miséreux

Construire le plan

❶ Le récit d'une expérience personnelle	• Interrogez-vous sur la forme du poème et sur la situation d'énonciation : qui « parle » à qui ? • Analysez sa structure. Comparez les premier et dernier paragraphes : quelle progression observez-vous ? • Quelle vision de la femme, de l'amour et des rapports entre les êtres le poème révèle-t-il ?
❷ Une fable sur les rapports sociaux	• Analysez et comparez les deux « tableaux ». • Quels éléments récurrents prennent une valeur symbolique ? • Quelle image Baudelaire donne-t-il des deux mondes et des personnages qu'il décrit ?
❸ Une conception du poète et de la poésie	• Montrez qu'indirectement le poème joue le rôle d'un art poétique. • Quelle image le poème donne-t-il du poète ? de la poésie ?

11 CORRIGÉ GUIDÉ

Les titres en couleur ou entre crochets ne doivent pas figurer sur la copie.

Introduction

[Présentation du contexte] Au XIXe siècle, la ville devient une source d'inspiration privilégiée pour les artistes. Ainsi Paris est pour Baudelaire un thème essentiel des *Fleurs du mal* et des *Petits poèmes en prose*. Sa vision, réelle ou rêvée, du Paris du Second Empire, bouleversé par les grands travaux de rénovation d'Hausmann, fait de la capitale un lieu contrasté, parcouru d'existences contradictoires, laborieuses et oisives, vertueuses et vicieuses, luxueuses et sordides. Paris est aussi le théâtre des aléas des histoires d'amour.

[Présentation du texte] Dans son poème en prose « Les yeux des pauvres », qui s'adresse à une femme naguère aimée, le poète rend compte d'un moment passé à la terrasse d'un café et de la confrontation du couple avec une famille de mendiants.

[Annonce du plan] Mais le poème dépasse l'anecdote, il prend des allures d'apologue et propose plusieurs niveaux de lecture. En effet, il conduit à une réflexion sur l'amour, la femme et l'être humain [I], et le récit de cet épisode apparemment banal ouvre une médiation sur les inégalités entre riches et pauvres [II] et, au-delà, sur les fonctions de la poésie et du poète [III].

I. Le récit d'une expérience personnelle

> **▶ Le secret de fabrication**
> Cette première partie vise à montrer comment ce poème en prose, sous la forme d'une lettre personnelle à une femme autrefois aimée, conduit à une réflexion plus générale.

1. Du lien amoureux à la rupture

• Jalonné d'indices personnels de la 1re personne du singulier – le « je » désigne le poète – le texte a la forme d'une adresse directe à une amante (« cher ange » aux « yeux si beaux et [...] doux ») liant « deux âmes ».

• Mais, à travers l'expression brutale « je vous hais », les conditionnels (« seraient », « feraient ») et l'expression « un rêve » qui « n'a été réalisé par personne », Baudelaire marque en fait une rupture. Il suscite ainsi la perplexité chez le lecteur qui se demande ce qui a pu la causer. L'explication, sous forme d'un retour en arrière (« nous avions passé ensemble une longue journée... »), constitue le corps du poème.

2. De l'expérience personnelle à la « leçon »

Baudelaire y révèle sa vision de la femme, de l'amour et des rapports humains.

• De son expérience qu'il sait commune (« rien d'original »), il tire une leçon : la fin du deuxième paragraphe – avec le présent de vérité générale et l'expression « *tous* les hommes » – ressemble fort à la morale d'une fable.

• L'amante, qualifiée ironiquement par le superlatif hyperbolique et l'adjectif antiphrastique de *plus bel* « exemple d'imperméabilité féminine », est désignée par des apostrophes sarcastiques (« cher ange », « cher amour »). Ses yeux si *bizarrement* « doux » sont trompeurs. L'expression « imperméabilité *féminine* » étend à toutes les femmes les reproches adressés à une seule.

• Baudelaire révèle son idéal de communion entre les êtres : « Je tournais mes *regards* vers les vôtres [...] pour y lire *ma* pensée. » Mais ce « rêve » d'un monde où « deux âmes ne feraient qu'une » est balayé par deux termes négatifs qui se font écho, « *im*perméabilité » et « *in*communicable ». Cette vision pessimiste de l'amour renvoie à la solitude qui crée le « spleen ».

II. Une fable sur les rapports sociaux

> ▶ **Le secret de fabrication**
> Dans cette partie, on analyse comment Baudelaire oppose le monde insolemment luxueux des riches et celui, pathétique, des plus pauvres ; et dénonce, à la manière d'une fable, l'indifférence des riches pour la misère.

La plus grande partie du poème est consacrée au récit d'une rencontre avec trois pauvres. Cette anecdote est l'occasion, pour Baudelaire, de « peindre » deux tableaux contrastés d'où se dégage une morale implicite sur les rapports entre riches et pauvres.

1. Premier tableau : un couple au milieu des fastes d'un café

Le décor de la rencontre – café chic sur un « boulevard » de Paris – est décrit avec précision et de façon hyperbolique, apparemment positive.

> **MOT CLÉ**
> *Hyperbolique* signifie « très exagéré, excessif » ; l'hyperbole s'exprime à travers des termes exagérément positifs ou négatifs, des superlatifs (*le plus..., très*), des accumulations...

• La répétition de l'adjectif « neuf » renvoie aux travaux de Paris dont Baudelaire rappelle certains accessoires : « gravois », éclairage au « gaz ». Le tableau s'anime grâce à de nombreux verbes d'action.

• Baudelaire multiplie les notations de lumière et de couleurs, accrues par les « miroirs » qui les reflètent : « le café étincelait », l'obélisque est « bicolore », il y a là « des ors ». Les pluriels et les termes mélioratifs (« glorieusement », « splendeur ») soulignent le luxe et la surabondance. Dans une longue énumération, le poète s'attarde sur le foisonnement du décor intérieur, tapisseries et peintures, avec des figures qui créent une impression de foule bariolée : « pages » et « dames riant » côtoient des créatures mythologiques, « Hébés » et « Ganymèdes ». Cet univers surchargé donne l'image d'une fête excessive et artificielle.

2. Second tableau : le pathétique d'une famille de mendiants

• Baudelaire juxtapose à ce tableau celui d'une famille de trois mendiants identifiés par leurs « guenilles », (seul mot péjoratif), présentée en gros plans

– vecteurs d'émotion – sur des éléments significatifs, comme les « visages fatigués », la « barbe grisonnante », les deux « main[s] » qui se tiennent fort.

• L'économie de détails n'empêche pas le pathétique : la qualification méliorative « brave (homme) », l'indication « un petit être trop faible pour marcher » suscitent l'attendrissement. Baudelaire est surtout sensible à leurs « yeux » : le mot, employé quatre fois, rythme le portrait, au point que la famille est résumée par une métonymie frappante, « ces six yeux ».

3. Le sens de cette rencontre entre deux mondes

La comparaison du jeu des regards et des paroles rapportées révèle les réactions des êtres et suggère les divers comportements humains.

• Réunis dans une fascination admirative, les pauvres ne disent rien : le poète imagine leurs pensées, rapportées au style direct (« les yeux [...] disaient »). Elles prennent un tour poétique, avec leurs exclamations lyriques répétées : « Que c'est beau ! » L'image de « l'or du pauvre monde, venu se porter sur ces murs » tire sa force de l'antithèse poignante entre « or » et « pauvre », mais aussi du jeu sur le propre et le figuré.

• De son côté, la femme ne « communique » pas avec les pauvres. Elle les rejette violemment : l'expression « *ces* gens-*là* », l'adjectif « insupportables » sont chargés de mépris. Ses paroles recourent à une image terre à terre : l'élément trivial, symbole de richesse, des « portes cochères ». Cette dureté est en disharmonie avec ses « yeux [verts] si beaux ». Elle est à l'image du Paris nouveau et du somptueux café : superficielle et matérialiste.

• Le poète se tient en retrait. Il est subjugué par cette famille de pauvres, « attendri » par leurs « yeux », il ressent de la pitié. Mais il exprime aussi sa « honte », sa mauvaise conscience face à la richesse. Le tableau surchargé et moqueur du café, qui se clôt sur le nom péjoratif « goinfrerie », exprime la condamnation du luxe tapageur et la « haine » pour les riches insensibles. Dans la scène, le poète ne parle ni aux pauvres, ni à son amante. Tout passe par son regard qui « comprend » les mendiants et interroge sa maîtresse.

III. Une conception du poète et de la poésie

> ▶ **Le secret de fabrication**
> Cette partie met en évidence quelle fonction Baudelaire assigne implicitement au poète et à la poésie.

1. Le poète, un être « rêveur », sensible et voyant

Le poème décrit indirectement le poète comme un être qui nourrit des « rêves » impossibles et qui est ainsi condamné à la désillusion. C'est aussi un être au « cœur » sensible et à « l'âme bonne », qui « sent » plus qu'il ne raisonne, « fier d'avoir vécu et souffert dans d'autres que [lui]-même » (« Les Fenêtres »). Il a pour particularité de voir au-delà des apparences, de percer le secret de l'autre. Ici, derrière l'apparence des êtres, il lit dans les yeux silencieux et sur les visages ce que le commun des mortels ne perçoit pas.

2. La poésie témoigne et « explique » : le poète « traducteur »

• Le poète témoigne du monde, de ses travers – le luxe inutile, l'insensibilité – et tire de ses expériences vécues les plus anodines des « leçons » sur l'homme. Non seulement il comprend, mais il sait et doit « expliquer » ; il est, selon l'expression de Baudelaire lui-même, un « traducteur, un déchiffreur ». La poésie prend alors une fonction didactique.

> **MOT CLÉ**
> *Didactique* : qui a pour but de transmettre un savoir, qui donne une leçon. Le registre didactique s'exprime à travers le présent de vérité générale, les tournures impersonnelles, l'usage de connecteurs logiques, le recours à des exemples…

• Le poète a aussi le pouvoir de transformer le monde, voire d'inverser les choses et les valeurs. Il rend les « ors » du luxe et le faste vulgaires. Inversement, à partir du laid, il crée du beau : ici de trois miséreux, il fait une famille humainement riche.

3. La poésie, seul moyen de communiquer ?

• L'anecdote rapportée dans « Les yeux des pauvres » semble consacrer la vanité des paroles, puisque Baudelaire montre qu'il n'a pas su ce soir-là communiquer de vive voix avec sa maîtresse.

• Or c'est le poème – fait de mots – qui renoue le dialogue dans le couple, même si c'est pour prendre acte d'une rupture : ainsi seule la poésie, grâce à l'originalité de sa langue, permet de communiquer. Alors même qu'il affirme que « la pensée est incommunicable », Baudelaire communique avec le lecteur. Son poème est à la fois un paradoxe et un miracle.

Conclusion

[Synthèse] La ville, la femme, les déshérités inspirent fréquemment Baudelaire lorsqu'il veut traduire sa vision du monde et donner à ses poèmes la profondeur d'une leçon existentielle. Ainsi, à partir d'un sujet apparemment banal (des mendiants dans une grande ville), il décrit le choc entre deux mondes pour dénoncer l'inégalité, mener une réflexion sur l'incommunicabilité entre les êtres et révéler sa conception de la poésie.

[Ouverture] Et souvent, comme ici, une femme recueille ses confidences. Ainsi, dans « Une charogne », c'est aussi par un poème en forme d'adresse à une de ses maîtresses qu'il incite au *carpe diem* et définit sa conception de l'art : reconstituer « l'essence divine » de ce que la réalité détruit.

12 Sujet d'écrit • Dissertation

La forêt et l'humain dans *Mes forêts* d'Hélène Dorion

4 heures
20 points

INTÉRÊT DU SUJET • Ce sujet va vous permettre de réfléchir à la relation qu'entretiennent l'humain et les forêts dans le recueil.

La critique Catherine Rochette affirme que, dans *Mes forêts* : « Chaque élément de la forêt devient un personnage, la forêt est aussi vivante que l'humain, tout est en symbiose. » Dans quelle mesure cette citation éclaire-t-elle votre lecture du recueil d'Hélène Dorion ?

Vous répondrez à cette question dans un développement argumenté. Votre réflexion prendra appui sur le recueil au programme et sur les textes étudiés dans le cadre du parcours « la poésie, la nature, l'intime ».

LES CLÉS DU SUJET

Analyser le sujet

Chaque élément de la forêt devient un personnage : la nature est personnifiée.

aussi vivante que l'humain : le comparatif souligne une égalité au sein du vivant.

La critique Catherine Rochette affirme que, dans *Mes forêts* : « **Chaque élément de la forêt devient un personnage**, la forêt est **aussi vivante que l'humain**, tout est en **symbiose**. » **Dans quelle mesure** cette citation éclaire-t-elle votre lecture du recueil d'Hélène Dorion ?

Dans quelle mesure : on vous invite à réfléchir à une contradiction et à la dépasser grâce à un plan dialectique.

symbiose : « fusion », mais aussi « association réciproquement profitable entre deux organismes vivants ».

Formuler la problématique

Quelles relations unissent la forêt et l'humain dans ce recueil ? Sont-elles seulement placées sous le signe de la fusion et de la « symbiose » ?

Construire le plan

1. Une forêt « aussi vivante que l'humain »	• Comment la forêt et ses différents éléments sont-ils personnifiés ? • Quels profits l'humain trouve-t-il à fréquenter les forêts ?
2. Un monde de bruit et de fureur	• Montrez que le danger et la violence sont présents, à la fois dans les forêts et dans la société. • Dans la dernière partie du recueil, repérez les indices d'une relation conflictuelle entre les humains et le reste du vivant.
3. Une symbiose opérée grâce à la poésie	• Comment les métaphores employées permettent-elles de tisser des liens entre les hommes et la nature ? • Étudiez le motif du chemin : vers où va-t-il ?

12 CORRIGÉ GUIDÉ

Les titres en couleur ou entre crochets ne doivent pas figurer sur la copie.

Introduction

[Accroche] Philosophe et poétesse, Hélène Dorion est une figure majeure de la poésie québécoise. Elle écrit le recueil *Mes forêts* dans sa maison, en plein cœur des bois au Canada. [Explication du sujet] Il n'est donc pas étonnant que Catherine Rochette écrive, au sujet de ce recueil : « Chaque élément de la forêt devient un personnage, la forêt est aussi vivante que l'humain, tout est en symbiose. » En effet, les poèmes représentent l'univers vivant de la forêt et s'interrogent sur les liens qui nous unissent à elle. [Problématique] On peut cependant s'interroger sur la relation qui unit la forêt et l'humain. Est-elle seulement faite d'harmonie, de « symbiose » ? [Annonce du plan] Nous montrerons dans un premier temps qu'Hélène Dorion représente dans son recueil une forêt vivante, dont la fréquentation profite à l'humain. [I] Nous verrons toutefois que cette relation n'est pas aussi harmonieuse que semble l'indiquer C. Rochette. [II] Enfin, nous nous demanderons dans quelle mesure la poésie nous permet d'atteindre cette « symbiose ». [III]

I. Une forêt « aussi vivante que l'humain »

> **▶ Le secret de fabrication**
> Il s'agit de montrer que la nature est personnifiée et considérée comme un être vivant dont la fréquentation est bénéfique à l'humain.

1. Une nature vivante

Les forêts semblent vivantes et apparentent le recueil à un récit qui met en scène des personnages.

• Plusieurs éléments de la forêt sont personnifiés : on rencontre « la maigre cicatrice de l'écorce » (p. 75), on entend surtout « le bégaiement des feuilles » (p. 31) ou les forêts qui « hurlent » (p. 14), tandis que les nuages « chuchotent à l'oreille des pierres » (p. 30). Au-delà d'un simple procédé de style, la forêt devient ainsi une personne à part entière.

• Les forêts semblent parfois animalisées : « Mes forêts sont lièvres et renards », « elles sont coyote ours noir orignal/sittelle geai bleu mésange » (p. 39). Ces personnifications font de chaque élément de la forêt un personnage participant à une histoire.

• La construction du recueil invite également à cette lecture : la première partie s'intéresse aux différents éléments composant la forêt : l'arbre, le ruisseau, le rocher, la branche, l'humus… Puis, progressivement, les poèmes prennent de l'ampleur jusqu'à déployer, dans la dernière section, « Le bruissement du temps », une histoire de l'humanité. En effet, les forêts portent en elles la trace d'histoires : « Mes forêts sont de longues tiges d'histoire » (p. 113). Les arbres semblent d'ailleurs en être les narrateurs : « Le temps jamais ne s'arrête/nous dit l'arbre/nous dit la forêt » (p. 110).

2. Une relation profitable à l'homme

Les forêts sont des lieux où les êtres vivants peuvent vivre en « symbiose ».

> **À NOTER**
> Le sujet part d'une **citation**. Pensez à y faire référence dans votre copie.

• Les forêts d'Hélène Dorion sont présentées comme des lieux protecteurs pour l'homme afin de s'ancrer dans le monde, au contact d'une nature amie : « je me suis assise/au milieu de ces vastes alliés/sans voix » (p. 68). La poétesse semble se promener dans ces forêts, observer et écrire sur chaque élément qui lui offre cette protection. En ce sens, elle fait siennes les forêts, comme l'indique le déterminant possessif dans le titre du recueil.

• Les forêts sont associées au sentiment d'exister : elles sont décrites comme un espace apaisé, où l'on peut exister librement, respirer : « la demeure/où respire ma vie » (p. 51). Elles sont également propices à une introspection bénéfique : « les forêts/apprennent à vivre/avec soi-même » (p. 13). Ce sentiment encadre le recueil, puisqu'Hélène Dorion débute et achève ce dernier en l'évoquant : « quand je m'y promène/c'est pour mieux prendre le large/vers moi-même. »

> **INFO**
> **Le sentiment d'exister** est décrit dans la cinquième promenade des *Rêveries du promeneur solitaire* (1782) de Jean-Jacques Rousseau comme le fait d'être pleinement présent au monde, afin d'atteindre le bonheur.

• La verticalité des arbres, ancrés dans le sol, s'élançant vers le ciel, peut enfin symboliser un élan vers la spiritualité.

[Transition] Si le recueil rend les forêts « aussi vivante[s] » que l'humain et permet d'illustrer une association bénéfique entre eux, la relation entre ces êtres vivants n'est pourtant pas si apaisée.

II. Un monde de bruit et de fureur

> **▶ Le secret de fabrication**
> On étudie dans cette partie la violence et la sauvagerie contenues dans les forêts, comme dans la société des hommes.

1. Deux univers violents

Les forêts et le monde des hommes sont associés au fracas et au danger.

• La forêt n'est pas seulement représentée comme un lieu protecteur et harmonieux, c'est également un lieu dangereux et sauvage. Les animaux qu'elle abrite sont des prédateurs, comme le hibou qui fond sur « la proie qui remue » (« Le sentier », p. 33). Le danger est aussi météorologique : les motifs de la cicatrice, de l'aiguille et de l'épine sont récurrents dans le recueil. Parfois, l'orage ou la tempête grondent.

• Le monde des humains est, lui aussi, un monde violent. Les hommes sont assimilés à des « insectes affairés » (p. 73), pris par le temps, dominés par les écrans et les réseaux sociaux qu'Hélène Dorion résume par la formule « *facebookinstagramtwitter* » (p. 51). Les outils de la modernité semblent aussi venimeux que des animaux sauvages, comme en attestent les images qui leur sont associées : « rage virale », « comme un venin » (p. 86). Ils sont également violents entre eux, comme l'illustre la mention des guerres et des conflits tout au long du recueil.

• Le bruit est particulièrement présent dans chaque univers. Ce vacarme, « alarmes du siècle » (p. 47) que rendent les mots et les sonorités de la poésie, invite au repli sur soi et non à l'ouverture au reste du monde.

2. Une relation conflictuelle

Les deux univers sont même parfois représentés comme antagonistes.

• Certains poèmes font état de préoccupations écologiques face à la destruction de la nature par les hommes : « Du portable au jetable/le jardin où périt un monde/où l'on voudrait vivre » (p. 65). Les activités humaines semblent détruire le monde : « un bruit de ferraille déchire le paysage comme un vêtement usé. » (p. 73). La synesthésie rend plus sensible la violence des dommages causés par l'homme.

> **MOT CLÉ**
> La synesthésie désigne une association de plusieurs perceptions, ici l'ouïe, le toucher du fer et la vue du paysage.

• Dans « Avant l'horizon », à la fin du recueil, Hélène Dorion rappelle la domination exercée par l'homme sur les autres êtres vivants, qu'il considère comme sa propriété : « On a dit que le coyote l'ours blanc/nous appartenaient/que les oiseaux volaient dans notre ciel/les poissons nageaient dans nos mers » (p. 104).

[Transition] Ainsi, le recueil fait état de deux mondes où la sauvagerie est présente. L'homme ne vit pas toujours en harmonie avec la nature et semble même la détruire.

III. Une symbiose opérée grâce à la poésie

> **▶ Le secret de fabrication**
> Dans cette partie, il s'agit de montrer que le travail d'écriture poétique crée des liens au sein du vivant pour inviter à trouver le chemin d'une nouvelle relation, plus harmonieuse.

1. Le travail poétique crée du lien

En créant des analogies, la poésie permet de lier l'humain et la nature.

• C'est la poésie qui permet d'opérer la symbiose notamment par l'emploi des images qui réconcilient les deux mondes. Le verbe « être », régulièrement employé dans les poèmes qui débutent par « Mes forêts sont », crée des métaphores. Il est aussi un moyen d'exprimer le lien, l'union de toutes choses. En effet, les forêts sont « un champ », « du temps », « des bêtes », « un dessin ». Ainsi, elles deviennent un lieu imaginaire qui abrite l'ensemble du vivant.

• L'humain devient lui-même un élément de cette forêt métaphorique : « je suis cette branche/qui avance comme va le vent », « je suis cette ramille qui frémit » (p. 70). En métamorphosant le monde, la poétesse se métamorphose elle-même.

• François Cheng, dans son recueil *Double chant* (1998), propose également des poèmes où l'humain et la nature fusionnent en un ensemble vivant.

2. Trouver un chemin vers l'humanité

Le motif du chemin est récurrent et se charge d'une valeur symbolique.

• L'image du sentier revient plusieurs fois dans le recueil. Il peut représenter le chemin emprunté lors d'une promenade en forêt, mais également un chemin métaphorique, celui de la poésie qui ouvre un sentier pour aller vers soi-même et se connaître : « Et quand je m'y promène/c'est pour prendre le large/vers moi-même » (p. 114). La poésie permet ce mouvement à la fois hors de soi et en soi. L'intime est ainsi relié à la nature.

• La fin du recueil dessine un horizon à atteindre. Les forêts, telles qu'elles apparaissent dans le recueil, ouvrent une voie vers un renouvellement des rapports dans l'univers du vivant : « un poème murmure/un chemin vaste et lumineux/qui donne sens/à ce qu'on appelle *humanité* » (p. 111). La poésie d'Hélène Dorion proposerait ainsi une voie vers une redéfinition de notre rapport au monde, un sentiment plus aigu de notre existence au sein du vivant qui nous invite à revoir nos choix de vie.

Conclusion

[Synthèse] En définitive, Catherine Rochette a raison d'évoquer la « symbiose » que le recueil propose entre les forêts et l'humain. Si leur relation est *a priori* profitable à l'homme, on remarque également qu'ils sont liés par la violence et le fracas. La poésie permet alors de tisser un lien entre ces êtres vivants pour proposer un chemin vers une nouvelle relation, plus apaisée, plus harmonieuse, qui a plus de sens.

[Ouverture] En cela, la poésie d'Hélène Dorion s'inscrit dans les préoccupations écologiques de l'époque et dans une poésie du vivant, à l'instar de la poétesse Fabienne Raphoz.

13 Sujet d'écrit • Commentaire

Max Jacob, *Le Cornet à dés*, « Voyages »

4 heures
20 points

INTÉRÊT DU SUJET • C'est un texte bien étrange que vous avez à commenter. Il peut vous dérouter. Lors d'une première lecture, vous le trouverez peut-être trop simple et penserez que vous n'avez rien à en dire. Avec un peu d'attention, vous allez changer d'avis.

Commentez ce texte de Max Jacob, extrait du *Cornet à dés*.

DOCUMENT

Le Cornet à dés *est un recueil de poèmes en prose écrit par Max Jacob en 1917. Dans son « Petit historique du Cornet à dés », Max Jacob explique qu'il s'est « appliqué à saisir en [lui] de toute manière les données de l'inconscient : mots en liberté, associations hasardeuses des idées, rêves de la nuit et du jour, hallucinations, etc. »*

Jamais je n'en sortirai : je cours dire au revoir à ma tante, je trouve la famille sous la lampe ; on me retient pour mille recommandations, ma valise est faite, mais mon complet est encore chez le teinturier, j'arrive chez le teinturier : j'ai de la peine à reconnaître mon costume : ce n'est pas mon costume, on l'a changé ! non, c'est lui, mais affreusement gonflé, mutilé, tiré, recousu, bordé de noir. Dehors, dans la rue, deux délicieuses Bretonnes rient près d'une charrette de linge : que n'ai-je le temps de les suivre ; bah ! elles prennent dans la nuit le même chemin que moi. Je remarque que les noms de rue ont changé ; il y a maintenant à Lorient une rue de « l'Énergie Lyrique ». Quel étonnant conseil municipal peut donner des noms pareils à des rues la nuit. À l'hôtel, l'idée me vient de regarder la note du teinturier : 325 francs, on vous l'expédiera. Vais-je devenir fou ? Le café est plein de curieux, je rencontre un peintre de Paris ! que j'ai de peine à m'en débarrasser. Il m'adore ici, bien que nous soyons fâchés ailleurs : je suis si en retard que je renonce à l'embrasser et pas de fiacre ! Pendant qu'on me cherche une voiture, des amis de mon enfance me supplient de m'arrêter au Mans ! non pas au Mans, à Nogent ! non pas à Nogent, parce que nous sommes très mal avec les… ah ! mon Dieu ! je perds le fil de tout… je finis par enlever une promesse à un camionneur de pianos. Et le teinturier ? me voici dans un costume étrange, en somme assez distingué : cette redingote grise, trop ouverte à cause des excès de lingerie que j'ai sur moi pour alléger ma valise ! Ce chapeau haut de forme, quelle tenue de voyage. Ah ! j'ai oublié de dire au revoir à… Et le teinturier ! J'ai laissé passer l'heure du train, du train unique : tout sera à recommencer demain ! je n'en dormirai pas de la nuit !

Max Jacob, « Voyages » *in Le Cornet à dés* 1917

LES CLÉS DU SUJET

Définir le texte

Carte d'identité du texte

- **Contexte** : début du XXe siècle ; modernité et surréalisme
- **Thèmes** : un train raté, la course après le temps, l'énergie lyrique
- **Caractéristiques du poème** : poème en prose
- **Tonalité** : lyrisme

Construire le plan

1 Une course effrénée

- Demandez-vous quelle fonction occupent les personnages dans le projet du poète.
- Montrez comment le texte nous fait ressentir la course folle du poète.
- Observez la structure du poème en prose et demandez-vous en quoi elle permet de prévoir l'échec du projet.

2 Onirisme et folie

- Intéressez-vous aux caractéristiques du rêve.
- Analysez les sentiments éprouvés par le poète.
- Soyez attentif à la phrase « je perds le fil de tout » et demandez-vous en quoi elle éclaire le sens du poème.

13 CORRIGÉ FLASH

Les titres en couleur ou entre crochets ne doivent pas figurer sur la copie.

Introduction

[Présentation du contexte] Max Jacob, poète, peintre et romancier, a participé à l'intense vie intellectuelle du début du XXe siècle et a été proche des surréalistes.

[Présentation du texte] *Le Cornet à dés,* publié en 1917, est un recueil de poèmes en prose qui prennent souvent la forme du récit de rêve. « Voyages » raconte, à la première personne, la course effrénée du poète qui doit prendre un train mais qui rencontre tant d'obstacles qu'il finit par le rater. Le poème est construit sur une telle accumulation de séquences et d'images que le poète, et son lecteur, s'y perdent, comme dans un rêve.

[Problématique] Nous nous demanderons comment le poème joue sur la frontière entre rêve et réalité.

[Annonce du plan] Nous verrons que le poème en prose transforme une course après le temps [I] en un rêve dont il est impossible de sortir [II].

I. Une course après le temps

1. Un départ perturbé

« Voyages » suit la structure d'un récit : le héros (le poète) poursuit un but (prendre le train) et rencontre un obstacle (il a peu de temps) amplifié par des opposants ou atténué par des adjuvants.

- Le manque de temps : indiqué dès le début (« je cours dire au revoir »), repris par l'interro-négative exprimant le regret « que n'ai-je le temps », et par le constat du retard, amplifié par l'intensif *si*, « je suis si en retard ».
- Les opposants : la tante et ses « mille recommandations », le « peintre de Paris », les « amis d'enfance », appartiennent à son cercle familial ou proche. Tous semblent ligués pour retarder le poète qui « peine » à se débarrasser d'eux.
- Les adjuvants : les « délicieuses bretonnes », qualifiées mélioritivement, ne le détournent pas de son chemin ; le « camionneur de pianos » dont il a obtenu « une promesse » (connotation positive).

2. La course, la vitesse : une dégradation du récit

La structure du poème, mimant la course du poète, semble se dégrader au fur et à mesure de l'avancée du texte.

• Le poème débute sur un rythme ternaire dans lequel on reconnaît un heptasyllabe (vers de 7 syllabes) un ennéasyllabe (vers de 9 syllabes) et un décasyllabe ; « tante » et « lampe » sont à la rime. L'effet structurant est amoindri par l'adjonction de six propositions isolées par des virgules, des points virgules et un emboîtement de phrases introduites par deux points (l. 1-4).

• Les hésitations du poète sont indiquées par la répétition du connecteur « mais » (l. 3 et 5), et par les négations « ce n'est pas mon costume », « non c'est lui » (l. 5).

• Tout le long du texte, la parataxe permet l'énumération rapide d'événements. Des points de suspension interrompent les phrases. De courtes phrases exclamatives ponctuent la fin du récit « et pas de fiacre ! » (l. 16), « Et le teinturier ! » (l. 25)

> **MOT CLÉ**
> La parataxe est une figure de style qui consiste à juxtaposer des phrases simples sans aucun élément de liaison.

3. L'échec

Le poète court à l'échec, échec annoncé dès le début et que la fin confirme.

• « Jamais je n'en sortirai » est une prolepse. Le poète, débordé, est pessimiste sur la réussite du projet. Pourtant cette première phrase n'est pas performative, il pourrait faire mentir la prophétie.

> **MOT CLÉ**
> Une phrase performative est une phrase qui réalise ce qu'elle annonce, ainsi d'une phrase comme « Je vous marie » prononcée par le maître de cérémonie lors d'un mariage.

• Les personnages qui ont fonction d'adjuvants ne l'aident pas. Si sa démarche auprès du camionneur est couronnée de succès, elle a pris du temps : le verbe finir (l. 20) suppose une action longue et difficile.

• « J'ai laissé passer l'heure du train » (l. 25-26), confirme l'échec. Le passé composé clôt la succession des verbes, jusque-là au présent. L'apposition, « du train unique », rend l'échec encore plus terrible.

[Transition] Cette avalanche de péripéties dans un si court récit nous fait passer de la réalité au rêve. Car c'est bien un rêve dans lequel le poète se perd et qui lui fait craindre de perdre la tête.

II. Onirisme et folie

1. Les caractéristiques du rêve

Le poème partage avec le rêve la transformation du réel en fonction du désir du rêveur, l'incohérence des événements, la bizarrerie des images.

• La ville de Lorient, transformée par le désir du poète, donne aux rues des titres de poèmes : « l'Énergie lyrique ».

• Les réflexions du poète relèvent d'une fausse logique : ce qui est « étonnant » (l. 11) ce n'est pas que le conseil municipal se tienne la nuit, c'est que le poète le croit possible. L'antithèse « il m'adore ici, bien que nous soyons fâchés ailleurs » (l. 15-16) montre que le rêve ne suit pas la logique de la réalité.

• L'expression « camionneur de pianos » est une invention langagière qui condense l'expression attendue : « le camion du déménageur de pianos », ou « le camionneur spécialisé dans le transport de pianos ». La condensation lance les images (surréalistes) du rêve. Un personnage mi-homme, mi-camion ?

2. Le sentiment d'angoisse

Le poète-rêveur vit des moments d'angoisse et s'interroge sur lui-même comme s'il se dédoublait.

• L'énumération « gonflé, mutilé, tiré, recousu, bordé de noir », commentée par l'adverbe « affreusement », donne vie au costume, mais semble décrire un cadavre. Si le costume est à l'image de celui qui le porte, alors le poète se voit lui-même « bordé de noir », portant son propre deuil.

• Le costume, devenu « assez distingué », passe du noir au gris. Le « chapeau haut de forme » inadapté pour le voyage et surtout ce flot de « lingerie » qui déborde de son costume, font du poète un clown triste et dérisoire.

DES POINTS EN +
Ce costume peut être l'image d'une certaine poésie dont le poète veut se dégager : une poésie gonflée par le lyrisme élégiaque, mutilée par la lourdeur de la versification, tirée dans tous les sens et mal recousue.

• « Vais-je devenir fou ? » se demande le poète entre deux situations incongrues. Les déictiques « ce » (l. 24), « cette » (l. 22) prennent une connotation péjorative : le poète évalue l'étrangeté de son accoutrement et ne se comprend plus lui-même.

3. Le labyrinthe

Le poète est perdu dans son rêve comme dans un labyrinthe.

• « Jamais je n'en sortirai [...] tout sera à recommencer demain ! ». En reliant la première et la dernière phrase, toutes deux au futur, on comprend que le pronom « en » ne réfère pas aux préparatifs du départ, mais au rêve lui-même : le poète est enfermé dans un rêve itératif dont il ne sortira jamais.

• L'exclamation « Ah ! j'ai oublié de dire au revoir à... » nous fait revenir au début du récit : les adieux à la tante. De même pour l'exclamation « Et le teinturier ! ».

• L'exclamation « ah ! mon Dieu je perds le fil de tout… » peut être comprise comme une référence au fil d'Ariane, qui aide Thésée à sortir du labyrinthe. Mais le poète perd le fil et ne sait quel est son chemin « au Mans ! non pas au Mans ! à Nogent ! non pas à Nogent ! »

Conclusion

[Synthèse] Ce poème en prose, avec une grande économie de moyens, nous entraîne dans une course effrénée à la suite du poète pris dans un tourbillon de situations qui deviennent toutes plus étranges les unes que les autres et qu'il échoue à maîtriser. Il nous entraîne ainsi dans un monde onirique où tout se transforme et dont on comprend que le poète est prisonnier.

[Ouverture] « L'Énergie lyrique », ce nom de rue incongru, caractérise la poésie de Max Jacob qui désire insuffler à ses poèmes en prose cette énergie lyrique qui crée, à partir de faits anodins de la vie quotidienne, une profusion d'images et qui nous emmène dans un autre monde, celui de la poésie.

14 Polynésie française, juin 2022
Dissertation

Rire et farce dans *Gargantua*

4 heures
20 points

INTÉRÊT DU SUJET • Le sujet vous invite à réfléchir aux différents aspects du comique rabelaisien et à montrer comment celui-ci s'avère porteur d'une vision du monde.

▶ Dans le roman de Rabelais, *Gargantua*, pensez-vous que le rire ne soit que de l'ordre de la farce ?

Vous répondrez à cette question dans un développement organisé en vous appuyant sur *Gargantua*, sur les textes que vous avez étudiés dans le cadre du parcours associé et sur votre culture personnelle.

LES CLÉS DU SUJET

Analyser le sujet

Dans le roman de Rabelais, *Gargantua*, pensez-vous que le rire ne soit que de l'ordre de la farce ?

rire : réaction provoquée par divers éléments comiques.

ne soit que de l'ordre : cette formulation invite à réfléchir aux ressorts du comique et à ses enjeux, en proposant une démarche dialectique.

farce : petite pièce de théâtre qui s'appuie sur des procédés comiques élémentaires, peu raffinés – coups, grossièretés diverses – mais efficaces.

Formuler la problématique

Le génie comique de Rabelais se limite-t-il au seul déclenchement d'un rire farcesque, reposant sur un comique bas et grossier ?

Construire le plan

1. Un rire farcesque	• Intéressez-vous au profil des personnages : qu'ont-ils de comique ? • Rabelais est aussi resté célèbre pour l'utilisation d'un comique grossier : trouvez des exemples.
2. Un rire subtil	• Montrez que Rabelais, érudit, joue en virtuose avec le langage. • En quoi les ressorts comiques permettent-ils un regard critique sur la société de l'époque ?
3. Un rire humaniste	• Comment le rire permet-il de développer la réflexion ? • Montrez que le rire s'inscrit dans une philosophie humaniste de l'existence.

14 CORRIGÉ FLASH

Les titres en couleur ou entre crochets ne doivent pas figurer sur la copie.

Introduction

[Accroche] « Le grand rire de Rabelais est un phénomène unique dans la littérature de tous les temps et à côté de lui, Aristophane, Boccace, Molière font figure de croque-morts » : ces mots de Marcel Aymé saluent la singularité de l'auteur de *Gargantua*. Dès l'« Avis aux lecteurs », le ton est effectivement donné : Rabelais place *Gargantua* sous le signe du rire. [Explication du sujet] Cependant, la question posée par le sujet semble suggérer que ce rire est plus complexe qu'il n'y paraît. [Problématique] Le génie comique de Rabelais se limite-t-il au seul déclenchement d'un rire farcesque, reposant sur un comique bas et grossier ? [Annonce du plan] Si l'œuvre joue en effet sur un comique farcesque [I], elle fait aussi du rire un outil de réflexion critique [II], pour en définitive le mettre au service de la philosophie humaniste [III].

I. Un rire farcesque

1. Des personnages et des situations hauts en couleur

• Les personnages de la farce sont dénués de complexité. C'est le cas des personnages de *Gargantua* : des géants, issus du folklore populaire, qui se prêtent à tous les excès. Le comique naît de leur démesure, perceptible par exemple dans l'évocation de la quantité de nourriture ou de boisson avalée… ou évacuée – il faut ainsi 17 900 vaches pour allaiter dignement Gargantua qui, à peine né, hurle : « À boire, à boire ! »

• La farce se caractérise également par une intrigue schématique, jouant essentiellement sur l'opposition entre la bêtise et la ruse, laquelle finit par triompher. Certains chapitres de *Gargantua* s'inscrivent délibérément dans cette veine farcesque, tels ceux relatant le vol des cloches de l'église Notre-Dame par Gargantua et les manœuvres plaisantes de Janotus de Bragmardo pour les récupérer. Ivre, le théologien cherche maladroitement à reprendre possession des cloches que le géant compte accrocher au cou de sa jument, « grande comme six éléphants ».

À NOTER
Rabelais s'inspire ici d'une **farce** du XVe siècle, *La Farce de Maître Pathelin,* où la ruse triomphe au détriment des benêts qui sont dupés.

• D'autres épisodes reposent sur un comique de situation efficace : ainsi, l'ingestion impromptue par Gargantua de pèlerins cachés dans une salade interrompt avec humour la guerre picrocholine.

2. Grossièretés et obscénités

• Le roman s'inspire du registre de la farce par ses nombreuses allusions grivoises qui ont valu à Rabelais une réputation d'obscénité et de paillardise. Le « bas corporel » est omniprésent : c'est en faisant « la bête à deux dos » que les parents de Gargantua le conçoivent. Une orgie de tripes précipite – diarrhée et astringent puissant aidant ! – la naissance du géant, narrée avec force détails peu ragoûtants.

• Rabelais pousse la grossièreté jusqu'à l'outrance. L'épisode du « torchecul » repose ainsi sur l'énumération malicieuse et fantaisiste des expériences de Gargantua pour trouver le meilleur moyen de se nettoyer les fesses. Plus loin, un déluge d'insultes grossières, listées avec une jubilation manifeste, contribue au déclenchement de la guerre contre Picrochole.

II. Un rire subtil

1. Une langue créative

Cependant, au-delà du foisonnement des grossièretés farcesques, la langue de Rabelais frappe par sa créativité et le travail dont elle est l'objet, source de multiples effets comiques.

• Les litanies fantaisistes, les galimatias, les jeux de mots témoignent d'une érudition de l'auteur dans des domaines variés. L'obscénité scatologique de l'invention du torche-cul, par exemple, se mêle au lexique médical spécialisé : « rectum », « périnée », « consoude ».

• *Gargantua* atteste également de la grande curiosité linguistique de Rabelais, qu'il utilise à des fins comiques. L'auteur mélange ainsi à l'envi les différentes langues (français, grec, hébreu, latin, italien…) et invente de nouveaux mots, tel le terme « agélaste ». Sa maîtrise linguistique lui permet de désacraliser ces langues : Janotus écorche le latin lors d'une harangue qui se devait d'être solennelle, et qui, au lieu de cela, fait sourire.

INFO
Composé du préfixe privatif *a* et du grec « gelos » (*rire*), le néologisme « **agélaste** » désigne celui qui ne sait pas rire, et que fustige Rabelais.

• Les noms des personnages eux-mêmes portent souvent un sens caché qui signale la culture de l'auteur et ridiculise leurs porteurs : il en est ainsi de Thubal Holopherne, « grand sophiste », précepteur de Gargantua, qui lui apprend à réciter les textes « par cœur et à l'envers ». Thubal signifie « confusion » en hébreu, tandis que Holopherne évoque le général de Nabuchodonosor II, cruel persécuteur des Juifs.

2. Un comique parodique et critique

• Rabelais intègre de fait dans *Gargantua* de multiples références, qu'il parodie volontiers de manière à susciter une réflexion critique. Ainsi en est-il de l'épisode de la guerre picrocholine qui revisite, sur un ton burlesque, les romans de chevalerie. À travers le récit de ce conflit déclenché par une vulgaire querelle à propos de fouaces, le lecteur est invité à méditer sur ce qui peut légitimer la guerre ; le personnage de Picrochole, dangereux mais risible, lui permet de s'interroger sur l'attitude du bon souverain.

• La création de personnages caricaturaux, simplifiés à l'extrême, permet à Rabelais d'épingler les vices et impostures de son époque. Ainsi le narrateur ironise-t-il sur les errances pédagogiques de Thubal Holopherne, piètre précepteur aux méthodes surannées, qui ne parvient qu'à abrutir son élève.

• Le rire est donc porteur d'une intention critique et contestataire. Les mauvais religieux tombent ainsi sous le coup de la satire, depuis les théologiens incompétents, « vieux tousseux », jusqu'aux pèlerins abreuvés de superstitions, en passant par les moines inutiles qui ne sont que des « mâche-merdes », des fardeaux pour la société.

À NOTER
Au XVIIIe siècle, Voltaire met également le rire au service de la **satire**, dans des contes philosophiques tels que *Zadig* (1748) et *Candide* (1759).

III. Un rire humaniste

1. Le rire : une voie d'accès à la pensée

• Dès le prologue, le facétieux Maître Alcofribas invite le lecteur à ne pas se fier aux apparences légères de son livre ; mais à les dépasser pour accéder au sens caché, à « la substantifique moëlle ». Rabelais agit ici en humaniste : il sait son lecteur capable d'interpréter le comique farcesque de son récit.

• Amené, grâce au rire, à penser par lui-même, le lecteur forge sa propre vision du monde, se méfiant des préjugés et des savoirs imposés. L'épisode du torchecul, au-delà de la farce, peut aussi se lire comme la démonstration de l'ingéniosité d'un enfant qui expérimente et trouve par lui-même le moyen de s'humaniser, de se départir d'une part d'animalité.

2. Le rire au service d'une nouvelle vision de l'homme

• Instrument qui aiguise l'intelligence du lecteur, le rire rabelaisien s'inscrit aussi dans une éthique de vie. À rebours des préjugés du Moyen Âge, Rabelais réhabilite le rire, car il croit en ses vertus thérapeutiques et l'associe à la santé physique et mentale. Au Moyen Âge, le rire est frappé de suspicion et souvent condamné par la religion : associé aux désordres corporels, voire au diable, il éloignerait de Dieu et serait signe de déchéance.

> **INFO**
> Le roman d'Umberto Eco *Le Nom de la rose* (1980) évoque ce rejet du rire : au XIVe siècle, un moine bibliothécaire cache le second tome de la *Poétique* (335 av. J.-C.) d'Aristote sur la comédie, afin que nul n'en prenne jamais connaissance.

• S'inspirant d'Aristote, Rabelais précise dans son « Avis aux lecteurs » que « Mieux est de rire que de larmes écrire, / Parce que rire est le propre de l'homme ». Le rire, y compris dans sa forme farcesque, permet donc au lecteur de se délivrer de ses peines et de ses peurs. Le rire apaise, prépare l'homme à la réflexion et, *in fine*, à devenir un humaniste accompli.

• Le roman invite finalement à cultiver une foi joyeuse en la vie : il se clôt sur l'invitation de Frère Jean à faire « grand chère », en écho à l'injonction qui termine l'« Avis aux lecteurs » : « Vivez joyeux ».

Conclusion

[Synthèse] Farcesque, mais riche de sens, le rire rabelaisien s'affiche comme un parti pris aux multiples vertus. Divertissant, il n'en est pas moins élaboré. Il recèle un « plus haut sens » et s'insère dans un jeu critique qui invite le lecteur à penser par lui-même, au-delà des apparences trompeuses.
[Ouverture] Admiratif de « l'éclat de rire énorme » de Rabelais, Victor Hugo y voit, au XIXe siècle, « un des gouffres de l'esprit » (*Les Contemplations,* 1856).

15 Sujet d'écrit • Dissertation

Rire et philosophie

4 heures
20 points

INTÉRÊT DU SUJET • Le sujet propose une réflexion sur l'idéal humaniste de la Renaissance et sur les liens entre rire et philosophie.

Dans *La Renaissance et le rire* (1995), Daniel Ménager écrit : « Le rire dans ce qu'il a d'excessif est nécessaire à l'idéal philosophique ». Dans quelle mesure ce propos s'applique-t-il à *Gargantua* ?

Vous répondrez à cette question dans un développement organisé en vous appuyant sur le roman de Rabelais, sur les textes que vous avez étudiés dans le cadre du parcours associé et sur votre culture personnelle.

ÉCRIT

LES CLÉS DU SUJET

Analyser le sujet

Le rire : les éléments comiques (humour grossier, effets grotesques, ironie…) qui suscitent le rire chez le lecteur.

excessif : qui dépasse la mesure, outrancier.

Le **rire** dans ce qu'il a d'**excessif** est **nécessaire** à l'**idéal philosophique**.

nécessaire : dont on ne peut se passer, indispensable.

idéal philosophique : modèle de pensée considéré comme parfait et vers lequel on tend. À mettre en relation avec la philosophie humaniste de Rabelais.

Formuler la problématique

Le comique outrancier dans *Gargantua* est-il, comme le suggère Daniel Ménager, un moyen indispensable pour accéder à l'idéal philosophique, tel que le conçoit Rabelais ? De quel idéal s'agit-il et de quelle manière le rire, avec ses excès, se met-il à son service ?

Construire le plan

1. Un rire libérateur	• Montrez que le comique rabelaisien a partie liée avec l'excès. • Quelle est la visée des effets de grossissement ?
2. Un rire réflexif	• Intéressez-vous aux formes de la sagesse issues du comique. • En quoi l'humour de Rabelais offre-t-il un accès à l'idéal philosophique ?
3. Un rire humaniste	• Montrez en quoi le rire est le propre de l'homme, d'après Rabelais. • De quelle manière le rire conduit-il à penser par soi-même, conformément à l'idéal humaniste ?

15 CORRIGÉ FLASH

Les titres en couleur ou entre crochets ne doivent pas figurer sur la copie.

Introduction

[Accroche] De Rabelais, l'imaginaire collectif a volontiers gardé l'image d'un gourmand, buveur et farceur, à l'instar de ses personnages romanesques. [Explication du sujet] Pourtant, dans *La Renaissance et le rire* (1995), Daniel Ménager écrit : « Le rire dans ce qu'il a d'excessif est nécessaire à l'idéal philosophique », nous invitant à voir le sage caché derrière le bon vivant.

[Problématique] Comment, dans *Gargantua*, le rire se met-il au service des valeurs intellectuelles et éthiques de l'auteur ?

[Annonce du plan] Pour le déterminer, nous étudierons d'abord en quoi le rire rabelaisien est effectivement excessif, avec des effets libérateurs, puis comment il conduit le lecteur à penser par lui-même. Enfin, nous montrerons qu'il est une initiation à la pensée humaniste.

I. Un rire démesuré aux effets libérateurs

1. Un comique gigantesque

• Dans *Gargantua* (1542), Rabelais prend pour héros des géants, à qui il fait assimiler des sommes considérables de connaissances, des langues au maniement des armes en passant par l'arithmétique. Le gigantisme reflète l'immense soif de savoir qui caractérise l'humanisme naissant. Il est aussi la source de puissants effets grotesques : au chapitre IV, Gargamelle engloutit « seize muids, deux bussars et six tepins » de tripes, et le narrateur souligne que « trois cent soixante mille quatorze » bœufs ont été abattus pour l'occasion. La précision incluse dans ses dimensions hors norme prête à rire.

• La figure de l'hyperbole met en évidence l'écriture parodique chez Rabelais : elle montre du doigt l'imitation et permet au lecteur de mesurer l'écart avec le modèle. Ainsi, lorsque Frère Jean des Entommeures prend la défense de l'abbaye de Seuilly (chapitre XXVII), la scène de guerre reçoit un traitement démesuré : le moine triomphe seul de tous les assaillants picrocholins, traités de « porcs ». La vigueur du combattant évoque celle du héros épique et provoque un décalage burlesque.

> **DES POINTS EN +**
> Veillez à choisir des exemples dans l'ensemble de l'**œuvre au programme** pour montrer que vous l'avez lue intégralement.

2. Des cibles plurielles

• Le rire né de l'excès vise moins les individus que les institutions. L'emphase et la rhétorique accumulative ont ainsi à charge de dénoncer la fausse science des doctes : le discours de Janotus de Bragmardo, venu réclamer les cloches à Gargantua dans le chapitre XIX, se déploie dans une langue latine approximative. La satire vise la prétendue éloquence judiciaire et savante.

• La religion fait aussi les frais de la raillerie rabelaisienne. La sérieuse Sorbonne et ses maîtres de théologie se trouvent ainsi pris à parti, au gré des aventures du géant : au chapitre I par la voix d'Alcofribas Nasier, au chapitre VII à propos de la mère de Gargantua réputée hérétique, et dans les chapitres XVII à XX avec l'épisode des cloches volées. Largement répandues, les croyances superstitieuses populaires font aussi l'objet d'attaques récurrentes : le culte immodéré des saints, la manie des pèlerinages, les dévotions irraisonnées constituent pour le lecteur autant d'occasions de rire.

• Sous la plume de Rabelais, le rire naît de l'excès et brocarde les tenants prétendus du savoir. Comment peut-il alors simultanément permettre d'exprimer un idéal philosophique ?

II. Un rire qui invite à la réflexion

1. Le rire : expression de la sagesse

• Loin des prétentions élitistes, l'idéal philosophique rabelaisien renoue avec certaines formes du bon sens populaire. Rabelais emprunte aux contes l'épisode de la jument monstrueuse (chapitre XVI) ou la mésaventure des pèlerins (chapitre XXXVIII), déjà rapportés dans les *Grandes Chroniques*, compilation contemporaine de *Gargantua*.

ÉCRIT

• Pourtant, plus qu'à la sagesse collective du peuple dont il dénonce les préjugés, Rabelais s'en remet à la figure de Socrate pour incarner son idéal philosophique. En effet, le penseur grec dissimule, sous un « détachement incroyable », « son divin savoir ». S'il est « toujours riant, trinquant avec chacun, toujours se moquant », il détient également savoir et sagesse.

CONSEIL
Vous aurez sans doute lu *Gargantua* dans une **version modernisée** du texte. Pour les citations empruntées à l'œuvre, vous pouvez donc utiliser cette version.

2. Le rire : une méthode

• Placé sous le signe de la sagesse socratique, le « Prologue » enjoint le lecteur du roman à ne pas se fier à son « enseigne extérieure » mais à dépasser « moqueries et folâtreries » pour découvrir « que les matières ici traitées ne sont pas si folâtres que le titre le prétendait ». Il s'agit d'extraire de la forme comique la « substantifique moelle ».

• Le rire dans ce qu'il a d'excessif n'est donc pas une fin en soi mais un moyen d'atteindre un idéal philosophique. Il est un adjuvant dans la quête d'un plus haut sens, un aiguillon dans la *venatio sapientae* ou chasse de la sagesse. Les effets de surenchère invitent à un décryptage des paroles des personnages et des événements, pour en dégager le sens allégorique.

• Le rire outrancier de *Gargantua* permet à Rabelais d'inviter plaisamment ses lecteurs à penser par eux-mêmes. Quel est cet idéal philosophique auquel le comique exacerbé donne accès ?

III. Un rire à la mesure de l'idéal humaniste

1. « Le propre de l'homme »

• Dès « l'Avis aux lecteurs », Rabelais justifie son parti pris en se fondant sur une maxime d'Aristote : mécanisme caractéristique de l'humain, le rire lui apparaît comme une panacée, c'est-à-dire un remède universel aux misères et aléas de l'existence. De ce point de vue, les formes comiques les plus outrancières auraient la vertu de soulager les peines du lecteur et de le mettre en état de penser.

• Antidote à la misère de l'homme, le rire apparaît comme la condition de possibilité de l'idéal philosophique. Au reste, la Renaissance offre de nombreux exemples de ce mélange des genres : le lecteur du XVIe siècle ne voyait pas d'antinomie entre les bonnes paroles de Grandgousier, défenseur de la sagesse humaniste, et les plaisanteries grossières des pèlerins (chapitre XLV).

2. Le rire est un humanisme

• L'excès qui se manifeste dans le comique signe un refus de toute pesanteur didactique. Il ne s'agit pas d'assigner au lecteur un idéal philosophique mais de l'acheminer vers lui. Fruit d'une alliance entre l'antiphrase et l'hyperbole, l'ironie manifeste la confiance placée par Rabelais dans son lecteur : il le sait capable d'inverser la valeur d'un énoncé, alerté par la surenchère. Ainsi en va-t-il de la conclusion du chapitre XIV : l'éducation reçue chez les sophistes se trouve au final discréditée par une comparaison burlesque avec la cuisson du pain. Cela a pour effet de faire réfléchir le lecteur aux modèles d'instruction.

- La fin du roman elle-même laisse ouverte l'interprétation : l'énigme de la prophétie n'est point résolue entre Frère Jean et Gargantua. Le « haut sens » n'est pas donné d'emblée, il est à construire avec humilité et prudence : le lecteur doit se méfier des formules de sagesse émanant du narrateur Alcofribas Nasier.

Conclusion

Gargantua de Rabelais apparaît comme un roman de la démesure : les aventures d'un géant y font naître des effets comiques aussi puissants qu'illimités ; le rire s'en prend de manière privilégiée aux tenants prétendus de la sagesse. La quête de l'idéal philosophique, humaniste en particulier, se trouve alors encouragée et rendue possible par le rire, avec tous ses excès, en ce qu'il libère la pensée, la soustrait à la force du préjugé et conforte l'humanité en l'homme. Chez Rabelais, s'affirme une nouvelle foi en l'homme dont le rire constitue l'épiphanie.

16 Sujet d'écrit • Commentaire

Rabelais, *Pantagruel*, chapitre XXVIII

4 heures
20 points

INTÉRÊT DU SUJET • Cet extrait, qui narre un voyage hautement fantaisiste dans la bouche d'un géant, se révèle plein d'enjeux cachés !

Commentez ce texte de Rabelais, extrait de *Pantagruel*.

Vous devrez composer un devoir qui présente de manière organisée ce que vous avez retenu de votre lecture et justifier par des analyses précises votre interprétation.

DOCUMENT

En pleine guerre contre les Dipsodes, la pluie s'abat sur l'armée de Pantagruel. Magnanime, ce dernier abrite ses soldats sous son immense langue. Le narrateur, Alcofribas Nasier, se glisse alors dans la bouche du géant.

Mais alors, ô dieux et déesses ! que vis-je là ? Que Jupiter m'anéantisse avec sa triple foudre[1] si je mens ! Je m'y promenai comme en l'église Sainte-Sophie[2] à Constantinople. Je vis des rochers grands comme les montagnes des Danois[3] – je pense que c'étaient ses dents – et de grandes prairies, de grandes forêts, d'immenses et puissantes villes pas moins grandes que Lyon ou Poitiers ! Le premier que j'y rencontrai fut un bonhomme qui plantait des choux. Tout ébahi, je lui demandai :

– Mon ami, que fais-tu ici ?

– Je plante des choux, dit-il.

– Mais pourquoi ? Et comment ? répondis-je.

– Ha, monsieur, dit-il, tout le monde ne peut pas avoir les couillons aussi lourds qu'un mortier[4], et nous ne pouvons tous être riches. C'est ainsi que je gagne ma vie. Je vais les vendre au marché, dans la ville qui est là-bas derrière.

– Jésus ! dis-je. Il y a donc ici un nouveau monde ?

– Certes ! répondit-il, mais il n'est pas nouveau. Toutefois on dit que, hors d'ici, se trouve une terre neuve, où les gens ont soleil et lune, ainsi que plein de bonnes choses. Mais ce monde-ci est plus ancien.

– Sans doute. Mais, mon ami, comment se nomme cette ville où tu vas vendre tes choux ?

– Son nom est Aspharage[5]. Les habitants sont de bons chrétiens et gens de bien. Ils vous feront un excellent accueil.

Bref, je décidai d'y aller. En chemin, je rencontrai un compagnon qui tendait des pièges aux pigeons. Je lui demandai :

– Mon ami, d'où viennent ces pigeons ?

– Messire, dit-il, ils viennent de l'autre monde.

Alors je me mis à penser que, quand Pantagruel bâillait, les pigeons entraient à pleines volées dans sa gorge en croyant que c'était un colombier. Puis je me dirigeai vers la ville. Je la trouvai belle, puissante, et de bon aspect. Mais, à l'entrée, les gardes me demandèrent mon bulletin de santé. J'en fus fort ébahi. Je leur demandai :

– Messieurs, y a-t-il ici quelque risque de peste ?

– Oh seigneur, répondirent-ils, près d'ici, on meurt tant que le chariot[6] parcourt les rues.

– Jésus, dis-je, mais où cela ?

Ils me répondirent que c'était à Laryngues et Pharyngues[7], deux villes aussi grandes que Rouen et Nantes, riches et très commerçantes. La peste y avait été causée par une exhalaison puante et infecte, sortie des abîmes depuis peu. Plus de vingt-deux fois cent soixante mille personnes avaient péri en huit jours.

Je me mis à réfléchir et à calculer. Je réalisai alors qu'il s'agissait d'une haleine puante venue de l'estomac de Pantagruel lorsqu'il avala tant d'ail, comme nous l'avons dit précédemment[8].

Partant de là, je passai entre les rochers formés par ses dents et réussis à monter sur l'une d'elles. J'y trouvai alors les plus beaux endroits du monde, de beaux et grands jeux de paume[9], de belles galeries, de belles prairies, de nombreuses vignes, et une infinité de fermettes à l'italienne[10] dans des champs pleins de délices. J'y demeurai bien quatre mois, et jamais ne fis meilleure chère qu'alors.

Rabelais, *Pantagruel*, chapitre XXVIII, 1532,
translation par G. Milhe Poutingon, © éditions Hatier, 2012.

---

1. Foudre : la foudre de Jupiter ressemble à un trident.
2. Sainte-Sophie : les dimensions majestueuses de cette église byzantine étaient proverbiales.
3. Je vis [...] Danois : jeu de mots : la première syllabe de *Danois* et de *Danemark* se prononçait comme *dents*.
4. Mortier : proverbe exprimant l'idée de repos.
5. Aspharage : « gosier », en grec.
6. Chariot : sur lequel on ramasse les morts.
7. Laryngues et Pharyngues : jeu de mots sur *larynx* et *pharynx*.
8. Comme [...] précédemment : les rôtis à l'ail du chapitre précédent.
9. Paume : ancêtre du tennis.
10. Fermettes à l'italienne : c'était à la mode, dans l'aristocratie italienne, de posséder des fermettes et autres maisons de campagne.

LES CLÉS DU SUJET

Définir le texte

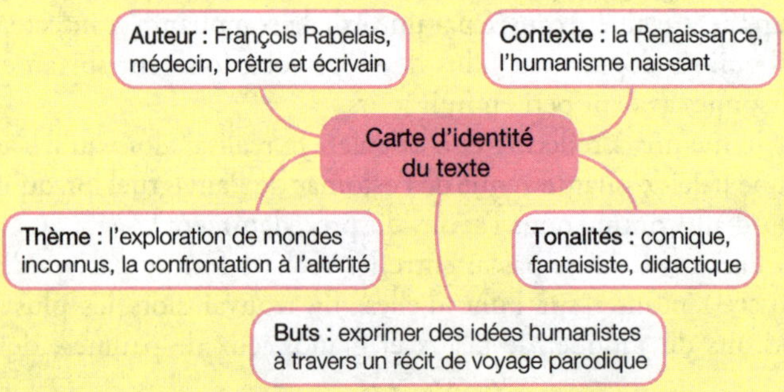

Dégager la problématique

Comment ce récit de voyage fantaisiste, à l'intérieur de la bouche d'un géant, véhicule-t-il une pensée humaniste ?

Construire le plan

1. Un récit de voyage parodique	• Intéressez-vous à la position et au ton adoptés par le narrateur : qu'ont-ils de remarquable ? • Qu'est-ce qui rend ce voyage grotesque et trivial ? • Montrez comment le narrateur joue avec le gigantisme du personnage principal.
2. Un regard humaniste sur le monde	• En quoi cet extrait témoigne-t-il d'une fascination pour l'être humain ? • Quel est l'enjeu du dialogue avec le planteur de choux ? Ayez à l'esprit le contexte des Grandes Découvertes. • Le nouveau monde découvert par le narrateur diffère-t-il de l'ancien ? Quel sens donner à sa description ?

16 CORRIGÉ GUIDÉ

Les titres en couleur ou entre crochets ne doivent pas figurer sur la copie.

Introduction

[Présentation du contexte] La Renaissance se caractérise par un véritable bouillonnement intellectuel, artistique et scientifique, qui donne naissance à l'humanisme. [Présentation de l'œuvre et de l'extrait] Médecin et prêtre, Rabelais est un écrivain emblématique de ce mouvement. Il s'appuie sur la tradition populaire des récits de géants pour sensibiliser le lecteur aux idées nouvelles. Dans cet extrait de *Pantagruel* (1532), le narrateur se retrouve fortuitement dans la bouche du géant éponyme, et nous livre son témoignage. [Problématique] Comment ce récit de voyage fantaisiste permet-il de véhiculer une pensée humaniste ? [Annonce du plan] Après avoir examiné les ressorts comiques de ce voyage pour le moins étonnant, nous nous pencherons sur la vision de l'homme et du monde qui s'en dégage.

I. Un récit de voyage parodique

Le secret de fabrication

Dans cette partie, il s'agit de montrer comment l'humour et la fantaisie de Rabelais se déploient à travers des personnages singuliers et des situations incongrues.

1. Le témoignage d'un narrateur facétieux

• Dans ce récit à la première personne, le narrateur, Alcofribas Nasier, est aussi le personnage principal. Le pronom « je » revient à plusieurs reprises, associé à des verbes de perception (« je vis »), de jugement (« je pense que ») ou d'action (« je me dirigeai », « je passai »).

> **À NOTER**
> Alcofribas Nasier est l'**anagramme** de François Rabelais. C'est sous ce pseudonyme que l'auteur signe *Pantagruel* et *Gargantua*.

• Au début du texte, ce narrateur prend à témoin Jupiter, dieu païen, qu'il dit la vérité : « Que Jupiter m'anéantisse avec sa triple foudre si je mens ! » L'ensemble du récit est présenté comme un témoignage authentique, avec des éléments descriptifs et des dialogues censés accréditer le propos. Il va pourtant de soi que nous pénétrons, avec Alcofribas Nasier, dans un monde hautement fantaisiste, qui ne peut que provoquer l'ébahissement (« tout ébahi »). Au fur et à mesure de son récit, le narrateur gagne ainsi en connivence avec le lecteur ce qu'il perd en crédibilité.

2. Une promenade buccale grotesque

• La question inaugurale « que vis-je là ? » intrigue d'emblée : la bouche de Pantagruel devient le théâtre improbable de l'action, dans la lignée des récits d'avalage, fréquents dans la littérature qui met en scène des géants. Rabelais crée des toponymes fantaisistes, forgés à partir de racines grecques : il nomme les villes « Aspharage », « Laryngues » et « Pharyngues », en référence au larynx et au pharynx, qui venaient d'être identifiés par les savants.

• Le récit abonde en notations triviales : on y relève des expressions grossières (« tout le monde ne peut pas avoir les couillons aussi lourds qu'un mortier ») et des détails scatologiques renvoyant aux aspects peu ragoûtants de l'organisme. Il est notamment question de l'« haleine puante » de Pantagruel liée à l'ingestion d'ail. Par ailleurs, ses bâillements occasionnent chez les pigeons une méprise comique : sa bouche est prise pour un « colombier ».

3. Le comique gigantal : un jeu sur les proportions

• La démesure joue à plein dans cet extrait. Ainsi, par un effet de grossissement, une métaphore rapproche les dents du géant de « rochers » que le narrateur peut escalader. Plus loin, l'estomac devient le lieu des « abîmes ».

• Surtout, la bouche abrite tout un monde. Les indications spatiales (« la ville qui est là-bas derrière »), associées à des comparaisons récurrentes avec le monde connu (« villes pas moins grandes que Lyon et Poitiers »), donnent de la profondeur à ce corps hors norme, perçu sous un jour tout à fait inédit.

[Transition] Au-delà de la fantaisie débridée de ce voyage original, un « plus haut sens » peut être dégagé : le comique laisse deviner une pensée humaniste sur le monde.

À NOTER
Rabelais invite son lecteur à « sucer la **substantifique moelle** » de ses récits en adoptant l'attitude d'un chien aux aguets : sous des apparences plaisantes, un sens plus profond est souvent à débusquer.

II. Un regard humaniste sur le monde

Le secret de fabrication
Cette partie vise à mettre au jour les réflexions et les préoccupations humanistes qui sous-tendent ce récit dans le contexte des Grandes Découvertes.

1. Une curiosité insatiable

• L'humanisme place l'homme au cœur de ses préoccupations : le corps humain fait l'objet d'un regain d'intérêt, notamment avec les dissections. Dans l'extrait, Rabelais le médecin apparaît au détour de détails anatomiques (les villes de « Laryngues » et de « Pharyngues », la mention des « exhalaison[s] ») et de considérations sur les maladies. L'être humain est un monde à lui tout seul !

• Le narrateur pénètre dans la cavité buccale du géant et l'arpente comme on découvre des territoires nouveaux, ainsi que l'attestent les verbes de mouvement : « je m'y promenai », « je décidai d'y aller », « je me dirigeai vers la ville »... La curiosité et le plaisir du voyage vers l'inconnu emportent le personnage.

• Ce goût de l'ailleurs est emblématique de l'esprit de l'humanisme naissant, marqué par de Grandes Découvertes et l'élan enthousiaste vers des terres inexplorées : les voyages de Christophe Colomb (1492-1504) et de Fernand de Magellan (1519-1522) ouvrent de nouvelles perspectives, auxquelles le chapitre XXVIII de *Pantagruel* fait écho sur le mode humoristique.

MOT CLÉ
En 1492, le Gênois **C. Colomb** découvre l'Amérique.
Le Portugais **Fernand de Magellan** s'engage dans un tour du monde et arrive aux Philippines en 1521.

2. Un nouveau regard sur le monde

• En repoussant les limites du monde connu, les Grandes Découvertes du XVIe siècle ont bouleversé les représentations qu'en avaient les Européens. Ainsi Rabelais incite-t-il le lecteur à réfléchir à sa propre vision du monde.

• L'échange qui se noue entre Alcofribas Nasier et le planteur de choux est éloquent : un débat s'instaure sur l'« ancien » et le « nouveau » monde, chacun adoptant un point de vue différent (s'agit-il de la Terre ? s'agit-il du corps de Pantagruel ?) en fonction de son expérience. Rabelais montre ainsi les limites de l'ethnocentrisme, qui tend à juger de tout en fonction de sa société d'origine, et offre une leçon de relativisme.

• Le recours au pronom indéfini « on » par le planteur de choux révèle son ignorance : « on dit que, hors d'ici, se trouve une terre neuve ». Le voyage apparaît alors comme un moyen indispensable pour s'ouvrir l'esprit et acquérir une connaissance plus juste du monde.

3. Un autre monde, entre miroir du monde connu et utopie

• La ressemblance entre le monde découvert dans la bouche de Pantagruel et celui d'où vient le narrateur est déconcertante : le lecteur sourit de l'apparition triviale et familière du « bonhomme qui plantait des choux » pour gagner sa vie. Dans ce « nouveau monde », la peste fait des ravages inquiétants, comme dans le monde connu de Rabelais. Les villes de Laryngues et de Pharyngues sont évaluées « aussi grandes que Rouen et Nantes » : l'inconnu, par le jeu des comparaisons, est ramené au familier. Ainsi, ce qui semble *a priori* si « étranger » et différent se révèle bien proche de soi.

• Cependant, au sein de ce « nouveau monde », certains territoires, décrits dans les dernières lignes de l'extrait, évoquent un monde parfait, une véritable utopie. Le narrateur ne tarit pas d'éloges sur ces contrées luxuriantes où rien ne manque pour bien vivre. Les superlatifs abondent : « J'y trouvai alors les plus beaux endroits du monde » ; « jamais je ne fis meilleure chère qu'alors ».

MOT CLÉ
Une **utopie** est une représentation imaginaire d'une société idéale, qui permet de mettre en évidence, par contraste, les défauts de la société contemporaine.

• Le planteur de choux évoque de même une ville où de « bons chrétiens, gens de bien » offrent « un excellent accueil » et où la religion est donc un gage de lien entre les hommes. Cet idéal pouvait paraître bien inaccessible à une époque où les troubles religieux et les critiques envers les représentants de la religion se multipliaient.

Conclusion

[Synthèse] Avec ce récit parodique, Rabelais amuse son lecteur, convié à un voyage improbable dans la bouche de Pantagruel. Démesurément agrandi, le corps devient un objet d'investigations hautement fantaisistes. Ainsi cet extrait révèle-t-il combien l'homme fascine les esprits de la Renaissance. Il suggère également comment les voyages d'exploration conduisent les contemporains de Rabelais à réviser leurs certitudes et à modifier leur vision du monde : l'inconnu n'est pas si éloigné de soi qu'il y paraît… et peut même incarner l'espoir d'un monde meilleur.

[Ouverture] Dans *Gargantua* (1534), Rabelais recourt à nouveau à la tradition des récits d'avalage : des pèlerins engloutis puis recrachés devront en tirer une bonne leçon !

17 Polynésie française, juin 2022
Dissertation

La Bruyère, spectateur de la société de son temps ?

4 heures
20 points

INTÉRÊT DU SUJET • Ce sujet vous invite à rendre compte de votre lecture des *Caractères* en vous posant la question : un écrivain qui décrit la société de son époque peut-il rester neutre, même lorsqu'il prétend l'être ?

Pensez-vous que La Bruyère n'est qu'un spectateur de la société de son temps ?

Vous répondrez à cette question dans un développement organisé, en vous appuyant sur *Les Caractères* livres V à X, sur les textes que vous avez étudiés dans le cadre du parcours associé et sur votre culture personnelle.

LES CLÉS DU SUJET

Analyser le sujet

ne… que : la locution est synonyme de « seulement ». On attend donc un plan dialectique.

spectateur : le mot désigne un observateur, mais aussi une personne assistant à un spectacle.

Pensez-vous que La Bruyère **n'**est **qu'**un **spectateur** de la **société de son temps** ?

société de son temps : la société française sous le règne de Louis XIV

Formuler la problématique

Dans *Les Caractères*, La Bruyère entend décrire objectivement la société qui l'entoure ; mais l'auteur reste-t-il simple spectateur ou s'engage-t-il ?

Construire le plan

1. Un spectateur attentif	• Quelle société La Bruyère décrit-il ? • De quelle façon ? La Bruyère emploie-t-il la première personne ou s'efface-t-il derrière ses descriptions ? • Montrez que celles-ci révèlent une véritable comédie sociale. Expliquez en quoi elle consiste, en citant des exemples de La Bruyère.
2. Un spectateur engagé	• Demandez-vous si le « je » de La Bruyère ne perce pas souvent derrière ses observations. • Quelle émotion certaines remarques expriment-elles ? • Quelles opinions l'auteur défend-il ? • *Les Caractères* ne contiennent-ils pas également des conseils ? Lesquels ?
3. Un spectateur, non un acteur	Vous devez opérer une synthèse en montrant : • que l'engagement de La Bruyère reste celui d'un moraliste, épris de l'idéal classique ; • qu'il n'aboutit pas à une contestation de l'ordre social de son époque.

17 CORRIGÉ FLASH

Les titres en couleur ou entre crochets ne doivent pas figurer sur la copie.

Introduction

[Accroche] « Je rends au public ce qu'il m'a prêté ; j'ai emprunté de lui la matière de cet ouvrage », écrit La Bruyère dans sa préface des *Caractères*. Par cette affirmation, il se pose en observateur de la société de son temps. Mais n'en est-il que le simple spectateur ? [Explication du sujet] C'est la question que pose le sujet : « Pensez-vous que La Bruyère n'est que le spectateur de la société de son temps ? », l'emploi de la locution « ne… que » introduisant une restriction, dont il convient d'analyser la nature et le bien-fondé. [Problématique] Que La Bruyère soit le spectateur de son époque, la lecture des *Caractères* le démontre amplement, mais c'est un spectateur qui ne se cantonne pas dans la passivité. [Annonce du plan] S'il se révèle être un spectateur attentif [I], il est aussi un spectateur engagé [II], qui se refuse toutefois à devenir un acteur de son temps [III].

I. Un spectateur attentif

1. Un peintre de son époque

• Parisien, attaché à l'illustre famille princière des Condé, La Bruyère décrit ses contemporains, notamment ceux « de la Cour et de la Ville ». L'intitulé même des « livres » qui composent ses *Caractères* témoigne de sa volonté d'embrasser un vaste panorama social : les mondains des salons (V), les riches et les parvenus (VI), les Parisiens (VII), les courtisans (VIII), les « Grands » du royaume (IX), le roi (X).

> **INFO**
> La « Ville » désigne alors Paris, mais seulement les Parisiens de la grande bourgeoisie

• Ce panorama, La Bruyère le brosse de deux façons : à la fois par des portraits, individuels (Cydias, V, 75 ; Cimon et Clitandre, VIII, 19) ou collectifs (les Sannions, les Crispins, VII, 9 et 10), et par des réflexions de portée générale sur l'homme du monde, l'art de bien parler (V) ou sur les « Grands », les favoris.

2. Un observateur discret

• La Bruyère est un observateur aussi attentif que discret. Le plus souvent, il s'efface derrière ses descriptions et portraits. Il dit rarement « je ». Des expressions comme « je vois » (VI, 55 ; IX, 13) ou « je ne m'étonne pas » (VI, 74) sont très exceptionnelles sous sa plume. Quand il donne son avis, c'est avec prudence : « il me semble » (V, 78) ; « je sais » (VIII, 85) ; « je crois » (VIII, 60). Ailleurs, il s'englobe dans un « nous » ou dans un « on » à valeur générale.

• Cette moindre présence de l'observateur, voire son effacement, produit un double effet : elle crée chez le lecteur une impression d'objectivité et elle ne donne que plus de force aux « remarques ».

3. Un témoin de la comédie sociale

• À travers ces observations, La Bruyère met en évidence la comédie sociale dans laquelle chacun joue son rôle, par vanité ou par nécessité. Au sein de la société qu'il décrit, tout n'est qu'apparence, derrière laquelle se cache ou se dilue l'être profond des individus. C'est particulièrement vrai à la cour : « Il y a un pays où les joies sont visibles, mais fausses, et les chagrins cachés, mais réels » (VIII, 63). Tous les hommes portent des masques. Giton veut passer pour un « bel esprit » (VI, 83) Narcisse joue à l'important (VII, 12). Les Parisiens ne fréquentent les promenades à la mode que pour se faire voir et pour faire admirer leurs carrosses, leurs chevaux, leurs habits. Même les modestes « brodeur et confiseur » font l'important et sont de « vrais singes de la royauté » (VIII, 12). *Les Caractères* soulèvent les masques que porte tout un chacun.

• La Bruyère est loin d'être le seul écrivain à avoir observé son époque et dévoilé ce jeu des apparences au sein de la société. Avant lui, Molière

ÉCRIT

dénonçait dans *Dom Juan* (1665) l'hypocrisie, ce « vice à la mode ». Après lui, Diderot, dans *Le Neveu de Rameau* (1891), s'attaque aux postures que chacun prend par nécessité. Dans *Illusions perdues* (1837-1843), Balzac – à travers le personnage de l'abbé Herrera, qui propose sa protection au héros – révèle les ressorts profonds de la société à l'époque de la Restauration.

II. Un spectateur engagé

1. Par ses indignations

• Cependant La Bruyère ne se contente pas de mettre au jour les mécanismes de la société de son temps. Le comportement de certains de ses contemporains suscite chez lui de vives réactions, et l'indignation perce souvent derrière ses observations. Devant, par exemple, l'immoralisme des courtisans prêts à tout pour faire fortune : « N'espérez plus de candeur, de franchise, d'équité… » (VIII, 62), dit-il à leur propos. La pauvreté des paysans le révolte : « Il y a des misères sur la terre qui saisissent le cœur ; il manque à quelques-uns jusqu'aux aliments » (VI, 47).

• Son réquisitoire contre les cupides est sans appel : « Il y a des âmes sales, pétries de boue et d'ordure, éprises du gain et de l'intérêt » (VI, 58). La Bruyère ne cache pas ses émotions, et celles-ci sont autant de condamnations des travers de son époque.

2. Par ses fermes prises de position

De la révolte à l'engagement, il n'y a qu'un pas. La Bruyère interpelle les « hommes en place, ministres, favoris » pour leur rappeler que la vraie gloire réside dans le dévouement au bien commun (X, 24). Comparant les « Grands », qu'il juge sévèrement, et le « peuple », qu'il n'idéalise pas, il choisit clairement son camp : « Faut-il opter ? Je ne balance pas : je veux être peuple » (IX, 25). Ailleurs, il souligne l'absurdité de la guerre (X, 9), proteste contre le mépris du savoir dont font preuve les puissants : « Que sont devenus ces importants personnages qui méprisaient Homère ? » (VI, 56). Leur indifférence à la gestion des affaires publiques le choque tout autant (IX, 24).

3. Par ses suggestions et conseils

Enfin, *Les Caractères* contiennent de nombreuses règles qui font de La Bruyère non plus un témoin mais un conseiller. Le chapitre V est un manuel de savoir-vivre définissant la meilleure façon de s'exprimer et de se comporter en société. Le chapitre VI, « Des biens de fortune », montre à quelle déshumanisation peut conduire la course à l'enrichissement. « De la Cour » (VIII) et « Des Grands » (IX) définissent ce que devrait être la vraie noblesse. Quant au chapitre X sur « le souverain », il suggère un modèle de gouvernement.

III. Un spectateur, non un acteur

1. La position d'un moraliste

INFO
Le mot « **moraliste** » provient du nom latin *mores*, (pluriel de *mos*) désignant les mœurs.

Au XVIIe siècle, le moraliste est celui qui dépeint le comportement de ses contemporains, et non celui qui délivre des leçons de morale. Il est donc dans sa nature d'être un spectateur de son époque. Son but est de la décrire le plus objectivement possible. Mais décrire n'interdit pas de réagir à ce qu'on décrit. De là, le balancement constant de La Bruyère, dans *Les Caractères*, entre la position passive du spectateur et l'intervention personnelle du témoin. Ces deux attitudes ne sont pas contradictoires mais complémentaires, parce que peindre les mœurs appelle nécessairement la réflexion.

2. Un partisan de l'idéal classique

INFO
Le **classicisme** est un courant artistique qui domine presque sans partage la période 1660-1685. Il promeut un idéal de juste milieu, de retenue, de bienséance et de raison.

- Dans sa préface aux *Caractères,* La Bruyère précise qu'« on ne doit parler, on ne doit écrire que pour l'instruction » de ses auditeurs ou lecteurs. C'est le but même que se propose le classicisme, qui s'imposa de 1660 à 1685 : saisir les défauts, les préjugés et les vices des hommes pour espérer les en corriger. C'était déjà la mission que Molière assignait à la comédie.
- Certains portraits de La Bruyère sont de fait de petites comédies. Qui après avoir lu celui d'Arrias (V, 9) souhaiterait ressembler à ce menteur impénitent ? Qui voudrait imiter Giton l'arrogant (VI, 83) ou devenir un Pamphile, très imbu de lui-même (IX, 50) ?

3. Un conservateur

Ne faisons pas pour autant de La Bruyère un révolutionnaire. En cette fin du XVIIe siècle, il est et reste un monarchiste : « Nommer un roi Père du peuple est moins faire son éloge que l'appeler par son nom, ou faire sa définition » (X, 27). Jamais il ne songe à contester l'ordre social. Dans la querelle des Anciens et des Modernes, il prend parti pour les Anciens (VI, 55 ; IX, 42). Sa conception de l'homme est celle de « l'honnête homme », c'est-à-dire celle d'un individu sociable, cultivé, fuyant les excès et se tenant dans un juste milieu.

Conclusion

[Synthèse] Dans *Les Caractères*, La Bruyère est un spectateur de la société de son temps, à la fois objectif et engagé. [Ouverture] À ce titre, il annonce les philosophes du XVIIIe siècle. S'il n'est pas un contestataire, il oriente la réflexion vers des raisonnements qui le deviendront. Ses *Caractères* se situent ainsi à la charnière de deux siècles.

18 Amérique du Nord, juin 2021 • Commentaire

Fénelon, *Les Aventures de Télémaque*, XVIIe livre

4 heures
20 points

INTÉRÊT DU SUJET • Ce texte fait réfléchir au goût du luxe et à ses effets néfastes sur l'ensemble de la société.

▶ Commentez ce texte de Fénelon, extrait des *Aventures de Télémaque*.

Vous devrez composer un devoir qui présente de manière organisée ce que vous avez retenu de votre lecture et justifier par des analyses précises votre interprétation.

DOCUMENT

Fénelon, chargé de l'éducation du petit-fils de Louis XIV, écrivit ce roman pour préparer ce jeune prince à son futur métier de roi. Dans cette œuvre, qui s'inspire de l'Odyssée d'Homère, le personnage de Mentor est lui aussi chargé d'éduquer Télémaque, le jeune fils d'Ulysse, qui va devenir roi. Dans ce chapitre, Mentor expose à son élève deux défauts majeurs à éviter pour gouverner : l'abus de pouvoir et, ici, l'excès du luxe.

L'autre mal, presque incurable, est le luxe. Comme la trop grande autorité empoisonne les rois, le luxe empoisonne toute une nation. On dit que le luxe sert à nourrir les pauvres aux dépens des riches, comme si les pauvres ne pouvaient pas gagner leur vie plus utilement, en multipliant les fruits de la terre, sans amollir les riches par des raffinements de volupté. Toute une nation s'accoutume à regarder comme les nécessités de la vie les choses les plus superflues, ce sont tous les jours de nouvelles nécessités qu'on invente, et on ne peut plus se passer des choses, qu'on ne connaissait point trente ans auparavant. Ce luxe s'appelle bon goût, perfection des arts, et politesse de la nation. Ce vice, qui en attire une infinité d'autres, est loué, comme une vertu ; il répand sa contagion depuis le roi jusqu'aux derniers de la lie du peuple[1]. Les proches parents du roi veulent imiter sa magnificence, les grands[2] celle des parents du roi, les gens médiocres[3] veulent égaler les grands, car qui est-ce qui se fait justice ? Les petits veulent passer pour médiocres. Tout le monde fait plus qu'il ne peut ; les uns par faste[4], et pour se prévaloir de leurs richesses ; les autres par mauvaise honte, et pour cacher leur pauvreté. Ceux mêmes qui sont assez sages pour condamner un si grand désordre, ne le sont pas assez pour oser lever la tête les premiers, et pour donner des exemples contraires. Toute une nation se ruine, toutes les conditions[5] se confondent. La passion d'acquérir du bien pour soutenir une vaine dépense corrompt les âmes les plus pures. Il n'est plus question que d'être riche ; la pauvreté est une infamie[6]. Soyez savant, habile, vertueux ; instruisez les hommes ; gagnez des batailles ; sauvez la patrie ; sacrifiez tous vos intérêts : vous êtes méprisé, si vos talents ne sont pas relevés par le faste. Ceux mêmes qui n'ont pas de bien veulent paraître en avoir ; ils en dépensent comme s'ils en avaient : on emprunte, on trompe, on use de mille artifices indignes pour parvenir[7]. Mais qui remédiera à ces maux ? Il faut changer le goût et les habitudes de toute une nation. Il faut lui donner de nouvelles lois. Qui le pourra entreprendre, si ce n'est un roi philosophe[8], qui sache, par l'exemple de sa propre modération, faire honte à tous ceux qui aiment une dépense fastueuse, et encourager les sages, qui seront bien aises d'être autorisés dans une honnête frugalité[9] ?

Fénelon, *Les Aventures de Télémaque*, livre XVII, 1699.

---

1. Lie du peuple : partie la plus basse de la société. 2. Grands : puissants du royaume. 3. Gens médiocres : personnes de condition sociale moyenne. 4. Par faste : par volonté d'afficher leurs richesses. 5. Conditions : situations sociales. 6. Infamie : déshonneur. 7. Parvenir : réussir socialement. 8. Philosophe : sage. 9. Frugalité : simplicité.

LES CLÉS DU SUJET

Définir le texte

Carte d'identité du texte

Auteur : Fénelon, écrivain et homme d'Église

Buts de l'auteur : dénoncer le luxe qui corrompt la société et inviter le futur roi à la modération

Contexte : le classicisme, courant du XVIIe siècle

Tonalités : épidictique (blâme) et didactique (leçon pour le lecteur)

Thème : le luxe

Dégager la problématique

Comment Fénelon, en formulant une réflexion sur le luxe, parvient-il à éduquer le futur souverain ?

Construire le plan

1. Une condamnation implacable	• Étudiez les éléments du texte qui dénoncent le luxe comme un vice (lexique, métaphore). • Analysez la progression du texte : expliquez comment l'argumentation est construite.
2. Le pouvoir de corruption du luxe	• Montrez que le luxe est présenté comme un mal universel. • Analysez l'inversion des valeurs mise en évidence par le texte : étudiez les oppositions. • Examinez le paradoxe suivant : le luxe, qui doit distinguer quelques privilégiés, pousse la société à adopter un comportement semblable.
3. Une leçon pour le futur souverain	• Montrez que le texte comporte des dénonciations implicites de la vanité et de la cupidité. • Analysez en détail la fin du texte, qui donne une ligne de conduite au souverain.

18 CORRIGÉ GUIDÉ

Les titres en couleur ou entre crochets ne doivent pas figurer sur la copie.

Introduction

[Présentation du contexte] Au XVIIe siècle, l'ambition de bien des auteurs classiques est à la fois de plaire et instruire, en s'inspirant des écrits de l'Antiquité grecque et latine.

[Présentation de l'œuvre et de l'extrait] Le roman de Fénelon *Les Aventures de Télémaque*, destiné au petit-fils de Louis XIV, fait ainsi le récit didactique des péripéties du fils d'Ulysse. Dans le XVIIe livre, dont est extrait notre texte, Mentor met en garde son élève Télémaque contre le goût du luxe.

[Problématique] Comment Fénelon, en formulant une réflexion sur le luxe, parvient-il à éduquer le futur souverain ?

[Annonce du plan] Après avoir analysé la construction du blâme dans l'ensemble du texte, nous étudierons le pouvoir de corruption du luxe mis en évidence par Mentor. Enfin nous nous pencherons sur la leçon donnée au futur souverain.

I. Une condamnation implacable

> ▶ **Le secret de fabrication**
> Dans cette partie, étudiez la construction globale de l'argumentation : identifiez le thème du texte, la thèse, et analysez comment s'organisent les arguments.

1. Le luxe : un vice

Le luxe constitue le thème de l'extrait et il est condamné comme un vice.

• Le lexique péjoratif parcourt le texte avec les noms « mal », « vice », et « désordre » (amplifié par l'adverbe d'intensité « si » et l'adjectif « grand »), et les verbes « amollir », « corrompt » et « trompe » qui révèlent une véritable corruption morale.

• Mentor développe une métaphore filée de la maladie à travers les noms « mal » (l. 1), repris au pluriel à la fin du texte (l. 29), « contagion » (l. 12) et l'adjectif « incurable » (l. 1). Elle s'associe à la métaphore du poison, qui en souligne le caractère implacable (l. 1-2) avec la répétition du verbe « empoisonne » (l. 2).

• Le présent de vérité générale employé tout au long du texte présente la réflexion du personnage comme incontestable.

2. Une argumentation bien construite

Le blâme est rigoureusement construit pour présenter les méfaits du luxe.

• La thèse est énoncée dans les deux premières phrases, sous la forme d'un rapport attributif articulé autour du verbe « être » : il s'agit donc d'une définition à valeur didactique.

> À NOTER
> Pour bien comprendre un **texte argumentatif**, analysez en détail sa progression.

• Vient ensuite la réfutation des discours (« on dit que… ») qui justifient le luxe (l. 3-6). Mentor dénonce un faux raisonnement, qui présente le luxe, par essence inutile, comme quelque chose d'utile pour les pauvres. Il lui oppose, dans une hypothèse niée, un raisonnement plus juste : « comme si les pauvres ne pouvaient pas gagner leur vie plus utilement, en multipliant les fruits de la terre ».

• Mentor développe ensuite ses arguments (l. 6-29) : le luxe rend dépendant du superflu (l. 6-9) ; il corrompt toute la nation (l. 11-21) et fait passer les vertus au second plan (l. 21-29).

• En conclusion, il énonce une leçon pour le futur souverain : il doit montrer l'exemple par sa « frugalité » (l. 29-34).

[Transition] Mentor dénonce donc méthodiquement le luxe tout au long du texte. Il met particulièrement en évidence ses effets néfastes.

ÉCRIT

II. Le pouvoir de corruption du luxe

> **▶ Le secret de fabrication**
> Analysez ici plus en détail les différents arguments avancés par l'auteur. Voyez comment ils sont mis en valeur par le choix des mots, les figures de style et la construction des phrases.

1. Un mal universel

Le goût du luxe corrompt l'ensemble de la population.

- L'emploi répété de pronoms et adjectifs indéfinis met en évidence l'étendue du phénomène : « *toute* une nation » (l. 2, 6, 20 et 21), « *tout* le monde » (l. 16), « *on* invente, et *on* ne peut plus se passer » (l. 8-9), « *on* emprunte, *on* trompe, *on* use » (l. 28), « *les uns… les autres* » (l. 16-17).
- Les hommes qui font exception ne parviennent pas à se démarquer. Ils sont réduits à un pronom démonstratif, « *ceux mêmes* qui sont assez sages », et mis ainsi au même niveau que les victimes du luxe désignées par : « *ceux mêmes* qui n'ont pas de bien » (l. 26-27). Ce rapprochement souligne leur impuissance.

2. L'inversion des valeurs

La corruption des hommes suscitée par le luxe entraîne une inversion des valeurs.

- On relève plusieurs oppositions, notamment entre « nécessités » et « superflues » (l. 7), et entre « vice » et « vertu » (l. 11). Mentor s'attache ainsi à dévoiler les fausses vérités construites par les partisans du luxe.
- L'ironie de Mentor est perceptible (l. 9-10) : il n'adhère pas aux définitions de « bon goût, perfection des arts, et politesse de la nation » qu'on associe au luxe.
- Une opposition forte (l. 24-26) marquée par une série d'impératifs énonçant, dans une gradation, des actions vertueuses (« instruisez les hommes ; gagnez des batailles… ») est confrontée brutalement à la chute : « vous êtes méprisé ». La parataxe souligne la cruauté du constat final.

> **MOT CLÉ**
> La **parataxe** est une juxtaposition de propositions sans mot de liaison. Le rapport logique qui les lie est implicite.

3. Un mal paradoxal

Mentor met en évidence un paradoxe : alors que les hommes souhaitent se distinguer à travers leur goût du luxe, ils adoptent au final un comportement semblable, quelle que soit leur condition sociale.

- Une continuité est établie entre « le roi » et « la lie du peuple » au moyen des prépositions « depuis » et « jusqu'aux » (l. 12).

• L'imitation du plus fortuné que soi est généralisée dans une chaîne descendante (l. 13-16) : chaque sujet désignant un groupe social est repris dans la proposition suivante.

• Le parallélisme « Toute une nation se ruine, toutes les conditions se confondent » souligne la disparition de la spécificité de chaque classe sociale.

[Transition] Mentor montre ainsi l'absurdité du goût du luxe qui nivelle l'ensemble de la société dans la ruine. Ce constat très pessimiste a une portée didactique.

III. Une leçon pour le futur souverain

> ▶ **Le secret de fabrication**
> Étudiez dans cette partie la portée didactique du texte : identifiez les leçons à tirer pour le lecteur, implicites et explicites.

1. Des dénonciations implicites

Ce blâme permet à Mentor de dénoncer indirectement deux autres vices.

• La vanité des hommes est révélée par leur goût du luxe : le but n'est pas seulement d'en jouir mais de le montrer aux autres comme signe de grandeur, ce que souligne l'utilisation du champ lexical de l'apparence avec les verbes « imiter » (l. 13), « passer pour » (l. 15), « se prévaloir » (l. 17) et « paraître » (l. 27).

• La cupidité des hommes est la conséquence de ce vice marquée par la négation restrictive « Il n'est plus question que d'être riche ». Mentor révèle l'absurdité d'un mode de vie qui finit par faire ressentir la pauvreté comme une flétrissure morale, une « infamie ».

• Ces deux dénonciations teintent le texte d'une dimension moraliste. Au XVIIe siècle, les auteurs classiques mettent les hommes en garde contre le règne de l'apparence qui les pousse vers les plaisirs matériels et les éloigne de leur foi. Inversement, le dénuement suscité par la pauvreté les rapproche de Dieu.

2. Une ligne de conduite

La fin du texte énonce la leçon pour le futur roi : donner l'exemple. Seul le souverain, au sommet de la chaîne du luxe, a le pouvoir de changer les mœurs.

• L'opposition entre le blâme du luxe et la leçon à tirer des méfaits de ce mal est introduite par la conjonction de coordination « mais » (l. 29). Mentor met alors en évidence le pouvoir exceptionnel du souverain, notamment avec la répétition du pronom « qui », suivi de la restriction « si ce n'est » (l. 31).

ÉCRIT

- Le ton du texte devient profondément didactique. Les questions rhétoriques (l. 29, 31-34) sont destinées à faire réfléchir le lecteur. L'anaphore « il faut » exprime le devoir incontournable du souverain.
- Le roi seul a en effet le pouvoir de ré-inverser les valeurs. Le lexique mélioratif est réintroduit à la fin du texte, avec les termes « philosophe », « modération », « sages », « honnête frugalité ». Cependant, ce devoir constitue un véritable effort que le souverain doit d'abord s'infliger à lui-même, comme l'indique l'adjectif « propre » épithète du nom « modération », puis susciter chez les autres, ce que soulignent les verbes « faire honte » et « encourager ».
- La fin du texte dessine dans la figure du roi l'idéal classique de l'honnête homme, raisonnable et modéré, modèle de vertu morale pour ses contemporains.

Conclusion

[Synthèse] Ce texte met ainsi en évidence les effets pernicieux du luxe sur la société. Il en révèle les contradictions et dévoile les vices qu'il dissimule : la vanité et la cupidité. La dénonciation devient une leçon d'humilité essentielle pour le futur roi et salutaire pour son peuple. Elle s'inscrit dans une critique du pouvoir royal qui parcourt l'ensemble de l'œuvre, et invite le souverain à une politique vertueuse et juste.

[Ouverture] Au siècle suivant, le luxe fera débat : condamné par Rousseau comme cause d'inégalité et de corruption, il sera loué par Voltaire comme source de bonheur et de progrès.

19 Sujet d'écrit • Dissertation

Les Caractères : des pièces sans masque et sans théâtre ?

4 heures
20 points

INTÉRÊT DU SUJET • Comment *Les Caractères* mettent-ils en évidence la « comédie » que nous jouons tous sur la scène du monde ?

Pierre Le Moyne, moraliste contemporain de La Bruyère, a écrit à propos des caractères : « Chacun pris à part est une représentation muette, et peut passer pour une pièce sans masque et sans théâtre. » Selon vous, cette affirmation peut-elle s'appliquer aux *Caractères* de La Bruyère ?

Vous répondrez à cette question dans un développement organisé. Votre réflexion prendra appui sur *Les Caractères* de La Bruyère, sur le travail mené dans le cadre du parcours associé et sur votre culture personnelle.

ÉCRIT

LES CLÉS DU SUJET

Analyser le sujet

Chacun pris à part : chaque caractère considéré de manière isolée.

une représentation muette : la formule évoque une pièce de théâtre sans paroles.

Pierre Le Moyne, moraliste contemporain de La Bruyère, a écrit à propos des caractères : « **Chacun pris à part** est **une représentation muette**, et peut passer pour **une pièce sans masque et sans théâtre**. » Selon vous, cette affirmation **peut-elle s'appliquer** aux *Caractères* de La Bruyère ?

une pièce sans masque et sans théâtre : une pièce de théâtre sans déguisement, sans scène ni décor.

peut-elle s'appliquer : cette question fermée invite à opter pour un plan dialectique.

Formuler la problématique

Peut-on considérer chaque caractère comme une saynète jouée sans les conditions de représentation propres au théâtre ? *Les Caractères* s'inspirent-ils d'un modèle théâtral ou – si l'on s'inscrit dans une perspective morale – tendent-ils à décrire la société comme une représentation théâtrale ?

Construire le plan

1. Le modèle du théâtre dans *Les Caractères*.	• Quelles références explicites au théâtre peut-on trouver dans *Les Caractères*, en particulier dans la représentation des personnages ? • Étudiez les procédés de mise en scène employés par La Bruyère dans son œuvre.
2. Une œuvre aux formes et sources d'inspiration variées	• Montrez les limites de la citation de Le Moyne en vous intéressant aux différentes formes littéraires présentes dans *Les Caractères*. • En quoi La Bruyère se réclame-t-il du modèle de la peinture ?
3. *Les Caractères* ou « le théâtre du monde »	• Montrez que la référence au théâtre renvoie avant tout à la société perçue comme une « comédie » par La Bruyère. • Expliquez les visées du moraliste : faire tomber les « masques » et dévoiler l'envers du décor d'une société fondée sur le paraître.

19 CORRIGÉ GUIDÉ

Les titres en couleur ou entre crochets ne doivent pas figurer sur la copie.

Introduction

[Accroche] Chez l'auteur antique Théophraste, les caractères sont conçus comme des « portraits moraux », qui décrivent et classent les vices humains. Inspirés de cette œuvre, *Les Caractères* de La Bruyère contiennent des textes brefs, de formes variées : l'anecdote succède à la sentence, et le portrait à la maxime.

[Explication du sujet] Pierre Le Moyne, contemporain de La Bruyère et auteur de *Peintures morales*, définit le caractère, en tant que genre littéraire, comme une petite pièce de théâtre sans paroles, sans masque ni scène ou décor.

[Problématique] L'œuvre de La Bruyère correspond-t-elle à cette définition ? *Les Caractères* se réfèrent-ils au genre théâtral ? En quoi, à tout le moins, le thème du théâtre y est-il central ?

[Annonce du plan] Nous verrons tout d'abord ce que *Les Caractères* empruntent au théâtre, puis nous montrerons que cette œuvre complexe ne peut être réduite à ce seul modèle. Enfin, nous nous intéresserons au « théâtre du monde » tel qu'il est représenté par La Bruyère.

I. Le modèle du théâtre dans *Les Caractères*

Le secret de fabrication

Dans cette première partie, nous montrerons dans quelle mesure La Bruyère s'inspire du genre théâtral dans ses *Caractères*.

1. Des personnages de comédie

- Les personnages des *Caractères* évoquent souvent le monde du théâtre, en particulier celui de la comédie italienne. Dans les portraits où les protagonistes sont dotés de noms, certains renvoient à des personnages de théâtre, tels Acis ou Clitandre.

> **À NOTER**
> La **comédie italienne** met en scène des personnages types (les jeunes amoureux, le vieux barbon, le valet audacieux...). Très appréciée au XVIIe siècle, elle sert de modèle aux dramaturges français.

- Par ailleurs, de nombreux personnages des *Caractères* correspondent à des types propres au théâtre comique : l'ambitieux, le pédant, le parvenu, etc. À l'instar du Tartuffe de Molière, le faux dévot Aristarque (« Des Grands », 45) annonce avec « héraut » et « trompette » qu'il « doit faire demain une bonne action ».

- Dans le caractère 50 (« Des Grands »), les Pamphiles sont décrits comme de « vrais personnages de comédie, des Floridors, des Mondoris ». Cette référence à de célèbres comédiens de l'époque suggère la parenté qui existe entre les personnages de La Bruyère et le théâtre comique.

2. Une mise en scène théâtrale

- Pour décrire les caractéristiques morales de ces personnages, La Bruyère utilise souvent le portrait en action – un procédé évoquant le genre théâtral. Dans le portrait de Théodote (« De la Cour », 61), l'accent est ainsi mis sur sa « démarche », son « attitude », ses « gestes » afin de faire ressortir son inquiétante « manie » de plaire. Le personnage de Théognis (« Des Grands », 48) est également représenté comme s'il évoluait sur une scène de théâtre : « il n'est pas hors de sa maison, qu'il a déjà ajusté ses yeux et son visage, afin que ce soit une chose faite quand il sera en public ».

ÉCRIT

• De manière plus générale, *Les Caractères* témoignent d'un goût pour la dramatisation, notamment par le recours aux effets de chute. Dans « De la Société et de la Conversation », le caractère 9 dresse un décor minimal, un « repas » mondain, et met en scène le pédant Arrias, qui « ôte » la parole à tous les convives pour mieux se faire valoir, avant de le ridiculiser par une chute aussi comique qu'inattendue.

• La caricature et l'ensemble des procédés d'amplification, très courants au théâtre, jouent également un rôle important dans *Les Caractères*. L'« incurable maladie de Théophile », l'ambitieux, en fournit un exemple (« Des Grands », 15).

II. Une œuvre aux formes et sources d'inspiration variées

Le secret de fabrication

Dans la deuxième partie, nous verrons que le modèle du théâtre ne suffit pas pour décrire toute l'œuvre de La Bruyère, marquée notamment par l'influence de la peinture.

1. Des fragments de genres différents

• Les saynètes qui se réfèrent au genre théâtral ne constituent pas, toutefois, la majeure partie de l'œuvre de La Bruyère, qui contient également des aphorismes, des sentences et des maximes, autrement dit de brefs énoncés à valeur de vérité universelle.

• Par ailleurs, si le moraliste maîtrise l'art du « morceau choisi », en particulier dans les portraits, il insiste, dans sa préface, sur le « plan » de son ouvrage et les « raisons qui entrent dans l'ordre des chapitres ». Il semble pertinent de ne pas se limiter à considérer les caractères « chacun pris à part ». Les livres VII (« De la Ville »), VIII (« De la Cour ») et IX (« Des Grands ») offrent, par exemple, une sorte de gradation : Paris, « singe de la Cour », en annonce les corruptions, tandis que les courtisans, ambitieux et grimaçants, préfigurent les « Grands » et leurs travers. L'œuvre apparaît ainsi comme une vaste fresque.

2. Le modèle de la peinture

• Dans sa préface, La Bruyère présente *Les Caractères* comme un « portrait fait [...] d'après nature », rapprochant son art de celui du peintre. Son modèle se trouve dans la *mimesis* des Anciens, autrement dit l'imitation du réel. Observateur averti de la société parisienne et de la Cour, il brosse des portraits saisissants de vie.

CITATION

« **Tout écrivain est peintre**, et tout excellent écrivain excellent peintre. » (Préface au « Discours de réception à l'Académie » de La Bruyère.)

• La référence à la peinture est explicite dans certains caractères, comme le double portrait de Cimon et Clitandre (« De la Cour », 19) : le moraliste doit « peindre le mouvement » afin de « représenter » ces courtisans affairés, qui jouent les importants.

• Le portrait de Théodote (« De la Cour », 61) témoigne, par ailleurs, d'un art consommé de l'hypotypose. En quelques phrases, La Bruyère fait surgir une image frappante dans l'esprit du lecteur, notamment par l'énumération d'adjectifs : « [Théodote] est fin, cauteleux, doucereux, mystérieux ».

• Cependant, qu'il exerce des talents de peintre ou de metteur en scène, le moraliste vise principalement à mettre au jour le fonctionnement de la société humaine.

III. *Les Caractères* ou « le théâtre du monde »

Le secret de fabrication

Dans la troisième partie, nous réexaminerons la citation initiale en nous attachant à démontrer en quoi la représentation théâtrale est au cœur des *Caractères* en tant que métaphore du fonctionnement de la société.

1. La société comme représentation théâtrale

• Pour La Bruyère, se trouver en société, c'est voir « un homme qui entre sur la scène » (« De la Cour », 61). Nul besoin de masque ni de décor de théâtre pour décrire un monde fondé sur les apparences, où chacun est en représentation permanente, que ce soit à « la ville » ou à « la Cour ». Le moraliste reprend ainsi l'image baroque du « théâtre du monde ».

MOT CLÉ

L'expression ***theatrum mundi*** (le théâtre du monde) renvoie à la dimension théâtrale de la vie en société. Dans *Comme il vous plaira*, Shakespeare écrit que « le monde entier est un théâtre, / Et tous, hommes et femmes, n'en sont que les acteurs. »

• Dans le caractère 99 (« De la Cour »), La Bruyère développe l'analogie entre le « monde » et le « théâtre ». Il évoque le temps à venir où ses contemporains « auront disparu de dessus la scène », remplacés par « de nouveaux acteurs ». La « scène » du monde est immuable et les générations s'y succèdent. L'auteur considère la société pour ce qu'elle est, à savoir une « comédie », terme qui désigne au XVIIe siècle une pièce comique aussi bien que le théâtre en général.

• Au sein de ce théâtre, les hommes et les femmes, gouvernés par leur amour-propre, vivent dans le « seul théâtre de leur vanité » (« De la Ville », 11), tel Pamphile, qui « ne se perd pas de vue » pour s'assurer qu'il joue bien son rôle : « en un mot [il] veut être grand, il croit l'être, il ne l'est pas, il est d'après un Grand » (« Des Grands », 50).

2. Le rôle du moraliste

• Si le monde se présente comme un théâtre, le moraliste s'efforce d'en dévoiler les coulisses et de faire tomber les masques de ses acteurs.

• Dans le double portrait de Cimon et Clitandre, La Bruyère incite le lecteur, par une série de conseils, à s'imaginer partie prenante de la scène. Une fois conscient de ce qui se cache derrière les apparences de la vie en société, le lecteur peut adopter le recul nécessaire afin de ne plus en être dupe.

• Par ailleurs, lorsque le moraliste donne la parole à ses personnages, c'est bien souvent pour en montrer la vacuité, comme dans le portrait de Straton (« De la Cour », 96) où l'on rapporte ce que ce personnage « a dit de soi » pour se faire « valoir ». En ce sens, les discours des personnages sont dénoncés comme des artifices supplémentaires, au même titre que leur costume ou leur gestuelle.

• *Les Caractères* partagent ainsi une même ambition avec le théâtre classique : corriger les mœurs par le rire. Conformément à la doctrine classique, la « pièce » tend à instruire le lecteur ou le spectateur tout en le divertissant. La satire des travers humains chez La Bruyère n'est pas sans rappeler la représentation qu'en donne Molière dans *L'Avare* ou *Le Misanthrope.*

MOT CLÉ
Castigat ridendo mores signifie « corriger les mœurs par le rire » et renvoie à la fonction morale du théâtre comique : le spectacle des vices humains et de leur châtiment doit conduire le public à s'amender.

Conclusion

[Synthèse] Si La Bruyère emprunte de nombreux procédés au théâtre dans *Les Caractères*, il se veut avant tout le peintre des travers de ses contemporains afin de « corriger les mœurs par le rire ». Au-delà du plaisir de la « représentation », il dévoile les mécanismes du « théâtre du monde » et invite les lecteurs à ne pas en être dupes.

[Ouverture] Le moraliste dresse ainsi le tableau d'une « comédie humaine », comparable à celle que Balzac décrira deux siècles plus tard.

20 Polynésie française, juin 2022
Dissertation

Les causes défendues dans la *Déclaration* d'Olympe de Gouges

4 heures
20 points

INTÉRÊT DU SUJET • L'affirmation des droits des femmes est au cœur de la *Déclaration* d'Olympe de Gouges. Au-delà, quels en sont les multiples enjeux ?

Dans la *Déclaration des droits de la femme et de la citoyenne*, Olympe de Gouges ne lutte-t-elle que pour les droits des femmes ?

Vous répondrez à cette question dans un développement organisé en vous appuyant sur la *Déclaration des droits de la femme et de la citoyenne*, sur les textes que vous avez étudiés dans le cadre du parcours associé et sur votre culture personnelle.

LES CLÉS DU SUJET

Analyser le sujet

lutte-t-elle : le sujet invite à étudier l'engagement de l'auteure en faveur d'une cause à défendre.

ne… que : il s'agit de voir si la lutte d'Olympe de Gouges se restreint à un seul objet ou bien si elle s'élargit à d'autres enjeux.

Dans la *Déclaration des droits de la femme et de la citoyenne* Olympe de Gouges **ne lutte-t-elle que** pour **les droits des femmes** ?

les droits des femmes : le fondement des règles régissant la place des femmes dans la société, leurs prérogatives et leurs libertés publiques et privées.

Formuler la problématique

Quelles causes Olympe de Gouges s'attache-t-elle à défendre à travers la *Déclaration* ?

Construire le plan

1. Une lutte pour les droits des femmes	• Intéressez-vous à la forme que prend la *Déclaration*. De quel texte Olympe de Gouges s'inspire-t-elle ? • Quelles sont les revendications précises de l'auteure en matière de droits ?
2. Une âpre critique des injustices entre les sexes	• Montrez que l'œuvre comporte une attaque virulente contre la domination masculine. • Comment Olympe de Gouges enjoint-elle les femmes à s'émanciper de leur soumission ?
3. L'ambition d'améliorer la société tout entière	• En quoi ce texte s'inspire-t-il des principes philosophiques et des valeurs des Lumières ? • Montrez que l'auteure développe la possibilité d'une communauté nationale harmonieuse.

20 CORRIGÉ FLASH

Les titres en couleur ou entre crochets ne doivent pas figurer sur la copie.

Introduction

[Accroche] L'universitaire Martine Reid explique que la *Déclaration des droits de la femme et de la citoyenne* d'Olympe de Gouges s'inscrit dans la longue histoire « de l'accession des femmes à l'égalité. » [Explication du sujet] Comme son titre l'indique, cette déclaration, rédigée en 1791, affirme que les femmes et citoyennes disposent de droits, à égalité de ceux revendiqués dans la *Déclaration de l'Homme et du Citoyen* de 1789. Cependant, le texte ouvre sur d'autres luttes, annexes ou plus vastes. [Problématique] Quelles causes Olympe de Gouges s'attache-t-elle à défendre à travers la *Déclaration* ? [Annonce du plan] L'œuvre participe bel et bien au combat pour octroyer de nouveaux droits aux femmes [I] ; mais elle contient également une critique féministe virulente de la domination masculine [II] ; elle a enfin l'ambition plus large d'améliorer la société tout entière [III].

I. Une lutte pour les droits des femmes

1. Une forme très significative

• La *Déclaration des droits de l'Homme et du Citoyen* est votée en août 1789 par les députés réunis en Assemblée constituante. Deux ans plus tard, Olympe de Gouges imite la forme de cette *Déclaration* tout en la féminisant : elle proclame ainsi en dix-sept articles « les droits naturels, inaliénables et sacrés de la femme » (préambule). Aux « représentants du peuple français », tous masculins, l'auteure substitue « les mères, les filles, les sœurs, représentantes de la nation ».

• Cette *Déclaration* est un pastiche évident de son pendant masculin : la forme juridique est très similaire (préambule, articles, postambule), et nombre de tournures syntaxiques et lexicales sont reprises quasiment à l'identique.

• Cependant, les féminisations apportées au texte original prennent une portée critique : l'article VI rappelle par exemple que « toutes les citoyennes et tous les citoyens » sont égaux devant la loi, qui doit être « la même pour tous ».

2. De multiples revendications pour les femmes

• L'égalité stricte entre les hommes et les femmes est proclamée dès l'article premier : « La femme naît libre et demeure égale à l'homme en droits. »

• Au nom de cette égalité, différents droits, à la fois juridiques et politiques, sont ainsi revendiqués : « la liberté, la propriété, la sûreté, [...] la résistance à l'oppression » (article II) ; la liberté d'opinion et d'expression (articles X et XI) ; le droit de propriété (article XVII).

CITATION
À propos des femmes, Marie de Gournay écrivait déjà au début du XVIIe siècle : « je me contente de les égaler aux hommes. » (*Égalité des hommes et des femmes*, 1622)

• La sphère sociale est également prise en compte, notamment dans la nouvelle « Forme du contrat social de l'homme et de la femme » proposée par Olympe de Gouges : les femmes doivent pouvoir ainsi forcer un père inconstant « à tenir ses engagements » envers un enfant naturel.

• L'auteure n'hésite pas à renverser les valeurs traditionnelles : ainsi les prostituées doivent être protégées « dans des quartiers désignés », car elles contribuent paradoxalement moins à la « dépravation des mœurs » que « les femmes de la société ».

[Transition] Dans sa *Déclaration des droits de la femme et de la citoyenne*, Olympe de Gouges lutte bel et bien pour les droits des femmes. Ce faisant, l'œuvre constitue également une violente attaque de la domination masculine.

II. Une âpre critique des injustices entre les sexes

1. Un brûlot contre la domination masculine

• La *Déclaration* d'Olympe de Gouges entend combler un manque dû à « l'ignorance, l'oubli ou le mépris des droits de la femme » par les hommes, qui les ont sciemment exclues de la vie civique en les privant notamment du droit de vote.

> **À NOTER**
> Malgré les revendications d'Olympe de Gouges ou de Nicolas de Condorcet (*Sur l'admission des femmes au droit de cité*, 1790), il faut attendre 1944 pour que les femmes françaises obtiennent le **droit de vote.**

• Les hommes sont rudement pris à partie dans le pamphlet qui précède la *Déclaration* : leur « force » et leurs « talents » apparaissent comme de bien piètres excuses pour opprimer la moitié de l'humanité. Leur violence est semblable à celle d'Arnolphe dans *L'École des femmes* de Molière, rappelant à la jeune Agnès son devoir d'obéissance devant sa « toute-puissance ».

• L'« empire tyrannique » des hommes sur les femmes apparaît comme une exception injuste et cruelle au sein de la nature animale ou végétale, où pourtant les sexes « coopèrent avec un ensemble harmonieux ».

2. Un appel à se « réveiller »

• Cependant, la lutte pour ces droits ne peut aboutir que si les femmes prennent conscience de leur « déplorable sort » et s'emparent de ces revendications afin de s'émanciper de la tutelle masculine.

• Pour cela, Olympe de Gouges n'hésite pas à « parler franchement » à la reine Marie-Antoinette, afin de la convaincre « de donner du poids à l'essor des droits de la femme, et d'en accélérer les succès ». Cette adresse d'une femme à une autre, au-delà de son statut royal, crée une sorte de sororité apte à transcender les conventions sociales.

• Le postambule élargit la destination du texte à l'ensemble des femmes. Il s'agit d'un appel direct à l'éveil des consciences féminines : « Femme, réveille-toi ! » Le désir d'émancipation ne peut venir que des femmes elles-mêmes, qui doivent abolir ce qui s'apparente à leur propre esclavage vis-à-vis des hommes.

[Transition] Olympe de Gouges cherche donc à lutter contre une domination masculine qui lui paraît injuste. Mais ce combat est mis en définitive au service d'un désir d'amélioration de la société dans son ensemble.

III. L'ambition d'améliorer la société tout entière

1. L'influence des Lumières

- Dans sa défense acharnée de l'égalité entre les hommes et les femmes et dans son désir de proposer une nouvelle forme, plus juste, de « contrat social », Olympe de Gouges se situe dans la droite ligne des philosophes des Lumières comme Diderot, Rousseau ou Montesquieu.

- L'auteure fait appel à la raison de ses lecteurs et lectrices, afin de les éclairer sur la réalité du monde et de la société. La question de l'éducation des femmes s'affirme comme un enjeu central, de même que la lutte contre l'intolérance. Il s'agit de lutter implacablement contre « les tartufes, les bégueules, le clergé et toute la séquelle infernale » aux pensées obscurantistes.

- Dans *De l'éducation des femmes* (1783), Pierre Choderlos de Laclos exhortait déjà les femmes à s'émanciper en sortant de l'ignorance dans laquelle elles sont maintenues par les hommes, car « comment pourraient-ils vouloir former des femmes devant lesquelles ils seraient forcés de rougir ? »

2. La création d'une nation harmonieuse

- L'objectif étant de parvenir à une société apaisée, il ne s'agit pas pour les femmes et les hommes de se faire une guerre éternelle ; au contraire, l'article III rappelle que la nation consiste en « la réunion de la femme et de l'homme ».

- La finalité de la *Déclaration*, au-delà de l'émancipation d'une tutelle injuste, est bien de retrouver une juste place pour chacun, afin que l'ensemble des citoyennes et des citoyens puissent se constituer en tant que peuple souverain, dans le respect d'une stricte séparation des pouvoirs. Chez Olympe de Gouges, ce désir d'égalité et de liberté s'étend jusqu'aux Noirs africains, traités en esclaves aux Amériques.

- L'union libre et honnête de l'homme et de la femme, « égaux en force et en vertu », est aussi la condition *sine qua non* d'une harmonie politique bien fragile, dans cette période bouillonnante qu'est la Révolution française.

Conclusion

[Synthèse] Dans cette œuvre, Olympe de Gouges ne lutte donc pas seulement pour les droits des femmes : elle les appelle aussi à s'émanciper du sort dans lequel elles sont maintenues, afin d'en arriver à une nouvelle société plus juste, inspirée de la philosophie des Lumières. [Ouverture] Cette lutte multiforme est poursuivie et amplifiée par les féministes françaises du XIXe siècle, telles Flora Tristan ou George Sand, puis par le mouvement des suffragettes britanniques au début du XXe siècle.

ÉCRIT

21 Sujet d'écrit • Dissertation

Le « cri » des femmes en faveur de l'égalité

4 heures
20 points

INTÉRÊT DU SUJET • Avec ce sujet, nous verrons comment l'appel d'Olympe de Gouges trouve un écho dans les écrits féministes contemporains.

Dans *Ainsi soit-elle* (1975), l'auteure féministe Benoîte Groult écrit : « Il faut que les femmes crient aujourd'hui. Et que les autres femmes – et les hommes – aient envie d'entendre ce cri. Qui n'est pas un cri de haine, à peine un cri de colère, car alors il devrait se retourner contre elles-mêmes. Mais un cri de vie. » En quoi cette citation éclaire-t-elle votre lecture de la *Déclaration des droits de la femme et de la citoyenne* ?

Vous répondrez à cette question dans un développement structuré. Votre travail prendra appui sur l'œuvre d'Olympe de Gouges au programme, sur le travail mené dans le cadre du parcours associé, et sur votre culture personnelle.

LES CLÉS DU SUJET

Analyser le sujet

« Il faut que les femmes crient aujourd'hui. Et que les autres femmes – et les hommes – aient envie d'entendre ce cri. Qui n'est pas un cri de haine, à peine un cri de colère, car alors il devrait se retourner contre elles-mêmes. Mais un cri de vie. » En quoi cette citation éclaire-t-elle votre lecture de la *Déclaration des droits de la femme et de la citoyenne* ?

Voici comment on peut définir les termes clés du sujet :

- Il faut que les femmes crient aujourd'hui : les mouvements féministes des années 1970 appellent les femmes à s'émanciper.
- Et que les autres femmes – et les hommes – aient envie d'entendre ce cri : cet appel doit éveiller la conscience des femmes, mais aussi celle des hommes.
- Qui n'est pas un cri de haine, à peine un cri de colère : le cri des femmes n'est pas motivé par un esprit de revanche.
- Mais un cri de vie : la prise de parole des femmes est nécessaire pour améliorer la société.
- En quoi cette citation éclaire-t-elle votre lecture : la démarche d'Olympe de Gouges ressemble-t-elle à celle des féministes du XXe siècle ?

Formuler la problématique

Comment la *Déclaration* d'Olympe de Gouges peut-elle être caractérisée comme un « cri de vie », qui entend éveiller les consciences sur la condition féminine et pousser les femmes à l'action ?

Construire le plan

1. Un cri nécessaire	• Quel constat Olympe de Gouges dresse-t-elle de la situation sociale des femmes à son époque ? • Montrez que ce constat aboutit à une réflexion – toujours actuelle – sur les injustices subies par les femmes.
2. Un cri adressé à la société entière	• Expliquez que cet appel est avant tout destiné à éveiller la conscience des femmes. • En quoi ce « cri » se double-t-il cependant d'une critique adressée aux hommes ?
3. Un cri convaincant, porteur de revendications fortes	• Comment Olympe de Gouges parvient-elle à construire une argumentation convaincante ? • Intéressez-vous aux revendications qui visent une véritable égalité sociale.

21 CORRIGÉ FLASH

Les titres en couleur ou entre crochets ne doivent pas figurer sur la copie.

Introduction

[Accroche] La romancière et essayiste Benoîte Groult (1920-2016) a accompagné les luttes de la jeunesse féministe dans les années 1970, avant de présider une commission pour la féminisation des noms de métiers dans les années 1980.

[Explication du sujet] Dans *Ainsi soit-elle* (1975), elle incite les femmes à « crier » leurs droits et leurs revendications dans une société française dominée par les hommes, où l'on vient à peine de voter la loi Veil (17 janvier 1975) dépénalisant l'avortement.

[Problématique] La démarche d'Olympe de Gouges dans la *Déclaration des droits de la femme et de la citoyenne* (1791) est-elle comparable à celle de Benoîte Groult ? De quelle manière souhaite-t-elle éveiller les consciences sur la condition féminine et pousser les femmes à l'action ?

[Annonce du plan] Nous verrons tout d'abord qu'Olympe de Gouges considère le « cri » des femmes comme une nécessité vitale ; puis nous montrerons que son appel s'adresse aux femmes mais aussi à l'ensemble de la société ; enfin nous nous intéresserons aux revendications concrètes qu'il contient.

I. Un cri nécessaire

1. Un constat amer sur la condition féminine

- « Il faut que les femmes crient » affirme Benoîte Groult en 1975. Le « cri » poussé par Olympe de Gouges en 1791, dans sa *Déclaration,* est à la mesure de la situation des femmes de son époque, plongées dans une réalité jugée « effroyable ».

- Le constat est sans appel : les femmes sont soumises à la « tyrannie perpétuelle » des hommes, qui limite l'exercice de leurs droits naturels (article IV). Cette domination masculine rend le statut des femmes comparable à celui des esclaves.

> **INFO**
> Dans la pièce de théâtre intitulée *Zamore et Mirza* (écrite en 1784), Olympe de Gouges dénonçait le sort inhumain réservé aux Noirs soumis à l'**esclavage** dans les colonies.

- Ainsi, deux ans après la prise de la Bastille et la *Déclaration des droits de l'homme et du citoyen*, les femmes n'ont toujours aucun droit politique : ni le droit de vote, ni celui d'exercer de fonctions politiques ;

or « la Constitution est nulle, si la majorité des individus qui composent la nation [= les femmes] n'a pas coopéré à sa rédaction » (article XVI).

2. Une réflexion sur les injustices subies par les femmes

• Olympe de Gouges relève d'autres injustices subies par les femmes dans la sphère privée : par exemple, la femme non mariée peut être abandonnée sans ressources par un homme. En outre, l'auteure fustige l'iniquité des « lois anciennes et inhumaines » qui refusent aux enfants nés hors mariage tout droit « sur le nom et sur le bien de leur père » (postambule).

• Il faut donc que « la libre communication des pensées et des opinions » (article XI) donne aux femmes le droit de demander publiquement aux pères de leurs enfants d'en assumer la responsabilité. La question de la bâtardise touche d'autant plus Olympe de Gouges qu'elle était sans doute elle-même une fille adultérine.

> À NOTER
> Née Marie Gouze, Olympe de Gouges est officiellement la fille d'un boucher, mais elle aurait eu pour **véritable père** le poète Jean-Jacques Lefranc de Pompignan.

• De même, Denis Diderot relate dans son *Supplément au Voyage de Bougainville* (1772) l'histoire de Miss Polly Baker, une Américaine accusée d'avoir eu des enfants hors mariage ; pour sa défense, l'honnête femme assure que son seul tort fut « de confier [son] honneur à un homme qui n'en avait point ».

II. Un cri adressé à la société entière

1. Un appel destiné avant tout aux femmes

• Face à cette situation injuste, Olympe de Gouges apostrophe en premier lieu ses contemporaines pour susciter leur prise de conscience : « Ô femmes ! femmes, quand cesserez-vous d'être aveugles ? » (postambule).

> INFO
> Le contexte des **Lumières** est propice à cette prise de conscience : « Le flambeau de la vérité a dissipé tous les nuages de la sottise et de l'usurpation » (postambule).

• Ces dernières sont incitées à faire leur autocritique : en fondant naguère leur pouvoir sur la ruse et leurs charmes, « les femmes ont fait plus de mal que de bien », déplore l'auteure. À l'instar d'Olympe de Gouges, Benoîte Groult rappelle aux femmes que leur éventuel « cri de colère [...] devrait se retourner contre elles-mêmes ».

• Malgré les obstacles, l'auteure de la *Déclaration* estime que le désir de s'émanciper de la tutelle masculine peut se réaliser s'il est suffisamment fort : « vous n'avez qu'à le vouloir ». Cette conviction rappelle celle d'Étienne de La Boétie incitant les peuples asservis à se défaire de leurs tyrans : « Soyez résolus à ne plus servir, et vous voilà libres. » (*Discours de la servitude volontaire*, 1574).

ÉCRIT

2. Une virulente critique adressée aux hommes

- Toutefois, Olympe de Gouges s'adresse également aux hommes et l'on pourrait entendre un « cri de colère » dans le ton polémique du pamphlet qui précède la *Déclaration* : « Homme, es-tu capable d'être juste ? ». L'homme est en effet présenté comme un être « bizarre, aveugle, boursouflé de sciences et dégénéré [...] dans l'ignorance la plus crasse » ; son désir de « commander en despote » y est ridiculisé.
- De même, dans les *Lettres persanes* de Montesquieu (1721), Roxane affirme sa liberté inaliénable face à la tyrannie domestique de son époux : « [...] j'ai pu vivre dans la servitude ; mais j'ai toujours été libre : j'ai réformé tes lois sur celles de la nature ; et mon esprit s'est toujours tenu dans l'indépendance. »
- Néanmoins, pour Olympe de Gouges comme pour Benoîte Groult, il ne s'agit pas de pousser un « cri de haine ». L'auteure de la *Déclaration* en appelle à la raison des hommes afin qu'ils prennent conscience des injustices dont ils sont coupables, en constatant notamment la contradiction entre leurs actes et les principes hérités de la Révolution.

III. Un cri convaincant, porteur de revendications fortes

1. Une argumentation convaincante

- Comme le souligne Benoîte Groult, les femmes et les hommes doivent avoir « envie d'entendre ce cri ». Afin de convaincre son auditoire, Olympe de Gouges utilise un procédé ingénieux : le pastiche de la *Déclaration des droits de l'homme et du citoyen*, adoptée en 1789 par l'Assemblée constituante.

> **MOT CLÉ**
> Le **pastiche** imite le style d'une œuvre préexistante dans un objectif souvent parodique ou pour renforcer une argumentation.

- La forme juridique fait appel à la raison des lecteurs. Les différences subtiles avec le texte original soulignent l'exclusion des femmes du champ civique : l'expression « tous les citoyens » est ainsi systématiquement précédée de « toutes les citoyennes et... ». Cette situation était déjà dénoncée par Condorcet en 1790 : « Tous n'ont-ils pas violé le principe de l'égalité des droits, en privant tranquillement la moitié du genre humain de celui de concourir à la formation des lois, en excluant les femmes du droit de cité ? »
- Des procédés rhétoriques comme l'ironie concourent à l'efficacité du discours d'Olympe de Gouges. Ainsi écrit-elle à propos de la liberté d'expression et d'opinion des femmes : « la femme a le droit de monter sur l'échafaud ; elle doit avoir également celui de monter à la tribune » (article X).

2. Pour un nouveau modèle social

• C'est l'égalité entre les femmes et les hommes qui constitue la visée finale de la *Déclaration*. L'auteure propose de nombreuses réformes à cette fin : l'accès égal aux affaires publiques (article XIII), un partage égal du patrimoine (article XIV), ainsi qu'un nouveau contrat de mariage.

• Dans *Le Mariage de Figaro* de Beaumarchais (1784), le personnage de Marceline déplore en effet que les femmes soient « traitées en mineures pour [leurs] biens, punies en majeures pour [leurs] fautes ». Il s'agit donc de donner à la femme une citoyenneté pleine et entière (article premier) en la faisant sortir de son statut d'éternelle mineure, soumise à son père, puis à son mari.

• C'est donc bien un « cri de vie » que pousse Olympe de Gouges afin d'améliorer la société dans son ensemble. Tous ont à gagner à cette « réunion de la femme et de l'homme » (article III), seule capable de constituer politiquement la nation souveraine.

Conclusion

[Synthèse] À travers la *Déclaration des droits de la femme et de la citoyenne*, Olympe de Gouges exprime bien une sorte de « cri de vie ». Son objectif : éveiller la conscience des femmes sur leur condition, et les pousser à lutter pour leur égalité, afin de parvenir à une société harmonieuse où les droits et les devoirs de chacune et chacun seraient définis de manière plus juste.

[Ouverture] C'est en redécouvrant l'œuvre d'Olympe de Gouges que Benoîte Groult, deux cents ans plus tard, s'en est inspirée dans son combat féministe.

22 Sujet d'écrit • Dissertation

Manon Lescaut : pourquoi ce roman plaît-il ?

4 heures
20 points

INTÉRÊT DU SUJET • Le roman de Prévost doit son succès à des protagonistes ambivalents. Pris dans les filets de leur passion, ne sont-ils pas à la fois immoraux et touchants ?

Dans ses *Pensées*, Montesquieu évoque en ces termes *Manon Lescaut* : « Je ne suis pas étonné que ce roman, dont le héros est un fripon et l'héroïne une catin qui est menée à la Salpêtrière, plaise, parce que toutes les actions du héros, le chevalier Des Grieux, ont pour motif l'amour qui est toujours un motif noble, quoique la conduite soit basse. » Ce point de vue de Montesquieu sur *Manon Lescaut* correspond-il à votre lecture du texte de l'abbé Prévost ?

Vous répondrez à cette question dans un développement argumenté, en vous appuyant sur votre lecture de *Manon Lescaut* de Prévost, sur les textes étudiés dans le cadre du parcours associé et sur votre culture personnelle.

LES CLÉS DU SUJET

Analyser le sujet

que ce roman [...] plaise : qu'il suscite l'émotion, l'intérêt

fripon, catin, conduite [...] basse : termes dépréciatifs qui qualifient les héros d'immoraux

« Je ne suis pas étonné **que ce roman**, dont le héros est un **fripon** et l'héroïne une **catin** qui est menée à la Salpêtrière, **plaise**, parce que toutes les actions du héros, le chevalier Des Grieux, ont pour motif **l'amour** qui est toujours un **motif noble**, quoique la **conduite** soit **basse**. ».

l'amour [...] motif noble : termes évoquant la grandeur de la passion qui sublime les actes

Formuler la problématique

Comment les deux héros du roman parviennent-ils à nous émouvoir malgré leur conduite condamnable ? Peut-on expliquer par d'autres raisons la séduction qu'exerce le roman ?

Construire le plan

1. Des héros peu fréquentables…	• Pourquoi Manon apparaît-elle comme une « catin » ? • Montrez la nature des « friponneries » de Des Grieux. • Démontrez que la société dans laquelle ils évoluent est elle-même corrompue.
2. … mais ennoblis par l'amour qu'ils se portent	• Étudiez l'amour plein d'insouciance de Manon et celui, passionnel, de Des Grieux. • Analysez en quoi ce couple, sous l'emprise d'un amour puissant, nous fait oublier ses bassesses et nous touche.
3. Un roman qui plaît pour plusieurs raisons	• En quoi les aventures romanesques des deux amants offrent-elles un vrai plaisir de lecture ? • Au-delà du divertissement, quelle réflexion le roman suscite-t-il ? Quels débats éthiques propose-t-il ?

22 CORRIGÉ FLASH

Les titres en couleur ou entre crochets ne doivent pas figurer sur la copie.

Introduction

[Accroche] Au XVIIIe siècle, alors que le genre romanesque est souvent décrié pour ses invraisemblances, voire son immoralité, *Manon Lescaut* connaît un grand succès. [Explication du sujet] L'écrivain Montesquieu, philosophe précurseur des Lumières, dit ne pas s'étonner que « ce roman dont le héros est un fripon et l'héroïne une catin […] plaise » et avance une explication : « parce que toutes les actions du héros […] ont pour motif l'amour ».

[Problématique] Comment ces amants parviennent-ils à nous émouvoir malgré leur conduite condamnable ? Peut-on expliquer par d'autres raisons la séduction qu'exerce le roman ? [Annonce du plan] Dans le développement qui suit, nous nous attacherons à étayer le point de vue de Montesquieu [I] [II], puis nous nous demanderons quels autres ressorts le roman met en œuvre pour nous plaire [III].

I. Des héros peu fréquentables…

1. Manon, une « catin »

• Manon Lescaut est présentée comme une jeune fille pauvre, séduisante, envoyée au couvent par ses parents « pour arrêter […] son penchant au plaisir ».

• Malgré son très jeune âge, elle semble plus « expérimentée » que Des Grieux et se révèle progressivement comme un être amoral, usant de ses charmes et prête à se vendre au plus offrant, afin de s'assurer une vie confortable.

• Avide des divertissements que la société lui offre, Manon détourne son amant d'un « système de vie paisible et solitaire ». Aidée par son frère, Lescaut, elle lui fait fréquenter des milieux corrompus et le pousse à trouver des expédients douteux, pour assurer son train de vie.

À NOTER
Le comportement de Manon fait écho à celui de la prostituée **Nana,** héroïne éponyme du roman d'Émile Zola (1880), qui exploite son amant, le comte Muffat, et le fait déchoir.

2. Des Grieux, un « fripon »

• Gentilhomme de bonne éducation, Des Grieux se métamorphose dès le premier regard échangé avec Manon : il renonce sur-le-champ à sa vie studieuse et tranquille et abandonne la carrière ecclésiastique à laquelle il se destinait.

• Conscient des faiblesses de Manon (« il ne fallait pas compter sur elle dans la misère »), mais prêt à tout pour elle, le jeune homme tombe dans le « précipice des passions » : de mensonges en calculs puis en escroqueries, il s'affranchit progressivement des règles sociales et morales, jusqu'à commettre le meurtre d'un gardien dans le but de s'échapper de la prison où il est enfermé.

3. Une société pervertie par l'argent

• La bassesse des deux héros s'explique en partie par l'immoralité des milieux qu'ils fréquentent : Prévost décrit une haute société dissolue, où l'argent règne en maître et finit par corrompre tous les individus. Au sein de la Ligue de l'Industrie, Des Grieux apprend à devenir un tricheur professionnel. De son côté, le riche et « vieux voluptueux » M. de G… M… n'a aucun scrupule à acheter les faveurs de Manon.

• La perversion de la haute société touche les autres catégories sociales : les domestiques du couple dérobent l'argent de Des Grieux et le précipitent dans la pauvreté.

[Transition] Ces héros font ainsi preuve d'une morale douteuse. Mais le « motif noble » de l'amour, comme le décrit Montesquieu, grandit les deux personnages.

II… mais ennoblis par l'amour qu'ils se portent

1. L'amour insouciant de Manon, la passion de Des Grieux

• L'innocence de Manon et son amour affectueux et léger pour Des Grieux contrastent avec sa vie dissolue. C'est un personnage paradoxal et énigmatique, « une princesse parmi les filles de joie », qui ne correspond pas aux caractéristiques traditionnelles d'une « catin ». Déportée en Amérique, elle est touchée par l'infini dévouement de son amant et se convertit finalement à l'amour véritable, avant de mourir.

• Des Grieux, lui, éprouve d'emblée une vive passion. Les trahisons successives de Manon ne provoquent que des sursauts temporaires de lucidité : impuissant, aveuglé par son amour, il pardonne et revient à sa belle infidèle.

2. Des personnages émouvants

• Le couple inspire des sentiments de sympathie : tous – Renoncour, l'aubergiste ou le Gouverneur de La Nouvelle-Orléans – succombent au charme de ces amants si bien assortis. Leurs fautes sont vues comme des malheurs auxquels chacun compatit, y compris le lecteur.

• Les trahisons de Manon, motivées par un manque d'argent, peuvent se justifier par son souci humain de s'arracher à la misère.

• La passion de Des Grieux est présentée comme une puissance aliénante et tragique, incitant le lecteur à l'indulgence. Au contraire des libertins cyniques des *Liaisons dangereuses* (Choderlos de Laclos, 1782) qui simulent l'amour pour mieux manipuler leurs proies, Des Grieux conserve une pureté de cœur touchante.

[Transition] L'amour rend ainsi leur dignité à ces personnages, malgré leur « conduite […] basse ». Mais d'autres raisons rendent le roman plaisant.

> CITATION
> « **Le fil rouge de la tragédie** reste tendu d'un bout à l'autre de cette œuvre légère et lui donne sa noblesse profonde. » Jean Cocteau, « Manon » dans *La Revue de Paris*, octobre 1947.

III. Un roman qui plaît pour plusieurs raisons

1. Une intrigue riche en rebondissements

• La conduite transgressive des héros est source de péripéties qui tiennent en haleine le lecteur. Les rebondissements s'enchaînent en effet à un rythme effréné : escroqueries, arrestations, enlèvements, évasions se succèdent et participent du plaisir de la narration.

• Le parcours des deux amants devient ainsi une aventure rocambolesque digne du roman picaresque : Prévost cherche à divertir le lecteur.

> MOT CLÉ
> Le **roman picaresque,** genre espagnol né au XVIe siècle, raconte les aventures d'un personnage de basse extraction – le *picaro* – anti-héros qui se livre à des compromissions, en marge de la société.

ÉCRIT

2. Un questionnement moral intéressant

- Le roman n'est pas seulement distrayant ou touchant. Dans son « Avis de l'auteur », Prévost annonce son intention d'« instruire » le lecteur. Le récit est effectivement jalonné de débats éthiques sur le choix entre raison et vertu. La question est posée : ne faut-il pas préférer la passion, malgré ses désordres, à une conduite fondée sur la raison et le respect des conventions sociales ?
- Le couple ne parvient pas à trouver sa place dans ce monde rigide, marqué par l'ordre moral qui rejette leur mésalliance et leur union hors du cadre de l'Église. Tels Tristan et Iseut, les héros sont contraints de vivre en cachette.
- Le roman semble, à bien des égards, faire l'apologie de la passion. À travers Des Grieux, Prévost proclame le triomphe de la sensibilité innocente. Il soulève également le problème de la liberté et des droits au bonheur de l'individu dans la société des dernières années du règne de Louis XIV.

Conclusion

[Synthèse] Ainsi, le lecteur se laisse charmer par ces héros peu fréquentables à qui il pardonne tout, car le puissant amour gagne toujours. Les péripéties s'accumulent jusqu'à la rédemption finale : à bien des égards, le roman semble inciter à cultiver la passion, malgré ses désordres. Il interroge ainsi les chemins qui mènent au bonheur, dans une société très normée.

[Ouverture] Les héros sensibles et passionnés de Prévost annoncent le XIXe siècle romantique, qui fait triompher l'expression des émois individuels, comme dans *Adolphe* (1816) de Benjamin Constant.

Le héros de *La Peau de chagrin* : une victime ?

4 heures
20 points

INTÉRÊT DU SUJET • Ce sujet, centré sur le personnage principal de *La Peau de chagrin*, vous amène à vous interroger sur son innocence et à mettre en évidence ses ambiguïtés.

▶ **Dans une préface à *La Peau de chagrin*, André Pieyre de Mandiargues souligne que « par l'effet du pacte ténébreux Raphaël est déchu au rôle de victime ». Partagez-vous ce point de vue ?**

Vous répondrez à cette question dans un développement organisé en vous appuyant sur le roman de Balzac au programme, sur les textes que vous avez étudiés dans le cadre du parcours associé et sur votre culture personnelle.

LES CLÉS DU SUJET

Analyser le sujet

par l'effet du, est déchu, victime : ces termes soulignent la passivité du héros et son absence de responsabilité dans sa déchéance.

pacte : Raphaël accepte du vieil antiquaire une peau de chagrin qui lui permet de réaliser tous ses voeux mais qui, à chaque voeu, réduit sa vie.

André Pieyre de Mandiargues souligne que « **par l'effet du pacte ténébreux** Raphaël **est déchu** au rôle de **victime** ». **Partagez-vous ce point de vue** ?

ténébreux : cet adjectif laisse entendre que ce pacte est un piège conçu par quelque puissance démoniaque.

Partagez-vous ce point de vue : on attend un plan dialectique, où il faudra défendre puis nuancer la vision exprimée.

Formuler la problématique

Raphaël est-il vraiment une victime tragique de sa propre destruction ? N'a-t-il pas une part de responsabilité dans sa déchéance ?

Construire le plan

1. Raphaël, victime d'un piège fatal	• Demandez-vous pourquoi Raphaël est vulnérable, quand il entre dans le magasin d'antiquités. • Dans la suite du roman, quels passages montrent qu'il n'est plus maître des événements ?
2. Un jeune homme aveugle et sourd aux avertissements	• L'antiquaire n'a-t-il pas tenté de prévenir Raphaël ? Comment ? • Comment se termine la fête donnée par Taillefer ? Quelle leçon Raphaël aurait-il pu en tirer ?
3. Une volonté autodestructrice	• Étudiez l'enfance de Raphaël : comment les relations avec son père l'ont-elles façonné ? • En matière de dépense d'énergie et d'argent, quelle influence Rastignac exerce-t-il sur notre héros ?

23 CORRIGÉ GUIDÉ

Les titres en couleur ou entre crochets ne doivent pas figurer sur la copie.

Introduction

[Accroche] Le diable est traditionnellement une figure de tentateur, auquel seuls peuvent résister les saints et les âmes fortes. Dans *La Peau de chagrin*, Raphaël cède à la proposition, véritablement diabolique, de l'antiquaire : accepter une peau de chagrin capable de réaliser tous ses vœux mais réduisant sa vie à chaque souhait. Comme le suggère André Pieyre de Mandiargues, « par l'effet du pacte ténébreux Raphaël est déchu au rôle de victime ». [Explication du sujet] La citation laisse entendre que le personnage de Balzac est la victime innocente, naïve peut-être, d'un piège infernal tendu par l'antiquaire. Mais la personnalité du jeune homme n'est-elle pas plus ambiguë que cela ? [Problématique] Quelle est la part de responsabilité de Raphaël dans le malheur qui le frappe ? [Annonce du plan] Après avoir montré que l'antiquaire, figure diabolique, a tout mis en œuvre pour piéger Raphaël, nous verrons que le jeune homme a eu tort de ne pas écouter certains avertissements ; enfin, nous mettrons en évidence la dimension autodestructrice du personnage, expliquant pour une bonne part sa déchéance.

I. Raphaël, victime d'un piège fatal

1. Un pacte avec le diable

• Au moment où Raphaël entre dans le magasin de curiosités, il est désespéré, prêt au suicide : totalement ruiné (il vient de dépenser ses dernières pièces dans une maison de jeu), il n'a pas réussi à séduire Fœdora, dont il est tombé éperdument amoureux.

• Dès lors, Raphaël apparaît fragilisé et influençable. Encombré d'objets associés au pouvoir, aux plaisirs des temps passés, à la vie éternelle, le magasin d'antiquités suscite en lui une énergie nouvelle et dangereuse, « une fièvre due peut-être à la faim qui rugissait dans ses entrailles ».

• Tout est donc prêt pour l'entrée en scène de l'antiquaire, dont la description rappelle les figures dominatrices du vampire et du diable (comme celui qui scelle un pacte avec Faust, dans la pièce éponyme écrite par Goethe), deux figures du mal qui profitent de la vulnérabilité des êtres humains pour s'approprier leur âme ou leur énergie vitale.

À NOTER
N'hésitez pas à faire des comparaisons pour enrichir votre propos. Ici, la situation de Raphaël rappelle celle de Faust dans la **pièce de Goethe**. Faust est un jeune homme ambitieux, mais désabusé et mélancolique, qui souffre de sa misère et songe au suicide ; c'est alors que le diable lui apparaît.

2. Un engrenage inéluctable

• Une fois que Raphaël a accepté le talisman, il est pris dans une spirale inéluctable où il dilapide, sans s'en rendre compte, une réserve limitée d'énergie : à mesure que la peau de chagrin rétrécit, il est précipité vers un dénouement fatal, contre lequel ni sa volonté ni la science ne peuvent rien.

À NOTER
Est **inéluctable** ce à quoi on ne parvient pas à échapper malgré ses efforts.
Synonymes : fatal, inexorable, implacable. Vous pouvez employer ces mots tout au long de la première partie, pour insister sur l'impuissance de Raphaël.

• C'est ce qu'illustre l'incompétence des experts consultés par Raphaël dans la troisième partie du roman. Quel que soit leur domaine (zoologie, mécanique, chimie, médecine), aucun scientifique ne parvient à enrayer le fatal rétrécissement de la peau de chagrin.

• Même Pauline, seul personnage véritablement bienveillant du roman, échoue à aider l'homme qu'elle aime. Elle participe même malgré elle à sa mort : en lui rendant visite, elle éveille en lui un dernier désir qui provoque sa perte.

[Transition] Pour autant, Raphaël est-il une victime totalement naïve ? Ne convient-il pas de nuancer le point de vue de Pieyre de Mandiargues ?

II. Un jeune homme aveugle et sourd aux avertissements

1. Les avertissements de l'antiquaire

• De nombreux signaux d'alerte ont été donnés à Raphaël avant de prendre la peau de chagrin, mais il a eu tort de ne pas y prêter attention.

• En effet, tous les individus croisés dans le magasin auraient dû éveiller sa méfiance : un jeune assistant aux cheveux roux (au Moyen Âge, la rousseur était associée au diable), une paysanne comparée à une « espèce de Caliban femelle », et l'antiquaire lui-même, qui semble surgir de l'obscurité comme le prince des ténèbres !

> INFO
> Personnage de *La Tempête*, de William Shakespeare, **Caliban** est une sorte de créature monstrueuse au service du mage Prospero. Le terme « femelle » ajouté par Balzac la réduit à une animalité inquiétante.

• L'antiquaire a pourtant donné un avertissement explicite à Raphaël, en lui enseignant cette leçon philosophique : pour vivre longtemps, il faut brider sa volonté et développer son savoir. Raphaël restera sourd à ces conseils.

2. Un autre avertissement lors de la fête de Taillefer

• La fête donnée par Taillefer (une autre figure diabolique) est une dépense effrénée d'énergie durant laquelle les invités ne songent qu'à manger, boire et se séduire. Or, le lendemain matin, le résultat de cette nuit de débauche est sinistrement explicite : les invités ressemblent à des cadavres vivants.

• Le message est clair : la dépense immodérée de l'énergie mène inexorablement à l'épuisement et à une mort rapide. Raphaël n'en comprend pas l'avertissement, trop heureux de pouvoir réaliser tous ses vœux.

> ▶ **Le piège à éviter**
> Ne racontez pas la fête en détail. De manière générale, veillez à ne jamais faire de résumé ; conservez seulement les **éléments de l'épisode** qui servent à votre démonstration (ici, le comportement des invités pendant la fête et le spectacle qu'ils offrent le lendemain).

• Le destin de Raphaël rappelle celui de Dorian Gray du roman d'Oscar Wilde, *Le Portrait de Dorian Gray* (1890) : persuadé qu'il peut impunément céder à tous les vices, Gray ne se rend pas compte que l'enlaidissement de son portrait est un avertissement moral.

[Transition] Ainsi, au lieu de privilégier la prudence et la mesure, Raphaël a préféré s'aveugler : on peut ainsi se demander si ce n'est pas son caractère même qui l'a mené à sa perte.

III. Une volonté autodestructrice

> ▶ **Le secret de fabrication**
> La troisième partie peut être un prolongement de la deuxième. Ici, la réflexion s'élargit : après avoir montré les erreurs de Raphaël, on s'intéresse plus amplement à sa personnalité.

1. Une âme avide et frustrée

• Balzac consacre de nombreuses pages à l'enfance de Raphaël, voulant ainsi donner au lecteur des clefs précieuses pour mieux comprendre son caractère ardent, avide de réussite sociale et amoureuse.

• Il a vécu, en effet, une enfance corsetée par la pauvreté (son père noble a été ruiné par la Révolution) et par le manque d'amour et de générosité, qui nourrit en lui une soif de conquête et de reconnaissance.

> **À NOTER**
> L'image du **corset** (pièce de vêtement qui serre la taille) suggère à quel point Raphaël a été étouffé par l'éducation austère et rigide de son père.

• Raphaël rappelle ici Julien Sorel, héros du roman de Stendhal, *Le Rouge et le Noir* (1830), jeune homme rêveur maltraité par un père dont la brutalité fera naître, chez lui, une ambition démesurée.

2. Une incapacité à maîtriser sa réserve d'énergie

• Après une enfance aussi douloureuse, Raphaël veut jouir librement de l'existence et, à cette fin, il renonce aux leçons de son père ou au modèle de sobriété que lui offre Pauline.

• À cet égard, la rencontre avec Rastignac est très significative. Le jeune dandy devient un modèle pour Raphaël, qui adopte son « *Système dissipationnel* ». Rastignac apparaît ainsi comme une figure originelle de tentateur dont l'antiquaire sera le continuateur : rusé et manipulateur, il développe facilement chez Raphaël le goût des dépenses immodérées.

• L'incapacité à maîtriser son énergie se retrouve dans le geste final de Raphaël, dernière pulsion de vie, cette morsure qu'il inflige à la poitrine de Pauline. Autodestructeur, Raphaël répand aussi la destruction autour de lui.

Conclusion

[Synthèse] Loin d'être une victime passive et innocente, Raphaël joue donc un rôle essentiel dans sa déchéance et ses malheurs. [Ouverture] Le roman fantastique de Balzac apparaît aussi comme un conte philosophique qui nous interroge sur la question essentielle et complexe de la responsabilité.

ÉCRIT

24 Sujet d'écrit • Dissertation

La beauté de « l'ordinaire » dans *Sido* et *Les Vrilles de la vigne*

4 heures
20 points

INTÉRÊT DU SUJET • Ce sujet va vous permettre de réfléchir à la dimension poétique des récits de Colette qui fait du quotidien une source d'émerveillement et de jubilation.

« C'est l'ordinaire qui me pique et me vivifie », écrit Colette dans *Le Fanal bleu*.
Comment Colette célèbre-t-elle la beauté de « l'ordinaire » dans *Sido* et *Les Vrilles de la vigne* ?

Vous répondrez à cette question dans un développement organisé en vous appuyant sur les œuvres de Colette au programme, sur les textes que vous avez étudiés dans le cadre du parcours associé et sur votre culture personnelle.

LES CLÉS DU SUJET

Analyser le sujet

l'ordinaire : ce qui est habituel, quotidien, banal

me pique et me vivifie : suscite en moi curiosité et énergie.

« C'est **l'ordinaire** qui **me pique et me vivifie** »,
écrit Colette dans *Le Fanal bleu*.
Comment Colette **célèbre-t-elle la beauté** de « l'ordinaire »
dans *Sido* et *Les Vrilles de la vigne* ?

comment : on vous invite à réfléchir sur les moyens d'écriture.

célèbre-t-elle : fait-elle l'éloge

la beauté (de « l'ordinaire ») : la magnificence, le caractère extraordinaire

Formuler la problématique

Quels sont la place et le traitement de « l'ordinaire » dans *Sido* et *Les Vrilles de la vigne* ?

Construire le plan

1. Le monde de Colette, source d'inspiration	• Comment Colette invite-t-elle le lecteur à observer la nature ? • Montrez que les animaux sont un des sujets de prédilection de l'auteure. • Intéressez-vous aux éléments du quotidien qui attirent l'attention de l'auteure. • Analysez les portraits de famille figurant dans *Sido*.
2. « L'ordinaire » de Colette, un sujet poétique	• Expliquez comment Colette fait de chaque description un spectacle pour tous les sens. • Analysez les images qui parcourent les textes et transfigurent « l'ordinaire ». • Montrez que certains passages des *Vrilles de la vigne* se rapprochent plus du poème en prose que du récit.

ÉCRIT

24 CORRIGÉ GUIDÉ

Les titres en couleur ou entre crochets ne doivent pas figurer sur la copie.

Introduction

[Accroche] Écrivain, journaliste et artiste de music-hall, divorcée et ouvertement bisexuelle, Colette est une femme originale pour son époque.

[Explication du sujet] Pourtant, dans *Le Fanal bleu*, elle écrit : « C'est l'ordinaire qui me pique et me vivifie. » Curieuse de tout, elle observe minutieusement le monde qui l'entoure et en souligne la beauté. À travers son regard et sous sa plume, le quotidien acquiert un caractère extraordinaire.

[Problématique] On peut ainsi s'interroger sur la place et le traitement de « l'ordinaire » dans l'œuvre de Colette, à travers les deux récits étudiés : *Sido* et *Les Vrilles de la vigne*.

[Annonce du plan] Nous verrons dans un premier temps que l'auteure puise son inspiration dans la réalité quotidienne qui l'entoure. Puis nous analyserons comment elle la transfigure, créant ainsi une émotion poétique.

I. Le monde de Colette, source d'inspiration

▶ Le secret de fabrication

Dans cette partie, intéressez-vous à toutes les sortes d'« ordinaire » et montrez que Colette puise son inspiration dans des réalités très diverses, mais toujours proches et quotidiennes.

1. La nature et les paysages environnants

Si « l'ordinaire » « pique et vivifie » Colette, c'est parce qu'elle l'observe avec minutie : elle porte sur la nature un regard aiguisé et enthousiaste hérité de sa mère.

À NOTER
Le sujet part d'une **citation**. Pensez à y faire référence dans votre copie.

- « Regarde », « vois » dit Sido à sa fille devant les plantes du jardin. « Écoute », lui dit-elle quand souffle le vent d'ouest. Chaque détail végétal – la barbe ronde des pensées ou le nombre de robes de l'oignon – est sujet d'émerveillement.
- Dans *Les Vrilles de la vigne*, la narratrice porte un regard teinté de nostalgie et de sensualité sur des paysages plus vastes : la mer, inquiétante et mystérieuse dans « Partie de pêche » ; la flore niçoise luxuriante dans « Printemps de la Riviera » ; le pays d'enfance de « Jour gris ».
- Ce goût pour la nature se retrouve dans de nombreux romans de Jean Giono, comme *Le Chant du monde* (1934), où les paysages font l'objet de descriptions particulièrement sensuelles et détaillées.

2. Les « bêtes »

Les « bêtes » comme les appelle Colette dans « Dialogue de bêtes », animaux sauvages ou familiers, sont aussi source d'inspiration.

- Sido sait prédire le temps en regardant la chatte ; absorbée par la contemplation d'un merle glouton, elle oublie de protéger ses cerises.
- Cette proximité avec les bêtes, héritée de son enfance, permet à Colette, dans *Les Vrilles de la vigne*, de donner la parole aux animaux qui l'entourent. Nonoche est célébrée dans ses activités félines ; les conversations entre Toby-Chien et Kiki-la-Doucette dévoilent leur quotidien aux côtés de la narratrice. L'indépendance du chat, la fidélité du chien prennent dans ces dialogues une dimension nouvelle.

3. La famille

On trouve dans *Sido* de très beaux portraits de famille.

- La mère est le personnage le plus poétique : elle vit en osmose avec son jardin, interprète les signes donnés par les plantes ou les animaux et connaît les mystères du vent. Colette admire sa tendance à apprécier la nature environnante dans ses plus infimes détails.

• Le père est célébré dans sa modestie. Héros de guerre, il ne parle jamais de ses exploits, et c'est l'image mélancolique d'un écrivain manqué qui s'impose dans le quotidien.

• Surnommés « les sauvages », les frères sont de vrais campagnards. Colette est particulièrement émue par la sensibilité du cadet, Léo, avec qui elle partage la nostalgie du pays natal.

4. La vie quotidienne

• Colette porte un regard aiguisé sur les réalités prosaïques de la vie provinciale : la jovialité forcée des parties de campagne en famille, l'étourdissement de Sido au retour de ses brèves visites à Paris ou les activités des voisins dans les jardins.

• Dans *Les Vrilles de la vigne*, le quotidien est aussi celui de l'artiste de music-hall. Non pas l'univers extraordinaire de la scène, mais les moments banals d'attente dans les loges (« Dialogue de bêtes ») ou de répétitions des artistes (« Music-halls »), que Colette rend piquants.

INFO
Les œuvres de Colette ont une **dimension autobiographique** sans en respecter le pacte : l'auteure dit « je », s'inspire de son vécu, mais le transforme aussi parfois.

[Transition] Colette porte sur le monde un regard affûté et émerveillé. Elle révèle la poésie du quotidien.

II. « L'ordinaire » de Colette, un sujet poétique

1. Des descriptions pour tous les sens

Les sensations « vivifient » Colette et animent ses descriptions.

• Son écriture est impressionniste : à la manière des peintres, elle procède par touches de couleurs. Elle détaille le rose des fleurs, le jaune, le rouge et le violet de la lumière du jardin de Sido. Dans « Printemps de la Riviera », les costumes du carnaval de Nice forment un tourbillon de couleurs mauves et jaunes qui donne le vertige.

• Le souffle du vent, le crépitement du feu de cheminée ou les paroles de colère du Capitaine sont pour Colette de véritables chants. Elle se grise des odeurs du jardin ou de la forêt. Enfant, elle savoure les fruits d'été cueillis avant l'aube, en frissonnant à la caresse du brouillard matinal. Colette s'inscrit dans la lignée d'André Gide qui, dans *Les Nourritures terrestres*, appelle à l'éveil des sens, dans une communion avec la nature.

• L'auteure établit des correspondances entre les sens. La description du pays natal de « Jour gris » multiplie les synesthésies, en invitant à s'enivrer du « vert délicieux » de l'herbe, à respirer les fruits mûrs, à admirer le « rose brûlant » des digitales. Colette fait écho au poème de Baudelaire, « Correspondances », où « Les parfums, les couleurs et les sons se répondent ».

> **MOT CLÉ**
> La **synesthésie** désigne une association de plusieurs perceptions sensorielles.

2. Des images poétiques

Dans ses œuvres, Colette développe de multiples analogies qui transfigurent « l'ordinaire ».

> **MOT CLÉ**
> L'une des fonctions de la poésie est de **transfigurer**, c'est-à-dire de transformer en donnant à voir une beauté nouvelle.

• La nature se métamorphose sous sa plume. La végétation du jardin d'Adrienne devient une chevelure sauvage. Le brouillard de « Jour gris » est tour à tour spectre, nuage, serpent, femme ou cheval.

• Les allégories donnent de la profondeur au texte, tel le rossignol des « Vrilles de la vigne » qui chante la nuit pour rester éveillé et éviter les pièges de la vigne qui pousse. De même, Colette fait résonner sa voix dans une nuit métaphorique : elle se libère des liens qui l'étouffent, rejette une quiétude qui l'éloigne de ce qu'elle est vraiment, et réalise son ambition de « tout dire », notamment ce qu'on cache. Les vrilles de la vigne seraient-elles le poids des conventions sociales qui l'enfermaient dans son statut d'épouse ?

3. Aux limites du poème en prose

Colette est souvent plus poétesse que narratrice.

• La forme fragmentaire adoptée dans *Les Vrilles de la vigne* rapproche certains textes du poème en prose. Dans « Nuit blanche », « Jour gris », et « Le Dernier Feu », le récit disparaît complètement au profit d'un discours lyrique adressé à l'être aimé. Les descriptions de la chambre, du paysage, du jardin ou du feu revêtent des fonctions très poétiques : célébrer l'amour, la beauté du monde ou exprimer la mélancolie.

• L'écriture de Colette se caractérise par sa musicalité. Le titre *Les Vrilles de la vigne* vibre sous l'allitération en *v* et l'assonance en *i*, et le texte liminaire du recueil développe un jeu de sonorités qui rend sensible le chant du rossignol. Colette prend aussi plaisir à énumérer les noms de fleurs ou de plantes dans *Sido*, employant parfois un vocabulaire botanique spécifique, non pour donner un caractère didactique au texte, mais par pur plaisir des mots.

> ▶ **Des points en +**
> J. Kristeva fait ainsi l'éloge de Colette dans *Le Génie féminin* (tome 3) : « Son écriture sensuelle, gustative et sonore, parfumée et tactile, est une pensée qui s'est faite chair : Colette [...] construit un alphabet du monde sensible en brodant et en mangeant le tissu du français. »

Conclusion

[Synthèse] Héritière de la sensibilité de sa mère, Colette s'émerveille devant chaque détail du quotidien. Son amour des mots, son goût pour les correspondances, ses élans lyriques lui permettent de transfigurer l'ordinaire pour en faire un sujet poétique. [Ouverture] Colette annonce ainsi les courants contemporains qui nous invitent à considérer le monde vivant comme un tout où plantes, animaux et humains sont égaux et solidaires.

25 Sujet d'écrit • Commentaire

Henri Bosco, *Le Mas Théotime*

4 heures
20 points

INTÉRÊT DU SUJET • Ce texte pourrait vous donner envie de lire *Le Mas Théotime*, un roman d'Henri Bosco, dont l'intrigue poétique se déroule dans la campagne provençale du XXe siècle.

▶ Commentez ce texte de Henri Bosco, extrait du *Mas Théotime*.

Vous devrez composer un devoir qui présente de manière organisée ce que vous avez retenu de votre lecture et justifier par des analyses précises votre interprétation.

DOCUMENT

Pascal Dérivat, le narrateur, est propriétaire d'un vaste domaine en Provence. Son voisin Clodius, mort assassiné, lui en a légué une partie, alors que les deux hommes se détestaient, et s'étaient disputés au sujet de Geneviève, la cousine de Pascal. Dérouté par cet héritage, Pascal part à la découverte d'une parcelle de ce terrain laissée à l'abandon.

Longtemps le vieil Alibert[1], immobile, contempla ce terrain inutilisable, puis il mit le caillou[2] dans sa poche, souleva sa bêche et repartit par où il était venu, sans me voir.

Alors j'entrai moi-même dans le champ et me dirigeai vers le bois de pins.

À mesure que j'en approchais il m'arrivait un bruit de vols et de ramages[3]. Des milliers d'oiseaux habitaient le bois. Le soleil déjà haut l'avait chauffé et les nids commençaient à tiédir, cependant que les pins distillaient leur résine amère. Quand je fus arrivé à cent mètres du bois, tous les oiseaux se turent. Ils m'avaient vu et j'en éprouvai une vive émotion. J'entrai néanmoins sous le couvert des arbres. La lisière était défendue par une impénétrable futaie[4] de houx épineux. Mais je découvris un couloir. À l'intérieur s'étendaient de vastes clairières jonchées de ramilles[5] flexibles. Les arbres étaient vieux et grands et d'en haut descendait une très douce lumière qui faisait fermenter le sol. Il sentait la résine et le champignon. Un sentier s'enfonçait dans le sous-bois où l'épaisseur de la végétation créait des profondeurs plus sombres, des retraites à peu près accessibles. Le silence, tombé si brusquement des branches, à travers l'immense ramage des oiseaux, me paraissait étrange. Parfois un pépiement vite étouffé, un frémissement d'ailes, en décelaient la vraie nature et la fragilité. J'avançais, ravi, dans le bois. Je jouissais de l'amère ivresse des arbres sous les yeux attentifs de ces milliers de bêtes, rampantes ou ailées, qui de toutes parts m'observaient et attendaient de moi quelque signe de haine ou d'amitié avant de reprendre leurs chants et leurs ébats. Mais ce signe, j'avais beau en sentir la nécessité, je n'en trouvais pas la figure ; et pourtant j'étais seul, inoffensif, heureux ; pour quelques instants j'avais oublié toutes mes peines[6]. Mais sans doute portais-je en moi un tel poids de misères que je ne pouvais pas en dégager ce geste, ce mot, ce regard (ou peut-être ce simple sentiment), qui eût aussitôt déchaîné la joie des bêtes. Je devinais, sous moi, autour de moi, et un peu partout sur ma tête, des milliers de petites inquiétudes, et que, malgré mon éphémère innocence, je n'en étais pas moins un homme. Car les bêtes sont payées pour savoir[7] ce qu'annonce souvent une telle présence ; et sans doute depuis longtemps n'avaient-elles rien vu de pareil dans ce quartier. J'avais troublé la paix du site et violé par mon intrusion[8] les accords d'une antique loi de ce refuge. Je sortis du bois, un peu attristé. Quand j'en fus à quelque distance, je m'arrêtai pour écouter si le chant des oiseaux avait repris. Mais le bois gardait le silence. Alors je me mis à la recherche d'Alibert.

Henri Bosco, *Le Mas Théotime*, chapitre XII, 1945.

---

1. Les Alibert sont une famille de métayers qui cultivent les terres de Pascal. Quand le narrateur arrive sur le terrain, il observe un instant le père Alibert, perplexe devant le champ en friche.
2. Le vieil Alibert examinait l'un des cailloux du champ.
3. Ramages : chants d'oiseaux.
4. Futaie : forêt de grands arbres.
5. Ramilles : petits rameaux.
6. Toutes mes peines : le narrateur évoque à la fois son incompréhension face à la mort de Clodius et à l'héritage, et sa peine liée à Geneviève.
7. Sont payées pour savoir : apprennent à leurs dépens.
8. Intrusion : fait de s'introduire sans en avoir le droit.

ÉCRIT

LES CLÉS DU SUJET

Définir le texte

Carte d'identité du texte

- **Auteur :** Henri Bosco
- **Type de texte :** descriptif
- **Contexte :** XXe siècle, essor du roman rural (Giono, Pagnol)
- **Thèmes :** un bois de pins, les animaux et les plantes qu'il abrite
- **Buts de l'auteur :** rendre compte du charme qu'exerce le lieu ; dévoiler les émotions qu'il suscite

Formuler la problématique

Comment la description de ce paysage sauvage fait-elle transparaître les émotions du narrateur ?

Construire le plan

1. Un bois sauvage et bruissant de vie	• Montrez que le narrateur explore un bois impénétrable. • Comment la description donne-t-elle vie au paysage ? • Analysez les sensations qui naissent dans ce bois.
2. Un paysage qui suscite une prise de conscience	• Comment le narrateur se laisse-t-il gagner par l'atmosphère du paysage ? • Montrez que le bois refuse de lui livrer ses secrets. • Analysez la prise de conscience par le narrateur de ses propres limites.

25 CORRIGÉ GUIDÉ

Les titres en couleur ou entre crochets ne doivent pas figurer sur la copie.

Introduction

[Présentation du contexte] Aux XIXe et XXe siècles, se développe le roman rural qui s'attache à décrire le monde paysan. [Présentation de l'œuvre et de l'extrait] Henri Bosco s'inscrit dans cette tendance romanesque avec *Le Mas*

Théotime. Le narrateur, Pascal, possède et entretient un vaste domaine de terres en Provence, auxquelles viennent s'ajouter celles de son voisin Clodius, léguées en héritage malgré la haine que les deux hommes se vouaient. Pascal y découvre notamment un terrain en friche, décrit dans cet extrait. [Problématique] Comment la description de ce paysage sauvage fait-elle transparaître les émotions du narrateur ? [Annonce du plan] Nous analyserons tout d'abord la découverte de ce bois et la description qu'en donne l'auteur, puis nous verrons comment le lieu suscite une prise de conscience chez le personnage et crée un sentiment d'échec.

I. Un bois sauvage et bruissant de vie

> **▶ Le secret de fabrication**
> Dans une description, analysez les procédés d'écriture qui la dynamisent et rendent plus vivant l'objet ou le lieu décrit : organisation de la description, précisions sensorielles, personnifications…

1. L'exploration d'un bois impénétrable

Le texte nous livre le récit d'une exploration.

- Les verbes de mouvement indiquent la progression du narrateur : « entrai », « dirigeai », « approchais », « avançais ».
- La végétation fait obstacle à sa progression. Sa densité est soulignée par les pluriels (« pins », « arbres », « ramilles ») et par le lexique (« impénétrable », « jonchées », « s'enfonçait », « épaisseur », « profondeurs »).
- Le bois révèle un lieu caché : l'entrée se fait par un « couloir » difficile à trouver, et la végétation touffue laisse place à des « clairières ».

2. Une nature vivante

- Le bois est habité par des oiseaux, qui apparaissent d'abord dans le « bruit de vols et de ramages » et dans la présence de « nids ». Le narrateur souligne leur multitude avec la répétition de « milliers » (l. 7, 23 et 32), l'indéfini « *tous* les oiseaux » (l. 10) et l'adjectif « *immense* ramage » (l. 19).
- Derrière le champ en friche, le bois est un lieu fertile : la présence de « ramilles », de « sève », de « résine » et de « champignon » indique que les végétaux s'y développent.
- La nature est presque personnifiée : la futaie de houx « défend » la lisière du bois. Le narrateur évoque également « l'ivresse des arbres », expression ambiguë : s'agit-il de l'ivresse qu'ils procurent ou qu'ils connaissent dans ce bois sauvage ?

> **À NOTER**
> Quand un passage peut être interprété **de façons différentes,** signalez-le : ces ambiguïtés font la richesse du texte.

ÉCRIT

3. Un lieu qui sollicite tous les sens

Le bois suscite une multitude de sensations.

• Le toucher est tantôt agréable, avec la chaleur du bois évoquée aux lignes 7-8, tantôt désagréable, avec les épines du houx (l. 12).

• Les odeurs de « résine » et de « champignon » (l. 16) émanent du sol.

• La vue est sollicitée dans un jeu de clair-obscur à travers l'opposition entre « douce lumière » et « profondeurs plus sombres ». Cette description peut ainsi faire penser à *La Forêt de Bere* peinte par William Turner en 1808.

• Les chants d'oiseaux du début du texte créent un contraste sonore avec le silence à l'arrivée du narrateur (l. 19), brisé seulement par quelques faibles bruits (« pépiement vite étouffé », « frémissement d'ailes »).

[Transition] Ce paysage mystérieux émerveille le narrateur et fait naître en lui des émotions intenses.

II. Un paysage qui suscite une prise de conscience

> ▶ **Le secret de fabrication**
> Dans cette partie, analysez l'impact du paysage sur le narrateur : ses émotions quand il découvre le bois, son désir de complicité avec la faune, et la tristesse venue de l'absence de réponse des animaux à son approche.

1. Le narrateur gagné par l'atmosphère du paysage

• Le lexique souligne le plaisir du narrateur dans la découverte du paysage, dans une gradation de « ravi » à « jouissais » (l. 22).

• Il s'établit une proximité entre la nature et le narrateur qui se laisse gagner par « l'amère ivresse des arbres ». Le mot « amère », en créant un oxymore avec « ivresse », annonce cependant un revirement.

• Pascal recherche une forme d'osmose avec le paysage. Il pense l'atteindre au moyen d'un « signe » qui susciterait la confiance des animaux du bois et lui permettrait d'être accueilli parmi eux (l. 25).

2. Un bois qui ne livre pas ses secrets

• Mais Pascal se heurte à un refus de communication de la part des habitants du bois : les négations se multiplient à la fin du texte (« je n'en trouvais pas », « je ne pouvais pas », « je n'en étais pas moins »). En demeurant cachés, les animaux du bois restent non identifiables : le narrateur ne parle plus d'oiseaux mais de « bêtes, rampantes ou ailées ».

• Plusieurs procédés d'opposition révèlent un désaccord entre l'homme et la nature : la conjonction de coordination « mais » répétée trois fois (l. 26, 28 et 40), l'adverbe « pourtant » (l. 27), ou l'antithèse entre « inoffensif » (l. 27) et « inquiétudes » (l. 33). Le subjonctif dans l'expression « eût aussitôt déchaîné la joie des bêtes » rejette la complicité entre les animaux et le narrateur dans l'irréel du passé et souligne l'échec de l'entreprise du personnage.

3. Le retour au monde des hommes

• Pascal prend conscience de ses limites, liées à sa condition d'homme. Le lexique utilisé à la fin de l'extrait donne à son exploration des allures de sacrilège : les termes « troublé la paix » puis « violé » forment une gradation. La nature reste un temple impénétrable, ce qui suscite la tristesse de Pascal (l. 38) et son retour à ses occupations humaines (l. 40-41).

• Cette prise de conscience le renvoie à ses propres émotions. Malgré la beauté du paysage, Pascal ne peut oublier les soucis du monde des hommes : les « peines » (l. 28) et le « poids de misères » (l. 29) qui l'affligent rendent l'osmose avec la nature impossible et le poussent à quitter le bois.

À NOTER
Appuyez-vous sur les indications données dans l'introduction du texte pour **interpréter les émotions** du personnage.

Conclusion

[Synthèse] La description du bois de pins évoque une nature sauvage, source d'exaltation et de plénitude. Mais malgré la fascination de Pascal pour le paysage, celui-ci ne livre pas ses secrets. Face à l'échec de son exploration, le narrateur prend conscience de ses limites humaines et revient à sa propre tristesse, plus intense qu'il ne l'imaginait.

[Ouverture] Ce texte expose une variante étonnante d'un topos littéraire, celui de la nature miroir de l'âme : c'est en restant impénétrable que le paysage révèle au narrateur ses propres émotions.

MOT CLÉ
Topos : lieu commun de la littérature, thème souvent abordé.

ÉCRIT

26 Amérique du Nord, juin 2021 • Dissertation

Le rire dans *Le Malade imaginaire*

4 heures
20 points

INTÉRÊT DU SUJET • Ce sujet invite à examiner ce qui fait le génie comique d'un dramaturge incontournable de la littérature française !

Pourquoi rit-on dans *Le Malade imaginaire* ?

Vous répondrez à cette question dans un développement organisé. Votre réflexion prendra appui sur la pièce de Molière au programme, sur le travail mené dans le cadre du parcours associé et sur votre culture personnelle.

LES CLÉS DU SUJET

Analyser le sujet

Pourquoi : le mot interrogatif induit un plan thématique permettant de mettre en évidence les différentes causes.

rit-on : il faudra traiter les différents types de comique, mais aussi aborder la dimension satirique du rire.

Pourquoi rit-on dans *Le Malade imaginaire* ?

dans *Le Malade imaginaire* : l'analyse se rapportera principalement à la pièce de Molière étudiée, mais les rapprochements avec d'autres œuvres sont autorisés.

Formuler la problématique

Comment Molière, homme de théâtre accompli, suscite-t-il le rire, sous des formes et dans des registres variés, dans *Le Malade imaginaire* ?

Construire le plan

1. Une grande richesse de procédés comiques	• Cherchez, dans la pièce, les éléments et situations qui suscitent le rire. Soyez particulièrement attentif à l'univers de la farce et aux ressorts comiques du langage.
2. Le plaisir du spectacle	• Montrez que les personnages se jouent sans cesse la comédie pour le plus grand plaisir du public. • Pensez aux effets comiques que peut produire une comédie-ballet.
3. L'art de la satire	• Examinez en quoi le caractère du personnage principal, Argan, déclenche le rire. • Intéressez-vous au discrédit du corps médical.

26 CORRIGÉ FLASH

Les titres en couleur ou entre crochets ne doivent pas figurer sur la copie.

Introduction

[Accroche] Surnommé « le premier farceur de France » par ses contemporains, Molière donne à la comédie classique ses lettres de noblesse. Dans le Prologue du *Malade imaginaire* (1673), l'auteur affiche clairement sa volonté de divertir le roi. [Sujet] Pourquoi rit-on dans *Le Malade imaginaire* ? [Problématique] Comment l'art de Molière se met-il avec tant d'efficacité au service du plaisir du spectateur ? [Annonce du plan] Nous verrons dans un premier temps que *Le Malade imaginaire* offre une grande richesse de procédés comiques ; nous montrerons ensuite que cette pièce se distingue par le plaisir lié au spectacle lui-même. Enfin, nous analyserons sa puissance satirique et sa portée.

I. Une grande richesse de procédés comiques

1. Des situations comiques

La puissance comique de Molière puise dans le répertoire traditionnel de la farce, pour déclencher un rire parfois peu raffiné, mais infaillible.

• Le « bas corporel » envahit la pièce, suscitant le rire. Argan subit lavement sur lavement, seul remède médical proposé, comme un rituel pour « balayer, laver et nettoyer le ventre de monsieur ». Des metteurs en scène, tel Georges Werler, jouent

> **DES POINTS EN +**
> Pensez à appuyer vos arguments sur des **mises en scène** de la pièce : le théâtre est un art fondé sur la représentation.

volontiers sur la démesure comique des instruments manipulés (seringues, clystères...) par les médecins de pacotille pour purifier, mais aussi surveiller ce corps qui semble si fragile à Argan. La mise en scène de Claude Stratz (2009) montre Toinette, déguisée en médecin, utilisant un tuyau d'aération en guise de stéthoscope pour ausculter Argan !

• Les expressions et la gestuelle des acteurs soutiennent le comique : l'attitude précieuse et le ridicule des compliments ampoulés de Thomas Diafoirus, soufflés par son propre père... à sa belle-mère, confondue avec Angélique, ajoutent au plaisir du quiproquo.

• Désireux de faire taire une Toinette insolente qui cherche à empêcher l'union d'Angélique et de Thomas Diafoirus, Argan la menace de coups, dans une course-poursuite burlesque.

2. Une verve plaisante

Le comique jaillit aussi du langage.

• Molière joue en premier lieu sur les noms des personnages : ainsi les Diafoirus désignent-ils des médecins à la bêtise crasse, et Bonnefoy, un notaire malhonnête. Le nom de Purgon rappelle comiquement le procédé dont le personnnage use et abuse pour calmer son malade, mais aussi sa grande capacité à soutirer l'argent de son patient.

• On peut également citer le jargon des médecins, véritable latin de cuisine, lié aux pratiques médicales, grotesque jusque dans sa prononciation.

• Spirituelle et sarcastique, la servante Toinette commente les travers des autres personnages : elle ironise sur son maître, « bonne vache à lait », et « les collèges d'où l'on sort si habile homme », en contrant la bêtise de Thomas Diafoirus. Sa vivacité d'esprit rappelle notamment l'ingénieux et insolent Figaro dans *Le Mariage de Figaro* de Beaumarchais (1784).

II. L'art du spectacle au service du rire

1. Le plaisir du jeu

La pièce tire aussi sa puissance comique de ses effets de mise en abyme : les personnages s'y jouent sans cesse la comédie, mêlant avec entrain le vrai et le faux.

• Les jeux de dupe se multiplient, pour le plus grand plaisir d'un public complice des ruses et des travestissements. Argan tombe dans le panneau d'un Cléante qui s'improvise maître de chant pour déclarer publiquement son amour à Angélique (II, 5). Toinette se déguise en médecin pour asséner une consultation burlesque ; Louison feint d'être morte pour échapper aux coups de son père. Argan lui-même contrefait le mort afin de démasquer l'hypocrisie de sa femme Béline. Jouissif, le jeu théâtral permet aussi de faire éclater la vérité des êtres.

• La pièce se clôt sur une cérémonie carnavalesque en mauvais latin, qui conforte comiquement Argan dans sa monomanie : promu lui-même médecin, il retrouve la joie dans une véritable fête des fous. Le spectacle s'impose comme le meilleur remède à l'hypocondrie et chasse la mélancolie.

DES POINTS EN +
Chaque paragraphe doit développer un argument différent. L'évocation de la cérémonie finale permet ici de faire le lien avec la sous-partie suivante, qui analyse la dimension spectaculaire de la comédie-ballet.

2. La comédie-ballet : un divertissement efficace

En choisissant de faire de la pièce une comédie-ballet, Molière en renforce la dimension spectaculaire et l'effet burlesque.

• S'ils ne sont pas nécessaires à la conduite de l'intrigue, les intermèdes musicaux et chorégraphiques, qui s'insèrent entre les actes, divertissent cependant efficacement le spectateur. Dans le premier intermède, la sérénade de Polichinelle s'achève sur des coups de bâtons. Dans le deuxième, des Mores chantent et dansent en faisant sauter des singes sur scène ; cette apparition exotique surprend et amuse.

• Le metteur en scène C. Stratz a choisi d'interpréter ces intermèdes en puisant dans l'univers de la *commedia dell'arte* : le comique grotesque se mêle au macabre, en d'éphémères tableaux qui semblent directement sortis de l'imaginaire torturé d'Argan. Le public profite pleinement de ce spectacle réjouissant.

III. Une satire divertissante et didactique

1. Argan, un hypocondriaque ridicule

Cependant l'efficacité comique de la pièce repose en grande partie sur le caractère d'Argan. Molière fait un pari audacieux : transformer un sujet grave – la peur de la mort chez Argan – en un sujet comique.

• Monomaniaque, tel Harpagon dans *L'Avare*, Argan déclenche le rire par ses excès. Son obsession perce dès la scène d'exposition : le public le découvre ainsi, parlant tout seul, absorbé par ses dépenses faramineuses de médicaments ruineux. Argan rapporte tout à son idée fixe, jusqu'à vouloir comme gendre un médecin ; cette situation lui permettrait en effet de bénéficier d'une assistance médicale permanente.

• L'hypocondrie d'Argan fait de lui un cas psychologique : il désire être guéri de maux dont il ne souffre pas, ce qui rend sa situation insoluble. Georges Werler en fait un vieil enfant, dépassé par une imagination mortifère.

• Sur scène, Argan est volontiers affublé d'accessoires ridicules et risibles : G. Werler le pare d'un bonnet de nuit et d'une robe de chambre à grosses fleurs rouges ; C. Stratz, d'une culotte blanche aux allures de couche et d'une chaise haute infantilisante.

2. La satire des médecins et de la médecine

Mais tout autant que du malade, on rit des médecins dans *Le Malade imaginaire*. Caricaturé, le corps médical y tombe sous le coup de la satire, dans une tradition bien ancrée depuis l'Antiquité.

> INFO
> La comédie classique vise à plaire et à instruire, fidèle à l'adage latin *castigat ridendo mores* : **corriger les mœurs par le rire.** La satire délivre ainsi une leçon.

• Aveuglé par ses angoisses, Argan est en effet une proie facile pour des médecins dépeints comme des charlatans, ignorants et pédants, avides d'argent et de gloire, arc-boutés sur des méthodes anciennes qui expédient les malades dans « l'autre monde ».

• Ces médecins, si caricaturaux, il n'est pas difficile de les imiter. Puisque « à parler avec une robe et un bonnet, tout galimatias devient savant, et toute sottise devient raison » (III, 14), Toinette ne manque pas l'occasion de s'improviser médecin en endossant l'habit à la hâte. Lors d'une consultation parodique, elle établit d'un ton catégorique et sérieux un diagnostic insensé, en décelant chez Argan un improbable problème de « poumon » ; elle prend le contrepied des médecins d'Argan en lui prescrivant un régime alimentaire très peu diététique et le quitte après lui avoir conseillé de se crever l'œil droit et de se couper un bras (III, 10) !

> INFO
> La satire de l'**incompétence des médecins** est un sujet récurrent chez Molière : *Le Médecin volant* (1645) ; *Le Médecin malgré lui* (1666) ; *Dom Juan* (1665).

• Molière expose ses griefs contre la médecine également par la voix de Béralde. Celui-ci, raisonnable et mesuré, est le garant du bon sens qui manque tant à Argan. Béralde fait malicieusement constater à son frère qu'il est en très bonne santé puisqu'il n'est « point crevé de toutes les médecines qu'on [lui] a fait prendre » (III, 3).

Conclusion

[Synthèse] Ainsi, le pari de Molière s'avère réussi : on rit dans *Le Malade imaginaire* du parti pris de ridiculiser Argan, obsédé par la maladie. Farce et spectacle font de cette pièce un divertissement particulièrement comique et efficace. Soucieux de guérir le spectateur de sa crédulité naïve envers les médecins, Molière se fait également moraliste à travers une satire acérée de la médecine. [Ouverture] Au XXe siècle, d'autres dramaturges, tel Jules Romains dans *Knock* (1923), dresseront un portrait comique du milieu médical.

Les comédies : à voir absolument !

4 heures
20 points

INTÉRÊT DU SUJET • Le théâtre porte bien son nom : il dérive d'un mot grec signifiant « regarder ». Mais pour quelles raisons les comédies demanderaient-elles tout particulièrement à être vues ?

Molière écrit dans l'« Avertissement au lecteur » de *L'Amour médecin* (1665) : « On sait bien que les comédies ne sont faites que pour être jouées, et je ne conseille de lire celles-ci qu'aux personnes qui ont des yeux pour découvrir dans la lecture tout le jeu du théâtre. »

Vous commenterez cette citation de Molière dans un développement structuré. Votre travail prendra appui sur *Le Malade imaginaire* de Molière, sur les textes et documents que vous avez étudiés en classe dans le cadre du parcours « Spectacle et comédie », et sur votre culture personnelle.

LES CLÉS DU SUJET

Analyser le sujet

Comédies : la comédie est un genre théâtral qui vise à divertir et susciter le rire.

Le sujet consiste à commenter cette citation de Molière :
« On sait bien que les **comédies** ne sont faites que pour être **jouées**, et je ne conseille de **lire** celles-ci qu'aux personnes qui ont des yeux pour découvrir dans la lecture tout le **jeu du théâtre**. »

Jeu du théâtre : l'expression fait référence au jeu des acteurs sur scène et, d'une manière générale, à tout ce que la représentation d'une pièce ajoute au texte de théâtre.

Jouées/lire : ces deux mots revoient à deux modes d'appréhension du théâtre, le premier -le jeu- étant présenté par Molière comme un aboutissement.

Formuler la problématique

En quoi peut-on considérer qu'il est essentiel d'assister à une comédie ? Quels éléments la représentation ajoute-t-elle au texte théâtral ? Que perd la comédie à être seulement lue ?

Construire le plan

I. Comme tout autre texte théâtral, la comédie est destinée à être représentée	• En vous appuyant sur des exemples de comédies, commencez par revenir sur les spécificités du texte théâtral : en quoi appelle-t-il une représentation ? • EXEMPLES : *Le Malade imaginaire* et toutes les comédies que vous pouvez connaître, de Molière à Ionesco.
II. La comédie possède des spécificités qui appellent la représentation	• La comédie repose sur des procédés spécifiques : lesquels, selon vous, prennent tout leur sens lors du passage à la scène ? • EXEMPLES : même type d'exemples que dans la partie I.
III. Une comédie peut être conçue avant tout comme un spectacle	• Cherchez des exemples de comédies particulièrement spectaculaires. Montrez que la comédie peut accueillir d'autres arts et devenir un spectacle total. • EXEMPLES : les comédies-ballets et pièces « à machines » (*Dom Juan, Amphitryon*...) de l'époque classique, les comédies musicales modernes...

27 CORRIGÉ GUIDÉ

Les titres en couleur ou entre crochets ne doivent pas figurer sur la copie.

Introduction

[Accroche] Molière était un homme de théâtre complet : dramaturge, il jouait et mettait en scène ses propres pièces. Dans l'« Avertissement au lecteur » de *L'Amour médecin* (1665), il déclare : « On sait bien que les comédies ne sont faites que pour être jouées, et je ne conseille de lire celles-ci qu'aux personnes qui ont des yeux pour découvrir dans la lecture tout le jeu du théâtre. »

[Explicitation du sujet] Comme toute pièce de théâtre, une comédie est destinée à être représentée, mais ce passage du texte au spectacle n'est-il pas encore plus nécessaire pour la comédie que pour les autres genres théâtraux ?

[Annonce du plan] Nous verrons tout d'abord que toute pièce de théâtre appelle la représentation. Puis nous analyserons les spécificités de la comédie qui rendent particulièrement nécessaire son passage à la scène. Enfin nous montrerons que la comédie peut être conçue avant tout comme un spectacle.

I. Comme tout autre genre théâtral, la comédie est destinée à être représentée

> ▶ **Le secret de fabrication**
> Dans cette partie, il s'agit de mettre en évidence tout ce qu'apporte la représentation au texte de théâtre : la mise en voix des textes, l'incarnation des personnages par les acteurs, le travail d'interprétation du metteur en scène.

1. Un texte conçu pour être dit

Comme tout autre texte théâtral, celui d'une comédie est porté par le travail des acteurs qui le mettent en voix.

• Prenons le début du *Malade imaginaire*. Au lever du rideau, seul, Argan s'affaire, manipule force factures et jetons, et imite, à mesure qu'il fait ses comptes, les voix de M. Fleurant et de M. Purgon : le monologue ne produit tout son effet qu'une fois mis en scène.

• Certaines comédies comportent de véritables morceaux de bravoure, conçus pour être déclamés face à un public. Ainsi en est-il de la tirade de Dom Juan dans la scène 2 de l'acte V (*Dom Juan* de Molière, 1665) : après avoir joué la comédie du repentir devant son père, le libertin justifie son attitude auprès de Sganarelle sur un mode parfaitement cynique : « Il n'y a plus de honte maintenant à cela ; l'hypocrisie est un vice à la mode, et tous les vices à la mode passent pour vertus. »

> **MOT CLÉ**
> Passage particulièrement délicat et brillant destiné à attirer l'attention et à susciter l'admiration du public envers l'acteur qui le déclame.

2. Des personnages destinés à être incarnés

Par ailleurs, les personnages d'une comédie ne prennent leur vraie dimension qu'incarnés par des acteurs.

• Le ridicule de Thomas Diafoirus, piètre prétendant, apparaît clairement quand le public l'entend déclamer à sa prétendue belle-famille des compliments dictés par son père : dans la mise en scène de G. Werler (2008), il récite son laïus d'un ton monocorde en reprenant à peine sa respiration !

• Dans son vaudeville *Un fil à la patte* (1894), Feydeau multiplie les personnages pittoresques : ainsi du maladroit Bouzin, compositeur raté au jeu farcesque incarné à merveille par Christian Hecq dans la mise en scène de J. Deschamps (2013).

ÉCRIT

3. L'apport du travail du metteur en scène

La mise en voix des textes, la manière d'incarner un personnage s'inscrivent dans le travail d'interprétation du metteur en scène à partir du texte – un travail qui enrichit notre compréhension de la pièce et justifie pleinement sa représentation.

• De nombreux metteurs en scène ont ainsi exploré l'ambiguïté des figures fortes des comédies de Molière. Harpagon, dans *L'Avare* (1668), amusant dans la mise en scène de J. Mauclair, prend un visage inquiétant et monstrueux dans celle de J. Vilar.

• En s'emparant d'une comédie, le metteur en scène peut la moderniser et en infléchir le sens : ainsi Ariane Mnouchkine, réinterprétant *Tartuffe* (1669), fait de l'hypocrite dévot, qui instrumentalise la foi catholique pour renforcer son pouvoir, un intégriste musulman.

[Transition] La comédie, par sa nature théâtrale, appelle donc la représentation ; il semble, cependant, que plus encore que la tragédie ou le drame, elle soit faite pour être jouée.

II. La comédie possède des spécificités qui appellent la représentation

> ▶ **Le secret de fabrication**
> Dans cette partie, on s'efforce d'isoler des caractéristiques de la comédie permettant de mieux comprendre pourquoi elle fonctionne mieux quand elle est jouée.

1. La comédie : une intrigue concrète

On peut remarquer en premier lieu que l'intrigue d'une comédie s'appuie souvent sur des situations concrètes, qui nécessitent divers éléments matériels ou accessoires.

• Cela est particulièrement vrai des comédies qui s'inspirent de l'univers de la farce, comme *Les Fourberies de Scapin* de Molière (1671). On peut citer la scène 2 de l'acte III où, sous couvert de protéger un maître traqué, le facétieux Scapin enferme Géronte dans un sac puis le roue de coups de bâton en contrefaisant l'accent de poursuivants imaginaires. Assurément, cette scène-là n'est faite que pour être jouée !

• Souvent les personnages recourent au travestissement pour faire aboutir leur projet. Dans *Le Malade imaginaire*, Toinette s'étant déguisée en médecin de pacotille, assène à Argan un diagnostic burlesque, dont celui-ci ne sait que penser. Cette comédie dans la comédie ne fonctionne pleinement que sur scène.

2. L'importance du jeu des acteurs pour créer le comique

On peut ajouter que le comique repose beaucoup sur les expressions et la gestuelle des acteurs.

• Cela est particulièrement vrai pour la comédie classique qui, de Molière à Marivaux, s'inscrit dans l'héritage de la *commedia dell'arte* italienne, fondée sur l'improvisation comique à partir de simples canevas.

• Cette veine est perceptible dans *Le Malade imaginaire*. Ainsi, quand l'irrévérencieuse Toinette s'oppose fermement à ce qu'Angélique épouse Thomas Diafoirus, le spectateur assiste à une course-poursuite entre la servante et son maître, que les acteurs peuvent interpréter à leur guise.

3. Comédie et interaction avec le public

Notons enfin que la présence du public décuple la force comique de la pièce : celle-ci est d'autant plus drôle que les spectateurs peuvent interagir avec les personnages et communier dans un même rire.

• Cette interaction est mise en scène, de manière emblématique, dans *L'Avare* : Harpagon, qui tient à son argent plus qu'à sa famille, exprime son désespoir après la perte de sa « cassette » ; dans un monologue fameux, il s'en prend au public qui semble rire de ses déboires.

• De fait, le spectateur d'une comédie est bien le complice des ruses et stratagèmes mis en œuvre par les personnages d'une comédie. Dans *Le Malade imaginaire*, Cléante et Angélique parviennent à communiquer leurs sentiments, en simulant une leçon de chant, au nez et à la barbe d'Argan, sous le regard amusé du spectateur.

[Transition] La comédie, plus que tout autre genre théâtral, demande donc à être jouée ; et ce d'autant plus qu'elle a été conçue d'emblée comme un spectacle destiné à divertir et éblouir le public.

III. Une comédie peut être conçue avant tout comme un spectacle

> ▶ **Le secret de fabrication**
> Cette partie permet d'évoquer des exemples de comédies qui jouent sur la dimension spectaculaire du théâtre, en annexant parfois d'autres arts.

1. Des mises en scène spectaculaires

Cette envie d'éblouir le public, de le surprendre par une mise en scène spectaculaire peut faire partie du projet d'origine de la comédie ou de celui du metteur en scène.

• Parce qu'il voulait que *Le Malade imaginaire* puisse « délasser [le Roi] de ses nobles travaux », Molière enrichit la pièce d'un prologue et de trois intermèdes qui font intervenir une grande diversité de personnages et supposent des changements de décor rapides.

• C'est une scène particulièrement spectaculaire qui clôt *Dom Juan* : emporté par la statue animée du Commandeur, véritable *deus ex machina*, le libertin disparaît au milieu des flammes, sous un ciel déchaîné.

• Mettant en scène *Cyrano de Bergerac* (Rostand, 1897), D. Podalydès revisite les fameuses scènes du balcon de l'acte III : Roxane, enivrée par des vers amoureux qui semblent venir du beau Christian mais qui sont en réalité prononcés par Cyrano, s'envole littéralement dans les airs grâce à une machinerie ingénieuse.

MOT-CLÉ
L'expression latine *deus ex machina* désigne un personnage ou un événement qui intervient de manière inattendue pour dénouer une situation sans issue.

2. Un spectacle qui s'ouvre à d'autres arts

Il arrive enfin que la comédie devienne un spectacle complet qui, s'associant à d'autres arts – musique, danse, cirque –, sollicite ouvertement tous les sens.

• C'est le cas avec la comédie-ballet qui, sous l'impulsion de Molière, connaît un grand succès au XVIIe siècle : les temps forts du spectacle y mêlent musique et danse, comme lors de la cérémonie turque burlesque du *Bourgeois gentilhomme* (1670), où Monsieur Jourdain est promu « *mamamouchi* ».

• Héritage de la comédie-ballet et de l'opéra-comique, les comédies musicales modernes enchaînent les tableaux musicaux servis par des décors éblouissants ; citons ainsi *Notre-Dame de Paris* de R. Cocciante et L. Plamondon (1998), adaptation libre du chef-d'œuvre de Victor Hugo.

• Pour finir, on peut citer un exemple contemporain : *Désobéir,* basé sur des témoignages de jeunes filles issues de l'immigration, a été mis en scène, avec beaucoup de succès, par J. Berès (2017) sous la forme d'un spectacle hybride mêlant le théâtre et la danse.

Conclusion

[Synthèse] Ainsi le point de vue de Molière se trouve-t-il justifié : la comédie trouve à bien des égards sa pleine mesure dans la représentation. Bien plus, la comédie peut se faire spectaculaire au sens le plus fort du terme, rendant la mise en scène indispensable.

[Ouverture] Certains dramaturges interrogent pourtant les spécificités du texte théâtral, en jouant avec ses limites : Musset a ainsi pu proposer un théâtre à lire, un « spectacle dans un fauteuil », avec des pièces comme *Les Caprices de Marianne* (1833) ou *Lorenzaccio* (1834).

28 Amérique du Nord, juin 2021 • Dissertation

Le mensonge, un moyen de dévoiler la vérité ?

4 heures
20 points

INTÉRÊT DU SUJET • Mentir, c'est nier ou cacher la vérité. Comment celle-ci pourrait-elle surgir du mensonge ? Tel est le paradoxe auquel le sujet invite à réfléchir à travers l'exemple des *Fausses Confidences*.

Dans la pièce de théâtre *Les Fausses Confidences*, les mensonges permettent-ils de dévoiler la vérité ?

Vous répondrez à cette question dans un développement organisé. Votre réflexion prendra appui sur la pièce de Marivaux au programme, sur le travail mené dans le cadre du parcours associé et sur votre culture personnelle.

LES CLÉS DU SUJET

Analyser le sujet

les mensonges : toutes les affirmations, actions ou attitudes contraires à la vérité.

dévoiler : révéler ce qui est caché.

Dans la pièce de théâtre *Les Fausses Confidences*, **les mensonges** permettent-ils de **dévoiler** **la vérité** ?

la vérité : le terme renvoie, dans cette pièce, à l'acceptation par Araminte de sa passion pour Dorante.

Formuler la problématique

Dans *Les Fausses Confidences*, les mensonges sont-ils une étape vers la vérité ? Permettent-ils de faire coïncider chez Araminte le dit et le ressenti, et à quelles conditions ? En définitive, est-ce la fiction du mensonge ou bien le théâtre qui dévoile la vérité des êtres ?

Construire le plan

1. Des mensonges pour faire surgir une vérité affective	• Demandez-vous quels mensonges jouent un rôle central dans la pièce et quelle est leur visée. • Analysez les trois étapes de la stratégie de Dubois.
2. Un dévoilement difficile de la vérité	• À quels obstacles se heurte ce dévoilement ? • Demandez-vous si tous les mensonges servent la vérité.
3. Le jeu de la vérité	• Expliquez comment Araminte finit par se révéler à elle-même. • Interrogez-vous sur les rapports entre mensonge et théâtre.

28 CORRIGÉ FLASH

Les titres en couleur ou entre crochets ne doivent pas figurer sur la copie.

Introduction

[Accroche] Les mensonges jouent un rôle majeur dans la comédie d'intrigue : sans eux, l'action ne connaîtrait pas de rebondissements, ni d'évolution. La comédie *Les Fausses Confidences* nous en fournit un bon exemple.

[Explication du sujet] Dubois y ment constamment à Araminte dans le but de l'amener à voir clair en elle. Le mensonge n'est donc pas abordé ici sous l'angle moral, mais sous celui de son efficacité, de sa pertinence dans une stratégie de révélation amoureuse.

[Problématique] Dès lors, peut-on considérer que, dans cette pièce, il est une étape vers la vérité ? À quelles conditions ?

[Annonce du plan] Si les mensonges peuvent révéler une vérité affective, nous verrons que ce dévoilement se heurte à des obstacles. Nous nous demanderons enfin si c'est le mensonge ou le théâtre qui permet d'accéder à la vérité des êtres.

I. Des mensonges pour faire surgir une vérité affective

1. Des personnages qui mentent tous ?

• Presque tous les personnages des *Fausses Confidences* mentent soit consciemment soit inconsciemment, parce qu'ils ont été manipulés par Dubois. Tous ne mentent pas toutefois de la même façon : certains mensonges sont de fausses affirmations, d'autres sont faits par omission, d'autres encore proviennent de postures ou d'attitudes contrefaites.

- De tous ces mensonges, ceux de Dubois et de Dorante sont les plus importants parce qu'ils régissent l'intrigue principale et qu'ils poussent Araminte à prendre conscience de ses sentiments.

2. Mentir pour susciter l'intérêt d'Araminte pour Dorante

- Femme du monde, Araminte n'a aucune raison de prêter une attention particulière à Dorante : il est plus jeune qu'elle, c'est un bourgeois sans fortune et il est son employé. Tous les stratagèmes de Dubois consistent donc à la contraindre à voir en Dorante plus qu'un simple intendant.

- Aussi Dubois lui raconte-t-il un roman d'amour dont elle est l'héroïne : depuis six mois, Dorante est littéralement fou d'amour (I, 14). Mieux qu'aimée, Araminte se découvre adorée par cet homme, plein de charme de surcroît.

- Si l'amour de Dorante est réel, la peinture qu'en fait Dubois est toutefois trop romanesque pour être véritable. Son mensonge relève d'une stratégie de captation d'attention.

DES POINTS EN +

Corneille utilise la même **technique** dans ses comédies *Le Menteur* (1644) et *La suite du Menteur* (1645) où le personnage principal s'invente un passé militaire glorieux pour impressionner les femmes qu'il courtise.

3. Mentir pour surmonter les préjugés d'Araminte

- Attirer l'attention d'Araminte ne suffit pas. Entre elle et Dorante, les différences sociales sont si grandes que celle-ci ne peut qu'hésiter à l'épouser : ce serait une mésalliance de sa part, d'autant plus incompréhensible que le Comte représente un beau parti.

- Pour vaincre ces préjugés, Dubois recourt à des mensonges indirects en faisant intervenir M. Remy, qu'il manipule à sa guise. Une veuve encore jeune et déjà très riche, prétend-il, souhaite épouser Dorante (II, 2). Devant Araminte, celui-ci rejette énergiquement une telle offre.

- Ce stratagème invite implicitement Araminte à considérer Dorante comme un parti convenable pour une femme du monde.

4. Mentir pour obliger Araminte à se déclarer

- Encore faut-il, pour que cette fiction soit efficace, ne pas laisser le temps à Araminte de réfléchir, de se reprendre. C'est la fonction de la lettre dans laquelle Dorante annonce à un ami son intention de s'embarquer dès le lendemain pour les Amériques (III, 8).

• Araminte se trouve ainsi placée devant l'alternative suivante : laisser partir Dorante mais renoncer à l'amour ou le retenir, mais en l'épousant. Or cette lettre, rédigée de concert par Dubois et Dorante, ne contient que de fausses informations.

II. Un dévoilement difficile de la vérité

1. Une condition préalable : la surprise de l'amour

• Tous ces mensonges seraient toutefois inefficaces si Araminte ne se montrait pas sensible au charme de Dorante. Dès qu'elle l'aperçoit, sans savoir qui il est ni lui avoir parlé, Araminte éprouve un choc : « il a si bonne mine pour un intendant, que je me fais quelque scrupule de le prendre » (I, 6). Dorante réveille sa sensualité.

• Sans ce préalable, toute la stratégie de Dubois serait vaine. Il n'y aurait pas de vérité à « dévoiler ».

> **À NOTER**
> Une didascalie précise qu'Araminte réagit « d'un air assez vif » au fait que Marton ne lui a pas présenté plus tôt Dorante (I, 6). C'est la naissance d'une « **surprise de l'amour** », récurrente chez les héroïnes de Marivaux qui ne s'attendent jamais à tomber amoureuses.

2. Les mensonges d'Araminte pour (se) cacher la vérité

• Si Dubois ment à Araminte, celle-ci lui ment également. Contre toute évidence, elle lui affirme que Dorante ne s'est pas déclaré (II, 16). En la circonstance, son mensonge n'est pas destiné à faire éclater la vérité mais, au contraire, à la dissimuler. Sa manière de jouer devant sa mère sur le double sens du verbe « aimer » relève de la même intention : elle feint de ne pas s'être aperçue que Dorante l'aime (III, 6).

• À plusieurs reprises, Araminte se ment à elle-même. Elle s'invente d'honorables prétextes pour prendre puis conserver Dorante à son service. Le désir de ne pas vexer M. Remy, qui le lui a recommandé, puis la « compassion » l'obligent, dit-elle, à garder Dorante à ses côtés (I, 14). C'est faute de « motifs raisonnables » qu'elle affirme encore ne pas pouvoir le congédier (II, 11). Araminte refuse de voir et plus encore d'admettre qu'elle est amoureuse de Dorante.

III. Le jeu de la vérité

1. Mensonge et vérité

• Le dénouement confirme l'efficacité des mensonges de Dubois puisqu'Araminte avoue aimer Dorante. Pour la première fois depuis le début de la pièce, ce qu'elle dit est conforme à ce qu'elle ressent. Cette unité enfin retrouvée de son être est sa vérité, c'est une vérité sentimentale, évidemment subjective.

- Sa décision d'épouser Dorante contre l'avis de sa mère, contre toutes les formes de pression sociale, lui permet en outre d'affirmer sa liberté, d'accéder à une totale autonomie.
- Dorante fait de son côté preuve d'une totale sincérité en révélant la vérité des faits : « Dans tout ce qui s'est passé chez vous, il n'y a rien de vrai que ma passion, qui est infinie [...] » (III, 12). Cet aveu qui potentiellement peut tout remettre en question prouve son honnêteté : les mensonges n'étaient pas destinés à tromper Araminte, mais à la pousser à accepter ce qu'elle ressentait profondément.

2. Mensonge et théâtre

- Par son inventivité, ses mensonges et stratagèmes, Dubois se comporte en dramaturge. Il monte toute une comédie pour contraindre Araminte à voir clair en elle.
- Araminte de son côté n'est pas en reste. La lettre qu'elle dicte à Dorante dans laquelle elle annonce son intention d'épouser le Comte est un piège destiné à tester les réactions de Dorante (II, 13). C'est un épisode digne d'une comédie d'intrigue. Dans *Tartuffe* par exemple, Elmire feint de succomber au charme de Tartuffe pour mieux démasquer son imposture ; caché sous la table, Orgon écoute leur conversation sans longtemps broncher. La scène pourrait se retrouver dans une farce.

3. Des spectateurs omniscients

- Même si le doute l'affleure un instant, Araminte ne sait pas que Dubois lui ment. Le spectateur, lui, le sait depuis le début, dès la scène d'exposition. Placé dans une position d'omniscience, il assiste aux débats des personnages en proie à leurs hésitations et espoirs.
- S'y ajoute une complexité supplémentaire, celle des personnages qui se comportent, eux aussi, en spectateurs évaluant l'impact de leurs mensonges sur les autres personnages. Ainsi Araminte ne cesse-t-elle d'observer les réactions de Dorante durant tout le temps où elle lui dicte sa lettre.

Conclusion

[Synthèse] Dans *Les Fausses Confidences*, le mensonge permet bien de dévoiler la vérité : Araminte, surprise par un amour qu'elle ne souhaite pas s'avouer, finit – cernée par les stratagèmes de Dubois – par accepter la réalité de ses sentiments.

[Ouverture] Le mensonge étant à sa façon une « comédie » jouée à autrui, on peut toutefois se demander, avec Marivaux, si ce n'est pas le théâtre qui permet d'accéder à la vérité des êtres.

29 Sujet d'écrit • Commentaire

Beaumarchais, *Le Barbier de Séville*, acte III, scène 5

4 heures
20 points

INTÉRÊT DU SUJET • Confronté à la jalousie arrogante du vieux docteur Bartholo, le barbier Figaro ne manque ni de ressources ni de repartie, comme vous allez le découvrir…

Commentez ce texte de Beaumarchais, extrait du *Barbier de Séville*.

DOCUMENT

Le comte Almaviva est amoureux de Rosine, que son vieux tuteur Bartholo séquestre chez lui afin de l'épouser. Le comte, déguisé en bachelier, est entré chez Bartholo : il souhaite faire sortir le vieillard pour s'entretenir librement avec Rosine. Figaro, adjuvant du comte, fait son apparition.

BARTHOLO. – Et dites-moi un peu comment la petite Figaro a trouvé les bonbons que vous lui avez portés[1] ?

FIGARO. – Quels bonbons ? Que voulez-vous dire ?

BARTHOLO. – Oui, ces bonbons, dans ce cornet fait avec cette feuille de papier à lettre… ce matin.

FIGARO. – Diable emporte si…

ROSINE, *l'interrompant.* – Avez-vous eu soin au moins de les lui donner de ma part, monsieur Figaro ? Je vous l'avais recommandé.

FIGARO. – Ah ! ah ! les bonbons de ce matin ? Que je suis bête, moi ! j'avais perdu tout cela de vue… Oh ! excellents, madame, admirables !

BARTHOLO. – Excellents, admirables ! Oui, sans doute, monsieur le barbier, revenez sur vos pas ! Vous faites là un joli métier, monsieur !

FIGARO. – Qu'est-ce qu'il a donc, monsieur ?

BARTHOLO. – Et qui vous fera une belle réputation, monsieur !

FIGARO. – Je la soutiendrai, monsieur.

BARTHOLO. – Dites que vous la supporterez, monsieur.

FIGARO. – Comme il vous plaira, monsieur.

BARTHOLO. – Vous le prenez bien haut[2], monsieur ! Sachez que, quand je dispute avec un fat[3], je ne lui cède jamais.

FIGARO *lui tourne le dos.* – Nous différons en cela, monsieur : moi, je lui cède toujours.

BARTHOLO. – Hein ? qu'est-ce qu'il dit donc, bachelier ?

FIGARO. – C'est que vous croyez avoir affaire à quelque barbier de village, et qui ne sait manier que le rasoir ? Apprenez, monsieur, que j'ai travaillé de la plume à Madrid, et que sans les envieux…

BARTHOLO. – Eh ! que n'y restiez-vous ? sans venir ici changer de profession ?

FIGARO. – On fait comme on peut ; mettez-vous à ma place.

BARTHOLO. – Me mettre à votre place ! Ah ! parbleu, je dirais de belles sottises !

FIGARO. – Monsieur, vous ne commencez pas trop mal ; je m'en rapporte à votre confrère, qui est là rêvassant…

LE COMTE *revenant à lui.* – Je… je ne suis pas le confrère de monsieur.

FIGARO. – Non ? Vous voyant ici à consulter, j'ai pensé que vous poursuiviez le même objet.

BARTHOLO *en colère.* – Enfin, quel sujet vous amène ? Y a-t-il quelque lettre à remettre encore ce soir à madame ? Parlez, faut-il que je me retire ?

FIGARO. – Comme vous rudoyez[4] le pauvre monde ! Eh ! parbleu, monsieur, je viens vous raser, voilà tout : n'est-ce pas aujourd'hui votre jour ?

BARTHOLO. – Vous reviendrez tantôt.

FIGARO. – Ah ! oui, revenir ! toute la garnison prend médecine[5] demain matin ; j'en ai obtenu l'entreprise par mes protections. Jugez donc comme j'ai du temps à perdre ! Monsieur passe-t-il chez lui ?

BARTHOLO. – Non, monsieur ne passe point chez lui. Et mais… qui m'empêche qu'on me rase ici ?

ROSINE *avec dédain.* – Vous êtes honnête. Et pourquoi pas dans mon appartement ?

BARTHOLO. – Tu te fâches ? Pardon, mon enfant, tu vas achever de prendre ta leçon ; c'est pour ne pas perdre un instant le plaisir de t'entendre.

FIGARO *bas au comte.* – On ne le tirera pas d'ici ! (*Haut.*) Allons, L'Éveillé ? La Jeunesse[6] ? le bassin, l'eau, tout ce qu'il faut à Monsieur.

Bartholo. – Sans doute, appelez-les ! Fatigués, harassés, moulus de votre façon[7], n'a-t-il pas fallu les faire coucher !

Figaro. – Eh bien ! j'irai tout chercher : n'est-ce pas dans votre chambre ? (*Bas au comte.*) Je vais l'attirer dehors.

Bartholo *détache son trousseau de clefs et dit par réflexion* : – Non, non, j'y vais moi-même. (*Bas au comte, en s'en allant.*) Ayez les yeux sur eux, je vous prie.

Beaumarchais, *Le Barbier de Séville*, acte III, scène 5, 1775.

---

1. Plus tôt dans la pièce, Rosine a menti à Bartholo à propos d'une feuille de papier à lettre, dont elle aurait soi-disant fait un cornet à bonbons confié à Figaro, mais qu'elle a en fait utilisée pour écrire au comte. Figaro n'est pas au fait du mensonge de Rosine.
2. Vous le prenez bien haut : avec arrogance.
3. Un fat : sot prétentieux.
4. Rudoyer : traiter sans ménagement, en parlant avec brutalité.
5. Prendre médecine : se purger.
6. L'Éveillé et La Jeunesse sont deux valets de Bartholo.
7. De votre façon : à cause de vous. Figaro a drogué L'Éveillé et la Jeunesse avec des médicaments.

LES CLÉS DU SUJET

Définir le texte

Carte d'identité du texte

- **Contexte :** fin du XVIIIe siècle, les Lumières
- **Thème :** la lutte entre un valet astucieux et un vieillard jaloux
- **Buts de l'auteur :** divertir le spectateur par l'invention de Figaro, se moquer d'un personnage excessif
- **Tonalités :** comique, ironique

Construire le plan

La problématique est la suivante : comment cette confrontation permet-elle à Beaumarchais de mettre en valeur l'inventivité comique d'un personnage rusé ?

❶ Une scène de confrontation	• Montrez que cette confrontation est dynamique en étudiant l'enchaînement des répliques. • Analysez la finesse de la repartie de Figaro face aux attaques de Bartholo. • Comment les abus d'autorité de Bartholo sont-ils dénoncés ?
❷ Une scène de ruse comique	• Montrez que Figaro intervient au beau milieu d'un quiproquo comique. • Observez les ressources du langage mobilisées par Figaro pour se jouer de Bartholo. • Comment la ruse se met-elle concrètement en œuvre ?

29 CORRIGÉ GUIDÉ

Les titres en couleur ou entre crochets ne doivent pas figurer sur la copie.

Introduction

[Présentation du contexte] À la fin du XVIIIe siècle, le théâtre renouvelle le personnage du valet, typique de la comédie.

[Présentation du texte] Beaumarchais, dans *Le Barbier de Séville* (1775), imagine le personnage de Figaro, valet devenu barbier, qui mobilise sa ruse afin d'aider son ancien maître à enlever Rosine au vieux médecin Bartholo.

[Problématique] Comment cette confrontation permet-elle à Beaumarchais de mettre en valeur l'inventivité comique d'un personnage rusé ?

[Annonce du plan] Nous étudierons d'abord la construction d'une confrontation entre deux personnages que tout oppose [I]. Puis nous verrons comment Beaumarchais met en valeur la ruse astucieuse de Figaro [II].

I. Une scène de confrontation

> **▶ Le secret de fabrication**
> Il s'agit de montrer que l'on est face à une scène dynamique, qui se construit sur une forte opposition au vieux docteur Bartholo, présenté comme l'antagoniste des jeunes amoureux.

1. Une confrontation expressive et dynamique

• La confrontation naît d'une accusation ironique de Bartholo contre Figaro, qui n'est pas dupe de l'imposture du barbier : « Vous faites là un joli métier, monsieur ! » Les agressions vont en s'amplifiant, jusqu'au désir que Figaro ne vînt jamais de Madrid à Séville : « Eh ! que n'y restiez-vous ? »

- La stichomythie, renforcée par la répétition de l'apostrophe « monsieur », construit un duel verbal entre Figaro et Bartholo, à base d'attaques et de contre-attaques : « Je la soutiendrai, monsieur. – Dites que vous la supporterez, monsieur. – Comme il vous plaira, monsieur. [...] »

> **MOT CLÉ**
> La stichomythie consiste en un enchaînement rapide de brèves répliques, qui donne au dialogue beaucoup de vivacité.

- Cette confrontation s'établit sur un rythme enlevé : les répliques, souvent courtes, sont ponctuées d'une multiplicité de points d'exclamation et d'interrogation, ce qui renforce le dynamisme et l'expressivité.

2. Une repartie savoureuse

- Figaro joint le geste (la didascalie « *lui tourne le dos* ») à la parole pour retourner ironiquement l'accusation de Bartholo contre lui-même (l. 22-24).
- Le comique est renforcé par le fait que Bartholo ne comprend pas qu'il est en train d'être ridiculisé : son manque de finesse est souligné par ses questions au comte : « Hein ? qu'est-ce qu'il dit donc, bachelier ? »
- De même, Figaro se sert de son autodérision afin d'en faire une arme pour renverser la force de son adversaire : « Me mettre à votre place ! [...] Je dirais de belles sottises ! – Monsieur, vous ne commencez pas trop mal. » La litote ironique achève de faire de Figaro le vainqueur de cette joute oratoire.

3. La dénonciation d'un barbon tyrannique

- Figaro dénonce l'abus d'autorité du vieillard : Bartholo, comme Arnolphe dans *L'École des femmes* de Molière, s'inscrit dans la tradition comique du barbon.

> **MOT CLÉ**
> Le barbon est un emploi comique traditionnel : il s'agit d'un vieillard ridicule qui cherche souvent à épouser une femme beaucoup plus jeune que lui.

- La jalousie tyrannique du docteur est montrée par sa « *colère* » et l'interrogation sarcastique : « Y a-t-il quelque lettre à remettre encore ce soir à madame ? Parlez, faut-il que je me retire ? »
- Figaro ose tenir tête à Bartholo, à travers l'accusation exclamative qui souligne sa violence cruelle : « Comme vous rudoyez le pauvre monde ! »

[Transition] Cette confrontation comique et dynamique entre Figaro et Bartholo laisse voir l'inventivité astucieuse de Figaro, à travers une scène de ruse particulièrement bien ficelée.

II. Une scène de ruse comique

▶ Le secret de fabrication

Il s'agit d'étudier comment Figaro met en œuvre toutes ses ressources comiques de ruse et d'intrigue afin de tromper Bartholo et d'aider Rosine et le comte à s'en débarrasser.

1. Le quiproquo à la source du comique

• Le comique de situation est créé par le quiproquo à propos du « cornet » de bonbons : le spectateur sait que ce n'est qu'un mensonge né de l'imagination de Rosine, et que Bartholo doute fortement de son existence. L'incompréhension de Figaro, qui n'est pas au fait du stratagème, est comique : « Quels bonbons ? Que voulez-vous dire ? », « Diable m'emporte si… »

• L'irruption soudaine de Rosine renforce le comique de la scène. Elle fait preuve de duplicité vis-à-vis de son tuteur et instaure une connivence avec Figaro : « Avez-vous eu soin au moins de les lui donner de ma part, monsieur Figaro ? » L'utilisation des pronoms personnels permet de renforcer cette complicité : « Je vous l'avais recommandé. »

• Les interjections exclamatives de Figaro (« Ah ! ah ! ») ainsi que les adjectifs très mélioratifs « excellents, […] admirables » montrent que le barbier se saisit du mensonge afin d'en devenir complice. Le comte, déguisé sur les conseils de Figaro, est aussi de la partie. Les personnages s'allient contre Bartholo.

2. Un barbier plein de ressources

• Figaro se met en scène en insistant sur son propre passé. Son interrogation oratoire réfute le stéréotype du « barbier de village […] qui ne sait manier que le rasoir ». Beaumarchais lui donne un autre statut social à travers l'expression métonymique « j'ai travaillé de la plume » : Figaro a été journaliste ou écrivain.

À NOTER
Figaro, ancien dramaturge, serait-il en partie un porte-parole de Beaumarchais lui-même ? C'est en tout cas un personnage fantasque qui surprend sans cesse le spectateur.

• Figaro est maître de la parole et du sous-entendu. Il joue sur la polysémie du mot « objet » pour se moquer de Bartholo en s'adressant au comte : « Vous voyant ici à consulter, j'ai pensé que vous poursuiviez le même objet. » Le terme peut signifier à la fois la matière d'étude d'un docteur en médecine, mais aussi et surtout la femme aimée, dans le lexique galant.

• Figaro improvise ses mensonges, tel un comédien de la *commedia dell'arte*, pour manipuler le docteur : « Je viens vous raser, voilà tout […] Toute la garnison prend médecine demain matin […] ». L'impératif ironique « Jugez donc comme j'ai du temps à perdre ! » doit achever de convaincre Bartholo de se faire raser.

3. Les « fourberies » de Figaro

• L'enjeu de la scène est de faire sortir Bartholo, ce à quoi s'emploie le rusé Figaro. Il tente une interrogation qui se veut oratoire : « Monsieur passe-t-il chez lui ? » mais qui échoue immédiatement, dans la reprise mot pour mot de Bartholo : « Non, monsieur ne passe point chez lui. »

• La ruse de Figaro semble déteindre sur l'ingénue Rosine, qui tente aussi de se débarrasser de son tuteur : « Et pourquoi pas dans mon appartement ? » Ces tentatives répétées renforcent le comique de situation.

• Les dialogues secrets entre Figaro et le comte permettent de présenter les stratagèmes du barbier au public, qui est complice de la ruse : « On ne le tirera pas d'ici [...] Je vais l'attirer dehors. » La mise en scène devient alors fondamentale.

> **CONSEIL**
> Lorsque vous étudiez un texte théâtral, envisagez toujours les possibilités de mise en scène.

• C'est une dernière interrogation oratoire qui déclenche le succès de l'entreprise : « J'irai tout chercher : n'est-ce pas dans votre chambre ? » Bartholo, méfiant, fait enfin l'erreur de quitter la scène. Cette réussite est renforcée par la méprise finale du vieillard, qui croit s'adresser à un allié en la personne du comte déguisé en bachelier : « Ayez les yeux sur eux, je vous prie. »

Conclusion

[Synthèse] Cette scène permet donc à Beaumarchais de mettre en œuvre toute l'inventivité de Figaro, personnage plein de ressources qui sait s'adapter aux situations les plus inextricables.

[Ouverture] On retrouve une situation similaire dans *Le Mariage de Figaro*, où l'adversaire de Figaro n'est plus Bartholo mais le comte lui-même, désormais marié : à plusieurs reprises, Figaro déploie sa maîtrise du langage pour faire croire au comte tout et son contraire.

Juste la fin du monde : des personnages entre fuite et affrontement

4 heures
20 points

INTÉRÊT DU SUJET • Ce sujet invite à s'interroger sur les contradictions déroutantes qui caractérisent les relations familiales dans la pièce de Jean-Luc Lagarce.

Dans *Juste la fin du monde*, les personnages cherchent-ils à s'affronter ou à se fuir ?

Vous répondrez à cette question dans un développement organisé. Votre réflexion prendra appui sur la pièce de Jean-Luc Lagarce au programme, sur le travail mené dans le cadre du parcours associé et sur votre culture personnelle.

LES CLÉS DU SUJET

Analyser le sujet

les personnages : Louis, le personnage principal, et les membres de sa famille.

cherchent ... à : visent à atteindre un but, en toute conscience.

Dans *Juste la fin du monde*, **les personnages cherchent**-ils **à s'affronter** ou à **se fuir** ?

s'affronter : étymologiquement, se retrouver front à front ; s'opposer, se heurter avec violence.

se fuir : ce verbe implique au contraire un désir de s'éviter, un repli.

Formuler la problématique

Les personnages de *Juste la fin du monde* manifestent-ils une volonté délibérée de se faire front ou de s'éviter ? Ou bien subissent-ils des forces contradictoires au sein d'une famille en crise ?

Construire le plan

1. Des personnages qui cherchent la confrontation	• Montrez d'abord que les retrouvailles sont autant désirées que craintes par les personnages. • Puis examinez ce qui engendre des tensions au sein de la famille, et donne l'impression d'une hostilité entre ses membres.
2. Des personnages qui s'évitent	• Intéressez-vous au personnage de Louis, qui se caractérise par une fuite et un effacement constants. • Expliquez pourquoi les retrouvailles sont de courte durée.
3. L'impossible réunion d'une famille en crise	• Analysez les dysfonctionnements du langage et le rôle qu'ils jouent dans les relations familiales. • Mettez en évidence la solitude irréductible des personnages.

30 CORRIGÉ FLASH

Les titres en couleur ou entre crochets ne doivent pas figurer sur la copie.

Introduction

[Accroche] Le théâtre constitue un observatoire privilégié pour examiner les relations humaines dans toute leur subtilité. Jean-Luc Lagarce s'intéresse plus particulièrement aux liens familiaux et amicaux : dans sa pièce *Juste la fin du monde*, Louis, le personnage central, revient parmi les siens, après des années d'absence, pour tenter d'annoncer sa mort prochaine.

[Explication du sujet] Ce retour révèle les lignes de fracture au sein de la famille et l'on peut se demander si ses membres cherchent à s'affronter ou à se fuir.

[Problématique] Les personnages de *Juste la fin du monde* manifestent-ils une volonté délibérée de se faire front ou de s'éviter ? Ou bien subissent-ils des forces contradictoires dans une famille en crise ?

[Annonce du plan] Nous étudierons dans un premier temps en quoi les personnages s'opposent avec violence ; puis nous montrerons que le malaise familial engendre des attitudes d'évitement. Enfin, nous nous demanderons dans quelle mesure chaque personnage est renvoyé à sa propre solitude au cours de ces retrouvailles impossibles.

I. Des personnages qui cherchent la confrontation

1. Le défi des retrouvailles

Désirées autant que redoutées, les retrouvailles familiales se présentent d'emblée comme un défi dans *Juste la fin du monde*.

- Avatar du « fils prodigue » de la Bible, Louis explique dans le prologue sa décision de revenir parmi les siens pour annoncer sa mort prochaine ; il perçoit cette annonce comme un « risque », dont le spectateur mesurera toute l'étendue au fil des scènes.

- Après son arrivée, Louis est prévenu par sa mère que son frère et sa sœur, Antoine et Suzanne, ont l'intention de lui « parler » et qu'ils le feront « brutalement » (I, 8).

- Les tensions entre Louis et sa famille percent notamment dans les répliques qui visent à réduire l'autre au silence (« Ta gueule, Suzanne ! » [I, 7]) ou à changer sa manière de s'exprimer (« Tu vas le vouvoyer toute la vie ? » demande Suzanne à Catherine [I, 9]).

- De même, Marie NDiaye imagine, dans *Papa doit manger* (2003), le retour d'un père qui, après dix ans d'absence, cherche à reprendre sa place dans une famille qui s'est reconstruite sans lui, et dont l'hostilité est évidente.

2. L'éclatement de rancœurs accumulées

En l'espace d'une seule journée, les disputes éclatent : les retrouvailles tournent, à certains égards, au règlement de comptes.

- C'est entre les deux frères que les tensions se font les plus vives. Sur la défensive, Antoine ne cesse d'ironiser et d'installer une distance provocatrice qui tranche avec le concert plus amène des voix féminines. La Mère, gardienne de la mémoire familiale, rappelle que ses fils se querellaient déjà enfants – peut-être par jalousie.

- Cependant l'affrontement atteint son paroxysme lorsqu'Antoine instruit le procès d'un frère aîné insaisissable, qui reste silencieux face à ses accusations (II, 2 et 3). Hors de lui, il finit par menacer Louis : « Tu me touches, je te tue », comme un lointain écho à l'épisode biblique d'Abel et Caïn. La journée s'achève sur l'impasse du dialogue entre les deux frères.

> **INFO**
> Fils d'Adam et Ève, Caïn tue par jalousie son frère Abel, selon le récit de l'Ancien Testament qui en fait le premier meurtrier de l'histoire de l'humanité.

II. Des personnages qui s'évitent

1. Louis, un personnage fuyant

Devenu « étranger » aux siens, Louis incarne l'absence et la fuite.

ÉCRIT

• Catherine, la belle-sœur qu'il rencontre pour la première fois, se perd en réflexions maladroites, qui rendent manifeste l'absence de Louis à des événements familiaux majeurs comme le mariage de son frère ou la naissance de ses neveux, occasions pour lesquelles Louis s'était contenté d'envoyer un « petit mot » (I, 2).

• De même, Suzanne confie que les cartes postales « elliptiques » de Louis n'ont jamais pu compenser son départ et son absence, véritable fêlure originelle pour la Mère : « là que ça commence » (I, 3). Aux confessions de sa sœur et de sa mère, Louis n'oppose qu'un « petit sourire », façade qui lui est familière (I, 8).

• Bien que présent pour une fois, Louis esquive les occasions qu'il aurait de se dévoiler. À la traditionnelle question « Comment est-ce que tu vas ? », il répond « Je vais bien » : en mentant, il s'interdit toute confession. L'épilogue entérine l'échec de Louis, qui mourra avec son secret ; les mots sont restés enfouis, comme le « grand et beau cri » qu'il a un jour rêvé de pouvoir pousser – sans oser le faire.

2. Une famille qui se dissout

Tout au long de la pièce, nous assistons ainsi au délitement d'une famille.

• Lors du déjeuner dominical qui vire au pugilat verbal (I, 9), les personnages sortent brusquement de table, les uns après les autres, incapables de s'entendre. La réplique de la Mère, « je suis contente que nous soyons tous là, tous réunis » résonne alors de manière bien ironique.

• À la fin de la journée, Antoine semble désireux de précipiter le départ de son frère (II, 1) alors que la Mère soupçonne Louis de vouloir repartir au plus vite : les retrouvailles ne peuvent être que de courte durée. La pièce s'achève sur un second et ultime départ de Louis, qui préfigure sa mort.

• Dans le *Voyageur sans bagage* (1937), Jean Anouilh met en scène un amnésique solitaire, Gaston, qui doit retrouver sa famille, mais qui choisit, lui aussi, de rompre avec celle-ci.

III. L'impossible réunion d'une famille en crise

1. L'échec de la communication

Dans la famille de Louis, les relations dysfonctionnent au même titre que le langage : *Juste la fin du monde* apparaît ainsi comme un logodrame poignant.

> **MOT CLÉ**
> Un **logodrame** est une pièce de théâtre dont l'enjeu réside dans une parole qui dysfonctionne.

• Les personnages semblent se confronter davantage au langage que les uns aux autres : « Rien jamais ici ne se dit facilement » (II, 3), déclare Antoine, mal à l'aise avec ces mots que son frère, écrivain, maîtrise bien mieux que lui.

• Les paroles prononcées se heurtent souvent à l'incompréhension de qui les entend. Ainsi, Antoine est-il convaincu que Louis l'inonde d'« histoires » ; il cherche à fuir l'échange avec son frère (I, 11).

• De plus, les maladresses verbales se multiplient : Antoine ironise sur le « soi-disant malheur » de son frère pourtant mourant, l'accusant de jouer un « rôle », et déclare ne pas vouloir connaître les raisons de son soudain retour.

À NOTER
On parle d'ironie tragique lorsqu'un personnage, victime de son ignorance, prononce des paroles dont il ne mesure pas la portée. Elle donne le sentiment d'une moquerie du destin.

2. Des personnages murés dans leur solitude

Le fossé entre les personnages se creuse, car le langage échoue à relier les membres de cette famille en crise.

• La pièce abonde en soliloques juxtaposés qui ne permettent aucun véritable dialogue. Chaque personnage est renvoyé à sa solitude. Ainsi Louis confie-t-il s'être toujours senti à part, habité par « l'idée étrange et désespérée et indestructible encore / qu'on [l]'aimait déjà vivant comme on voudrait [l]'aimer mort » (I, 5).

• Crise personnelle et crise familiale s'engendrent et se nourrissent mutuellement, comme l'illustre l'intermède : dans ses courtes scènes, les personnages cherchent vainement à se retrouver. Louis, comme dans un cauchemar, n'a plus aucun repère dans sa famille et déclare : « je suis perdu et je ne retrouve personne » (sc. 8).

• Entre les lignes, l'affection se dit pourtant, mais avec maladresse. Suzanne s'excuse : « C'est étrange, je voulais être heureuse et l'être avec toi […] et je te fais des reproches […] » (I, 3). Le départ de Louis, hâté par Antoine, laisse ce dernier à son regret d'avoir été aussi virulent et maladroit avec ce frère qu'il aime malgré tout (II, 3).

Conclusion

[Synthèse] La pièce *Juste la fin du monde* met en scène une famille traversée par des forces contradictoires qui la mènent à sa destruction. Si l'entente entre les personnages s'avère impossible, leurs affrontements et leurs fuites naissent avant tout de difficultés de communication aux conséquences tragiques.

[Ouverture] Ce thème des retrouvailles familiales impossibles se retrouve dans la pièce d'Albert Camus *Le Malentendu* (1944) où Jan décide de renouer avec sa mère et sa sœur quittées des années plus tôt : incapable de dévoiler son identité, il reste anonyme mais devient ironiquement la victime du crime des deux femmes.

31 Sujet d'écrit • Dissertation

Des familles compliquées

4 heures
20 points

INTÉRÊT DU SUJET • « Familles, je vous hais ! » écrivait André Gide ; nombre de dramaturges semblent reprendre ce mot à leur compte…

▶ Comment le théâtre explore-t-il la complexité des liens unissant l'individu à sa famille ?

Vous répondrez à cette question en vous appuyant sur votre lecture de *Juste la fin du monde*, sur les textes étudiés dans le cadre du parcours « Crise personnelle, crise familiale », et sur votre culture personnelle.

LES CLÉS DU SUJET

Analyser le sujet

Comment le théâtre explore-t-il la complexité des liens unissant l'individu à sa famille ?

- **Comment :** selon quels procédés ; cette question peut conduire à se demander aussi « Pourquoi ? ».
- **Théâtre :** genre qui se déploie à travers différents sous-genres : comédie, tragédie, drame…
- **Individu, famille :** le personnage théâtral est à appréhender en interaction avec ses proches
- **Complexité des liens :** liens difficiles à saisir, source de conflictualités (le sens négatif est implicite).

Formuler la problématique

Comment et pourquoi le théâtre s'intéresse-t-il à l'individu, replacé dans son cadre familial ?

Construire le plan

I. Le poids de la famille sur les destins individuels	• Réfléchissez aux pièces qui montrent comment la famille contrarie un personnage, infléchit son destin. • EXEMPLES : *Juste la fin du monde*, *Roméo et Juliette* de Shakespeare, *Antigone* d'Anouilh, *Le Cid* de Corneille…
II. La famille, lieu de discorde et de violences	• Le théâtre met en lumière ce qui menace l'harmonie familiale. • EXEMPLES : *Juste la fin du monde*, *Britannicus* et *Phèdre* de Racine, *Tartuffe* de Molière, *Médée* de Corneille…
III. Le personnage seul parmi les siens	• Montrez qu'en définitive, pris dans un cadre familial brouillé, le personnage se retrouve seul face à lui-même. • EXEMPLES : *Juste la fin du monde*, *Assoiffés* de Mouawad, *Le Retour au désert* de Koltès, *Une maison de poupée* d'Ibsen…

31 CORRIGÉ GUIDÉ

Les titres en couleur ou entre crochets ne doivent pas figurer sur la copie.

Introduction

[Accroche] « Toutes les familles heureuses se ressemblent, mais chaque famille malheureuse l'est à sa façon. » Cette citation du romancier russe Tolstoï attire notre attention sur une veine souvent explorée au théâtre, aussi bien dans les comédies que les tragédies : les histoires de famille tourmentées.

[Explicitation du sujet] Comment et pourquoi le théâtre s'intéresse-t-il à l'individu, replacé dans son cadre familial ?

[Annonce du plan] Nous verrons tout d'abord que la famille pèse sur les destins individuels ; puis, nous montrerons comment elle est un terrain de discordes et de violences. Enfin, nous analyserons comment le théâtre donne à voir la solitude de l'individu face aux siens.

I. Le poids de la famille sur les destins individuels

1. La famille comme force contraire

Loin d'être un cocon favorable, la famille est souvent présentée au théâtre comme un obstacle à l'épanouissement du personnage.

• Ainsi, Roméo et Juliette, dans la célèbre pièce de Shakespeare (1597), incarnent le tragique d'une passion empêchée par des rivalités familiales. Les familles respectives des deux jeunes gens se vouent une haine inextinguible qui rend impossible leur histoire d'amour.

• Dans *La Reine Morte* de Montherlant (1942), Pedro, le fils de Ferrante, roi de Portugal, a épousé en secret Inès de Castro, incarnation de la pureté et de sentiments authentiques. Mais, parce que cet amour compromet une union politique, Ferrante finit par faire assassiner la jeune fille.

• L'hostilité de la famille relève parfois surtout d'une perception intime. Dans *Juste la fin du monde*, Louis se sent très tôt incompris voire rejeté par les siens ; seul de la fratrie à s'être éloigné de la maison familiale, il exprime dans ses monologues le sentiment de n'avoir jamais été aimé.

2. La famille, à l'origine de conflits de valeurs

Des conflits de valeurs peuvent apparaître au sein d'une famille, avec des conséquences sur les personnages qui la composent.

• Dans *Le Cid* de Corneille (1637), l'amour de Rodrigue et Chimène est contrarié par une altercation entre leurs pères : le jeune homme se doit de défendre l'honneur de sa lignée et tue celui qui devait devenir son beau-père. Le souci de la gloire et la fidélité aux siens l'emportent sur les sentiments amoureux.

• Antigone se trouve elle aussi face à un dilemme terrible : accepter que le cadavre de son frère Polynice reste sans sépulture, ou honorer sa dépouille en risquant sa propre vie puisqu'elle s'oppose aux ordres de son oncle, devenu roi. Par fidélité à son frère et à certaines valeurs, elle accepte son châtiment.

• *Juste la fin du monde* met aux prises les membres d'une famille aux chemins de vie si différents qu'ils ne peuvent plus se comprendre. Louis est, ainsi, devenu aux yeux d'Antoine le symbole d'une élite culturelle et intellectuelle hautaine dans laquelle il ne se reconnaît pas : « Tu dois être devenu ce genre d'hommes qui lisent les journaux, des journaux que je ne lis jamais. »

CITATION
Dans sa *Poétique*, Aristote recommandait déjà de représenter des familles « dans lesquelles il s'est passé ou fait des choses terribles. »

[Transition] Ces tensions peuvent déboucher sur des violences et conduire à l'éclatement de la cellule familiale.

II. La famille, lieu de discorde et de violences

1. L'individu menacé par les siens

Parfois, le personnage se retrouve rejeté, menacé, voire sacrifié par sa propre famille.

• Dans sa tragédie *Britannicus* (1669), Racine met en scène une famille impériale romaine déchirée par les luttes d'influence. Sans défense, le prince Britannicus est confronté à la violence de l'empereur Néron, son demi-frère monstrueux qui veut le faire exécuter pour asseoir son pouvoir.

• Chez Lagarce, Louis, qui est venu annoncer sa mort prochaine, se retrouve bientôt contraint au silence par l'ironie d'un frère sur la défensive et la parole logorrhéique des siens. L'empressement de tous à le voir partir le trouble.

MOT CLÉ
Du grec « logos » signifiant « parole », la **logorrhée** est un flot de paroles révélatrices d'un besoin irrésistible de s'exprimer.

2. L'individu déclencheur de l'éclatement familial

Dans d'autres pièces, le personnage est celui qui, par sa présence ou par les passions qui l'habitent, provoque la destruction de l'espace familial.

• Dans *Juste la fin du monde*, les personnages font entendre leurs frustrations, leurs rancœurs liées au départ, des années plus tôt, de Louis : en marge, incompris dans ses choix, Louis a mis en péril l'équilibre familial ; il est devenu un étranger.

CITATION
« Il y a trop de temps passé (toute l'histoire vient de là) », déclare la Mère à Louis. Avec les années s'est creusé un véritable fossé entre le personnage et les siens.

• Dans *Phèdre* (1677) de Racine, la passion incestueuse de l'héroïne pour son beau-fils Hippolyte déclenche la catastrophe tragique : calomnié, le jeune homme meurt, injustement maudit par son père Thésée. Le désir monstrueux a détruit la famille.

• Dans la tragédie de Corneille *Médée* (1635), Jason répudie la célèbre magicienne par lâcheté. Minée par cette insupportable trahison conjugale, cette dernière ourdit une vengeance terrible : elle sacrifie leurs propres enfants, provoquant par là même le suicide de l'inconstant. La famille est annihilée.

[Transition] Cependant, dans le théâtre contemporain, cette violence des passions au sein de la famille est remplacée par une violence plus sourde, liée à l'impossibilité d'établir une communication authentique avec les siens.

III. Le personnage seul parmi les siens

1. Une communication entravée

La famille contemporaine semble vouée à des échanges superficiels : les dialogues révèlent les impasses de la communication.

• Dans *Juste la fin du monde*, les personnages se perdent en banalités, en maladresses, en mensonges, si bien que l'essentiel reste tu : Louis repart à la fin de la journée sans avoir révélé sa tragique vérité.

• La comédie douce-amère *Un air de famille*, de Jaoui et Bacri (1994), se concentre sur une réunion familiale rituelle, à l'occasion d'un anniversaire. Les susceptibilités, les conventions du savoir-vivre et les préjugés interdisent tout échange authentique.

• Autre exemple : la pièce *Assoiffés* de Mouawad (2007) s'ouvre sur le cri de révolte d'un adolescent, Murdoch, incapable de nouer de véritables échanges avec sa famille.

> **DES POINTS EN +**
> Les **modalités de prise de parole** révèlent la nature des liens qui unissent les personnages, et éclairent leurs rapports de force.

2. Une solitude irréductible

Confronté aux siens, le personnage peut paradoxalement se retrouver très seul.

• Dans *Juste la fin du monde*, les dialogues, désaccordés, ne permettent pas la communion familiale espérée. Les monologues de Louis exhibent la solitude d'un personnage irrémédiablement coupé des siens, contraint au silence. Seul le spectateur recueille son secret et constate l'échec tragique des retrouvailles.

• Dans *Une maison de poupée* d'Ibsen (1879), la jeune Nora étouffe dans une famille bourgeoise oppressante. Méprisée dans son amour, infantilisée, profondément seule, cette « poupée » quitte le domicile conjugal.

• Koltès, dans *Le Retour au désert* (1988), met en scène une famille qui se déchire pour un héritage. Les longues tirades du frère et de la sœur tournent au bras de fer stérile ; chacun s'enferme dans sa solitude.

Conclusion

[Synthèse] Le théâtre trouve ainsi dans les rapports entre l'individu et sa propre famille un riche réservoir de situations dramatiques intenses et touchantes : souvent vécue sur le mode du conflit, violent ou larvé, la famille renvoie l'individu à sa propre solitude.

[Ouverture] La famille et ses tourments s'imposent ainsi, depuis l'Antiquité, comme un terreau fécond pour les dramaturges : on songe aux grandes familles maudites de la mythologie – les Atrides ou encore les Labdacides… encore évoquées dans le théâtre contemporain.

32 Sujet d'écrit • Commentaire

Mouawad, *Assoiffés*

4 heures
20 points

INTÉRÊT DU SUJET • À peine le rideau se lève-t-il que le spectateur est saisi par la parole insistante d'un adolescent tombé du lit : il clame sa révolte contre une famille et un monde dans lesquels il ne se reconnaît plus.

Commentez ce texte de Wajdi Mouawad, extrait d'*Assoiffés* (2007).

DOCUMENT

1. Murdoch

Mercredi 6 février 1991.

Jour de la Saint-Gaston.

7 h 30.

Murdoch se réveille en parlant.

MURDOCH. — Je ne sais pas ce qui se passe, ni depuis quand, ni pourquoi, ni pour quelle raison, mais je rêve tout le temps à des affaires bizarres, pas disables, pas racontables, pas même imaginables. Je me sens envahi par un besoin d'espace et de grand air ! Je mangerais de la glace juste pour calmer la chaleur de mon écœurite la plus aiguë ! Le monde est tout croche[1] et on nous parle jamais du monde comme du monde ! Chaque fois que je rencontre un ami de mon père ou de ma mère, il me demande : « Comment va l'école ? » Fuck ! Y a pas que l'école ! Y a-tu quelqu'un en quelque part qui pourrait bien avoir l'amabilité de m'expliquer les raisons profondes qui poussent les amis de mes parents à être si inquiets à propos de l'école ! J'ai comme l'intime conviction que comme ils ne savent pas quoi dire à quelqu'un de jeune et parce qu'ils croient qu'il serait bon d'engager la conversation avec, ils ne trouvent rien de mieux qu'à s'accrocher sur le thème ô combien original de l'esti[2] d'école ! « Puis, comment va l'école ? » Je leur demande-tu, moi, comment ça va leur névrose[3], fuck ! Je veux dire que c'est pas parce que tsé que crisse !

ÉCRIT

Non je ne me tairai pas, c'est mon droit de parler, de m'exprimer, de dire des affaires, de les articuler et de les dire ! Mon droit ! Je m'appelle Sylvain Murdoch et parler relève de mon droit ! L'adjectif possessif mon n'est pas là innocemment, sacrament ! Je suis écœuré ! Comme si l'avenir était ma tombe ! Non je ne me tairai pas, j'ai encore des choses à dire et à exprimer ! Vous la regardez, vous autres, la télévision quand vous voulez, autant que vous voulez ! Personne n'est là pour vous dire : « Arrête de regarder la télé ! » Jamais la télé vous lui dites : « Tais-toi ! » Pourquoi moi ? Non je ne m'habillerai pas, je vais rester en bobettes[4], esti ! Je veux dire, il est sept heures du matin, crisse, la télé elle joue déjà, fuck ! Je veux dire que fuck ! Moi, là, je crois que vous êtes complètement intoxiqués par une sorte d'animatrice culturelle qui vit dans votre salon de bungalow[5] d'esti de fuck ! Je le dis comme je le pense, "bungalow d'esti de fuck !" et la reine de ce bungalow d'esti de fuck est une animatrice qui vous dit quand pleurer quand pas pleurer quand rire quand sacrer[6], tout ça pour qu'elle puisse vous dire quoi acheter ! C'est pour ça qu'elle est là, l'animatrice ! Je pense même que son prénom c'est Annie et son nom c'est Matrice ! La Matrice, esti ! C'est ça ! Vous êtes pognés[7] à vie dans votre Annie Matrice et elle vous esclavagise, elle vous consommatise, vous ikéatise, vous pharmaprise, vous carrefourise[8] toute la gang[9], esti ! Vous êtes Wal-Martyrisés au coton calisse ! McDonalisés jusqu'à la moelle de bœuf 100 % mort, calisse de crisse !

Wajdi Mouawad, *Assoiffés*,
Actes Sud, 2007.

1. Croche (québécois) : tordu.
2. Esti, et plus loin, sacrament, crisse, calisse : jurons québécois.
3. Névrose : maladie mentale caractérisée par des troubles affectifs et émotionnels.
4. Bobettes (québécois) : sous-vêtements.
5. Bungalow (québécois) : maisonnette.
6. Sacrer (québécois) : jurer.
7. Pogner (québécois) : prendre, attraper.
8. Murdoch fait référence à de multiples noms de chaînes de grande distribution : Ikéa (ameublement), Pharmaprix (pharmacies), Carrefour et Walmart (supermarchés), McDonald's (restauration rapide).
9. La gang (québécois) : bande.

LES CLÉS DU SUJET

Définir le texte

Définition du texte

- **Auteur :** Wajdi Mouawad, dramaturge et romancier d'origine libanaise réfugié au Québec, d'expression francophone
- **Tonalités :** polémique, comique, satirique
- **Contexte :** XXIe siècle, théâtre contemporain
- **Buts :** exprimer le mal-être d'un adolescent et sa révolte contre sa famille et le monde qui l'entoure
- **Thème :** la révolte de l'adolescence ; les dysfonctionnements de la famille et de la société

Dégager la problématique

En quoi cette scène d'exposition donne-t-elle à entendre les questionnements et le malaise d'un adolescent en quête de sens, dans une famille et un monde opaques ?

Construire le plan

1. Une parole débordante	• Analysez la forme théâtrale de la scène. • Montrez que Murdoch s'exprime d'une manière particulière.
2. Un adolescent hors de lui	• À qui s'oppose le personnage ? • Pourquoi, dans sa colère, fait-il sourire ?
3. L'expression d'un véritable malaise	• Quel regard critique pose-t-il sur son environnement ? • Quelle image de l'existence se dégage de cette scène d'exposition ?

32 CORRIGÉ GUIDÉ

Les titres en couleur ou entre crochets ne doivent pas figurer sur la copie.

Introduction

[Présentation du contexte] Le théâtre met volontiers en scène la complexité des relations familiales, entre les individus, les sexes ou les générations.

[Présentation de l'œuvre et de l'extrait] Dans *Assoiffés* (2007), Wajdi Mouawad, dramaturge et metteur en scène contemporain, retrace le parcours d'adolescents en quête de sens. Au début de la pièce, Sylvain Murdoch, à peine réveillé, crie sa colère et son désarroi.

[Problématique] Comment cette scène d'exposition donne-t-elle à entendre son malaise et sa rage contre le monde environnant, notamment sa famille ?

[Annonce du plan] Nous analyserons tout d'abord la parole débordante du personnage ; puis, nous étudierons comment s'exprime sa révolte d'adolescent. Nous verrons pour finir qu'elle traduit un certain mal-être face au monde et à l'existence.

I. Une parole débordante

▶ Le secret de fabrication

Il s'agit dans cette partie de rendre compte de la caractéristique la plus frappante de cette scène d'exposition : un torrent verbal, d'autant plus frappant que le langage de l'adolescent est très singulier.

1. Une parole nécessaire

• La didascalie initiale « *Murdoch se réveille en parlant* » révèle l'étrange urgence d'une parole qui se fait impérieuse et qui se répand en un monologue torrentiel.

• Le personnage occupe verbalement tout l'espace scénique, neutralisant les interventions d'un entourage qui, même s'il est muet et invisible, semble pourtant chercher à le faire taire : la phrase « Non, je ne me tairai pas » revient comme un leitmotiv.

MOTS CLÉS

Ne confondez pas le **monologue** (discours d'un personnage seul sur scène qui se parle à lui-même et au public) et la **tirade** (longue réplique prononcée en présence d'autres personnages).

• Les nombreux verbes de parole, associés au lexique du droit, traduisent un besoin extrême de s'épancher : « c'est mon droit de parler, de m'exprimer, de dire des affaires, de les articuler et de les dire ! Mon droit ». À grand renfort de déterminants possessifs accentués (« *mon* droit ») qu'il commente comiquement lui-même, Murdoch défend l'idée qu'il est autant, voire plus légitime, que quiconque dans sa prise de parole.

2. Une manière de s'exprimer singulière

• Très présente, la ponctuation exclamative reflète l'emportement d'un adolescent qui, par sa manière de parler, cherche à se démarquer des adultes.

• L'inventivité verbale de Murdoch est réelle : il crée des mots comme « écœurite », forgé à partir du verbe « écœurer » sur le modèle des noms de maladies et qui manifeste un souci de créer des termes personnels, correspondant aux sensations intimes de l'adolescent ; la fin du monologue est un feu d'artifice de néologismes (*consommatiser*, *ikéatiser*...).

MOT CLÉ
Un **néologisme** est un mot inventé, créé de toutes pièces ou formé à partir d'autres termes existant déjà dans la langue.

• Murdoch se distingue par la familiarité d'un propos aux accents provocateurs. Les insultes et jurons anglais et québécois fusent, ponctuant bien des phrases : « fuck », « calisse de crisse », « esti ». Les grossièretés se répètent, s'accumulent, se combinent : « bungalow d'esti de fuck », comme si l'essentiel était de cracher des mots révélateurs d'une colère débordante.

II. Un adolescent hors de lui

▶ **Le secret de fabrication**

Dans cette partie, on s'attache à analyser comment, dans sa révolte adolescente, le personnage cherche à s'affirmer en s'opposant, parfois de manière un peu caricaturale.

1. Soi contre tous

• L'anaphore de la négation « Non » signale un désir d'opposition systématique. Murdoch ne cesse de s'opposer violemment, dans ses propos et dans son attitude, à tous ceux qui l'entourent. Scandé, le pronom « moi » se heurte au « vous » qui renvoie à des parents décevants et rejetés.

• L'adolescent déplore la pauvreté de ses relations avec les adultes : superficiels et conventionnels, leurs échanges frôlent le ridicule. Ainsi, les discussions sont réduites à un unique centre d'intérêt qui exaspère l'adolescent : il ironise sur le « thème ô combien original de l'esti d'école ».

• Les questions de Murdoch semblent tomber dans le vide : « Y a-tu quelqu'un en quelque part qui pourrait bien avoir l'amabilité de m'expliquer [...] ? » C'est comme si l'adolescent criait dans le silence ou dans un désert : on le sent de plus en plus isolé.

2. Une révolte aux accents comiques

• Emporté par sa colère, Murdoch peine parfois à trouver les mots ; le discours piétine alors, saturé par des grossièretés qui le dévalorisent : « crisse, la télé elle joue déjà, fuck ! Je veux dire que fuck ». La multiplication de termes québécois peut également faire sourire un lecteur (ou un spectateur) français.

ÉCRIT

• Une question rhétorique provocatrice montre la vision caricaturale que Murdoch a des adultes de son entourage, considérés uniquement comme des personnes psychologiquement fragiles : « je leur demande tu comment va leur névrose, fuck ! »

• Animé par le désir de s'opposer, Murdoch refuse comiquement de se plier aux codes les plus élémentaires de la vie sociale, préférant rester en sous-vêtements : « non je ne m'habillerai, je vais rester en bobettes ». Cette affirmation d'indépendance et de liberté a quelque chose de dérisoire.

DES POINTS EN +
Lorsque le texte à commenter mobilise le **registre comique**, pensez à analyser plus finement le procédé utilisé : comique de mots, comique de gestes, comique de situation ?

III. Un jeune mal à l'aise dans le monde

> **▶ Le secret de fabrication**
> Cette dernière partie montre que le personnage livre un regard singulier, à la fois critique et inquiet, sur le monde qui l'entoure.

1. Une société aliénante

• Dénonçant l'invasion de la télévision dans le quotidien, Murdoch remet en cause le mode de vie de ses parents et fait la satire d'individus formatés. L'écran, assimilé à du poison (métaphore « intoxiqués »), prend vie. Il s'impose comme un membre de la famille. « Annie Matrice » devient « reine » de la maison et dirige l'esprit de spectateurs abrutis et d'une passivité d'extrême : « [elle vous dit] quand pleurer quand pas pleurer quand rire quand sacrer ». Obnubilés par l'écran, les parents délaissent leur propre fils qui, lui, doit se taire.

• Au-delà des médias, Murdoch s'en prend de manière polémique à la société de consommation, qui aliène les êtres : « elle vous esclavagise, elle vous consommatise, vous ikéatise, vous pharmaprise, vous carrefourise toute la gang ». Il multiplie les néologismes comiques, créés à partir de noms de chaînes commerciales, qui fustigent la toute-puissance de la consommation à outrance : « vous êtes Wal-martyrisés », « McDonalisés ».

2. Des doutes existentiels poignants

• Si Murdoch fait sourire à certains égards, il est également touchant dans sa révolte. Il souligne lui-même un malaise qu'il peine à cerner : « Je ne sais pas ce qui se passe, ni depuis quand, ni pourquoi, ni pour quelle raison, mais je rêve tout le temps à des affaires bizarres, pas disables, pas racontables, pas même imaginables ». Les tournures négatives associées à des énumérations de termes parfois maladroits montrent sa perplexité : il a du mal à exprimer exactement ce qu'il ressent et à le faire partager. Le fait d'être « quelqu'un de jeune » l'empêche d'être pris au sérieux par des adultes qui ne le comprennent pas.

• Une phrase au présent de vérité générale révèle un certain mal-être dans l'existence : « Le monde est tout croche et on ne nous parle jamais du monde comme du monde. »

• Diverses expressions inquiétantes révèlent combien Murdoch étouffe dans son existence : il évoque son « écœurite », un « besoin d'espace et de grand air » et s'appuie sur une comparaison exclamative sinistre, qui sonne comme un cri de détresse : « Comme si l'avenir était ma tombe ! »

DES POINTS EN +
Pensez à commenter des **procédés grammaticaux** ; mettez ainsi à profit les connaissances acquises grâce au programme de grammaire, pour nourrir vos explications de textes.

Conclusion

[Synthèse] Au seuil de la pièce, le spectateur est saisi par cette parole torrentielle qui, malgré des aspects parfois comiques, laisse à l'évidence percer l'intensité du désarroi et de la révolte d'un adolescent aussi critique que perdu. Cette scène d'exposition pousse à s'interroger sur les relations familiales et sur la sensation d'absurdité qui peut découler de certaines pratiques sociales.

[Ouverture] D'autres pièces s'intéressent à des personnages jeunes, qui cherchent à se définir face à des familles qui ne les comprennent pas : on peut citer les deux jeunes amants de *Roméo et Juliette* de Shakespeare (1597), ou encore Antigone dans la réécriture du mythe antique proposée par Anouilh (1944).

Préparer l'épreuve orale

POÉSIE : 6 explications de texte

LITTÉRATURE D'IDÉES : 6 explications de texte

ROMAN : 5 explications de texte

THÉÂTRE : 6 explications de texte

33 Sujet d'oral • Explication & entretien

Rimbaud, *Cahiers de Douai*, « Ma Bohême »

20 minutes
20 points

▶ **1. Lisez le poème à voix haute.**
Puis proposez-en une explication linéaire.

DOCUMENT

Poète précoce et attiré par la vie de bohème, le jeune Rimbaud multiplie les fugues adolescentes loin de sa famille et de sa ville natale.

Ma Bohême
(Fantaisie)

Je m'en allais, les poings dans mes poches crevées ;
Mon paletot aussi devenait idéal ;
J'allais sous le ciel, Muse ! et j'étais ton féal ;
Oh ! là ! là ! que d'amours splendides j'ai rêvées !

Mon unique culotte avait un large trou.
– Petit-Poucet rêveur, j'égrenais dans ma course
Des rimes. Mon auberge était à la Grande-Ourse.
– Mes étoiles au ciel avaient un doux frou-frou[1]

Et je les écoutais, assis au bord des routes,
Ces bons soirs de septembre où je sentais des gouttes
De rosée à mon front, comme un vin de vigueur[2] ;

Où, rimant au milieu des ombres fantastiques,
Comme des lyres, je tirais les élastiques
De mes souliers blessés, un pied près de mon cœur !

Arthur Rimbaud, *Cahiers de Douai*, « Ma Bohême » (1870).

1. Frou-frou : bruit léger produit par le froissement d'une étoffe.
2. Vin de vigueur : vin fort.

2. QUESTION DE GRAMMAIRE.
Étudiez les accords dans le vers 4 : « Que d'amours splendides j'ai rêvées ! »

CONSEILS

1. Le texte

Faire une lecture expressive

• Respectez la variation rythmique des vers : Rimbaud déstructure les vers classiques du sonnet et crée des effets d'élan grâce à des rejets (v. 7) ou des enjambements (la dernière phrase du second quatrain se poursuit dans les tercets).

• Montrez que le lyrisme du poème se mêle à la dérision : marquez en particulier l'humour du vers 4.

Situer le texte, en dégager l'enjeu

• Intéressez-vous au titre et au sous-titre, à l'attente qu'ils suscitent chez le lecteur ; et dites en quoi ils sont confortés par la suite.

• Comment le poète exprime-t-il le plaisir de l'errance ? Comment ce vagabondage nourrit-il son inspiration poétique ?

• Analysez le regard que Rimbaud pose sur lui-même : cherchez, au-delà du lyrisme, des indices porteurs d'une forme de dérision.

2. La question de grammaire

• Faites une recherche sur la spécificité du genre du substantif « amour ».

• Avec quoi s'accorde le participe passé « rêvées » ? Pourquoi porte-t-il ces marques ?

33 PRÉSENTATION

1. L'EXPLICATION DE TEXTE

Introduction

[Présenter le contexte] Au XIXe siècle, l'écriture poétique se renouvelle, notamment sous l'impulsion des romantiques et de Baudelaire. Adolescent révolté et fugueur, grand admirateur de Baudelaire, Rimbaud compose ses premiers poèmes à quinze ans et remet en cause les codes et traditions du genre. Ses *Cahiers de Douai* portent la trace des multiples fugues auxquelles l'adolescent s'est livré. [Situer le texte] « Ma Bohême », écrit en 1870, fait partie de ces textes. Ce sonnet, sous-titré « Fantaisie », raconte l'errance exaltée du jeune poète. [En dégager l'enjeu] Comment, à travers cet éloge enthousiaste et amusé d'une vie d'errance et de liberté, Rimbaud livre-t-il sa vision du monde et de la poésie ?

> **INFO +**
> Œuvre de jeunesse écrite par un adolescent de seize ans, les *Cahiers de Douai* annoncent déjà formellement et thématiquement les recueils plus aboutis que seront *Une saison en enfer* (1873) et les *Illuminations* (1886).

Explication au fil du texte

Le bonheur de l'errance (v. 1-8)

• Le titre du poème renvoie à une vie en marge de la société, pauvre mais insouciante, sans souci du lendemain. Étymologiquement, le terme « Fantaisie », figurant en sous-titre, désigne une œuvre de l'imagination, ce que confirme bien la suite du poème, caractérisé par sa liberté de création ; ce poème s'écartant effectivement des règles traditionnelles du sonnet.

• Les nombreuses occurrences du pronom « je » sont l'indice lyrique d'un ancrage autobiographique. L'imparfait domine pour exprimer des actions passées, étirées dans le temps.

• Le poème s'ouvre sur un verbe de mouvement : « Je m'en allais », le vers 3 reprenant en écho cette errance sans but précis : « J'allais sous le ciel ». Le poète se livre au pur plaisir du vagabondage.

• L'allusion prosaïque aux « poches crevées » (v. 1) témoigne d'une certaine pauvreté. Le vers 2 évoque avec humour un « paletot » devenu « idéal », comme si l'errance transfigurait les objets les plus dérisoires. Le manteau du poète est si usé qu'il n'a pas plus de consistance qu'une idée, devenant presque impalpable.

• La mention du « ciel » (v. 3) ouvre les horizons du poète qui apostrophe lyriquement la « Muse », tutoyée, dont il se dit avec humour le « féal », le serviteur dévoué, jouant ainsi avec les clichés romantiques dans le sillage de l'amour courtois. Solitaire, le poète choisit donc la poésie comme seule compagne de route – nous verrons plus tard que la poésie envahit progressivement son univers : « rimes » (v. 7), « rimant » (v. 12), « lyres » (v. 13), « pied » (v. 14).

• Le vers 4 constitue une véritable rupture dans le sonnet, marquée par les interjections exclamatives familières qui créent un rythme saccadé : « Oh ! là ! là ! ». Elles font entendre l'enthousiasme naïf du jeune poète, porté par l'allusion aux « amours » exaltantes. Rimbaud suggère ainsi son attrait pour l'imaginaire et le monde immatériel (« idéal », « rêvées »), mais, avec recul, il se moque aussi de ce qu'il a été et tourne en dérision la poésie romantique.

• Le deuxième quatrain joue ironiquement du contraste entre les hautes aspirations du poète et le dénuement de la vie de bohème : « Mon unique culotte avait un large trou ». Cette trivialité reflète le refus rimbaldien du matérialisme petit-bourgeois et son désir de liberté, indispensable à la création poétique.

• Des tirets modulent le rythme, ouvrant une parenthèse enchantée : au vers 6, le poète se transforme en personnage de conte, « Petit-Poucet rêveur » qui sème, non pas des cailloux, mais « des rimes » – terme qui fait l'objet d'un rejet (v. 7) qui le met en valeur. La liberté apparaît comme nécessaire à la création poétique.

À NOTER
Rimbaud compose son sonnet en jouant avec les règles de la poésie traditionnelle : dans un alexandrin classique, la césure se trouve après la 6e syllabe (césure dite à l'hémistiche). Ici, le poète ne respecte pas cette césure et varie le rythme.

• Le plaisir de la déambulation se lit dans le mot « course » qui rime avec « Grande-Ourse », constellation qui guide le voyageur et qui devient ici une « auberge » (v. 7) pour le poète errant et pauvre, dormant à la belle étoile. Après s'être approprié comiquement les lieux (« Mon auberge », « Mes étoiles »), Rimbaud donne peu à peu à son errance une dimension cosmique.

Une contemplation inspirante (v. 9-14)

• Désormais « assis au bord des routes » (v. 9), le poète ne semble manquer de rien, en communion avec une nature sublime, nourricière et inspirante.

• La réalité se transfigure poétiquement dans l'errance : ainsi, les étoiles portent un « doux frou-frou » (v. 8) : les sonorités semblent faire bruire la lumière.

• Rimbaud retranscrit ses sensations : les « gouttes/De rosée » sont comparées à un « vin de vigueur » (v. 11) sur le front, tel un baptême original lors de vendanges.

À NOTER
Par la **synesthésie** (symbiose entre les sens : la vue, l'ouïe, l'odorat…), le poète rend compte de sa connaissance intime du monde.

• Ces « bons soirs de septembre » (v. 10), le temps paraît s'arrêter, comme suspendu ; perce la nostalgie du jeune homme pour une époque passée.

• L'exaltation poétique se traduit par un rythme élancé : les vers 8 à 14 forment une seule et même phrase, bâtie sur des enjambements dynamiques qui font écho à une forme d'élan intérieur.

• Le sonnet s'achève sur l'image d'un poète vagabond démuni, « rimant » au milieu de la nuit. Le poète galvanisé voit sa perception du monde transfigurée. La nature se transforme, devient irréelle et inquiétante, peuplée d'« ombres fantastiques » (v. 12).

• Rimbaud s'amuse de la figure traditionnelle du poète lyrique. Ainsi, aux vers 13 et 14, la magie de l'imaginaire remplace les cordes de la lyre – instrument traditionnel et noble du poète, selon le mythe d'Orphée – par les « élastiques » (les lacets) triviaux de ses chaussures. Il met ainsi à distance l'idéal du poète inspiré par des entités abstraites, cantonné au domaine des idées. L'exaltation provoquée par la communion avec la nature compense le dénuement du poète et nourrit sa créativité.

• Le sonnet se clôt sur un jeu de mots portant sur le « pied », qui désigne tout à la fois une partie du corps et une unité de versification. Si les pieds semblent ironiquement meurtris par l'errance prolongée, le « pied » près du « cœur » peut renvoyer symboliquement au bonheur de l'inspiration poétique, mais aussi à la souffrance qui peut l'accompagner (les souliers sont « blessés »).

Conclusion

[Faire le bilan de l'explication] Ainsi, le sonnet « Ma Bohême » célèbre, à travers le récit d'une fugue, la liberté et le bonheur d'une vie sans souci du lendemain, au contact d'une nature nourricière. Cette errance est aussi une nécessité absolue pour le poète afin de parvenir à voir le monde différemment, et à créer une poésie qui soit « résolument moderne », comme l'écrivait Rimbaud. [Mettre le texte en perspective] La figure du poète fugueur et révolté a traversé l'histoire de la poésie après Rimbaud. On la retrouve par exemple chez *Les Clochards célestes* (1958) de la *Beat Generation*, évoqués dans le récit éponyme de Jack Kerouac.

2. LA QUESTION DE GRAMMAIRE

« que d'amours splendides j'ai rêvées ! »

• Le substantif « amours » est masculin lorsqu'il figure au singulier, mais féminin lorsqu'il est employé au pluriel : cela justifie l'accord du participe passé « rêvées » au féminin pluriel.

• Le participe passé « rêvées » s'accorde en genre et en nombre avec le complément d'objet direct, « amours splendides », qui lui est antéposé. L'adjectif épicène « splendides » s'accorde au pluriel avec un *s*.

DES QUESTIONS POUR L'ENTRETIEN

Lors de l'entretien, vous devrez présenter une autre œuvre lue au cours de l'année. L'examinateur introduira l'échange et vous posera quelques questions. Celles ci-dessous sont des exemples.

1 Je vous remercie pour votre présentation du recueil *Poèmes et poésies* de John Keats. Y a-t-il un poème qui vous a particulièrement marqué, et pourquoi ?

Dans « La Belle Dame sans mercy », le poète incarne un chevalier « errant et solitaire », rencontrant « la fille d'une fée ». Cette dernière l'endort et, dans son sommeil, des seigneurs, déjà victimes de cette belle dame, lui apparaissent et l'avertissent de son côté maléfique. Ce poème, qui s'inspire des légendes médiévales, est emblématique du romantisme dans lequel s'inscrit Keats.

2 En quoi la poésie de Keats constitue-t-elle une « émancipation créatrice » ?

L'expression lyrique permet au poète de s'échapper d'une vie morne. Son poème « Bright Star », destiné à sa bien-aimée, Fanny Brawne, transforme le sentiment amoureux en espoir existentiel : « Et vivre ainsi toujours – ou sinon m'évanouir dans la mort ! »

3 Quelle est la place de la mythologie dans la poésie de Keats ?

Keats convoque des figures mythologiques comme Apollon, le dieu de la poésie. De même, il retrace l'histoire du berger Endymion, amant de Séléné, qui devient une allégorie du désir de s'émanciper par son art – comme avait tenté de le faire Thomas Chatterton, poète maudit à qui le poème est dédié.

4 En quoi la poésie de Keats fait-elle écho à celle de Rimbaud ?

Comme Rimbaud, Keats s'inspire d'abord des grands poètes qui l'ont précédé – notamment de John Milton (*Paradis Perdu*, 1667) – avant de trouver des formes et un langage plus personnels : odes, romances narratives, sonnets… Son œuvre, d'une grande intensité, est produite, comme celle de Rimbaud, sur une période très courte, de 1816 à 1821.

Rimbaud, *Cahiers de Douai*, « Roman »

20 minutes
20 points

**1. Lisez le texte à voix haute.
Puis proposez-en une explication linéaire.**

DOCUMENT

Rimbaud n'a que dix-sept ans lorsque, non sans une distance amusée, il cherche à retranscrire ses émois adolescents, quand vient l'été…

Roman

I

On n'est pas sérieux, quand on a dix-sept ans.
– Un beau soir, foin des bocks et de la limonade[1],
Des cafés tapageurs aux lustres éclatants !
– On va sous les tilleuls verts de la promenade[2]

Les tilleuls sentent bon dans les bons soirs de juin !
L'air est parfois si doux, qu'on ferme la paupière ;
Le vent chargé de bruits, – la ville n'est pas loin, –
A des parfums de vigne et des parfums de bière…

II

– Voilà qu'on aperçoit un tout petit chiffon
D'azur sombre[3], encadré d'une petite branche,
Piqué[4] d'une mauvaise étoile, qui se fond
Avec de doux frissons, petite et toute blanche…

Nuit de juin ! Dix-sept ans ! – On se laisse griser[5].
La sève est du champagne et vous monte à la tête…
On divague[6] ; on se sent aux lèvres un baiser
Qui palpite là, comme une petite bête…

III

Le cœur fou Robinsonne[7] à travers les romans,
– Lorsque, dans la clarté d'un pâle réverbère,
Passe une demoiselle aux petits airs charmants,
Sous l'ombre du faux-col effrayant de son père…

Et, comme elle vous trouve immensément naïf,
Tout en faisant trotter ses petites bottines,
Elle se tourne, alerte et d'un mouvement vif…
– Sur vos lèvres alors meurent les cavatines[8]…

IV

Vous êtes amoureux. Loué jusqu'au mois d'août.
Vous êtes amoureux – Vos sonnets La font rire.
Tous vos amis s'en vont, vous êtes mauvais goût.
– Puis l'adorée, un soir, a daigné vous écrire… !

– Ce soir-là,… – vous rentrez aux cafés éclatants,
Vous demandez des bocks ou de la limonade…
– On n'est pas sérieux, quand on a dix-sept ans
Et qu'on a des tilleuls verts sur la promenade.

Arthur Rimbaud, *Cahiers de Douai*, « Roman » (1870).

1. Assez des bocks de bière et de la limonade. • 2. Promenade : espace bordé d'arbres, où l'on se promène à pied. • 3. D'azur sombre : de ciel sombre. • 4. Piqué : tacheté. • 5. Griser : rendre un peu ivre. • 6. On divague : on laisse errer ses pensées, on déraisonne. • 7. Le cœur fou Robinsonne : le cœur s'échappe et vagabonde. • 8. Cavatines : airs d'opéra, à sujet sentimental.

2. QUESTION DE GRAMMAIRE. Vous étudierez la construction de la proposition subordonnée du vers 6 : « L'air est parfois si doux, qu'on ferme la paupière ».

ORAL

CONSEILS

1. Le texte

Faire une lecture expressive

• Le poème joue subtilement sur deux tonalités : le lyrisme exalté, presque naïf ; et le regard amusé, distancié de celui qui juge avec recul ses égarements adolescents.

• Faites sentir l'enthousiasme et adoptez un ton tendrement moqueur pour pointer les comportements légers et ridicules de la jeunesse.

• Prenez garde à la ponctuation : exclamations, tirets, points de suspension créent un rythme tantôt sautillant, tantôt suggestif et rêveur.

Situer le texte, en dégager l'enjeu

• Les *Cahiers de Douai* s'inspirent des joies et des déceptions adolescentes de Rimbaud. Le titre pointe l'aspiration à une vie plus romanesque, qui se traduit par une furieuse envie d'amour.

• Montrez que Rimbaud évoque avec exaltation et ironie une aventure amoureuse hors des sentiers battus, au charme certain, mais risible.

2. La question de grammaire

• Repérez le nombre de propositions : comment sont-elles articulées ?

• Repérez une conjonction : qu'exprime-t-elle ?

34 PRÉSENTATION

1. L'EXPLICATION DE TEXTE

Introduction

[Présenter le contexte] Poète précoce, Rimbaud exprime dans les *Cahiers de Douai* ses révoltes adolescentes, mais aussi ses émois de jeune homme, notamment dans « Ma Bohême », « Première Soirée » et « Roman ». [Situer le texte] Sur le ton d'une confidence autobiographique, ce poème dépeint une expérience de jeunesse qui prend aussi une valeur universelle. [En dégager l'enjeu] Rimbaud retranscrit ainsi, avec une distance tendrement ironique, ses premiers émois amoureux. [Problématique] Comment ce poème, sous des allures lyriques et romanesques, dresse-t-il un portrait humoristique des amours adolescentes de Rimbaud ?

Explication au fil du texte

Une escapade à l'écart du cadre urbain (v. 1-8)

• Le titre renvoie explicitement au « roman », c'est-à-dire à une œuvre imaginée, qui accorde souvent une large place aux histoires d'amour, parfois idéalisées. Ce poème se présente donc paradoxalement comme un roman, découpé en quatre chapitres, et raconte les aventures d'une brève histoire d'amour.

> **CONSEIL**
> Pensez, dans vos études de texte, à commenter le titre de l'œuvre et celui du poème.

• Le poème s'ouvre sur un jugement ironique édicté au présent de vérité générale, épinglant l'adolescent que chacun a pu être : « On n'est pas sérieux, quand on a dix-sept ans ». Au « je » lyrique des romantiques, Rimbaud préfère le pronom indéfini « on », mettant ainsi d'emblée le romantisme à distance.

• Le poète crée un cadre propice aux émois : un soir de printemps, il s'échappe de la ville, explore la nature environnante, romantique, avec une délectation exprimée par la répétition de l'adjectif « bon » : « Les tilleuls sentent bon dans les bons soirs de juin ! » (v. 5).

• La nature invite à s'abandonner à une forme d'étourdissement proche du sommeil (v. 6) ; tout en éveillant les sens, pour mieux goûter à la douceur de vivre : la vue (« tilleuls verts », v. 4), mais aussi l'ouïe (le « vent chargé de bruits »), l'odorat et le goût (« les parfums de vignes et [...] de bière »). L'adolescent se laisse aller à la sensualité.

Une sensualité inédite (v. 9-16)

• Le poète aperçoit soudainement à travers un arbre (« encadré d'une petite branche »), une étoile « petite et toute blanche » (v. 12) dans l'« azur sombre ». Un « tout petit chiffon » attire son attention, « chiffon » qui pourrait bien renvoyer au vêtement porté par une demoiselle qui envahit peu à peu l'espace. Mais Rimbaud donne d'emblée ironiquement un caractère dérisoire à cet éveil sensuel par la répétition de l'adjectif « petit » (v. 9, 10, 12, 16).

• La ponctuation, très expressive, disloque les vers et souligne l'exaltation du poète, non sans humour : « Nuit de juin ! Dix-sept ans ! » (v. 13). Les points de suspension (v. 12, 14,16) témoignent également de la difficulté d'exprimer des émotions aussi intenses.

• Un glissement s'opère du « on » au « vous » (v. 14) pour englober le lecteur dans une expérience commune, tout en conservant une distance analytique et ironique.

• Envahi par une sensualité nouvelle, l'adolescent convoque le lexique de l'ivresse et l'image de la « sève » (v. 14) qui « monte à la tête » comme les bulles du champagne. L'envie d'embrasser se fait pressante : « on se sent aux lèvres un baiser » (v. 15). Le « baiser » est comparé à une « petite bête » (v. 16), suggérant une envie presque animale d'être amoureux.

Une rencontre amoureuse qui met en émoi (v. 17-24)

• Le désir d'amour perce à travers un néologisme associé à une métonymie : « Le cœur fou Robinsonne... ». Rimbaud ironise sur ses aspirations romanesques convenues et naïves, comme l'indique la rime « romans »/« charmants » (v. 17 et 19).

> **INFO**
> Rimbaud crée ici un verbe à partir du nom propre Robinson, héros solitaire du roman d'aventures éponyme *Robinson Crusoé* (1719) de Daniel Defoe.

ORAL

• Le rêve prend corps dans la réalité lorsqu'apparaît une jeune fille, sous la lumière théâtrale d'un « pâle réverbère » – c'est presque une petite scène de comédie qui survient ! Son père, obstacle démesuré et menaçant, l'accompagne, ridicule : la métonymie du « faux-col » le réduit à un détail vestimentaire. Dans le contexte d'effervescence sensuelle et d'imagination galopante évoqué dans les vers précédents, la demoiselle qui se joue de son père arrive à point nommé ! Son apparition, vivace, est martelée par le jeu des allitérations en [t] du vers 22.

• La jeune fille a l'air d'une fausse ingénue ; la mention de ses « petits airs charmants » (v. 19) accentue l'aspect négligeable de cette rencontre. Rimbaud se moque de l'adolescent « immensément naïf » (v. 21) en amour. Les points de suspension (v. 23) laissent la phrase en suspens, tout en suggérant un signe d'amour qui déclenche comiquement chez le jeune homme en émoi, comme un soliste d'opéra, l'envie de chanter des airs brefs et tendres, des « cavatines » (v. 24).

Une amourette bien éphémère (v. 25-32)

• L'anaphore « Vous êtes amoureux » (v. 25 et 26) traduit l'ivresse et l'obsession amoureuses. Pourtant, le cœur est « loué » – terme ironique qui donne le sentiment d'une aventure à durée déterminée dont la brièveté (trois mois à peine) contraste avec la solennité romantique de la majuscule attribuée à l'élue : « Vos sonnets La font rire » (v. 26). L'amoureux devient infréquentable par ses camarades ; sa vie se résume à « l'adorée ». Mais le vers 28 se clôt sur des points de suspension ambivalents : que contient la lettre ? une rupture ? Mystère…

> **À NOTER**
> Rimbaud multiplie les points de suspension dans l'intégralité du poème : ils sont propices à l'imaginaire et créent un mouvement instable, une sorte de sautillement léger.

• Le « roman » évoqué dans le titre tourne court : dans le dernier quatrain, l'adolescent se retrouve à nouveau au café quitté au départ, dans un effet de boucle dont l'ironie est renforcée par les points de suspension du v. 29. La rupture est consommée, tout recommence ; la fin de l'été signe le retour de l'attirance pour les cafés bruyants.

• Rimbaud se joue des codes lyriques traditionnels : « les cafés tapageurs aux lustres éclatants » deviennent par hypallage de simples « cafés éclatants » ; le vers 4 est repris, mais avec une syntaxe décalée (« on a des tilleuls verts »). Résonne alors une dernière fois la ritournelle « On n'est pas sérieux, quand on a dix-sept ans », qui semble dire l'insouciance, voire l'inconstance assumée des jeunes en quête d'émotions intenses, mais éphémères.

Conclusion

[Faire le bilan de l'explication] Ainsi Rimbaud évoque-t-il ce moment unique de l'adolescence où toutes les émotions semblent à la fois intenses et sans lendemain ; il pose un regard à la fois tendre et ironiquement incisif sur les émois d'une jeunesse qui cherche à faire de sa vie un « roman ». Le jeune poète transgresse déjà avec une ironie virtuose les codes de la poésie romantique traditionnelle. [Mettre le texte en perspective] Ce poème laisse deviner la suite de l'aventure littéraire de Rimbaud et la révolution que ce dernier opérera dans l'écriture poétique, notamment avec *Une saison en enfer* (1873) et *Illuminations* (1886).

2. LA QUESTION DE GRAMMAIRE

« [L'air est parfois si doux], [qu'on ferme la paupière] ».

- Le vers 6 repose sur deux propositions, dans un rapport de subordination. « L'air est parfois si doux » forme la proposition principale ; « qu'on ferme la paupière » constitue la proposition subordonnée.
- Le lien entre les deux propositions est assuré par la conjonction de subordination corrélative « si… que ». La subordonnée remplit donc une fonction de complément circonstanciel de conséquence. Cette structure exprime ici à quel point l'adolescent se laisse envahir par de douces sensations.

DES QUESTIONS POUR L'ENTRETIEN

Lors de l'entretien, vous devrez présenter une autre œuvre lue au cours de l'année. L'examinateur introduira l'échange et vous posera quelques questions. Celles ci-dessous sont des exemples.

1 Je vous remercie pour votre présentation d'*Alcools* (1913), de Guillaume Apollinaire. L'auteur écrit que « les poètes modernes sont [...] des créateurs, des inventeurs, des prophètes ». Qu'en pensez-vous ?

Apollinaire est un poète étroitement lié aux révolutions esthétiques du début du siècle. Il cherche à renouveler le lyrisme et l'écriture poétique. Ainsi, il supprime toute ponctuation, mélange des mètres hétérogènes, cultive parfois un certain hermétisme.

2 Quels thèmes nouveaux Apollinaire privilégie-t-il dans sa poésie ?

Apollinaire conserve les grands thèmes de la poésie lyrique, mais s'inspire des éléments de la modernité : la ville et le quotidien prosaïque sont abordés dans « Zone », faisant ainsi écho aux innovations technologiques.

35 Sujet d'oral • Explication & entretien

Rimbaud, *Cahiers de Douai*, « Le Buffet »

20 minutes
20 points

1. Lisez le texte à voix haute.
Puis proposez-en une explication linéaire.

DOCUMENT

Dans ce sonnet, le buffet devient le lieu vivant de la mémoire.

Le Buffet

C'est un large buffet sculpté ; le chêne sombre,
Très vieux, a pris cet air si bon des vieilles gens ;
Le buffet est ouvert, et verse dans son ombre
Comme un flot de vin vieux, des parfums engageants ;

Tout plein, c'est un fouillis de vieilles vieilleries,
De linges odorants et jaunes, de chiffons
De femmes ou d'enfants, de dentelles flétries,
De fichus de grand-mère où sont peints des griffons ;

– C'est là qu'on trouverait les médaillons, les mèches
De cheveux blancs ou blonds, les portraits, les fleurs sèches
Dont le parfum se mêle à des parfums de fruits.

– Ô buffet du vieux temps, tu sais bien des histoires,
Et tu voudrais conter tes contes, et tu bruis
Quand s'ouvrent lentement tes grandes portes noires.

Arthur Rimbaud, *Cahiers de Douai*, « Le Buffet » (1870).

2. QUESTION DE GRAMMAIRE.
Relevez et analysez une proposition subordonnée conjonctive dans le dernier tercet.

CONSEILS

1. Le texte

■ Faire une lecture expressive

• Soyez très attentif aux enjambements : faites les pauses nécessaires.

• Faites bien entendre les pléonasmes (« vieilles vieilleries », « conter des contes »).

■ Situer le texte, en dégager l'enjeu

• Il s'agit d'un des douze sonnets des *Cahiers de Douai*.

• Vous pouvez montrer comment, dans ce poème, un simple buffet devient un lieu de mémoire.

2. La question de grammaire

Analysez la proposition subordonnée conjonctive (v. 14) : « Quand s'ouvrent lentement tes grandes portes noires. »

35 PRÉSENTATION

1. L'EXPLICATION DE TEXTE

Introduction

[Présenter le contexte] « Le Buffet » est l'un des douze sonnets des *Cahiers de Douai*, il aurait été écrit en 1870 lors d'un séjour du poète chez les tantes de son professeur. [Situer le texte] Un buffet est un meuble où l'on range la vaisselle et divers objets. Dans son sonnet à rimes croisées, Rimbaud en fait un témoin du passé. [En dégager l'enjeu] Passant de l'aspect extérieur du buffet aux objets qu'il recèle, le poème oscille entre description objective et évocations proches du fantastique.

Explication au fil du texte

Description du buffet tel qu'on le voit (v. 1 à 8)

Vue extérieure (v. 1 à 4)

• Le buffet est introduit dès le premier vers par le présentatif « c'est ». Le nom est encadré de deux adjectifs : « large », « sculpté ». S'ajoute la matière noble, « le chêne », précisée par l'adjectif de couleur « sombre ». L'incise

ORAL

commençant le vers 2, « Très vieux », confirme la première impression : c'est un meuble ancien.

• L'adjectif « vieux », en début de vers, est repris en écho à la fin du vers par son féminin « vieilles ». En associant la bonté des « vieilles gens » à l'aspect du chêne patiné par le temps, Rimbaud attribue un caractère moral au buffet et le personnifie. La répartition des intensifs « très » et « si » parfait l'équilibre de la comparaison.

• Le buffet « ouvert » file l'image de la bonté, et le verbe d'action « verse » poursuit la personnification. Le lien se crée entre les vers 2 et 3 grâce à la rime interne « air »/« ouvert » et à la répétition des mêmes sonorités [ɛr], « ouvert » et « verse » du vers 3. Les vers 2 et 4 font rimer « vieilles gens » et « parfums engageants », liant à nouveau bonté et vieillesse. Les parfums invitent à explorer le contenu du buffet à la recherche de ce « flot de vin vieux ». Mais si la comparaison montre la générosité du buffet, les mots à la rime « sombre »/« ombre », aux sonorités fermées, nuancent « cet air si bon ».

Vue intérieure (v. 5 à 8)

• Deux syllabes, « Tout plein », à la connotation un peu enfantine, lancent l'exploration du buffet. Le présentatif « c'est » du premier vers est répété à la troisième syllabe du vers 5 et le « fouillis » est mimé par la répétition des mêmes sons, /i/ mouillé ([j]) (« fouillis »), amplifié par le pléonasme « vieilles vieilleries ».

• L'énumération (vers 6 à 8) est rythmée par l'anaphore « de ». Le caractère disparate des objets accumulés est mis en évidence par l'opposition « linges »/« chiffons » et par l'alliance inattendue des adjectifs « odorants et jaunes » : ce qui est jauni par le temps aurait dû perdre son odeur.

• Le contre-rejet « chiffons/de femmes ou d'enfants » crée un effet incongru, comme si femmes et enfants faisaient partie des objets trouvés dans le buffet. « dentelles flétries » et « grand-mère » évoquent le temps passé. Le motif peint sur les « fichus », le griffon, apporte une dimension fantastique : le griffon est un chien, mais aussi un animal mythologique, mi-aigle mi-lion.

> **MOTS CLÉS**
> • **Rejet :** placement, en début de vers, d'un mot qui appartient syntaxiquement au vers précédent.
> • **Contre-rejet :** le début d'une phrase est placé en fin de vers et la phrase se prolonge dans le vers suivant.

Description du buffet tel qu'on l'imagine (v. 9 à 14)

Les objets de la mémoire

• Le premier tercet reprend le présentatif « c'est ». L'adverbe « là » fait référence au buffet comme à un lieu déjà connu ; mais le tiret initial instaure une rupture. Le conditionnel hypothétique remplace le présent descriptif des quatrains. Les objets énumérés sont intentionnellement liés au souvenir : médaillons, mèches, portraits, fleurs séchées. Le buffet est le dépositaire de la mémoire.

• L'enjambement qui lie les trois vers entre eux crée un effet musical presque chanté : les parfums sont liés aux fruits qui évoquent la fraîcheur et la vie. Le passé et le présent se mêlent, créant un parfum nouveau.

Les histoires du vieux temps

• Dans le dernier tercet, le poète apostrophe le buffet. L'emploi de « tu » suppose une relation de familiarité. Dans le premier vers, l'indéfini « un » ne permettait pas d'identifier le meuble. Il est à présent individualisé (« buffet du vieux temps ») ; le buffet connaît les histoires, il en a été un témoin muet.

• Au vers 13, le verbe « vouloir » employé au conditionnel exprime un désir impossible à réaliser : si le buffet crée des synesthésies de parfums et de couleurs, il n'a pas la parole. Le pléonasme « conter des contes » révèle la polysémie du mot « conte » : conte pour enfants, histoires mirobolantes, mensonges…

> MOT CLÉ
> **Synesthésies** : association de plusieurs impressions sensorielles pour créer ou suggérer une image. Ainsi, dans le poème « Voyelles », Rimbaud associe les voyelles à des couleurs.

• Le vers 13 se termine sur une assonance en [y] : « tu bruis ». La diérèse de « bru-is », qui rend difficile la prononciation du mot en fin de vers, mime l'incapacité du buffet à parler. Le dernier vers du tercet est solennel : les trois syllabes de l'adverbe « lentement » obligent à une diction lente. La circonstancielle de temps ouvre sur l'inconnu des histoires sues par le buffet ; les secrets sont indicibles. La rime « histoires »/« noires » laisse planer une sorte d'inquiétude : sur quelles sombres histoires s'ouvrent les portes du buffet ?

Conclusion

[Faire le bilan de l'explication] Ce sonnet, sous des apparences anodines et un peu naïves, rend hommage au vieux temps et à ses histoires, et donne vie à des images parfois étranges ou inquiétantes.

[Mettre le texte en perspective] On peut faire un rapprochement avec le poème « Spleen » de Baudelaire, qui commence par l'évocation d'un « gros meuble à tiroirs » qui « Cache moins de secrets que [son] triste cerveau ». Chez Baudelaire comme chez Rimbaud, on remarque la présence de synesthésies et le rôle évocateur et sensuel du parfum.

2. LA QUESTION DE GRAMMAIRE

« et [tu bruis

[Quand s'ouvrent lentement tes grandes portes noires.]] »

• La subordonnée circonstancielle est introduite par la conjonction de subordination « quand » et s'organise autour du verbe au présent « s'ouvrent ». Elle s'insère dans une phrase complexe composée de trois propositions indépendantes coordonnées et dépend de la troisième indépendante « et tu bruis ».

• Cette circonstancielle exprime la simultanéité des actions de la principale et de la subordonnée. On peut remplacer « quand » par « au moment où ».

DES QUESTIONS POUR L'ENTRETIEN

Lors de l'entretien, vous devrez présenter une autre œuvre lue au cours de l'année. L'examinateur introduira l'échange et vous posera quelques questions. Celles ci-dessous sont des exemples.

1 Je vous remercie pour votre présentation de *La Prose du Transsibérien et de la petite Jehanne de France* de Blaise Cendrars. Vous avez étudié *Cahiers de Douai* dans le cadre du parcours « Émancipations créatrices ». Quel rapprochement pouvez-vous faire entre Blaise Cendrars et Arthur Rimbaud ?

Ce sont deux fugueurs. Cendrars part à l'aventure dans ce train transsibérien à l'âge de 16 ans. Son voyage nourrit le poème, de même que Rimbaud écrit plusieurs poèmes qui prennent pour thème la fugue et le vagabondage.

2 Quelle première remarque pouvez-vous faire quant aux dates auxquelles écrivent les deux poètes ?

Les deux poètes fuguent à l'âge de 16 ans. Les poèmes des *Cahiers de Douai* sont écrits lorsque Rimbaud a 16 ans, alors que Cendrars écrit en 1913, bien longtemps après son long voyage de 1905. Il se penche sur son passé et n'est plus au cœur de l'événement, comme l'était Rimbaud.

3 Sur le plan de la poésie, voyez-vous des différences entre Rimbaud et Cendrars ?

Oui, dans son poème Cendrars se libère totalement des règles de la versification (c'est pour cela qu'il introduit le mot « prose » dans son titre), alors que Rimbaud, même s'il prend quelques libertés, emprunte la forme fixe du sonnet.

36 Sujet d'oral • Explication & entretien

Ponge, *La rage de l'expression*, « La guêpe »

20 minutes
20 points

**1. Lisez le texte à voix haute.
Puis proposez-en une explication linéaire.**

DOCUMENT

Hyménoptère[1] au vol félin, souple, – d'ailleurs d'apparence tigrée –, dont le corps est beaucoup plus lourd que celui du moustique et les ailes pourtant relativement plus petites mais vibrantes et sans doute très démultipliées, la guêpe vibre à chaque instant des vibrations nécessaires à la mouche dans une position ultracritique (pour se défaire du miel ou du papier tue-mouches, par exemple).

Elle semble vivre dans un état de crise continue qui la rend dangereuse. Une sorte de frénésie ou de forcènerie[2] – qui la rend aussi brillante, bourdonnante, musicale qu'une corde fort tendue, fort vibrante et dès lors brûlante ou piquante, ce qui rend son contact dangereux.

Elle pompe avec ferveur et coups de reins. Dans la prune violette ou kaki, c'est riche à voir : vraiment un petit appareil extirpeur particulièrement perfectionné, au point. Aussi n'est-ce pas le point formateur du rayon d'or qui mûrit, mais le point formateur du rayon (d'or et d'ombre) qui emporte le résultat du mûrissement.

Miellée, soleilleuse ; transporteuse de miel, de sucre, de sirop ; hypocrite et hydromélique. La guêpe sur le bord de l'assiette ou de la tasse mal rincée (ou du pot de confiture) : une attirance irrésistible. Quelle ténacité dans le désir ! Comme elles sont faites l'une pour l'autre ! Une véritable aimantation au sucre.

Francis Ponge, *La rage de l'expression*, « La guêpe », 1952,

1. Hyménoptère : insecte qui possède quatre ailes membraneuses.
2. Forcènerie : folie furieuse.

ORAL

2. QUESTION DE GRAMMAIRE.
« Miellée, soleilleuse ; transporteuse de miel, de sucre, de sirop ; hypocrite et hydromélique. » (l. 17-18). Étudiez la construction de la phrase et l'accord des adjectifs.

CONSEILS

1. Le texte

Faire une lecture expressive

• Adoptez un ton quasiment scientifique, celui d'un poète entomologiste, décrivant avec une grande précision l'insecte observé.

• Le texte exprime aussi une certaine forme d'admiration : tenez-en compte, notamment dans les phrases exclamatives de la fin de l'extrait.

• Attention, certaines phrases sont longues : appuyez-vous sur les virgules et tirets, mais aussi sur les conjonctions de coordination et mots subordonnants pour marquer des pauses aux bons endroits.

Situer le texte, en dégager l'enjeu

• Intéressez-vous aux caractéristiques de la guêpe sur lesquelles Ponge insiste. Quelles sont les qualités essentielles de cet insecte ?

• Quel regard le poète pose-t-il sur la guêpe ? Montrez d'où provient sa fascination.

• Prenez garde au rythme des phrases et à leur construction, qui peuvent produire des effets de style et faire varier les sensations ressenties par le lecteur.

2. La question de grammaire

• À quel type de phrase avons-nous affaire ? Que doit-on rechercher pour comprendre comment fonctionne l'accord de ces adjectifs ?

• Quelles sont les différentes façons dont cet accord est marqué à l'écrit ? Expliquez aussi d'où vient l'absence de marque d'accord visible pour certains adjectifs.

36 PRÉSENTATION

1. L'EXPLICATION DE TEXTE

Introduction

[Présenter le contexte] Au XIXe puis au XXe siècle, la poésie est profondément renouvelée dans ses thèmes et ses formes. Francis Ponge se demande notamment en 1952, dans *La rage de l'expression*, comment mettre son regard à la fois scientifique et artistique au profit d'une écriture poétique, en tentant une poésie plus impersonnelle, prenant le parti des « choses ». [Situer le texte] Dans l'une des sections du recueil, le poète exerce son obsession de l'exactitude sur la guêpe, en essayant d'analyser et de décrire cet insecte dans ses moindres détails. [En dégager l'enjeu] Comment cette description se traduit-elle par une représentation dynamique de l'insecte, à mi-chemin entre la science et la poésie ?

Explication au fil du texte

Un insecte vibrant et menaçant (l. 1-11)

• Dès le début de l'extrait, le poète fait preuve de précision scientifique, en signalant sa classification (ordre taxinomique) : celle des « hyménoptères ».

• Cependant, cette entrée en matière très érudite est immédiatement tempérée par la métaphore « vol félin », filée par l'« apparence tigrée », qui témoigne de l'art littéraire de l'auteur. La guêpe semble partager des caractéristiques avec le chat : Ponge s'amuse à brouiller la classification du vivant.

• Poursuivant son souci de précision scientifique, le poète se transforme en un véritable entomologiste. Les caractéristiques physiques de l'insecte sont détaillées, mais surtout comparées à d'autres : ainsi du corps « plus lourd que celui du moustique » ou des ailes « relativement plus petites ».

• La description tend alors à se focaliser sur les ailes de la guêpe et leur vibration, dans une phrase qui s'allonge comme pour y faire entrer toutes les informations nécessaires à la bonne compréhension de la chose étudiée. Le polyptote « vibrantes [...] vibre [...] vibrations » rythme la description et met en valeur cette qualité essentielle de l'animal, comme si c'était elle, avant tout, qui la définissait en tant qu'être vivant.

• Or, le poète souligne la permanence de la vibration chez l'animal. Ce qui, chez « la mouche » (nouvelle comparaison), n'est que ponctuel (« dans une position ultracritique ») est chez la guêpe un état constant.

ORAL

• Dans le deuxième paragraphe, Ponge poursuit cette étude de caractère de la guêpe, étroitement liée à sa constitution physique. L'état de « crise continue » dans lequel elle se trouve, comme face à un danger mortel, « la rend dangereuse ».

• La guêpe s'éloigne ainsi des autres insectes par un trait singulier : celui d'être constamment agressive et à l'affût. Les termes hyperboliques « forcènerie » et « frénésie », qui personnifient l'animal, démontrent son intensité et sa violence.

> **INFO**
> Ponge utilise des termes rares ou archaïques : « forcènerie », « extirpeur », « soleilleuse »... La richesse du vocabulaire est un élément constitutif de son art.

• La poésie vient à ce moment souligner le danger représenté par la guêpe, mais aussi l'étrange fascination qu'elle peut exercer sur le poète comme sur le lecteur. La comparaison imagée « aussi brillante, bourdonnante, musicale qu'une corde fort tendue, fort vibrante et dès lors brûlante ou piquante », rythmée par la musicalité de l'homéotéleute (répétition d'une syllabe finale) en « -ante », mélange les sensations visuelles et auditives produites par l'insecte, où la beauté se mêle à la menace.

• Le poème en prose prend une dimension didactique. La dangerosité de la guêpe est développée dans le paragraphe entier : répétition de l'adjectif « dangereux », lexique de la nocivité (« brûlante », « piquante », « frénésie », « forcènerie »). Le paragraphe se clôt sur un avertissement de bon aloi : « ce qui rend son contact dangereux ».

Le spectacle de l'attraction au sucre (l. 12-21)

• Dans la seconde partie de l'extrait, Ponge décrit la guêpe en action, en train de se nourrir d'un fruit. L'expression « avec ferveur et coups de reins » évoque une certaine sensualité : le lien entre l'insecte et sa nourriture semble relever d'un rapport charnel.

• Fasciné, le poète mesure sa chance d'observer un tel spectacle : « c'est riche à voir ». Les adverbes « vraiment » et « particulièrement » insistent sur le caractère magnétique de cet acte, qui met en jeu un organe anatomique impressionnant (périphrase « un petit appareil extirpeur »).

• Comme à son habitude dans le recueil, le poète met à profit la répétition et ses variations, et corrige sa propre expression poétique. Ainsi, le « rayon d'or » (métaphore qui sublime la pulpe de la prune), devient un rayon « d'or et d'ombre » (écho aux couleurs – jaune et noir – de l'insecte) emportant « le résultat du mûrissement » : on croirait voir le sucre s'écouler lentement du fruit vers la guêpe.

• La guêpe est alors redéfinie par le poète. Son essence ne réside plus seulement dans sa vibration, mais également dans sa symbiose avec le sucre : au sein d'une phrase averbale, elle est décrite comme « Miellée, soleilleuse ; transporteuse de miel, de sucre, de sirop ; hypocrite et hydromélique ». L'insecte et la substance ne font plus qu'un, fusionnent dans un même corps, comme si c'était leur finalité respective.

• La description se transforme poétiquement : l'absence de verbes conjugués dans les premières phrases du quatrième paragraphe fait naître des impressions visuelles, des sensations données par petites touches, qui font l'objet de variations successives, comme dans des notes littéraires au brouillon prises sur le vif : « La guêpe sur le bord de l'assiette ou de la tasse mal rincée (ou du pot de confiture) ».

INFO
La prise de notes est l'une des méthodes défendues par Ponge pour atteindre la vérité et l'authenticité de l'objet décrit.

• Le poète laisse alors libre cours à son admiration pour l'insecte observé dans les trois dernières phrases du paragraphe. Cet enthousiasme se traduit par des phrases exclamatives qui ponctuent avec délectation la fin de l'extrait : « Quelle ténacité dans le désir ! Comme elles sont faites l'une pour l'autre ! » Le sucre et la guêpe semblent désormais indissociables.

• Le poète conclut cet extrait par un retour à la science dans la dernière phrase. Le terme à la fois scientifique et métaphorique « aimantation » explique le comportement de la guêpe, qui ne fait qu'obéir à sa nature même, et explicite le désir instinctif qui la pousse à agir.

Conclusion

[Faire le bilan de l'explication] Ainsi, le début de « La guêpe » est bien une célébration puissante de l'animal choisi, de sa vibration (fondamentale à son existence), jusqu'à son attirance irrépressible pour le sucre du fruit.

[Mettre le texte en perspective] Le texte est une illustration parfaite de l'art poétique défendu par Francis Ponge dans son recueil, dès « Berges de la Loire » : le travail mis en œuvre ici consiste bien avant tout à « rendre compte d'une chose » en revenant « à l'objet lui-même, à ce qu'il a de brut, de *différent* ».

ORAL

2. LA QUESTION DE GRAMMAIRE

« Miellée, soleilleuse ; transporteuse de miel, de sucre, de sirop ; hypocrite et hydromélique. »

• La phrase est averbale. Elle ne contient pas non plus le nom avec lequel s'accordent tous les adjectifs qui la composent, c'est-à-dire le mot « guêpe » (féminin singulier), qu'il faut déduire du contexte.

• L'accord des adjectifs au féminin singulier peut prendre plusieurs marques : on rajoute un *e* à *miellé* pour donner « miellée » ; on transforme le *-x* en *-se* pour former le féminin de *soleilleux* (« soleilleuse ») et de même pour le *-r* de *transporteur* (« transporteuse »). En revanche, « hypocrite » et « hydromélique » sont épicènes.

INFO
On appelle « **épicènes** » les mots (noms, pronoms ou adjectifs) dont la forme ne varie pas selon le genre.

DES QUESTIONS POUR L'ENTRETIEN

Lors de l'entretien, vous devrez présenter une autre œuvre lue au cours de l'année. L'examinateur introduira l'échange et vous posera quelques questions. Celles ci-dessous sont des exemples.

1 Je vous remercie pour votre présentation de *La Première Gorgée de bière* de Philippe Delerm (1997). Un texte vous a-t-il particulièrement marqué ? Pourquoi ?

Le texte « On pourrait presque manger dehors » est très touchant. Il présente un moment d'attente, suspendu dans le temps, où la possibilité de « manger dehors » s'ouvre, comme une promesse. C'est une réflexion émouvante sur les petits désirs fugaces de la vie.

2 En quoi le projet poétique de Delerm ressemble-t-il à celui de Ponge ?

Grâce à leur regard précis, leur observation minutieuse des détails et leur analyse subtile des sensations, Ponge et Delerm parviennent à révéler la beauté de choses parfois banales, auxquelles on n'aurait pas forcément prêté attention.

3 Si vous deviez à votre tour écrire un texte à la manière de Philippe Delerm, qu'écririez-vous ?

Pourquoi ne pas écrire un texte court sur « La récréation du matin » par exemple, avec ses caractéristiques (la foule dans la cour, les groupes qui se forment, les rires, les amours naissantes…) ; ou bien « Le car scolaire », moment qui s'étire dans le temps et pourtant transitionnel entre deux espaces, où le soleil se lève peu à peu derrière la vitre.

37 Sujet d'oral • Explication & entretien

Hélène Dorion, *Mes forêts*, poème inaugural

20 minutes
20 points

1. Lisez le poème à voix haute.
Puis proposez-en une explication linéaire.

DOCUMENT

Avec ce poème, Hélène Dorion ouvre tout à la fois son recueil et annonce la première section, « L'écorce incertaine ».

Mes forêts sont de longues traînées de temps
elles sont des aiguilles qui percent la terre
déchirent le ciel
avec des étoiles qui tombent
comme une histoire d'orage
elles glissent dans l'heure bleue
un rayon vif de souvenirs
l'humus de chaque vie où se pose
légère   une aile
qui va au cœur

mes forêts sont des greniers peuplés de fantômes
elles sont les mâts de voyages immobiles
un jardin de vent où se cognent les fruits
d'une saison déjà passée
qui s'en retourne vers demain

mes forêts sont mes espoirs debout
un feu de brindilles
et de mots que les ombres font craquer
dans le reflet figé de la pluie

mes forêts
sont des nuits très hautes

H. Dorion, *Mes forêts*, poème inaugural (2021), © Éditions B. Doucey.

ORAL

2. QUESTION DE GRAMMAIRE. Analysez la proposition relative (v. 2 à 5) : « qui percent la terre/déchirent le ciel/avec des étoiles qui tombent/comme une histoire d'orage ».

CONSEILS

1. Le texte

Faire une lecture expressive

- Faites bien entendre l'anaphore des débuts de strophes.
- En étant attentif au rythme, faites sentir la nostalgie qui se dégage de ce poème.

Situer le texte, en dégager l'enjeu

- Il s'agit du poème d'ouverture.
- Comment la thématique du temps y est-elle développée ?

2. La question de grammaire

Quelle est la particularité des deux propositions relatives des v. 2 à 5 ?

37 PRÉSENTATION

1. L'EXPLICATION DE TEXTE

Introduction

[Présenter le contexte] Le recueil *Mes forêts* est composé de quatre sections. Chacune est ouverte par un poème intitulé « Mes forêts ». Un dernier poème, au même titre, clôt le recueil. Ils forment comme un chant répétitif et pourtant à chaque fois différent. [Situer le texte] Le premier poème « Mes forêts » a une double fonction : il ouvre le recueil et prépare à la lecture de la première section. [En dégager l'enjeu] Chacune des strophes de ce poème d'ouverture associe les forêts à une temporalité : celle de la nature, celle, plus intime, liée au passé et à la rêverie, et celle qui se projette dans un futur incertain.

Explication au fil du texte

Le temps cosmique (v. 1 à 10)

« Mes forêts », métaphores du temps (v. 1 à 5)

• La métaphore du vers 1 associe un élément concret, les forêts, à une abstraction, le temps, lui-même rendu concret par le nom dont il est le complément, « traînées ». Le temps s'installe dans un espace horizontal, par contraste avec les forêts dressées à la verticale. L'adjectif « longues » étend le temps comme une brume recouvrant les forêts, ce que traduit l'hendécasyllabe (onze syllabes) dont la coupe, après la septième syllabe, ralentit le rythme.

• Le vers 2 précise la première métaphore. Comparé (« forêts ») et comparant (« aiguilles ») relèvent du même domaine (aiguilles du pin) ; les aiguilles, qui sont aussi celles de l'horloge, réactivent la métaphore temporelle. Étrangement, elles « percent la terre », dans un mouvement vertical dirigé vers le bas et « déchirent le ciel » en un mouvement inverse.

• Par l'association des deux verbes *percer* et *déchirer*, les aiguilles-arbres se font armes pointues dont sont victimes la terre et le ciel : « les étoiles tombent » dans un cataclysme cosmique. Mais cette violence est adoucie par l'hexasyllabe du vers 5 qui en fait une simple « histoire d'orage ».

Ce que font les forêts au temps (v. 6 à 10)

• Malgré l'absence de ponctuation, la reprise du pronom « elles » (v. 6) marque un début de phrase. Les forêts agissent, on suit leur action. « L'heure bleue » précise la temporalité. Le « rayon vif de souvenirs » s'oppose à la nuit et au chaos.

> **MOT CLÉ**
> **L'heure bleue** correspond au moment précis, entre le jour et la nuit (à l'aube ou au crépuscule), où la lumière est d'un bleu intense qui met en valeur les zones d'ombre.

• Le v. 8 est ambigu : le groupe nominal « l'humus de chaque vie » est-il un complément du verbe « glissent » ou vient-il en apposition au « rayon vif de souvenirs » : les souvenirs (le passé) fertiliseraient-ils la vie ?

• La strophe se termine sur un jeu graphique (blanc séparant l'adjectif « légère » du nom qu'il caractérise, « aile »), rythmique (pause entre l'adjectif et le nom) et sonore (reprise du son [ɛ]). La brièveté des vers 9 et 10, en opposition avec la longueur des vers 1 et 2, met en évidence l'émotion qui remue le « cœur » à l'évocation du renouvellement de la vie.

Le temps intime (v. 11 à 15)

• La deuxième strophe comprend trois métaphores : les v. 11 et 12 reprennent la structure syntaxique de la première strophe. Le v. 13 introduit directement la troisième métaphore, en faisant l'ellipse de « elles sont ».

ORAL

• L'espace est d'abord intime, c'est celui de la maison (« greniers »). Puis, il s'élargit aux voyages mais immobiles (faisant place aux rêves) comme l'est la forêt, dont les arbres sont comparés aux mâts des bateaux (évoquant la mobilité). Un univers familier et rassurant revient ensuite. Pourtant, le jardin devient dangereux et mobile : le vent fait se cogner les fruits.

• « fruits » en contre-rejet annule le sens concret du vers 13 ; on se heurte à une impossibilité logique : liés au passé, les fruits ne peuvent plus se cogner.

• La lecture se fait métaphorique : « passée » et « demain » placés à la rime indiquent un mouvement d'aller-retour entre le passé et l'avenir. Le présent est le fruit du passé et s'ouvre vers l'avenir : c'est le cycle de la vie.

À NOTER
Le poème va s'amenuisant : 1 dizain, 1 quintil, 1 quatrain, 1 distique, dans un mouvement qui va du cosmos au « je » de la poétesse.

L'heure des doutes (v. 16 à 21)

Un paysage incertain (v. 16 à 19)

• Le vers 16 relance le poème dans une énergie tournée vers l'avenir ; l'indéfini laisse place au possessif. Il ne s'agit plus d'une métaphore générale, mais d'une équivalence personnelle. Le vers 17 brise l'optimisme qui précède : les espoirs sont un « feu de brindilles » ; à moins que ce ne soit les forêts : la syntaxe permet les deux interprétations.

• La phrase se prolonge en continuant son effet déceptif : les espoirs ne sont que des mots qui se mêlent au « feu de brindilles » et « que les ombres font craquer ». Le paysage est immobile : « figé » s'oppose à « espoir ».

Une formule ambiguë (v. 20 à 21)

• Les vers 20 et 21 forment un octosyllabe coupé de manière à isoler « mes forêts » : est-ce une nouvelle définition ou un renvoi au recueil lui-même ?

• Les « nuits très hautes » semblent condenser tout le sens du poème : verticalité des forêts, ambiguïté du sens à accorder à « nuits très hautes » qui assemblent le positif et le négatif en une seule formule.

Conclusion

[Faire le bilan de l'explication] Ce poème d'ouverture sur le temps, à la fois universel et intime, tendu vers l'avenir et plein du passé, joue sur les oppositions, alterne violence et émotion et laisse le sens incertain. [Mettre le texte en perspective] En cela, il annonce la section « L'écorce incertaine ». Il est possible aussi de le mettre en regard avec le poème final dans lequel on retrouve la métaphore temporelle des aiguilles : « des aiguilles qui tournent/à travers les saisons ». Le temps est un des thèmes essentiels du recueil d'Hélène Dorion.

2. LA QUESTION DE GRAMMAIRE

« elles sont des aiguilles [qui percent la terre/déchirent le ciel/avec des étoiles [qui tombent/comme une histoire d'orage]] »

- La première relative, régie par la proposition principale « elles sont des aiguilles », est introduite par le pronom relatif sujet « qui » dont l'antécédent est « des aiguilles ». Elle s'organise autour des verbes « percent » et « déchirent ».
- La seconde, régie par la première, est introduite par le pronom relatif sujet « qui » dont l'antécédent est le GN « des étoiles ». Elle s'organise autour du verbe « tombent ».
- Les deux relatives sont adjectives et sont insérées l'une dans l'autre.

DES QUESTIONS POUR L'ENTRETIEN

Lors de l'entretien, vous devrez présenter une autre œuvre lue au cours de l'année. L'examinateur introduira l'échange et vous posera quelques questions. Celles ci-dessous sont des exemples.

1 Je vous remercie pour votre présentation des *Méditations poétiques* de Lamartine (1820). En quoi ce recueil porte-t-il bien son titre ?

Les 24 poèmes du recueil de 1820 sont à la première personne. Le poète, souvent solitaire, se parle ou s'adresse à un être absent. Il mène des réflexions sur des sujets divers comme la mort (« L'automne »), la religion (« Dieu »), le temps passé (« Adieu »), ou glorifie la nature (« Hymne au soleil »).

2 Pourquoi ce recueil a-t-il sa place dans le parcours au programme ?

Ce recueil relève du registre lyrique qui lie expression de soi et thématiques de la nature, de l'amour et de la mort. Or, le parcours, qui met en relation poésie, nature et intime, semble en lui-même proposer une définition du lyrisme.

3 Qu'est-ce qui peut le différencier de *Mes forêts* d'Hélène Dorion ?

C'est précisément le type de lyrisme. Celui d'Hélène Dorion est plus discret. Malgré l'insistance du possessif « mes » dans le titre de son recueil, la poétesse semble s'effacer devant son sujet.

Hélène Dorion, *Mes forêts*, « Il fait un temps de foudre et de lambeaux »

20 minutes
20 points

1. Lisez le texte à voix haute.
Puis proposez-en une explication linéaire.

DOCUMENT

Il fait un temps de foudre et de lambeaux
d'arbres abattus
au-dedans de soi
il fait pluie maigre
un temps de glace
et de rêves qui fondent
dans le labyrinthe des miroirs
le dos courbé le poids des silences

guerres famines tristes duretés
c'est seulement l'hiver
sur l'écran d'aujourd'hui
s'annoncent les orages de demain
des chiffres pour ne rien dire
de l'inquiétude qui brûle nos mots
lettres échevelées
bientôt cassées comme pib
nip fmi[1]

Il fait un temps à s'enfermer
dans nos maisons de forêt

avec le bruit secret des nuages
qui souffle
de l'autre côté de la nuit

Hélène Dorion, *Mes forêts*, « Il fait un temps de foudre et de lambeaux », © Éditions Bruno Doucey, 2021.

1. pib, nip, fmi : sigles pour désigner le produit intérieur brut (PIB), le numéro d'identification personnel (NIP) et le Fonds monétaire international (FMI).

2. QUESTION DE GRAMMAIRE.
Analysez l'expression de la négation dans le vers : « des chiffres pour ne rien dire » (v. 13).

CONSEILS

1. Le texte

Faire une lecture expressive

- Exprimez les nuances du poème, qui oscille entre l'expression de la violence du monde et la recherche de l'apaisement.
- Faites bien entendre les pauses, matérialisées sur le blanc de la page, par exemple entre « le dos courbé » et « le poids des silences ».
- Veillez à épeler les sigles (« pib », « nip », « fmi »).

Situer le texte, en dégager l'enjeu

- Précisez la place du poème dans le recueil : dans quelle section figure-t-il ? Quels thèmes cette partie du recueil traite-t-elle ?
- Il s'agit de l'un des poèmes construits sur l'anaphore « il fait (un temps) ». En vous appuyant sur les trois strophes, étudiez la progression du texte pour montrer que le mot « temps » se charge de significations différentes, en lien avec la météorologie, l'époque et l'intime.

2. La question de grammaire

- Vous devez relever les termes qui expriment la négation, identifier leur nature et déterminer si la négation est totale ou partielle.
- Soyez attentif à la place de ces mots par rapport au terme qui est nié.

38 PRÉSENTATION

1. L'EXPLICATION DE TEXTE

Introduction

[Présenter le contexte] Dans *Mes forêts*, Hélène Dorion rassemble des poèmes composés en partie pendant le confinement, depuis sa maison dans la forêt, au Canada. Elle évoque les émotions intimes que suscite la nature qu'elle décrit au fil des poèmes, mais fait part également de sa réaction face à la société contemporaine. [Situer le texte] Le poème étudié est composé de trois strophes en vers libres. Il est situé dans la quatrième section du recueil, intitulée « L'onde du chaos », qui comporte des poèmes sur le fracas du monde contemporain. [En dégager l'enjeu] Débutant par l'évocation d'un climat rude, le poème fait de ce temps une saison intérieure, mais également la représentation de l'époque contemporaine qui détruit l'humain et le langage.

Explication au fil du texte

Un monde en lambeaux (v. 1-8)

• Le poème débute par l'expression (« Il fait un temps ») répétée à plusieurs reprises dans le recueil et le poème. Le verbe impersonnel est repris en anaphore aux vers 4 puis 18 : Hélène Dorion semble décrire le temps qu'il fait à l'extérieur. Ce constat météorologique est ici complété par deux noms, « foudre » et « lambeaux », qui donnent le ton du poème. C'est bien de violence dont il est question, comme en atteste le champ lexical de la désolation (« lambeaux », « abattus », « pluie », « glace »).

• Ce paysage désolé est intérieur, comme le signale le complément circonstanciel de lieu « au-dedans de soi ». C'est la conscience de l'individu qui est jonchée d'« arbres abattus », de « rêves qui fondent », d'illusions dans lesquelles il se perd, comme l'exprime la métaphore « le labyrinthe des miroirs ».

• L'absence de ponctuation donne lieu à une double interprétation des vers : chaque vers peut être compris comme un élément d'une énumération des différents éléments du paysage ou être vu comme une continuité syntaxique. Ainsi, il est possible d'associer les vers 1 et 2 avec un enjambement et voir dans ce décor « des lambeaux/d'arbres abattus ». Aux vers 5 et 6, on peut associer la glace et les rêves comme sujets du verbe « fondent ». Ce choix laissé au lecteur, renforce l'image d'un monde en lambeaux : les éléments du décor intérieur peuvent être liés entre eux ou détachés, comme des lambeaux d'une conscience déchirée par la violence du monde.

• Le dernier vers souligne l'impression de désolation. L'expression « le dos courbé » connote la vieillesse, la souffrance ou les soucis ; « le poids des silences » évoque également l'abattement. Le blanc entre les mots (v. 8) peut être interprété comme une matérialisation de ces silences, ou comme l'indice d'une parole qui se disloque. Ainsi, la première strophe s'achève sur une impression de résignation, d'impuissance à vivre et à communiquer.

Une langue en lambeaux (v. 9-17)

• Comme pour donner une explication au temps qu'il fait, la deuxième strophe débute par une énumération de termes qui évoquent les horreurs du monde humain : « guerres », « famines », « tristes duretés ». L'allitération en [t] souligne la violence de ces événements.

• Le vers 10 est ambigu. L'adverbe « seulement » peut souligner un passage momentané : l'hiver ne va pas durer. Il peut aussi indiquer, au contraire, une permanence. L'hiver, qui métaphorise les difficultés et les atrocités subies par les humains, règne partout. Il est possible de lire le vers 10 seul, ou de l'associer au vers 11 par un enjambement : l'écran ne nous montre que l'hiver.

• La strophe évoque plusieurs éléments du monde moderne : « l'écran », « des chiffres », « pib », « nip », « fmi ». Les sigles, qui évoquent le monde de la finance, s'opposent à l'univers de la nature. En outre, Hélène Dorion présente l'écran et les chiffres comme le nouveau ciel dans lequel l'homme lit son avenir. En effet, le vers 11 est associé au vers 12, de manière explicite, avec l'antithèse « aujourd'hui » et « demain », qui souligne l'effet prophétique de la télévision : elle annonce de terribles événements comme on annonce une catastrophe météorologique.

• Cette dislocation du monde contamine la parole. Les mots sont remplacés par des chiffres. L'expression « pour ne rien dire » souligne à la fois l'absence de sens de ces chiffres, mais également leur fonction. Ils agissent comme des masques pour cacher nos sentiments, notre « inquiétude ». Les mots sont en danger, comme l'indiquent la métaphore du feu « qui brûle nos mots » et la personnification « lettres échevelées ». Le langage est en crise et le sens se perd, les lettres sont « cassées » comme les sigles, « pib », « nip », « fmi », qui illustrent cette déperdition du sens. La modernité crée des mots vides, comme les espaces sur la page du poème. L'allitération en [i] leur confère toutefois une musicalité poétique, mais qui masque une réalité très dure.

INFO
Même si son inquiétude est tangible, Hélène Dorion ne dénonce pas directement le monde contemporain. Elle fait le constat de la présence des écrans, des réseaux, d'un nouveau langage, mais sa poésie est davantage une entreprise de discernement qu'une dénonciation de la modernité qui nous interroge sur notre monde et le rôle que nous y jouons.

La recherche d'un apaisement (v. 18-22)

> **INFO**
> Dans de nombreux autres poèmes du recueil, Hélène Dorion fait état de l'invasion délétère de la modernité sur le vivant : « il fait [...] un temps de pixels d'algorithmes » (p. 73).

• Le poème se clôt sur l'image d'un repli, qui est soulignée par la brièveté de la strophe, un quintil. La reprise anaphorique de l'expression « Il fait un temps à s'enfermer » fait de l'isolement une réaction naturelle face aux rudesses du climat, mais également face au fracas du monde. L'expression « s'enfermer/ dans nos maisons de forêt » souligne à la fois l'envie d'un foyer protecteur, mais également le repli dans un monde imaginaire : les « maisons de forêt » ne sont pas des habitats, mais des lieux intimes où l'on peut se réfugier, à l'intérieur de soi.

• La nature offre ainsi un lieu protecteur et apaisé, un « souffle », où le sens peut renaître. L'image du « bruit secret des nuages » s'oppose au vacarme des mots terribles de la deuxième strophe et suggère que la nature a quelque chose à nous faire entendre. Si le verbe « s'enfermer » peut paraître péjoratif et évoquer le confinement lié à la crise sanitaire récente, le repli proposé à la fin de ce poème semble salutaire puisqu'il donne accès à un autre lieu, poétique, comme le suggère le vers final : « de l'autre côté de la nuit ». Cette expression apparaît à plusieurs reprises dans le recueil pour évoquer un lieu autre, une réalité différente, celle offerte par la poésie peut-être.

Conclusion

[Faire le bilan de l'explication] Ce poème décrit une saison violente et rude, où les arbres sont abattus, comme les consciences. Cette saison est une métaphore de l'époque contemporaine, qui met l'humanité en péril. La langue aussi vole en éclats : on ne peut plus parler, les mots ne veulent plus rien dire ou masquent de terribles réalités, dans lesquelles l'humain semble ne plus avoir de place. Face à cette situation, la tentation du repli est grande. Néanmoins, la poésie permettrait l'ouverture à un nouvel espace plus apaisé. [Mettre le texte en perspective] À la suite de la section « L'onde du chaos », « Le bruissement du temps » permet à Hélène Dorion de proposer, au terme d'un tableau retraçant l'histoire du monde et des hommes, « un chemin vaste et lumineux/qui donne un sens/à ce qu'on appelle *humanité* ».

2. LA QUESTION DE GRAMMAIRE

« Des chiffres pour ne rien dire »

- On relève dans cette phrase une négation syntaxique, exprimée par l'adverbe « ne » et le pronom « rien ». Il s'agit d'une négation partielle, qui porte sur le contenu de la parole.
- La négation porte sur un verbe à l'infinitif : « dire ». Ainsi, les deux termes négatifs se succèdent et précèdent ce verbe.

DES QUESTIONS POUR L'ENTRETIEN

Lors de l'entretien, vous devrez présenter une autre œuvre lue au cours de l'année. L'examinateur introduira l'échange et vous posera quelques questions. Celles ci-dessous sont des exemples.

1 Je vous remercie pour votre présentation du recueil *Le Cœur innombrable* (1901), d'Anna de Noailles. Pourriez-vous préciser l'emploi du terme « romantisme » dans votre présentation ?

Même si elle n'en fait pas partie, Anna de Noailles s'inspire des thèmes de ce mouvement littéraire et culturel de la première moitié du XIXe siècle, représenté par Hugo ou Lamartine en poésie. La nature, l'amour, la nostalgie y sont présents, comme dans le dernier poème « Le Temps de vivre » qui exprime la fuite du temps et l'urgence de vivre.

2 Avez-vous trouvé des échos entre la poésie d'Anna de Noailles et celle d'Hélène Dorion ?

Les termes du parcours associé relient les deux recueils. La nature est rendue vivante par le travail poétique des autrices. L'intime est présent puisque les forêts d'Hélène Dorion et les paysages d'Anna de Noailles, qui varient au gré des saisons, représentent des états intérieurs. Dans « L'Offrande à la nature », la poétesse décrit sa relation profonde à une nature qu'elle célèbre.

3 En quoi cette œuvre du début du XXe siècle peut-elle intéresser un lecteur ou une lectrice d'aujourd'hui ?

Anna de Noailles emploie souvent l'impératif pour nous inviter à la réflexion sur notre rapport au monde. Dans « Voix intérieure », elle recommande à son âme : « aimez la vie » et dans « La Vie profonde », elle propose une relation poétique avec la nature : « Avoir l'âme qui rêve, au bord du monde assise… ».

39 Sujet d'oral • Explication & entretien

Rabelais, *Gargantua*, « Buveurs très illustres... », Prologue

20 minutes
20 points

1. Lisez le texte à voix haute. Puis expliquez-le.

DOCUMENT

Buveurs très illustres, et vous, vérolés[1] très précieux (car c'est à vous, à personne d'autre, que sont dédiés mes écrits), Alcibiade, dans le dialogue de Platon[2] intitulé le *Banquet*, au moment de faire l'éloge de son précepteur Socrate, lequel était unanimement reconnu comme le prince des philosophes, dit entre autres compliments qu'il était semblable aux silènes.

Les silènes étaient jadis de petites boîtes comme celles que nous voyons aujourd'hui dans les boutiques des apothicaires[3], le couvercle décoré de figures amusantes et frivoles telles que harpies, satyres, oisons bridés, lièvres cornus, canes bâtées[4], boucs volants, cerfs attelés et autres semblables peintures imaginées pour faire rire les gens (Silène, maître du bon Bacchus, était ainsi fait). Toutefois, à l'intérieur, on conservait de fines substances : baume, ambre gris, amomon, musc, civette[5], pierreries[6] et autres choses précieuses.

Tel était Socrate. Car, en jugeant son aspect et en l'estimant selon son apparence, vous n'en auriez pas donné une pelure d'oignon, tant il était laid et ridicule : le nez pointu, le regard bovin, le visage d'un fou, simple dans ses mœurs, rustique dans ses vêtements, pauvre, malheureux avec les femmes, inapte à toutes les fonctions de la société, toujours riant, toujours trinquant à la santé de chacun, toujours se moquant, toujours dissimulant son divin savoir[7]. Or, en ouvrant cette boîte, vous auriez découvert à l'intérieur une substance céleste et inappréciable : une intelligence surhumaine, une force d'âme incroyable, un courage invincible, une sobriété sans pareille, une complète sérénité, une parfaite confiance en soi, un mépris absolu envers tout ce pourquoi les hommes veillent, courent, travaillent, naviguent et bataillent.

Rabelais, *Gargantua*, Prologue de l'auteur, 1542, translation par G. Milhe Poutingon, © éditions Hatier, 2021.

---

1. Vérolés : atteints de la vérole, maladie transmise par les voies sexuelles.
2. Platon (Ve-IVe siècle av. J.-C.) : philosophe grec de l'Antiquité.
3. Apothicaires : ancien terme pour *pharmaciens*.
4. Harpies, satyres, oisons bridés, canes bâtées : créatures mythologiques (harpies, satyres) ou expressions désignant des personnes stupides (oisons bridés, canes bâtées).
5. Amomon, musc, civette : matières odorantes d'origine végétale ou animale.
6. Pierreries : les pierres précieuses ont été utilisées en pharmacie jusqu'au XIXe siècle.
7. Toujours se moquant, toujours dissimulant son divin savoir : Socrate, maître de l'ironie, se moque des vices de ses contemporains, mais en dissimulant sa sagesse.

2. QUESTION DE GRAMMAIRE.

Analysez la syntaxe de la proposition subordonnée relative dans ce passage : « au moment de faire l'éloge de son précepteur Socrate, lequel était unanimement reconnu comme le prince des philosophes » (l. 3-5).

CONSEILS

1. Le texte

Faire une lecture expressive

- Le discours est empreint d'une sorte d'ivresse joyeuse qu'il faut s'efforcer de faire ressentir dès la première apostrophe et lors des longues énumérations à visée comique.
- Insistez sur les connecteurs logiques de la démonstration pour rendre perceptible le contraste entre l'extérieur et l'intérieur des silènes, puis entre l'apparence et l'esprit de Socrate.

Situer le texte, en dégager l'enjeu

- Intéressez-vous à la fonction du prologue : placé au seuil de l'œuvre, il en prépare la lecture et précise le projet de l'auteur.
- Quelle leçon l'auteur cherche-t-il à donner en comparant Socrate aux silènes ?

2. La question de grammaire

• Vous devez d'abord repérer les limites de la subordonnée relative, ainsi que son antécédent. Cette subordonnée est-elle adjective ou substantive ? Quelle est sa fonction ?
• Étudiez la forme et la fonction du pronom relatif au sein de la subordonnée.

39 PRÉSENTATION

1. L'EXPLICATION DE TEXTE

Introduction

[Présenter le contexte] Dans son roman *Gargantua*, Rabelais entend provoquer le rire, mais sa verve comique dissimule des vérités plus sérieuses.

[Situer le texte] L'auteur s'adresse ainsi directement aux lecteurs, dans son prologue, afin de les mettre en garde sur la nature véritable du texte qu'ils vont découvrir.

CITATION
« Mieux est de rire
que de larmes écrire,
Parce que rire est le
propre de l'homme. »
(« Avis aux lecteurs »)

[En dégager l'enjeu] À travers l'analogie entre les silènes et le philosophe Socrate, il incite malicieusement ses lecteurs à regarder au-delà des apparences.

Explication au fil du texte

Une singulière entrée en matière (l. 1 à 6)

• Le prologue s'ouvre sur une apostrophe burlesque en guise de *captatio benevolentiae* : « Buveurs très illustres, et vous, vérolés très précieux ». Les substantifs de sens trivial (« buveurs », « vérolés ») y sont couplés à des adjectifs mélioratifs. Par la répétition du pronom « vous », Rabelais établit une connivence avec ses lecteurs, associés aux excès dionysiaques de l'ivresse et de la sensualité.

MOT CLÉ
La ***captatio benevolentiae*** est une figure de rhétorique qui vise, au début d'un discours, à s'attirer la bienveillance de son auditoire.

• L'auteur souhaite des lecteurs à son image : de bons vivants, prompts au rire. Cette joyeuse complicité est soulignée par la construction emphatique : « c'est à vous, à personne d'autre, que sont dédiés mes écrits ». Les mauvais plaisants sont priés de rester à la porte !

• La démonstration logique qui suit débute par une référence précise à un dialogue antique de Platon, le *Banquet*. Est ainsi visé un lectorat humaniste qui connaît les différents discours contenus dans l'œuvre, dont celui d'Alcibiade, un disciple de Socrate.

À NOTER
Philosophe grec du Ve siècle av. J.-C., **Socrate** est un personnage fondamental dans l'histoire de la pensée. Il apparaît dans plusieurs dialogues de son disciple Platon.

• Dès le premier paragraphe, le prologue est donc placé sous l'égide de Socrate, dont l'importance est rappelée par la proposition subordonnée relative : « lequel était unanimement reconnu comme le prince des philosophes ».

• L'élément central de cette référence est une analogie, qui apparaît à travers le discours indirect : « Alcibiade [...] dit [...] qu'il était semblable aux silènes ».

La description des silènes (l. 7 à 14)

• Afin d'expliciter l'analogie, l'auteur décrit la particularité des « silènes », qui sont de « petites boîtes ». Il rattache cette description à des éléments connus des lecteurs contemporains, par le biais de la comparaison : « comme nous voyons aujourd'hui dans les boutiques des apothicaires ».

• Dans un premier temps, c'est l'aspect baroque de ces boîtes qui est mis en valeur. L'énumération de créatures mythologiques ou imaginaires, étranges et difformes, rappelle leur fonction comique (« faire rire les gens »). Leur apparence fait référence au satyre Silène, dont elles sont inspirées.

À NOTER
Dans la mythologie grecque, les **satyres** sont des créatures fabuleuses mi-homme mi-bouc, compagnons débauchés du dieu Dionysos (Bacchus pour les Romains).

• L'adverbe « Toutefois » invite à dépasser cette apparence pour s'intéresser à ce qui se trouve « à l'intérieur » des boîtes. La suite de la description révèle alors le caractère inestimable de leur contenu : de « fines substances » (matières rares et pierres précieuses) utilisées en pharmacie.

• L'ensemble de la description établit une antithèse entre l'intérieur et l'extérieur, figure de style que l'on retrouve dans la dernière partie de l'extrait.

L'analogie avec le philosophe Socrate (l. 15 à 27)

• L'auteur poursuit sa démonstration logique en revenant à l'analogie initiale : « Tel était Socrate ».

• Il décrit d'abord l'apparence du philosophe de manière très péjorative. Le lecteur est pris à témoin de manière familière (« vous n'en auriez pas donné une pelure d'oignon ») de l'aspect « laid et ridicule » du personnage. L'énumération qui suit insiste sur cette apparence risible : « le nez pointu, le regard bovin [...] ».

• Puis les verbes au participe présent révèlent en Socrate un précurseur antique de cette fameuse confrérie de « buveurs » humanistes évoquée au début du prologue : « toujours riant, toujours trinquant à la santé de chacun, toujours se moquant, toujours dissimulant son divin savoir ».

• L'analogie est finalement explicitée et le lecteur comprend que l'apparence de Socrate cache quelque chose de bien plus précieux : à l'instar des silènes, le philosophe recèle, à l'intérieur d'un corps difforme, « une substance céleste et inappréciable ». Dans la dernière énumération de l'extrait, le lexique relatif aux qualités intellectuelles et morales de Socrate a une valeur superlative : « surhumaine », « incroyable », « invincible », « sans pareille »... L'accumulation des verbes d'action au présent (« veillent », « courent », « travaillent »...) souligne l'opposition entre le détachement du philosophe et la suractivité des hommes. Le personnage est enfin révélé pour ce qu'il est vraiment : un modèle de vertu et de sagesse philosophique.

Conclusion

[Faire le bilan de l'explication] Le début de ce prologue, mêlant gaieté et profondeur, invite le lecteur à faire la différence entre l'apparence et la véritable valeur des êtres et des choses.

[Mettre le texte en perspective] Il s'agit en réalité d'une clef de lecture pour l'œuvre entière. Le lecteur doit interpréter l'ivresse joyeuse du roman « à plus haut sens » pour en extraire la sagesse humaniste, comme au chapitre XIII, où l'invention triviale et comique d'un « torchecul » par Gargantua démontre en réalité l'intelligence pratique du héros.

2. LA QUESTION DE GRAMMAIRE

« au moment de faire l'éloge de **son précepteur Socrate**, [lequel était unanimement reconnu comme le prince des philosophes] »

• La proposition entre crochets est une proposition subordonnée relative adjective ; elle est apposée à son antécédent, le groupe nominal « son précepteur Socrate ».

• Elle est introduite par le pronom relatif composé « lequel », qui a une fonction de sujet du verbe « était [...] reconnu » à l'intérieur de la proposition subordonnée.

• Cette proposition n'apporte qu'un commentaire sans contribuer à l'identification de son antécédent : on peut donc dire qu'elle est explicative et non déterminative.

DES QUESTIONS POUR L'ENTRETIEN

Lors de l'entretien, vous devrez présenter une autre œuvre lue au cours de l'année. L'examinateur introduira l'échange et vous posera quelques questions. Celles ci-dessous sont des exemples.

1 Sur votre dossier est mentionnée la lecture cursive d'une autre œuvre argumentative : *Le Neveu de Rameau* de Diderot (seconde moitié du XVIIIe siècle). Pouvez-vous la présenter brièvement, en insistant sur le sujet du dialogue entre les deux personnages ?

2 Expliquez comment la satire invite à la réflexion dans cette œuvre.

3 Quels points de vue chaque personnage défend-il ? Vous sentez-vous plus proche de « Lui » ou de « Moi », et pourquoi ?

40 Sujet d'oral • Explication & entretien

Rabelais, *Gargantua*, « On lui recommanda... », chapitre XIV

20 minutes
20 points

1. Lisez le texte à voix haute. Puis expliquez-le.

DOCUMENT

Gargantua est confié par son père à un savant « pour qu'il l'éduque selon ses capacités ».

On lui recommanda un grand sophiste[1], nommé Maître Thubal Holoferne, qui lui apprit si bien son alphabet qu'il le récitait par cœur et à l'envers. Cela l'occupa cinq ans et trois mois. Puis son maître lui lut Donat, le *Facet*, le *Théodolet* et Alanus *in parabolis*[2]. Et cela l'occupa treize ans, six mois et deux semaines. Notez que, pendant ce temps, il lui apprenait à écrire en lettres gothiques. Gargantua devait recopier lui-même ses livres, car l'art de l'imprimerie n'était pas encore inventé. Pour cela, il portait habituellement une grosse écritoire, pesant plus de sept mille quintaux, dont l'étui était aussi gros et grand que les gros piliers d'Ainay[3]. L'encrier, qui avait la capacité d'un tonneau, y était suspendu par de grosses chaînes de fer.

Puis il lui lut le *De modis significandi*[4], avec les commentaires de Heurtebise, de Faquin, de Tropdiceux, de Galehaut, de Jean le Veau, de Billonio, Brelingandus, et un tas d'autres. Cela l'occupa plus de dix-huit ans et onze mois. Et il le sut si bien que, mis à l'épreuve, il le récitait par cœur et à l'envers. Il prouvait ainsi sur ses doigts, à sa mère, que *de modis significandi non erat scientia*[5]. Puis il lui lut le *Comput*[6], ce qui l'occupa bien seize ans et deux mois, jusqu'à la mort de son précepteur, laquelle survint en l'an mille quatre cent vingt, d'une vérole qui lui vint.

Après il eut un autre vieux tousseur, nommé Maître Jobelin Bridé, qui lui lut Hugutio, Hébrard, le *Grecisme*, le *Doctrinal*, les *Pars*[7], le *Quid est*[8], le *Supplementum*[9], Marmotret, *De moribus in mensa servandis*[10], *Seneca de quatuor virtutibus cardinalibus*[11], *Passaventus cum commento*[12], et le *Dormi secure*[13] pour les fêtes. Et quelques autres de la même farine, à la lecture desquels il devint tellement sage que jamais plus nous n'en avons enfourné de pareils.

Rabelais, *Gargantua*, chapitre XIV, 1542,
translation par G. Milhe Poutingon, © éditions Hatier, 2021.

---

1. Sophiste : maître de rhétorique qui enseignait l'art de persuader avec des discours ayant l'apparence de l'objectivité.
2. Alanus *in parabolis* : liste d'ouvrages scolaires très répandus depuis le Moyen Âge, symboles de bêtise et d'obscurantisme pour les humanistes, ainsi que les autres livres auxquels ce chapitre fait allusion.
3. Ainay : Saint-Martin d'Ainay, cathédrale lyonnaise.
4. *De modis significandi* : *Les modes de signifier*, traité de grammaire médiévale.
5. *De modis significandi non erat scientia* : « les modes de signifier ne sont pas une science ». L'ironie consiste à dénigrer cette forme de savoir en utilisant le latin, langue dans laquelle ces traités sont écrits.
6. *Comput* : calendrier populaire très répandu, contenant des vies de saints, des remèdes « de bonne femme », etc.
7. Les *Pars* : *Les Parties*, ouvrage de rhétorique.
8. Le *Quid est* : le *Qu'est-ce que c'est ?*, manuel scolaire, sous forme de questions-réponses.
9. Le *Supplementum* : le *Supplément*.
10. *De moribus in mensa servandis* : *Sur la façon de se tenir à table*.
11. *Seneca de quatuor virtutibus cardinalibus* : *Les Quatre Vertus cardinales* de Sénèque.
12. *Passaventus cum commento* : *Passavent avec son commentaire*. Passavent est un moine, auteur d'un ouvrage de piété.
13. *Dormi secure* : le *Dors en paix*, recueil de sermons.

2. QUESTION DE GRAMMAIRE.

Analysez la proposition subordonnée conjonctive figurant dans la première phrase de l'extrait (l. 1-3).

CONSEILS

1. Le texte

Faire une lecture expressive

• L'extrait contient de nombreux termes latins : entraînez-vous à les prononcer (par exemple, le *u* est prononcé « ou » et le *e*, « é ») en articulant bien et sans vous précipiter.

• L'ironie rabelaisienne doit être palpable : soulignez-la grâce à votre intonation, et faites sentir le caractère abrutissant de l'enseignement sophistique à travers l'accumulation des ouvrages étudiés.

■ Situer le texte, en dégager l'enjeu

• Examinez le ton adopté par le narrateur pour décrire l'enseignement reçu par Gargantua.

• Cherchez à élucider les cibles de la satire et relevez les dysfonctionnements mis en lumière dans l'éducation du héros.

2. La question de grammaire

• Identifiez la subordonnée conjonctive et les termes qui l'introduisent.

• Réfléchissez à la circonstance exprimée par cette subordonnée. Que peut-on dire sur le mode utilisé pour le verbe ?

40 PRÉSENTATION

1. L'EXPLICATION DE TEXTE

Introduction

[Présenter le contexte] Dans le chapitre précédent, Gargantua a impressionné son père en inventant un « torchecul ». Grandgousier se soucie désormais de trouver un précepteur capable de faire atteindre à son fils « un degré souverain de sagesse ». Sur un mode comique, Rabelais fait écho à l'importance accordée par les humanistes de la Renaissance à l'éducation et à l'élévation spirituelle.

[Situer le texte] Dans l'extrait étudié, Gargantua reçoit l'enseignement scolastique de ses premiers précepteurs, Maîtres Thubal Holoferne et Jobelin Bridé.

[En dégager l'enjeu] Rétrograde et stérile, cet enseignement fait les frais de la verve satirique de Rabelais, qui en dénonce les impasses.

Explication au fil du texte

Un enseignement absurde et chronophage (l. 1 à 11)

• D'emblée, Rabelais ironise sur le précepteur choisi pour cultiver l'esprit de Gargantua. Son titre pompeux, « grand sophiste », contraste avec son nom ridicule : « Thubal Holoferne ». En effet, *thubal* signifie « confusion » en hébreu et Holoferne fait référence à un persécuteur des Juifs dans la Bible. Discrédité d'entrée de jeu par son seul nom, ce maître incarne un enseignement nuisible et vain.

- Le temps passé à apprendre l'alphabet, particulièrement long, fait sourire. La vacuité de cet apprentissage sans réelle finalité apparaît dans la subordonnée consécutive pleine d'humour : « si bien qu'il le récitait par cœur et à l'envers ».
- La lenteur et la perte de temps induites par ce programme éducatif sont soulignées par les compléments de temps hyperboliques : « Cela l'occupa cinq ans et trois mois » ; « cela l'occupa treize ans, six mois et deux semaines ».
- Thubal Holoferne abrutit son élève avec des ouvrages scolaires emblématiques du Moyen Âge mais perçus par les humanistes comme des symboles de bêtise et d'obscurantisme. Les titres latins s'accumulent, mêlant grammaire, civilité, morale. Aucun esprit critique n'est demandé à l'élève : l'écoute passive semble suffire, comme l'indique la formule « son maître lui lut ».
- Le narrateur interpelle avec humour le lecteur (« Notez que ») pour l'inviter à constater un autre aspect qui contribue à discréditer cet enseignement : l'apprentissage des lettres gothiques, écriture jugée obsolète à l'époque de Rabelais. Pis, l'élève se contente de « recopier » ses livres, sans aucun travail de réflexion sur leur contenu.
- L'allusion à l'imprimerie renvoie à l'idéal humaniste de diffusion du savoir alors que l'infortuné Gargantua se trouve encore au stade des moines copistes médiévaux.
- Enfin, les précisions sur le poids et la taille des instruments d'écriture sont à la mesure du gigantisme du héros, tout en symbolisant la lourdeur d'un enseignement qui vire au pensum.

> **INFO**
> L'Allemand Gutenberg invente les **caractères mobiles d'imprimerie** au milieu du XVe siècle : cette technique révolutionnaire permet d'accélérer grandement la diffusion des livres.

Une éducation délétère (l. 12 à 27)

- La suite du texte amplifie la satire d'un enseignement inadapté, qui impose à Gargantua la lecture d'ouvrages abrutissants.
- L'anaphore « Puis il lui lut » pointe la logique cumulative et routinière qui préside à la pédagogie de Maître Holoferne. Lui fait toujours écho le refrain comique « cela l'occupa », qui suggère combien cette activité chronophage est dépourvue de toute finalité pour l'élève ; elle ne fait que meubler son temps.

• Rabelais énumère une série d'ouvrages de commentaires qui éloignent l'élève des textes sources, qui seraient pourtant plus utiles à son instruction. Ici, le savoir, déjà sujet à caution, est transmis par des commentateurs peu crédibles (« Heurtebise », « Faquin », « Tropdiceux », « Galehaut », « Jean le Veau »...) : leurs noms prêtent à sourire.

• De plus, Gargantua fait un usage bien discutable de ce savoir. Teintée d'ironie, la reprise de la formule « il le récitait par cœur et à l'envers » montre qu'un pas est franchi dans l'absurdité : un alphabet récité à l'envers pose déjà question, mais que dire d'un ouvrage entier ? L'apprentissage n'a plus de sens.

• Gargantua se trouve enfermé dans une logique de répétition caractéristique de l'enseignement scolastique. L'élève n'est jamais invité à la réflexion ni à l'appropriation réelle d'un savoir riche et cohérent. Gargantua ne peut alors que chercher à éblouir un public ignorant (sa mère Gargamelle), avec un pseudo-savoir *(« de modis significandi non erat scientia »)* débité en latin. Faite « sur ses doigts », et aboutissant à un échec, la démonstration devient risible !

DES POINTS EN +
Rabelais dénonce le **caractère psittaciste** de l'enseignement scolastique, hérité du Moyen Âge, dans lequel l'élève répète mécaniquement des savoirs qu'il ne comprend pas.

• L'empilement des faux savoirs, en dehors de tout bon sens, se poursuit et les années défilent. Seule la mort du précepteur permet de délivrer l'élève de son « tortionnaire ». Rabelais inflige souvent à ses personnages repoussoirs des maladies (« une vérole ») qui montrent combien ce qu'ils incarnent est malsain.

• Hélas pour Gargantua, son deuxième précepteur ne vaut pas mieux que le premier ! L'origine ironique du nom « Jobelin Bridé » (*jobelin* signifie « idiot ») fait de l'enseignant un idiot patenté, tandis que la périphrase « vieux tousseur » le relègue au rang d'antiquité périmée.

• S'ensuit une énumération de livres à l'utilité douteuse, dont les noms en latin, langue des savants, cachent mal la vacuité. Rabelais souligne ironiquement les dégâts causés par une telle éducation sur l'élève, mal « enfourné » après avoir ingurgité une telle « farine ». L'antiphrase finale achève de fustiger les errances de ce modèle éducatif qui se trompe d'objet.

Conclusion

[Faire le bilan de l'explication] Dans cet extrait, Rabelais cherche à ridiculiser les travers du modèle éducatif scolastique, fondé sur des méthodes et des contenus inadaptés aux besoins réels des élèves. L'accumulation de lectures stériles rendent Gargantua « complètement fou, stupide, rêveur et crétin », comme on l'apprend au chapitre suivant.

[Mettre le texte en perspective] À cet enseignement sclérosé, Rabelais oppose un modèle novateur qui témoigne, à travers la figure du bon maître Ponocrates, d'un idéal humaniste fondé sur la réflexion, le dialogue et l'expérimentation. Dans cette perspective, l'éducation est conçue comme le plus sûr moyen d'épanouissement pour le genre humain.

2. LA QUESTION DE GRAMMAIRE

« On lui recommanda un grand sophiste, nommé Maître Thubal Holoferne, qui lui apprit si bien son alphabet [qu'il le récitait par cœur et à l'envers]. »

- Dans cette phrase complexe, la proposition subordonnée conjonctive circonstancielle (entre crochets) est introduite par la locution conjonctive de subordination « si bien […] que ». Elle exprime la conséquence.
- Le mode verbal utilisé dans cette subordonnée est l'indicatif (verbe « récitait » à l'imparfait) : la conséquence est présentée comme effective.

DES QUESTIONS POUR L'ENTRETIEN

Lors de l'entretien, vous devrez présenter une autre œuvre lue au cours de l'année. L'examinateur introduira l'échange et vous posera quelques questions. Celles ci-dessous sont des exemples.

1. Dans votre dossier est mentionnée la lecture cursive d'une autre œuvre argumentative : *Micromégas* de Voltaire. Pouvez-vous présenter brièvement ce conte philosophique ?
2. Comment Voltaire utilise-t-il le rire pour aborder la question du savoir à son époque ?
3. Pensez-vous que *Micromégas* puisse encore donner à réfléchir à un lecteur contemporain ?

41 Sujet d'oral • Explication & entretien

La Bruyère, *Les Caractères*, livre V, 9

20 minutes
20 points

1. Lisez le texte à voix haute. Puis expliquez-le.

DOCUMENT

9 (VIII)

Arrias a tout lu, a tout vu, il veut le persuader ainsi ; c'est un homme universel[1], et il se donne pour tel : il aime mieux mentir que de se taire ou de paraître ignorer quelque chose. On parle à la table d'un grand[2] d'une cour du Nord : il prend la parole, et l'ôte à ceux qui allaient dire ce qu'ils en savent ; il s'oriente dans cette région lointaine comme s'il en était originaire ; il discourt des mœurs de cette cour, des femmes du pays, de ses lois et de ses coutumes ; il récite des historiettes qui y sont arrivées ; il les trouve plaisantes, et il en rit le premier jusqu'à éclater[3]. Quelqu'un se hasarde de le contredire, et lui prouve nettement qu'il dit des choses qui ne sont pas vraies. Arrias ne se trouble point, prend feu au contraire contre l'interrupteur : « Je n'avance, lui dit-il, je ne raconte rien que je ne sache d'original[4] : je l'ai appris de *Sethon*, ambassadeur de France dans cette cour, revenu à Paris depuis quelques jours, que je connais familièrement, que j'ai fort interrogé, et qui ne m'a caché aucune circonstance. » Il reprenait le fil de sa narration avec plus de confiance qu'il ne l'avait commencée, lorsque l'un des conviés lui dit : « C'est Sethon à qui vous parlez, lui-même, et qui arrive de son ambassade. »

La Bruyère, *Les Caractères*, livre V, 1696.

1. Un homme universel : un homme qui sait tout.
2. Un grand : un prince.
3. Jusqu'à éclater : jusqu'à éclater d'un rire retentissant.
4. Que je ne sache d'original : que je ne sache de source sûre.

2. QUESTION DE GRAMMAIRE.
Étudiez l'expression de la négation dans la phrase suivante : « Je n'avance, lui dit-il, je ne raconte rien que je ne sache d'original : je l'ai appris de *Sethon*, ambassadeur de France dans cette cour, revenu à Paris depuis quelques jours, que je connais familièrement, que j'ai fort interrogé, et qui ne m'a caché aucune circonstance. » (l. 13-17)

CONSEILS

1. Le texte

Faire une lecture expressive

- Dans la deuxième phrase, rendez perceptible la vivacité de la scène traduite par la juxtaposition des propositions.
- Faites sentir la pédanterie d'Arrias dans le passage au discours direct : « Je n'avance […] aucune circonstance. » (l. 13-17).
- Ralentissez la lecture à la dernière phrase pour souligner l'effet de chute.

Situer le texte, en dégager l'enjeu

- Il s'agit d'un portrait satirique, qui utilise la caricature : étudiez les moyens employés par La Bruyère pour créer cet effet.
- La Bruyère utilise ici l'anecdote : montrez comment cette saynète illustre la pédanterie d'Arrias et constitue un portrait en action.

2. La question de grammaire

- Vous devez relever quatre formes négatives. Pour chacune, identifiez la nature des mots de négation utilisés.
- Analysez la portée de chaque négation : est-elle totale ou partielle ?

41 PRÉSENTATION

1. L'EXPLICATION DE TEXTE

Introduction

[Présenter le contexte] Dans *Les Caractères*, collection de textes brefs de genres variés, La Bruyère peint les défauts humains, conformément à l'idéal classique qui entend « plaire pour instruire ». Il propose notamment une série de portraits satiriques acérés.

[Situer le texte] Le livre V des *Caractères*, intitulé « De la société et de la conversation », est l'occasion d'évoquer la vie mondaine de son époque et de dénoncer les travers de ses contemporains.

[En dégager l'enjeu] Dans le caractère 9, La Bruyère met en scène un personnage dénommé Arrias dans une conversation qui en révèle sa pédanterie.

Explication au fil du texte

Un pédant (l. 1 à 4)

• L'hyperbole de la première phrase définit Arrias comme le type même du pédant : il « a tout lu, tout vu ». Le parallélisme de construction renforce la prétention à un savoir « universel ». D'emblée, la réalité de ce savoir est mise en doute puisqu'Arrias cherche à en « persuader » les autres et qu'« il se donne comme tel ». Le personnage est donc présenté, dès le début du caractère, comme quelqu'un qui feint et joue un rôle.

> **MOT CLÉ**
> Le **pédant** étale un savoir mal maîtrisé et suscite l'ennui. Il est une figure repoussoir à l'époque classique, qui valorise l'esprit, la vivacité et la finesse.

• Dans la seconde partie de la phrase, l'utilisation du présent de l'indicatif à valeur de vérité générale et des infinitifs donne une portée universelle à ce portrait, et situe Arrias du côté du paraître (« il aime mieux mentir »).

Une conversation mondaine (l. 4 à 10)

• La Bruyère met ensuite Arrias en situation, dans une saynète emblématique de la vie mondaine : une conversation « à la table d'un grand ». Le comportement du personnage, tel que dépeint par de nombreux verbes d'action (il « prend », « ôte », « s'oriente » ...), permet d'illustrer et d'animer son portrait.

• Le pronom personnel indéfini « on », qui ouvre ce deuxième mouvement, désigne les convives : il s'oppose au pronom « il » qui représente Arrias et qui est repris six fois. Le texte mime ainsi la manière dont le personnage monopolise « la parole ». Au type du pédant se superpose celui du « fâcheux », qui est de mauvaise compagnie et ne sait pas faire preuve de la courtoisie et de l'humilité propre à l'honnête homme.

MOT CLÉ
L'« **honnête homme** » du XVIIe siècle est cultivé, raisonnable ; il fait preuve de savoir-vivre et de modération en toute circonstance.

• Le lexique utilisé (« discourt », « récite ») suggère qu'Arrias parle pour ne rien dire, au contraire de ceux qui auraient pu « dire ce qu'ils en savent ». C'est donc à la fois sa manière d'utiliser la parole et le contenu de son discours qui sont disqualifiés. Le terme « historiettes » renforce cette perception et la fin de la phrase (« il les trouve plaisantes ») sous-entend que seul Arrias prend plaisir et intérêt à ses propos. Il se montre donc indifférent ou insensible à ceux qui l'entourent. Le portrait du pédant se précise : Arrias veut montrer qu'il sait et les autres convives ne lui servent que de faire-valoir.

Un personnage qui se ridiculise (l. 10 à 19)

• Le dernier mouvement du texte s'ouvre sur l'intervention d'un personnage (« quelqu'un »), qui se détache du groupe désigné par le « on » initial pour « contredire » le monologue d'Arrias. Le lexique employé place explicitement cet intervenant du côté de la raison et de la vérité : il « prouve nettement » à Arrias « qu'il dit des choses qui ne sont pas vraies ».

• La réaction d'Arrias montre qu'il est incapable de se remettre en question et qu'il n'entend pas perdre contenance : la métaphore « [il] prend feu » indique qu'il contredit à son tour son « interrupteur ». Ce dernier terme renvoie à ce qu'Arrias pense de son interlocuteur, et témoigne de sa conception de la conversation : elle n'est pour lui qu'une occasion de « briller » devant un auditoire captif.

• Formulée au discours direct, pour donner plus de vie au portrait, la réponse d'Arrias à son contradicteur fait appel à un argument d'autorité (« je l'ai appris de *Sethon*, ambassadeur de France »). L'accumulation d'expansions du nom « Sethon » – en particulier, la succession de trois propositions subordonnées relatives – montre la volonté d'Arrias de réduire au silence l'importun en faisant valoir ce qu'il « connaît », comme l'atteste le lexique du savoir (« interrogé », « caché »), et la proximité affichée avec celui qui lui sert d'alibi.

MOT CLÉ
L'**argument d'autorité** fait référence à une personne ou une œuvre à la légitimité incontestée, afin d'achever de convaincre l'interlocuteur.

• La dernière phrase, qui constitue la chute de l'anecdote, ridiculise Arrias, pris en flagrant délit de mensonge. Contrastant avec le passage narratif à l'imparfait (« Il reprenait le fil de sa narration [...] »), le discours direct final inverse brutalement le cours de la conversation grâce à l'intervention de « l'un des conviés » : celui-ci révèle qu'Arrias parle à celui-là même qu'il prétend connaître « familièrement » ! Cette chute comique témoigne du talent de La Bruyère qui, en quelques lignes, réussit à mettre en scène le pédant et sa punition, tout en nous faisant rire.

Conclusion

[Faire le bilan de l'explication] Dans ce portrait, Arrias apparaît comme la caricature du pédant, à l'opposé de l'idéal du « bel esprit ». Le caractère plaisant de cette anecdote à chute fait écho au projet, qui relève de l'esthétique classique, de « châtier les mœurs par le rire ».

[Mettre le texte en perspective] Cette opposition entre le pédant et le bel esprit se retrouve dans des comédies de Molière, dont *Les Femmes savantes* où Trissotin apparaît comme l'incarnation du pédant fâcheux et ridicule.

2. LA QUESTION DE GRAMMAIRE

Je **n'**avance, lui dit-il, je **ne** raconte **rien** que je **ne** sache d'original : je l'ai appris de *Sethon*, ambassadeur de France dans cette cour, revenu à Paris depuis quelques jours, que je connais familièrement, que j'ai fort interrogé, et qui **ne** m'a caché **aucune** circonstance.

• Quatre formes négatives sont employées.

• Elles sont toutes construites avec l'adverbe de négation « ne » ou sa forme élidée « n' ». Cet adverbe forme une locution avec :

– le pronom « rien » dans les deux premières négations, « rien » étant sous-entendu dans la première occurrence (« Je n'avance [rien] ») ;

– le déterminant « aucune » dans la dernière.

• Dans ce cas, il s'agit de négations partielles, puisque c'est un aspect particulier et non le fait entier qui est nié. En revanche, la portée de la négation est totale dans : « que je ne sache (pas) d'original ».

DES QUESTIONS POUR L'ENTRETIEN

Lors de l'entretien, vous devrez présenter une autre œuvre lue au cours de l'année. L'examinateur introduira l'échange et vous posera quelques questions. Celles ci-dessous sont des exemples.

1. Sur votre dossier est mentionnée la lecture cursive d'une autre œuvre, *Les Lettres persanes* de Montesquieu. Pouvez-vous la présenter brièvement et en expliquer le titre ?
2. En quoi cette œuvre évoque-t-elle le thème de « La comédie sociale » ?
3. Selon vous, quel est l'intérêt de passer par un regard étranger pour faire la satire de la société française ?
4. Pouvez-vous comparer le regard porté sur leurs contemporains par La Bruyère et Montesquieu ?

42 Sujet d'oral • Explication & entretien

La Bruyère, *Les Caractères*, livre VIII, 19

20 minutes
20 points

1. Lisez le texte à voix haute. Puis expliquez-le.

DOCUMENT

19 (V)

Ne croirait-on pas de *Cimon* et de *Clitandre* qu'ils sont seuls chargés des détails de tout l'État, et que seuls aussi ils en doivent répondre ? L'un a du moins les affaires de terre, et l'autre les maritimes. Qui pourrait les représenter[1] exprimerait l'empressement, l'inquiétude[2], la curiosité, l'activité, saurait peindre le mouvement. On ne les a jamais vus assis, jamais fixes[3] et arrêtés : qui même les a vus marcher ? on les voit courir, parler en courant, et vous interroger sans attendre de réponse. Ils ne viennent d'aucun endroit, ils ne vont nulle part : ils passent et ils repassent. Ne les retardez pas dans leur course précipitée, vous démonteriez leur machine ; ne leur faites pas de questions, ou donnez-leur du moins le temps de respirer et de se ressouvenir qu'ils n'ont nulle affaire, qu'ils peuvent demeurer avec vous et longtemps, vous suivre même où il vous plaira de les emmener. Ils ne sont pas les *Satellites de Jupiter*, je veux dire ceux qui pressent et qui entourent le prince, mais ils l'annoncent et le précèdent ; ils se lancent impétueusement dans la foule des courtisans ; tout ce qui se trouve sur leur passage est en péril. Leur profession est d'être vus et revus, et ils ne se couchent jamais sans s'être acquittés d'un emploi si sérieux, et si utile à la république[4]. Ils sont au reste instruits à fond de toutes les nouvelles indifférentes[5], et ils savent à la cour tout ce que l'on peut y ignorer ; il ne leur manque aucun des talents nécessaires pour s'avancer médiocrement[6]. Gens néanmoins éveillés et alertes sur tout ce qu'ils croient leur convenir, un peu entreprenants, légers et précipités. Le dirai-je ? ils portent au vent[7], attelés tous deux au char de la Fortune, et tous deux fort éloignés de s'y voir assis.

La Bruyère, *Les Caractères*, livre VIII, 1696.

1. Les représenter : les peindre, en faire le portrait.
2. L'inquiétude : l'incapacité à ne pas bouger, à rester en place.
3. Jamais fixes : jamais immobiles.
4. La république : l'État.
5. Les nouvelles indifférentes : les nouvelles qui n'ont aucun intérêt.
6. Pour s'avancer médiocrement : pour faire une passable carrière.
7. Ils portent au vent : ils portent la tête fort haute.

2. QUESTION DE GRAMMAIRE.

Analysez les propositions dans le passage suivant : « Ils ne sont pas les *Satellites de Jupiter*, je veux dire ceux qui pressent et qui entourent le prince, mais ils l'annoncent et le précèdent » (l. 15-17).

CONSEILS

1. Le texte

Faire une lecture expressive

- Respectez la ponctuation ; posez bien votre respiration dans les phrases longues.
- Faites entendre l'ironie présente dans le texte, en particulier lorsque vous lisez les questions rhétoriques (l. 1-3, 7-8 et 25).
- La Bruyère utilise fréquemment l'accumulation avec des énumérations ou des juxtapositions. Votre lecture doit souligner ce procédé d'amplification.

Situer le texte, en dégager l'enjeu

- Dans cet extrait du livre VIII, intitulé « De la cour », intéressez-vous aux qualités de portraitiste déployées par La Bruyère.
- Le moraliste s'attaque ici aux courtisans : montrez de quelle manière le portrait se transforme en caricature.

2. La question de grammaire

- Relevez les verbes conjugués afin de délimiter les différentes propositions.
- Vous devez identifier notamment deux subordonnées. Quelle est leur proposition principale ?

42 PRÉSENTATION

1. L'EXPLICATION DE TEXTE

Introduction

[Présenter le contexte] Dans *Les Caractères*, La Bruyère propose une satire de la société française du XVIIe siècle à travers des maximes, des aphorismes ou encore des portraits. Ces derniers correspondent au goût de l'époque classique : de nombreux auteurs offrent ces « morceaux choisis » qui plaisent aux lecteurs et leur permettent de montrer leur virtuosité.

[Situer le texte] Dans le livre VIII, intitulé « De la cour », la critique du moraliste se porte sur les courtisans et la comédie sociale autour du pouvoir royal. [En dégager l'enjeu] Le double portrait en action des courtisans Cimon et Clitandre, sujets du caractère 19, constitue une satire féroce des ambitieux.

Explication au fil du texte

Des hommes d'importance (l. 1 à 6)

- Le portrait des deux courtisans commence par une question rhétorique (« Ne croirait-on pas [...] ? ») qui prend les lecteurs à témoin : ces derniers, en effet, ont pu rencontrer leurs propres Cimon et Clitandre.

MOT CLÉ
La diversité formelle des *Caractères* se retrouve aussi dans **la variété des types de portraits** : si certains décrivent un individu doté d'un nom, d'autres sont anonymes, ou encore collectifs.

- La répétition de l'adjectif « seuls » et l'emploi de l'adverbe « aussi » insistent ironiquement sur le rôle décisif de ces deux personnages dans la gestion des affaires de l'État. La forme interrogative et le verbe « croire » au conditionnel suggèrent d'emblée qu'il ne s'agit que d'une apparence. En outre, le caractère vague de la répartition entre « les affaires de la terre » et « les maritimes » suscite le soupçon sur la réalité des charges des deux hommes. Ce soupçon se trouve confirmé par les noms mêmes de Cimon et Clitandre, qui évoquent des personnages de théâtre, en particulier de la comédie italienne.
- Avec les verbes « représenter » et « peindre », La Bruyère fait référence à l'art pictural dans une phrase qui lui permet de souligner indirectement sa propre virtuosité d'écriture. L'emploi du conditionnel (« pourrait », « saurait ») ainsi que le paradoxe apparent, « peindre le mouvement », traduisent le défi que représente ce double portrait. L'énumération de substantifs

« l'empressement, l'inquiétude, la curiosité, l'activité » constitue une sorte de première esquisse des personnages.

Une course sans fin (l. 7 à 15)

- En brossant le portrait en action de Cimon et Clitandre, décrits par leur comportement et leurs gestes, La Bruyère en offre une peinture morale. L'emploi du pronom « on » et la question rhétorique permettent, une nouvelle fois, de prendre à parti le lecteur, et créent une complicité avec l'auteur.

- Le recours à l'exagération, notamment avec la négation totale « on ne les a jamais vus assis », ou encore l'emploi du champ lexical de la course, transforment ce portrait en caricature tout en évoquant la fuite en avant (« on les voit courir, parler en courant ») dans laquelle sont engagés les courtisans, animés par l'obsession de la réussite. La Bruyère insiste sur les gesticulations frénétiques de Cimon et Clitandre, qui les rapprochent de la « machine ». Mécanique et non réfléchi (« ils passent et ils repassent »), leur comportement reflète l'asservissement auquel l'ambition soumet l'homme.

- L'énumération de conseils ironiques aux lecteurs (« Ne les retardez pas », « ne leur faites pas de questions », « donnez-leur du moins le temps ») aboutit finalement à la conclusion que les deux hommes n'ont « aucune affaire ». La course frénétique des deux courtisans n'a en réalité aucun but, et ils semblent eux-mêmes devenus aveugles à la vacuité de leur activité incessante, puisqu'il leur faut s'en « ressouvenir ».

Des ambitieux sans talent (l. 15 à 27)

- Après nous les avoir montrés en action, La Bruyère définit Cimon et Clitandre par une tournure négative : « ils ne sont pas les *Satellites de Jupiter* ». L'image renvoie au « prince » (autrement dit le roi Louis XIV) et à son entourage proche. La Bruyère dévalue à nouveau l'importance des deux hommes : ils se contentent d'être ceux qui « annoncent » et « précèdent » le prince, comme « la foule des courtisans ». L'hyperbole « tout ce qui se trouve sur leur passage est en péril » insiste sur la débauche d'activité dont font preuve Cimon et Clitandre afin de gagner une place dans cette « foule » en concurrence pour approcher le prince.

- La Bruyère spécifie ensuite, cette fois par l'affirmative, la « profession » des deux courtisans : « être vus et revus ». Il met ainsi en évidence la vacuité de leurs occupations. L'ironie féroce contenue dans l'antiphrase « un emploi si sérieux, et si utile à la république », souligne la vanité et l'inutilité des deux hommes.

MOT CLÉ
L'**antiphrase** est une figure de style qui consiste à dire, par ironie ou par euphémisme, l'inverse de ce que l'on pense.

ORAL

• La fin du texte reprend des éléments traditionnels de la critique des courtisans et de la cour, à travers la juxtaposition de propositions qui construisent une opposition terme à terme : « instruits » et « indifférentes », « talents » et « médiocrement ». Ces antithèses permettent de mettre au jour l'apparence d'activité et de talent que veulent se donner les courtisans. Cimon et Clitandre témoignent ainsi du règne du paraître en vigueur à la cour : ce n'est pas le mérite ou la compétence qui comptent mais bien l'image que l'on parvient à donner de soi. La Bruyère illustre ici le thème baroque du *theatrum mundi* (le théâtre du monde) : la société s'apparente à une grande scène où chacun joue un rôle, consciemment ou non, à l'instar des « comédiens » Cimon et Clitandre.

• La pique finale est préparée par une question rhétorique, « Le dirai-je ? », qui permet à La Bruyère d'intervenir explicitement et de renforcer l'effet de chute. Cet effet tient autant au rythme de la phrase, basé sur une gradation ascendante en rythme ternaire, qu'à la métaphore du « char de la Fortune » qui marque l'esprit du lecteur par l'opposition entre « attelés » et « assis ». La référence mythologique concourt à donner une valeur universelle au portrait alors que la métaphore permet de remettre Cimon et Clitandre à leur véritable place : des esclaves de la Fortune. La Bruyère montre ainsi sa maîtrise de l'art de la pointe, pratiquée par nombre de moralistes au XVIIe siècle.

MOT CLÉ

L'art de la pointe repose sur un effet de surprise créé par un trait d'esprit inattendu, un retournement de situation ou un effet de chute, qui doit amuser et faire réfléchir le lecteur.

Conclusion

[Faire le bilan de l'explication] En définitive, Cimon et Clitandre incarnent la vacuité de l'existence des courtisans, qui s'évertuent à tenter de s'approcher du pouvoir royal tout en feignant le talent et l'activité. Ce double portrait constitue une violente satire de la cour française du XVIIe siècle. En outre, La Bruyère invite ses lecteurs à regarder le spectacle du monde sans en être dupes.

[Mettre le texte en perspective] Le moraliste s'inscrit ainsi dans la longue tradition de la critique des courtisans : dans *Les Regrets* (1558), Du Bellay fustigeait déjà « ces vieux singes de cour, qui ne savent rien faire ».

2. LA QUESTION DE GRAMMAIRE

« [Ils ne **sont** pas les Satellites de Jupiter], [je **veux** dire ceux qui **pressent** et qui **entourent** le prince] ; [mais ils l'**annoncent**] et [le **précèdent**] »

- Dans ce passage, nous relevons six verbes conjugués, donc six propositions.
- Quatre propositions indépendantes sont reliées par la juxtaposition (virgule, point-virgule), puis par la coordination (conjonction de coordination « et »). Une ellipse du sujet figure dans la dernière proposition (« le précèdent »).
- « qui pressent » et « qui entourent le prince » sont deux propositions subordonnées relatives coordonnées par « et », dont l'antécédent est le pronom démonstratif « ceux » ; elles dépendent de la principale « je veux dire ceux ».

DES QUESTIONS POUR L'ENTRETIEN

Lors de l'entretien, vous devrez présenter une autre œuvre lue au cours de l'année. L'examinateur introduira l'échange et vous posera quelques questions. Celles ci-dessous sont des exemples.

1. Sur votre dossier est mentionnée la lecture cursive d'une autre œuvre : les *Maximes* de La Rochefoucauld. Pouvez-vous la présenter brièvement ?
2. Quel lien pouvez-vous faire entre cette œuvre et le parcours « La comédie sociale » ?
3. Selon vous, pourquoi l'auteur fait-il le choix d'une forme brève telle que la maxime ?
4. Pouvez-vous comparer la vision qu'ont La Bruyère et La Rochefoucauld de « l'honnête homme » ?

43 Sujet d'oral • Explication & entretien

Olympe de Gouges, *Déclaration des droits de la femme et de la citoyenne*, « Préambule »

20 minutes
20 points

1. Lisez le texte à voix haute.
Puis proposez-en une explication linéaire.

DOCUMENT

1789 est une année charnière : la souveraineté passe du roi à la nation ; les droits de l'homme et du citoyen sont consacrés dans une Déclaration retentissante. Pourtant, malgré leur participation active au mouvement révolutionnaire, les femmes ne sont pas reconnues comme citoyennes à part entière.

Les mères, les filles, les sœurs, représentantes de la nation, demandent d'être constituées en Assemblée nationale[1]. Considérant que l'ignorance, l'oubli ou le mépris des droits de la femme sont les seules causes des malheurs publics et de la corruption des gouvernements, [les femmes] ont résolu d'exposer dans une déclaration solennelle, les droits naturels[2], inaliénables[3] et sacrés[4] de la femme, afin que cette déclaration constamment présente à tous les membres du corps social[5], leur rappelle sans cesse leurs droits et leurs devoirs, afin que les actes du pouvoir des femmes, et ceux du pouvoir des hommes pouvant être à chaque instant comparés avec le but de toute institution politique, en soient plus respectés, afin que les réclamations des citoyennes, fondées désormais sur des principes simples et incontestables, tournent toujours au maintien de la Constitution[6], des bonnes mœurs, et au bonheur de tous.

En conséquence, le sexe supérieur en beauté comme en courage dans les souffrances maternelles, reconnaît et déclare, en présence et sous les auspices de l'Être-Suprême[7], les droits suivants de la femme et de la citoyenne.

Olympe de Gouges, *Déclaration des droits de la femme et de la citoyenne* (1791).

1. Assemblée nationale : institution législative de la monarchie constitutionnelle, alors composée de députés (« représentants de la nation ») exclusivement de sexe masculin.
2. Droits naturels : ensemble des règles morales et sociales liées à la nature humaine.
3. Inaliénables : qui ne peuvent pas être retirés.
4. Sacrés : auxquels on doit un respect absolu, d'ordre quasiment religieux.
5. Corps social : ensemble des individus qui composent la société.
6. Constitution : ensemble des lois fondamentales qui définissent le gouvernement d'un État et les droits des citoyens.
7. Sous les auspices de l'Être-Suprême : sous la protection de l'Être-Suprême, une entité religieuse et philosophique comparable à Dieu, vénérée par les révolutionnaires.

2. QUESTION DE GRAMMAIRE.

Repérez et analysez les propositions subordonnées conjonctives de la deuxième phrase.

CONSEILS

1. Le texte

Faire une lecture expressive

- Il s'agit d'un texte de loi ; il est important de trouver le ton juste, à la fois sobre et solennel, pour mettre en avant les réclamations de l'autrice.
- Prenez garde à la syntaxe – en particulier à la deuxième phrase, particulièrement longue ; il faut en respecter les articulations logiques, et souligner clairement sa structure lors de la lecture.

Situer le texte, en dégager l'enjeu

- Cet extrait constitue le préambule de l'œuvre : il s'agit d'une entrée en matière assez générale qui vise, en particulier dans un texte de loi comme c'est le cas ici, à exposer les motifs et les buts recherchés.
- Ce préambule fait directement écho à celui de la *Déclaration des droits de l'homme et du citoyen* ; la réécriture qu'en propose Olympe de Gouges permet de dénoncer les insuffisances de ce texte révolutionnaire et de rectifier ce qui lui apparaît comme une injustice.

2. La question de grammaire

• Identifiez d'abord la proposition principale.
• Cherchez ensuite les propositions subordonnées introduites par une conjonction de subordination, et analysez leur fonction.

43 PRÉSENTATION

1. L'EXPLICATION DE TEXTE

Introduction

[Présenter le contexte] Le XVIIIe siècle est connu pour son climat d'effervescence intellectuelle ; femme des Lumières, Olympe de Gouges, très engagée, s'impose comme une pionnière du féminisme. [Situer le texte] Prenant acte de l'injustice de la non-citoyenneté des femmes, en décalage avec les principes d'égalité prônés par la Révolution, Olympe de Gouges se fait porte-parole de la cause féminine et publie sa *Déclaration des droits de la femme et de la citoyenne*, le 14 septembre 1791. Elle propose une réécriture de la *Déclaration des droits de l'homme et du citoyen* dont elle reprend notamment le préambule, dans lequel elle expose les buts de sa démarche. [Problématique] Comment la réécriture d'un texte juridique essentiel permet-elle à l'autrice d'exposer au grand jour ses revendications et de faire ainsi avancer son combat en faveur de l'égalité entre les hommes et les femmes ? [Annonce du plan] Nous verrons qu'Olympe de Gouges commence par inviter les femmes à se constituer en assemblée ; elle cherche ensuite, dans une longue phrase, à légitimer le combat des femmes ; l'autrice clôt le préambule en revendiquant des droits collectifs.

Explication au fil du texte

La demande de constitution en Assemblée nationale (1re phrase)

• Olympe de Gouges reprend le vocabulaire et la syntaxe du texte de la *Déclaration des droits de l'homme et du citoyen* qu'elle féminise et corrige, pour inclure le sexe oublié et dénoncer l'absence de portée universelle de la *Déclaration* de 1789.

À NOTER
En juin 1789, les députés du Tiers-état, révoltés contre les injustices sociales qui assurent la domination du clergé et de la noblesse, se constituent en Assemblée et votent le texte de la *Déclaration des droits de l'homme et du citoyen*, le 26 août 1789.

• Le préambule s'ouvre ainsi sur une énumération éloquente : « les mères, les filles, les sœurs » – série ternaire qui englobe la totalité des femmes, dans leur réalité familiale quotidienne. À la différence de mouvances féministes plus contemporaines, l'autrice n'invite pas les femmes à sortir de leur rôle d'épouse et de mère ; la femme continue de se définir par rapport à l'homme.

• L'autrice refuse que le peuple français ne soit représenté que par des membres masculins à l'Assemblée ; elle redéfinit donc les contours de la « nation ». Les femmes exigent d'être représentées sur la scène politique, comme l'indique le verbe « demandent » au présent.

• La constitution en « Assemblée nationale » est capitale : elle donnerait aux femmes la possibilité d'écrire des lois et donc de changer la société.

La mise en évidence de la légitimité du combat des femmes (2e phrase)

• Ce deuxième mouvement forme une seule et longue phrase, oratoire et structurée autour d'une proposition principale et de trois propositions subordonnées qui accentuent la logique et la rigueur de l'argumentaire.

• L'autrice accuse les représentants masculins de ne pas accorder à la femme l'importance qu'elle mérite, à travers trois termes péjoratifs : « ignorance », « oubli », « mépris ». Ce préambule pointe la misogynie sous-jacente de l'époque.

• L'absence de prise en compte digne de la femme est présentée comme la cause de dysfonctionnements globaux de la société (« malheurs publics », « corruption des gouvernements »).

• Le passé composé « ont résolu » souligne la détermination forte des femmes, tandis que l'adjectif « solennelle » (« déclaration solennelle ») insiste sur l'importance de la requête.

• Olympe de Gouges milite en faveur de droits « naturels, inaliénables et sacrés » qui sont inviolables.

• S'ensuivent trois subordonnées de but, qui précisent les objectifs généraux poursuivis par la *Déclaration*.

À NOTER
Au XVIIIe siècle, des philosophes comme **Rousseau** vantent, par opposition à une société qui dysfonctionne, une « nature » supposée idéale, pour refonder les normes de la vie en communauté.

• Le vocabulaire et les adverbes en particulier expriment la nécessité de respecter partout et sans relâche ces droits (« constamment », « tous les membres du corps social », « sans cesse », « à chaque instant », « toujours »). L'image du « corps social » rappelle combien il est malsain d'oublier certains de ses membres – le cas échéant, la société est forcément boiteuse. L'expression « droits et devoirs » redit la nécessité d'un équilibre entre ce que chacun est tenu d'exiger et de faire, et appuie donc la légitimité de la requête des femmes.

ORAL

• La deuxième subordonnée (« afin que les actes du pouvoir... ») invite à un équilibre nouveau entre le « pouvoir des femmes » et le « pouvoir des hommes », dans un idéal d'égalité et de complémentarité souligné par le comparatif « les actes [...] soient plus respectés ».

• Notons enfin qu'Olympe de Gouges use à dessein du terme de « citoyennes » pour désigner les femmes, afin de leur octroyer un poids politique qui leur a toujours été refusé.

• Dans la dernière subordonnée (« afin que les réclamations des citoyennes... »), l'adverbe « désormais » indique le désir d'une rupture nette avec un passé juridiquement défaillant. La phrase s'achève sur la réaffirmation d'un objectif de fond : une amélioration globale de la société, qui ne profiterait pas qu'aux femmes mais contribuerait aux « bonnes mœurs » et au « bonheur de tous ».

À NOTER
Les penseurs des Lumières cherchent, dans leurs débats philosophiques, à favoriser l'équilibre social et le bonheur individuel.

L'annonce des dix-sept articles de la *Déclaration* (fin)

• Le connecteur qui ouvre ce dernier mouvement, « En conséquence », souligne l'aboutissement logique de la démonstration.

• L'autrice rend hommage, par une périphrase méliorative quelque peu polémique, au sexe féminin, « sexe supérieur » (et non « sexe faible », comme le veut une certaine tradition), renversant par là même une hiérarchie bien ancrée dans les mentalités patriarcales. Si elle souligne classiquement la « beauté » symboliquement pure, elle loue aussi le « courage » qui n'appartient qu'aux femmes, notamment dans la maternité (« souffrances maternelles »).

• Solennelle, la dernière phrase aspire à une valeur performative et se réfère à l'« Être-Suprême », pris à témoin pour accentuer l'aspect sacré du propos.

• Le préambule se clôt sur la nécessité d'un statut juridique et politique pour la femme. L'autrice appelle à un vaste chantier de refonte juridique. Suivront alors dix-sept articles inspirés de ceux de 1789.

À NOTER
Un **énoncé performatif** réalise une action par le fait même de son énonciation. Ainsi, déclarer des droits, c'est théoriquement les faire exister.

Conclusion

[Synthèse] En somme, l'autrice revendique la capacité pour une femme d'être actrice politiquement, et d'être représentée ; pour être aboutie, la Révolution ne doit pas laisser la femme au bord du chemin. [Ouverture] En écho au préambule, un postambule vient clore de manière originale, sans équivalent dans la *Déclaration* de 1789, ce texte féministe, en appelant les femmes à prendre leur destin en main.

2. LA QUESTION DE GRAMMAIRE

- Cette longue phrase a pour pivot la proposition principale suivante : « [les femmes] ont résolu d'exposer […] les droits naturels, inaliénables et sacrés de la femme ». Dépendent de cette proposition principale trois propositions subordonnées conjonctives de but, introduites par la conjonction de subordination « afin que ».
- Cette structure permet de rappeler efficacement les différents objectifs poursuivis par les femmes.

DES QUESTIONS POUR L'ENTRETIEN

Lors de l'entretien, vous devrez présenter une autre œuvre lue au cours de l'année. L'examinateur introduira l'échange et vous posera des questions. Celles ci-dessous sont des exemples.

1 Je vous remercie pour votre présentation de *Noire, la vie méconnue de Claudette Colvin* (2015) de Tania de Montaigne. Le personnage de Claudette vous a-t-il semblé héroïque ?

En Alabama, en mars 1955, Claudette Colvin, âgée de quinze ans, décide de ne pas céder son siège à une femme blanche dans un bus. Ce geste pousse l'Amérique à se questionner sur ce qu'est la citoyenneté et précède celui de grandes figures comme Rosa Parks. Cet acte me paraît héroïque, car elle a fait preuve d'un grand courage en se dressant, si jeune, contre ce qui lui est apparu comme une injustice intolérable.

2 Ce récit aborde la question des inégalités entre couleurs de peau aux États-Unis, dans les années 1950. Qu'en avez-vous retenu ?

Le récit relate avec force le quotidien douloureux des Noirs sous la ségrégation, l'iniquité des lois « Jim Crow ». Le concept d'« égalité séparée » s'avérait profondément discriminant. Les Noirs étaient traités comme des citoyens de seconde zone ; c'est le combat contre cette inégalité de considération en fonction de la couleur de peau que raconte l'autrice.

3 En quoi ce récit permet-il de réfléchir à la manière dont on peut combattre les inégalités ?

Centrée sur une adolescente a priori banale, l'histoire montre que chaque individu, quel qu'il soit, peut porter des valeurs et faire avancer des causes nobles. Le récit montre le courage et l'organisation collective autour de figures fortes, nécessaires pour contrer des injustices. Chacun a son mot à dire sur la question des discriminations qui invite à la vigilance citoyenne.

ORAL

44 Sujet d'oral • Explication & entretien

Olympe de Gouges, *Déclaration des droits de la femme et de la citoyenne*, « Postambule »

20 minutes
20 points

1. Lisez le texte à voix haute. Puis expliquez-le.

DOCUMENT

Aux dix-sept articles que contient la Déclaration des droits de la femme et de la citoyenne *succède un postambule qui en assure la clôture.*

Femme, réveille-toi ; le tocsin de la raison se fait entendre dans tout l'univers ; reconnais tes droits. Le puissant empire de la nature n'est plus environné de préjugés, de fanatisme, de superstition et de mensonges. Le flambeau de la vérité a dissipé tous les nuages de la sottise et de l'usurpation. L'homme esclave a multiplié ses forces, a eu besoin de recourir aux tiennes pour briser ses fers. Devenu libre, il est devenu injuste envers sa compagne. Ô femmes ! femmes, quand cesserez-vous d'être aveugles ? Quels sont les avantages que vous avez recueillis dans la Révolution ? Un mépris plus marqué, un dédain plus signalé. Dans les siècles de corruption vous n'avez régné que sur la faiblesse des hommes. Votre empire est détruit ; que vous reste-t-il donc ? la conviction des injustices de l'homme. La réclamation de votre patrimoine, fondée sur les sages décrets de la nature ; qu'auriez-vous à redouter pour une si belle entreprise ? le bon mot du législateur des noces de Cana ? Craignez-vous que nos législateurs français, correcteurs de cette morale, longtemps accrochée aux branches de la politique, mais qui n'est plus de saison, ne vous répètent : femmes, qu'y a-t-il de commun entre vous et nous ? Tout, auriez-vous à répondre. S'ils s'obstinaient, dans leur faiblesse, à mettre cette inconséquence en contradiction avec leurs principes ; opposez courageusement la force de la raison aux vaines prétentions de supériorité ; réunissez-vous sous les étendards de la philosophie ;

déployez toute l'énergie de votre caractère, et vous verrez bientôt ces orgueilleux, nos serviles adorateurs rampants à nos pieds, mais fiers de partager avec vous les trésors de l'Être-Suprême. Quelles que soient les barrières que l'on vous oppose, il est en votre pouvoir de les affranchir ; vous n'avez qu'à le vouloir.

Olympe de Gouges, *Déclaration des droits de la femme et de la citoyenne*, « Postambule » (extrait), 1791.

2. QUESTION DE GRAMMAIRE.
Identifiez les propositions présentes dans la dernière phrase du texte (l. 25-27).

CONSEILS

1. Le texte

Faire une lecture expressive

• Respectez la ponctuation : l'intonation doit, notamment, se faire montante à l'occasion des questions rhétoriques.

• Marquez la subjectivité de l'énonciation : faites variez le débit de la lecture, détachez les mots importants, adressez votre parole à d'hypothétiques destinataires.

Situer le texte, en dégager l'enjeu

• Après une série d'articles rédigés avec l'énonciation objective attendue dans un texte juridique, l'auteure affiche fortement sa subjectivité dans son « Postambule ».

• Interrogez-vous sur la fonction de ce « Postambule » : est-il seulement destiné à conclure la *Déclaration des droits de la femme et de la citoyenne* ?

2. La question de grammaire

• Commencez par identifier les verbes conjugués et ceux à l'infinitif.

• Relevez les conjonctions de subordination et les marques de ponctuation en vous demandant quel lien logique s'établit entre les actions supportées par les verbes.

44 PRÉSENTATION

1. L'EXPLICATION DE TEXTE

Introduction

[Présenter le contexte] La Révolution française a donné l'occasion aux femmes de s'illustrer dans le combat pour l'égalité. Votée en 1789, la *Déclaration des droits de l'homme et du citoyen* inclut bien la femme dans l'affirmation des nouveaux principes républicains. Mais, dans les faits, ces droits ne s'appliquent pas au sexe féminin, tenu pour inférieur.

[Situer le texte] Prenant acte de cette usurpation, Olympe de Gouges rédige, en 1791, une *Déclaration des droits de la femme et de la citoyenne* afin de revendiquer pour les femmes les mêmes droits civils et politiques que ceux accordés aux hommes. Aux dix-sept articles de la *Déclaration,* est ajouté un « Postambule » dont ce texte est extrait.

[En dégager l'enjeu] Marquée par la subjectivité de l'auteure, cette postface n'a-t-elle pour fonction que celle de conclure l'argumentation ? Suivant le mouvement du texte, nous nous intéresserons d'abord à l'appel à la prise de conscience des femmes, puis nous étudierons le constat amer dressé de leur condition. Enfin, nous analyserons l'exhortation faite aux femmes à passer à l'action.

Explication au fil du texte

L'appel à la prise de conscience des femmes (l. 1-7)

- Si le « Préambule » de la *Déclaration des droits de la femme et de la citoyenne* s'ouvrait sur une adresse à l'« Homme », le « Postambule », par un effet de symétrie inversée, en appelle à la « femme » à travers une apostrophe. L'impératif associé au pronom personnel de la deuxième personne crée un effet de familiarité entre l'auteure et sa destinataire.

- Le terme de « tocsin » désigne une sonnerie de cloche répétée et prolongée, chargée de donner l'alarme, et connote l'imminence d'un combat à mener. L'injonction faite à la femme de prendre conscience de ses droits redouble le motif de l'urgence.

- L'énumération de termes péjoratifs (« préjugés », « fanatisme », « superstition », « mensonges ») rappellent les fléaux dont la Révolution a libéré « le puissant empire de la nature », lesquels se trouvent également repris sous la formule « les nuages de la sottise et de l'usurpation ». L'allégorie du

« flambeau de la vérité » rend manifeste le pouvoir libérateur de la Révolution et convoque l'image des « Lumières », philosophie de la raison et du progrès.

• Pourtant, Olympe de Gouges établit un bilan critique de la période révolutionnaire en ce qui concerne la condition des femmes et souligne l'inconséquence masculine à travers la métaphore filée de l'esclavage (l. 5-6). Selon l'auteure, il y a contradiction entre l'action historique des femmes en faveur de l'égalité des droits et le fruit qu'elles en ont reçu, entre les principes proclamés par la Révolution et l'application qui en a été faite par les hommes.

MOT CLÉ
Sous la Révolution, des **figures féminines** jouent un rôle actif comme **Pauline Léon,** qui participe à la prise de la Bastille, ou **Manon Roland** qui tient un salon à Paris.

Un constat amer sur la condition féminine (l. 7-19)

• L'interjection « Ô » et le passage au pluriel « femmes » manifestent une volonté de persuasion ; l'accumulation des questions rhétoriques oblige la gent féminine à faire son autocritique.

• Les réponses aux questions oratoires sont négatives et sans appel, comme en témoignent la forme nominale et l'usage de l'hyperbole : « Un mépris plus marqué, un dédain plus signalé ».

• Le champ lexical du pouvoir se déploie paradoxalement avec « régné », « faiblesse », « empire » : l'état de soumission des femmes sous l'Ancien Régime ne les empêchait pas d'avoir une emprise sur les hommes. L'auteure démythifie pourtant ce pouvoir en l'attribuant à la « faiblesse des hommes ».

• La modalité interrogative associée à l'emploi de la deuxième personne confère au discours une énergie significative. La prosopopée par laquelle Olympe de Gouges imagine le dialogue entre les « législateurs français » et les femmes contribue encore à la vivacité du texte et en renforce la dimension persuasive.

• La parole masculine apparaît sûre de son fait et prétend se fonder sur la religion, évoquée dans la périphrase ironique « le bon mot du législateur des noces de Cana ». Le droit des femmes s'appuie, quant à lui, sur « les sages décrets de la nature ».

• Par un tour de force rhétorique, l'auteure prend le contre-pied de la réponse attendue des hommes à la dernière phrase interrogative : « femmes, qu'y a-t-il de commun entre vous et nous ? ». À l'adverbe de négation « Rien » se substitue le pronom indéfini « Tout », mis en valeur par son antéposition.

À NOTER
Le « législateur des noces de Cana » désigne **Jésus** dans le récit des Noces de Cana décrit dans le Nouveau Testament (Évangile de Jean, chap. 2, 1-11).

ORAL

L'exhortation à passer à l'action (l. 19-27)

• Le dernier mouvement du texte s'ouvre sur une proposition subordonnée d'hypothèse introduite par la conjonction « si » qui envisage la résistance masculine. Il donne aux femmes les « armes » dont elles auront besoin dans leur combat pour l'égalité.

• Le lexique associé aux hommes est nettement péjoratif : « faiblesse », « inconséquence », « vaines prétentions », « orgueilleux », « serviles », « rampants ». À l'opposé, les femmes, auxquelles l'auteure s'associe à travers les déterminants de la deuxième personne du pluriel, sont appelées à se battre pour leur émancipation. De là vient la métaphore de la lutte, filée par les termes « opposez », « force », « réunissez », « étendards », « déployez », « barrières ».

• Conformément à la « philosophie » des Lumières, l'arme du combat à venir est « la force de la raison » qui, seule, peut triompher de l'obscurantisme et faire accéder femmes et hommes à une égalité de conditions, dont « l'Être suprême », assimilé à la Nature par les philosophes, sera le garant. Les injonctions prennent alors une valeur prophétique.

Conclusion

[Faire le bilan de l'explication] Ce « Postambule » peut se lire comme un appel aux femmes à se saisir des principes déjà proclamés par la Révolution française. La liberté de ton, l'égalité réclamée avec énergie, la fraternité affirmée avec ses lectrices font d'Olympe de Gouges une auteure engagée et rattachent son texte à la littérature d'idées.

[Mettre l'extrait en perspective] Si la *Déclaration des droits de la femme et de la citoyenne* est restée sans valeur légale et n'a rencontré que peu d'écho à son époque, elle a inspiré la féministe Benoîte Groult (1920-2016), qui s'est réclamée d'Olympe de Gouges et de son œuvre dans le combat qu'elle a mené deux siècles plus tard.

2. LA QUESTION DE GRAMMAIRE

« Quelles que soient les barrières que l'on vous oppose, il est en votre pouvoir de les affranchir ; vous n'avez qu'à le vouloir. »

• « Quelles que soient les barrières que l'on vous oppose... » est une proposition subordonnée de concession qui justifie l'emploi du mode subjonctif.

• « il est en votre pouvoir de les affranchir » est la proposition principale ; elle intègre une proposition infinitive (= que vous les affranchissiez).

• « vous n'avez qu'à le vouloir » est une proposition juxtaposée, séparée des deux précédentes par le point-virgule.

DES QUESTIONS POUR L'ENTRETIEN

Lors de l'entretien, vous devrez présenter une autre œuvre lue au cours de l'année. L'examinateur introduira l'échange et vous posera quelques questions. Celles ci-dessous sont des exemples.

1 Sur votre dossier est mentionnée la lecture cursive d'une autre œuvre argumentative : *Le Dernier Jour d'un condamné* de Victor Hugo (1829). Pouvez-vous présenter brièvement ce texte en expliquant en quoi il relève de la littérature d'idées ?

2 Pouvez-vous expliquer la différence entre argumentation directe et indirecte ?

3 Pour quelle cause seriez-vous prêt(e) à prendre la plume ?

45 Sujet d'oral • Explication & entretien

Abbé Prévost, *Manon Lescaut*, le coup de foudre

20 minutes
20 points

1. Lisez ce texte à voix haute. Puis proposez-en une explication linéaire.

DOCUMENT

Alors que Des Grieux attend son départ d'Amiens fixé au lendemain, en compagnie de son ami Tiberge, il voit arriver le coche d'Arras duquel descend Manon. Les deux jeunes gens se rencontrent pour la première fois.

J'avais marqué[1] le temps de mon départ d'Amiens. Hélas ! que ne le marquais-je un jour plus tôt ! j'aurais porté chez mon père toute mon innocence. La veille même de celui que je devais quitter cette ville, étant à me promener avec mon ami, qui s'appelait Tiberge, nous vîmes arriver le coche[2] d'Arras, et nous le suivîmes jusqu'à l'hôtellerie où ces voitures descendent. Nous n'avions pas d'autre motif que la curiosité. Il en sortit quelques femmes, qui se retirèrent aussitôt. Mais il en resta une, fort jeune, qui s'arrêta seule dans la cour, pendant qu'un homme d'un âge avancé, qui paraissait lui servir de conducteur, s'empressait pour faire tirer son équipage des paniers. Elle me parut si charmante que moi, qui n'avais jamais pensé à la différence des sexes, ni regardé une fille avec un peu d'attention, moi, dis-je, dont tout le monde admirait la sagesse et la retenue, je me trouvai enflammé tout d'un coup jusqu'au transport[3]. J'avais le défaut d'être excessivement timide et facile à déconcerter ; mais loin d'être arrêté alors par cette faiblesse, je m'avançai vers la maîtresse de mon cœur. Quoiqu'elle fût encore moins âgée que moi, elle reçut mes politesses sans paraître embarrassée. Je lui demandai ce qui l'amenait à Amiens et si elle y avait quelques personnes de connaissance. Elle me répondit ingénument[4] qu'elle y était envoyée par ses parents pour être religieuse. L'amour me rendait déjà si éclairé, depuis un moment qu'il était dans mon cœur, que je regardai ce dessein[5] comme un coup mortel pour mes désirs. Je lui parlai d'une manière qui lui fit comprendre mes sentiments, car elle était bien plus expérimentée que moi. C'était malgré elle qu'on l'envoyait au couvent, pour arrêter sans doute son penchant au plaisir, qui s'était déjà déclaré et qui a causé, dans la suite, tous ses malheurs et les miens.

Abbé Prévost, *Manon Lescaut*, édition de 1753.

1. Marqué : reporté.
2. Coche : diligence.
3. Transport : mouvement passionnel.
4. Ingénument : avec naïveté, innocence.
5. Dessein : projet.

2. QUESTION DE GRAMMAIRE.
Repérez et analysez la proposition subordonnée conjonctive circonstancielle dans la phrase soulignée en page précédente.

CONSEILS

1. Le texte

Faire une lecture expressive

• C'est un Des Grieux encore vibrant de l'émotion de la rencontre qui s'exprime ici : faites entendre son éblouissement.

• Insistez particulièrement sur les expressions qui annoncent les malheurs futurs : Des Grieux, qui a mûri depuis, déplore les suites funestes de cette rencontre.

Situer le texte, en dégager l'enjeu

• Alors qu'il s'apprête à mener une carrière religieuse, Des Grieux rencontre Manon, dont il s'éprend au premier regard, et voit sa vie basculer.

• Comment, quatre ans plus tard, raconte-t-il au marquis de Renoncour cette rencontre décisive ?

2. La question de grammaire

• Délimitez la proposition principale ; le reste de la phrase correspond à une subordonnée conjonctive circonstancielle qui inclut deux subordonnées relatives.

• Quelle est la nuance circonstancielle exprimée par cette subordonnée conjonctive ?

45 PRÉSENTATION

1. L'EXPLICATION DE TEXTE

Introduction

[Présenter le contexte] Le chevalier des Grieux, de retour d'Amérique, endeuillé, se confie au marquis de Renoncour, qui voit dans son parcours « un exemple terrible de la force des passions ». [Situer le texte] Le héros revient sur un événement survenu quatre ans plus tôt : la rencontre avec Manon qui l'arrache à la voie religieuse dans laquelle il s'apprêtait à s'engager.

[En dégager l'enjeu] Comment Des Grieux raconte-t-il cette rencontre décisive ? [Annoncer le plan] Nous analyserons d'abord comment sont rapportées les circonstances d'une rencontre qui déclenche l'amour immédiat du chevalier ; nous examinerons ensuite comment ses premiers échanges avec Manon dessinent le portrait d'une jeune femme ambiguë et annoncent une fin tragique.

Explication au fil du texte

Une rencontre romanesque (l. 1-17)

Une rencontre impromptue

• Fortuite, la rencontre entre les deux personnages est présentée d'emblée comme un événement funeste. Exclamation, interjection et conditionnel se combinent dans une prolepse intrigante qui pointe les conséquences décisives de la rencontre : « Hélas ! que ne le marquais-je un jour plus tôt ! j'aurais porté [...] » (l. 1-2).

> **À NOTER**
> Le roman abonde en **prolepses** (ou **anticipations narratives**) qui laissent entrevoir les péripéties à venir et suscitent la curiosité du lecteur.

• La rencontre apparaît comme un coup du sort, un de ces aléas qui fait basculer bien involontairement une vie. Insistantes, les indications temporelles soulignent combien cette rencontre aurait pu ne jamais advenir : « j'avais marqué le temps », « un jour plus tôt » (l. 1-2).

• Des Grieux insiste délibérément sur la pureté de sa vie antérieure et sur ses intentions à l'époque des faits : il rappelle son « innocence » (l. 3) et mentionne, dans une négation restrictive, sa simple « curiosité » (l. 7). Étudiant modèle de dix-sept ans, il s'apprêtait à embrasser une carrière religieuse.

• La rencontre est racontée de manière elliptique et théâtrale. Manon se détache du groupe de femmes, qui laissent rapidement le champ libre aux deux jeunes gens : « Il en sortit quelques femmes [...] il en resta une, fort jeune, qui s'arrêta seule dans la cour » (l. 7-8).

Le coup de foudre

- Le coup de foudre est exprimé par une subordonnée consécutive, associée à la métaphore traditionnelle du feu qui consume : « si charmante que [...] je me trouvai enflammé tout d'un coup [...]. » Le terme « transport » confirme l'intensité des sentiments en jeu. Le passé simple « je me trouvai », employé avec la locution adverbiale « tout d'un coup », indique aussi la soudaineté de la passion.

- Passant sous silence le physique de Manon, Des Grieux résume l'impression que produit sur lui la jeune femme : « Elle me parut si charmante ». Dans un réseau d'antithèses, il oppose nettement ce qu'il devient – « enflammé » par la passion – à ce qu'il était jusqu'alors – « moi, qui n'avais jamais pensé à la différence des sexes [...] dont tout le monde admirait la sagesse et la retenue » (l. 11-13).

- Dans la tradition de l'amour courtois, Des Grieux se présente comme soumis à sa dame, promue « maîtresse de [s]on cœur » (l. 16-17).

> **MOT CLÉ**
> **L'amour courtois** désigne une manière d'aimer raffinée, typique de la société de cour du Moyen Âge : le chevalier se dévoue corps et âme à une dame qui l'éprouve.

Une rencontre fatale ? (l. 17-27)

Premier échange avec Manon

- L'emploi du discours indirect pour rapporter les paroles de Manon contribue à la rendre plus mystérieuse encore.

- Des Grieux délivre alors, par touches, des informations complémentaires sur Manon, insistant sur sa jeunesse et sa situation. Elle devait entrer au couvent, destin tracé par sa famille : « elle y était envoyée » (l. 20), « c'était malgré elle qu'on l'envoyait au couvent » (l. 25).

> **À NOTER**
> Le **discours indirect** est une technique narrative très fréquente dans l'ensemble du roman : la voix de Manon est ainsi soumise au point de vue subjectif de Des Grieux.

Un portrait ambigu

- Transfiguré par l'amour, Des Grieux use de tournures syntaxiques qui montrent combien ce sentiment le domine : « l'amour me rendait déjà si éclairé » (l. 21). Le champ lexical de l'amour (« l'amour », « désirs », « sentiments ») indique que c'est désormais son cœur qui dicte sa ligne de conduite.

- L'hyperbole du « coup mortel » (l. 23) suggère combien l'idée d'être contrarié dans ses espoirs amoureux lui est insupportable. S'ensuit donc une déclaration d'amour à Manon, jugée d'emblée peu farouche.

• Le portrait moral de Manon se complète. Le narrateur, éprouvé, superpose son regard à celui du jeune homme innocent qu'il était, pour décrire une jeune fille ambivalente, « bien plus expérimentée que [lui] », animée d'un « penchant au plaisir ». Elle apparaît alors comme la responsable de leur destinée tragique, Des Grieux cherchant à s'innocenter.

À NOTER
Le récit de Des Grieux oscille entre l'**apologie** de la défunte Manon et le **portrait à charge** : il ne se juge pas coupable des désordres amoureux des quatre années passées.

Conclusion

[Faire le bilan de l'explication] Ainsi, narrée par un Des Grieux mûri, capable de porter un jugement sur son aveuglement passé, la rencontre apparaît comme un événement décisif mais ambigu, placé sous le double signe de l'émerveillement et de la fatalité. [Mettre le texte en perspective] Intrigué, le lecteur assiste dans la suite du récit à la chute de Des Grieux dans « le précipice des passions ».

2. LA QUESTION DE GRAMMAIRE

[Elle me parut si charmante] [que moi, [qui n'avais jamais pensé à la différence des sexes, ni regardé une fille avec un peu d'attention], moi, dis-je, [dont tout le monde admirait la sagesse et la retenue], je me trouvai enflammé tout d'un coup jusqu'au transport.]

• Cette longue phrase comprend une proposition principale « Elle me parut si charmante » et une proposition subordonnée conjonctive de conséquence (qui inclut elle-même deux propositions subordonnées relatives).

• Cette subordonnée circonstancielle est introduite par la conjonction de subordination « que », qui fonctionne en corrélation avec l'adverbe « si » (« si charmante que… »). Elle est organisée autour du verbe « trouvai ».

• Cette structure permet d'introduire le résultat de l'apparition charmante de Manon : « je me trouvai enflammé tout d'un coup jusqu'au transport ». Elle souligne l'intensité et l'immédiateté de la passion, déclenchée au premier regard.

DES QUESTIONS POUR L'ENTRETIEN

Lors de l'entretien, vous devrez présenter une autre œuvre lue au cours de l'année. L'examinateur introduira l'échange et vous posera quelques questions. Celles ci-dessous sont des exemples.

1 Je vous remercie pour votre présentation de *Tristan et Iseut* de Béroul. Dans ce récit, en quoi les personnages éponymes peuvent-ils apparaître comme des personnages en marge ?

Réprouvé par la société, le couple adultère est condamné à vivre sa passion en cachette. Chassés de la cour, où leurs frasques les ont rendus indésirables, les amants vivent des années durant leur amour à l'abri des regards, dans la forêt du Morrois, lieu marginal par excellence.

2 Pourquoi peut-on dire que la liaison qu'entretiennent Tristan et Iseut nourrit le romanesque ?

L'amour passionnel qu'ils se vouent est d'abord lié à l'absorption accidentelle d'un philtre magique ; les amants, incapables de vivre l'un sans l'autre, imaginent alors mille subterfuges pour se retrouver malgré les dangers.

3 Citez un passage qui vous a plu et qui rend le couple attachant.

Les amants vivent cachés de longs mois dans la forêt du Morrois. Un jour, Marc, qui devait se marier avec Iseut, surprend le couple endormi et, malgré sa colère envers Tristan, se trouve ému par la beauté de leur amour.

46 Sujet d'oral • Explication & entretien

Abbé Prévost, *Manon Lescaut*, l'arrivée en Louisiane

20 minutes
20 points

**1. Lisez le texte à voix haute.
Puis proposez-en une explication linéaire.**

DOCUMENT

Des Grieux, jeune noble, quitte tout pour la belle Manon. Les amants mènent une vie dissolue et enchaînent les vols et les arrestations. Des Grieux est libéré grâce à ses appuis, mais Manon est déportée en Louisiane. Le chevalier suit Manon dans sa déportation et arrive avec elle à La Nouvelle-Orléans où ils découvrent le logement qui leur a été attribué.

Nous trouvâmes une misérable cabane, composée de planches et de boue, qui consistait en deux ou trois chambres de plain-pied, avec un grenier au-dessus. [Le Gouverneur] y avait fait mettre cinq ou six chaises et quelques commodités nécessaires à la vie. Manon parut effrayée à la vue d'une si triste demeure. C'était pour moi qu'elle s'affligeait, beaucoup plus que pour elle-même. Elle s'assit, lorsque nous fûmes seuls, et elle se mit à pleurer amèrement. J'entrepris d'abord de la consoler, mais lorsqu'elle m'eut fait entendre que c'était moi seul qu'elle plaignait, et qu'elle ne considérait, dans nos malheurs communs, que ce que j'avais à souffrir[1], j'affectai de[2] montrer assez de courage, et même assez de joie pour lui en inspirer. De quoi me plaindrai-je ? lui dis-je. Je possède tout ce que je désire. Vous m'aimez, n'est-ce pas ? Quel autre bonheur me suis-je jamais proposé ? Laissons au Ciel le soin de notre fortune[3]. Je ne la trouve pas si désespérée. Le Gouverneur est un homme civil[4] ; il nous a marqué de la considération ; il ne permettra pas que nous manquions du nécessaire. Pour ce qui regarde la pauvreté de notre cabane et la grossièreté de nos meubles, vous avez pu remarquer qu'il y a peu de personnes ici qui paraissent mieux logées et mieux meublées que nous. Et puis tu es une chimiste admirable, ajoutai-je en l'embrassant, tu transformes tout en or.

Vous serez donc la plus riche personne de l'univers, me répondit-elle, car, s'il n'y eut jamais d'amour tel que le vôtre, il est impossible aussi d'être aimé plus tendrement que vous l'êtes. Je me rends justice, continua-t-elle. Je sens bien que je n'ai jamais mérité ce prodigieux attachement que vous avez pour moi. Je vous ai causé des chagrins, que vous n'avez pu me pardonner sans une bonté extrême. J'ai été légère et volage[5], et même en vous aimant éperdument, comme j'ai toujours fait, je n'étais qu'une ingrate. Mais vous ne sauriez croire combien je suis changée. Mes larmes, que vous avez vues couler si souvent depuis notre départ de France, n'ont pas eu une seule fois mes malheurs pour objet. J'ai cessé de les sentir aussitôt que vous avez commencé à les partager. Je n'ai pleuré que de tendresse et de compassion pour vous. Je ne me console point d'avoir pu vous chagriner un moment dans ma vie. Je ne cesse point de me reprocher mes inconstances et de m'attendrir, en admirant de quoi l'amour vous a rendu capable pour une malheureuse qui n'en était pas digne, et qui ne payerait pas bien de tout son sang, ajouta-t-elle avec une abondance de larmes, la moitié des peines qu'elle vous a causées.

Abbé Prévost, *Manon Lescaut*, édition de 1753.

---

1. Souffrir : subir, supporter. 2. J'affectai de : je m'efforçai de. 3. Fortune : destinée. 4. Civil : poli, qui sait vivre selon les bonnes manières en usage. 5. Volage : inconstante, infidèle.

2. QUESTION DE GRAMMAIRE.

Analysez l'expression de la négation dans la phrase : « Je vous ai causé des chagrins, que vous n'avez pu me pardonner sans une bonté extrême. » (l. 26-27)

ORAL

CONSEILS

1. Le texte

Faire une lecture expressive

- L'extrait abonde en paroles rapportées au discours direct, tâchez d'en rendre l'aspect vivant et d'épouser les émotions des personnages.
- Faites tout particulièrement ressentir le repentir de Manon.

■ Situer le texte, en dégager l'enjeu

• Les deux amants partent en Amérique. Montrez que ce changement de cadre correspond à un changement moral de Manon.

• L'extrait présente les déclarations d'amour successives de Manon et de Des Grieux. Lyrique et pathétique, ce texte révèle les regrets et une forme de rédemption chez Manon, que vous devrez analyser.

2. La question de grammaire

• Étudiez la construction de la négation : quel(s) terme(s) exprime(nt) la négation ? quelle est leur nature ?

• Commentez cet emploi de la négation.

46 PRÉSENTATION

1. L'EXPLICATION DE TEXTE

Introduction

[Présenter le contexte] Devenus des marginaux par leur vie déréglée faite de vols, de fuites et d'arrestations, Des Grieux et Manon ne semblent plus trouver leur place dans la société rigide de l'époque. [Situer le texte] Une dernière escroquerie entraîne la déportation infamante de Manon en Amérique, où, désespéré, Des Grieux la suit. La Louisiane pourrait cependant leur offrir l'opportunité d'une nouvelle vie. [En dégager l'enjeu] Nous analyserons comment l'amour puissant que se portent les deux amants leur permet de surmonter avec courage la misère matérielle qu'ils découvrent à leur arrivée à La Nouvelle-Orléans.

Explication au fil du texte

Un habitat fruste (l. 1 à 5)

• L'extrait s'ouvre sur le dénuement dans lequel les amants sont désormais contraints de vivre. Le couple découvre le logement austère qui leur est attribué à leur arrivée : une « misérable cabane », « une si triste demeure », construite pauvrement, de « planches » et de « boue ». Ils doivent se contenter de « quelques commodités », accordées par le Gouverneur. Pathétique, cette situation suscite la compassion du lecteur.

• Ce cadre contraste fortement avec l'aisance, voire le luxe du train de vie du couple en France : Des Grieux, jeune noble, était accoutumé au confort, et Manon recherchait le faste – quitte à en sacrifier sa vertu.

• Le participe passé à valeur d'adjectif « effrayée » (l. 5) indique le ressenti de Manon et peut d'abord faire craindre le pire. En France, elle recourait à des solutions moralement douteuses pour satisfaire son penchant pour le plaisir. Le lecteur pourrait donc s'attendre à ce qu'elle agisse comme en France.

Les paroles réconfortantes de Des Grieux (l. 5 à 21)

• Plongée dans une situation délicate et inédite, Manon chancelle : « elle s'affligeait » (l. 6), « Elle s'assit » (l. 6), « elle se mit à pleurer amèrement » (l. 7).

• Mais en Amérique, Manon apparaît sous un nouveau jour. Quittant son insouciance et sa légèreté habituelles, elle se montre profondément transformée : la répétition du pronom « moi », désignant le narrateur, exprime la sollicitude de Manon pour Des Grieux : « C'était pour moi qu'elle s'affligeait », « c'était moi seul qu'elle plaignait » (l. 5-6 et l. 9). Les paroles de la jeune femme éplorée sont rapportées au discours indirect.

• L'alternance des discours direct, indirect et narrativisé contribue au caractère dynamique et émouvant des échanges entre les deux amants.

• La « joie » de Des Grieux, affichée dans le but de rassurer Manon, contraste avec le lexique abondant de la peine. Courageux, fidèle et loyal envers Manon, faisant fi de la dureté de la situation, Des Grieux loue avec éloquence son amour qui le hisse au-dessus des contingences matérielles. Des questions rhétoriques érigent ce sentiment en valeur suprême : « Vous m'aimez, n'est-ce pas ? Quel autre bonheur me suis-je jamais proposé ? » (l. 13-14)

• Des Grieux relativise leur triste sort, partagé par la majorité de la population de La Nouvelle-Orléans, et tire parti de toute aide possible : « le Gouverneur [...] ne permettra pas que nous manquions du nécessaire » (l. 15-17). Le discours se clôt sur une métaphore courtoise, à la gloire de Manon : « tu es une chimiste admirable, [...], tu transformes tout en or. » (l. 20-21). Des Grieux fait une allusion à l'alchimie qui visait à transformer la matière en or.

À NOTER
Ici, le **Gouverneur** apparaît comme un **adjuvant**. Dans la suite du récit, quand il apprend la vérité sur le couple qui vit sans être marié, il tente de séparer Manon de Des Grieux en la donnant à son neveu, provoquant ainsi la mort de Manon.

Le *mea culpa* de Manon, transformée par l'amour (l. 22-39)

• Ainsi rassurée, Manon renchérit et réaffirme la puissance de leur amour : « s'il n'y eut jamais d'amour tel que le vôtre, il est impossible aussi d'être aimé plus tendrement que vous l'êtes » (l. 23-24). Les superlatifs soulignent la parfaite réciprocité de leur amour.

• Devenue lucide et empathique, elle instruit son propre procès. Se présentant comme indigne de l'amour de Des Grieux, elle énumère sans concession ses torts : « Je vous ai causé des chagrins » (l. 26), « J'ai été légère et volage » (l. 27-28), « je n'étais qu'une ingrate » (l. 29). Cet autoportrait à charge contraste avec les mérites de Des Grieux, glorifié pour son « prodigieux attachement » et sa « bonté extrême » (l. 25-26 et 27). Repentie, elle concède son immoralité initiale (« Je ne cesse point de me reprocher mes inconstances », l. 35-36), découvre la honte liée à sa conduite passée et confie toute sa reconnaissance à Des Grieux.

• Manon exprime sa révolution intérieure dont elle a pris conscience : « je suis changée » (l. 30). Rompant avec la femme d'autrefois qui ne songeait qu'à sa propre satisfaction, elle se préoccupe à présent uniquement de son amant qui s'est toujours dévoué pour elle : « Je n'ai pleuré que de tendresse et de compassion pour vous » (l. 33-34). Les multiples phrases négatives mettent l'accent sur ses remords quant à son inconduite : « Je ne me console point d'avoir pu vous chagriner », « Je ne cesse point de me reprocher mes inconstances » (l. 34-35 et 35-36).

• La fin de son discours achève de grandir conjointement les deux amants : Manon se livre à une véritable ode à l'amour, tout à la gloire du chevalier dont elle loue la noblesse de cœur. En comparaison, elle se décrit sévèrement, par la périphrase : « une malheureuse qui n'en était pas digne » (l. 37). Dans son désir de rédemption, la jeune femme, transfigurée, touche au sublime.

Conclusion

[Faire le bilan de l'explication] Ainsi, la dureté de la déportation en Amérique transforme moralement Manon et la convertit à un amour exclusif pour Des Grieux. Le couple peut y rêver, un temps, d'une vie de passion et de simplicité, loin des pesanteurs et des vices d'une société qui n'a pas accepté leurs choix. [Mettre le texte en perspective] La mort de Manon, qui surviendra alors que le couple souhaitait se marier et se racheter, paraît alors d'autant plus injuste et tragique, propulsant les amants au rang de martyrs, et de mythe littéraire.

2. LA QUESTION DE GRAMMAIRE

« Je vous ai causé des chagrins, que vous n'avez pu me pardonner sans une bonté extrême. »

- On relève dans cette phrase deux mots négatifs :

– l'adverbe de négation « n' », qui établit seul, sans son corrélatif « pas », une **négation syntaxique totale** (le verbe « pouvoir » permet l'emploi particulier de l'adverbe « ne » seul) ;

– la préposition « sans » suivie d'un GN.

- Cette tournure négative renforcée par le contraste entre « chagrins » et « bonté extrême » souligne les sacrifices faits par Des Grieux pour Manon.

DES QUESTIONS POUR L'ENTRETIEN

Lors de l'entretien, vous devrez présenter une autre œuvre lue au cours de l'année. L'examinateur introduira l'échange et vous posera quelques questions. Celles ci-dessous sont des exemples.

1 Je vous remercie pour votre présentation du roman *Les Liaisons dangereuses* (1782) de Choderlos de Laclos. Pourquoi peut-on dire que ce roman fait intervenir des personnages en marge ?

Le vicomte de Valmont et la marquise de Merteuil, en apparence bien intégrés dans la société aristocratique de leur époque, sont en réalité deux libertins sans scrupules qui manipulent à loisir leurs proies naïves.

2 En quoi peut-on parler de romanesque, dans ce roman épistolaire ?

Le récit doit son caractère romanesque aux multiples rebondissements qui se succèdent et aux stratagèmes très travaillés des protagonistes. Les personnages candides de la jeune Cécile Volanges et du chevalier Danceny font office de marionnettes entre les mains de Valmont et de la marquise de Merteuil.

3 Le libertin Valmont vous est-il apparu comme repoussant ?

Séducteur impénitent, n'hésitant pas à déshonorer Cécile, Valmont peut apparaître comme un personnage antipathique. Cependant, son amour sincère pour la présidente de Tourvel, puis son sacrifice pour elle, l'amènent vers une forme de rédemption touchante.

47 Sujet d'oral • Explication & entretien

Balzac, *La Peau de chagrin*, l'apparition de l'antiquaire

20 minutes
20 points

1. Lisez le texte à voix haute. Puis proposez-en une explication linéaire.

DOCUMENT

Nous sommes ici au début du roman : ruiné, désespéré, tenté par le suicide, le jeune Raphaël de Valentin attend la tombée de la nuit dans un magasin d'antiquités.

Le silence régnait si profondément autour de lui que bientôt il s'aventura dans une douce rêverie dont les impressions graduellement noires suivirent, de nuance en nuance et comme par magie, les lentes dégradations de la lumière. Une lueur en quittant le ciel fit reluire un dernier reflet rouge en luttant contre la nuit, il leva la tête, vit un squelette à peine éclairé qui pencha dubitativement[1] son crâne de droite à gauche, comme pour lui dire : Les morts ne veulent pas encore de toi ! En passant la main sur son front pour en chasser le sommeil, le jeune homme sentit distinctement un vent frais produit par je ne sais quoi de velu qui lui effleura les joues et il frissonna. Les vitres ayant retenti d'un claquement sourd, il pensa que cette froide caresse digne des mystères de la tombe venait de quelque chauve-souris. Pendant un moment encore, les vagues reflets du couchant lui permirent d'apercevoir indistinctement les fantômes par lesquels il était entouré ; puis toute cette nature morte s'abolit dans une même teinte noire. La nuit, l'heure de mourir était subitement venue. Il s'écoula, dès ce moment, un certain laps de temps pendant lequel il n'eut aucune perception claire des choses terrestres, soit qu'il se fût enseveli dans une rêverie profonde, soit qu'il eût cédé à la somnolence provoquée par ses fatigues et par la multitude des pensées qui lui déchiraient le cœur. Tout à coup il crut avoir été appelé par une voix terrible, et il tressaillit comme lorsqu'au milieu d'un brûlant cauchemar nous sommes précipités d'un seul bond dans les profondeurs d'un abîme. Il ferma les yeux, les rayons d'une vive lumière l'éblouissaient ; il voyait briller au sein des ténèbres une sphère rougeâtre dont le centre était occupé par un petit vieillard qui se tenait debout et dirigeait sur lui la clarté d'une lampe. Il ne l'avait entendu ni venir, ni parler, ni se mouvoir. Cette apparition eut quelque chose de magique. L'homme le plus intrépide, surpris ainsi dans son sommeil, aurait sans doute tremblé devant ce personnage qui semblait être sorti d'un sarcophage[2] voisin.

Honoré de Balzac, *La Peau de chagrin*, « Le talisman », 1831.

---

1. Dubitativement : avec un air de doute.
2. Sarcophage : cercueil, comme en utilisaient les Égyptiens dans l'Antiquité.

2. QUESTION DE GRAMMAIRE.
Analysez la structure de la première phrase du texte.

CONSEILS

1. Le texte

Faire une lecture expressive

• Le début du texte se caractérise par un rythme assez lent. Il faut y suggérer une impression diffuse d'inquiétude et de doute.

• Dès la ligne 21, le rythme s'accélère. Faites sentir comment l'entrée en scène surnaturelle de l'antiquaire provoque la surprise de Raphaël.

Situer le texte, en dégager l'enjeu

• Cette scène clé fait entrer le roman réaliste dans le fantastique : relevez-en les différentes étapes.

• Quels éléments suggèrent de plus en plus la passivité de Raphaël ? En quoi annoncent-ils le pacte que le héros scellera avec l'antiquaire ?

2. La question de grammaire

• La phrase comprend trois verbes conjugués (relevez-les avec leur sujet), donc trois propositions (délimitez-les).

• Parmi ces propositions, identifiez une subordonnée conjonctive et une subordonnée relative. Pour chacune, relevez le mot subordonnant : quel lien logique le premier met-il en évidence ? Quel est l'antécédent du second ?

ORAL

47 PRÉSENTATION

1. L'EXPLICATION DE TEXTE

Introduction

[Présenter le contexte] Conçu par Balzac comme un véritable conte philosophique, *La Peau de chagrin* est traversé par une réflexion sur l'énergie vitale, dont les théories, très en vogue dans la première moitié du XIXe siècle, ont profondément marqué le romancier. [Situer le texte] Nous sommes ici au début du roman : ruiné, désespéré, tenté par le suicide, le jeune Raphaël de Valentin attend la tombée de la nuit dans un magasin d'antiquités dont les merveilles le fascinent. L'apparition du marchand fait alors basculer le récit dans le fantastique. [En dégager l'enjeu] Cet extrait montre comment Raphaël, hanté par la mort, influencé par l'obscurité et l'atmosphère de la boutique, se prépare malgré lui à sceller un pacte diabolique avec le vieux marchand, propriétaire des lieux.

Explication au fil du texte

La perte progressive des repères (l. 1-13)

• Le texte s'ouvre sur l'effet que le silence du magasin et l'obscurité tombante produisent sur Raphaël. Dès les deux premières lignes, tout suggère une lente suspension du temps : l'imparfait duratif du verbe « régnait », le lexique de la lenteur, les longs segments de la première phrase. Raphaël se laisse alors porter « dans une douce rêverie », expression qui suggère à la fois l'abandon du personnage et l'éloignement du monde réel.

• Cet état incertain entre le sommeil et la conscience est symbolisé, dans la phrase suivante, par la tension entre le jour et la nuit : Raphaël est désormais plongé dans un monde transitoire et flottant, où règne l'ambiguïté. C'est ce qu'illustre l'apparition du squelette, dont la brutalité est renforcée par les verbes au passé simple. Mais, plus encore, le squelette est sujet d'un verbe d'action (« pencha »), comme s'il était doué de vie et de volonté propre : ce mort semble plus vivant que Raphaël lui-même !

• À l'image du squelette succède celle du vampire (avec la chauve-souris, animal associé aux « mystères de la tombe ») : ces deux motifs, typiques du roman gothique alors très à la mode en France, annoncent le basculement à venir dans le fantastique.

MOT CLÉ
Roman gothique : genre littéraire né en Angleterre au XVIIIe siècle, qui mêle surnaturel, obsession macabre et atmosphère horrifique.

Le monde réel semble de plus en plus incertain (« je ne sais quoi de velu », « il pensa que »), et ce doute s'accompagne d'une réaction de peur : le frisson éprouvé par Raphaël peut avoir été causé par la fraîcheur du coup de vent, mais aussi par l'inquiétude que suscite cette mystérieuse sensation sur ses joues.

[Transition] Du soleil couchant à l'image de la tombe, le thème de la mort est ainsi omniprésent dans cette première partie, rappelant combien l'idée du suicide hante Raphaël. Mais la figure du vampire introduit aussi un autre thème : l'énergie vitale, dont le vampire mort-vivant est toujours assoiffé, et dont la peau de chagrin privera Raphaël dans la suite du roman.

La perte de volonté (l. 13-21)

- Les lignes 13 à 17 prolongent les deux thèmes principaux de la première partie : le temps suspendu et l'incertitude (« les vagues reflets », « indistinctement »). Mais tout se précipite quand la tombée de la nuit s'achève brusquement (on notera les adverbes de temps « puis » et « subitement »).
- Le sentiment de menace, déjà présent dans la première partie, semble alors s'accentuer. D'abord les objets du magasin n'apparaissent plus que comme des fantômes ; puis la nuit est définitivement associée à la mort. L'asyndète « la nuit, l'heure de mourir » renforce l'association des deux groupes de mots par juxtaposition, dans une phrase volontairement courte pour les mettre en valeur.

> **MOT CLÉ**
> **Asyndète :** absence de liaison grammaticale ; elle a pour effet de renforcer le lien entre les deux éléments associés.

- La disparition du monde réel dans la nuit aggrave la perte de volonté de Raphaël. D'abord douce, à la ligne 2, sa rêverie devient plus « profonde » et se transforme même en « somnolence » : ce dernier terme est révélateur des dispositions de Raphaël, incapable de se ressaisir et sombrant peu à peu dans une forme de passivité. Cette faiblesse est soulignée par la gradation à la ligne 19, avec le passage d'une forme pronominale (« il se fût enseveli »), qui marque encore une action réfléchie, à un verbe suggérant le renoncement (« il eût cédé »).

[Transition] Comme s'il était sous l'influence d'un lieu néfaste, Raphaël vacille et renonce peu à peu à toute forme de volonté, laissant l'obsession de la mort l'emporter sur son énergie vitale. Il est désormais prêt à se laisser séduire par l'homme qui lui redonnera confiance et goût en la vie : l'antiquaire.

L'apparition fantastique de l'antiquaire (l. 21-31)

- L'adverbe « tout à coup » marque le retour inattendu à l'action. Il signale surtout le surgissement du surnaturel : la « sphère rougeâtre » semble suspendue dans les airs et la reprise de la conjonction de coordination « ni » à la ligne 28 insiste sur les déplacements étrangement silencieux de l'antiquaire.

• Balzac joue efficacement avec les codes du fantastique en accumulant des indices qui évoquent la figure du diable : l'image de l'abîme et l'obscurité, d'où le vieil homme vient de sortir, rappellent le surnom de *prince des ténèbres*, associé à cette figure, tandis que la couleur de la sphère et le « brûlant cauchemar » font penser aux flammes de l'enfer.

• Caractéristique également du fantastique, le thème du doute se prolonge par deux contradictions : Raphaël croit « avoir été appelé », mais l'antiquaire n'a visiblement pas parlé ; celui-ci est à la fois « un petit vieillard » et un « personnage [...] sorti d'un sarcophage ». Le lexique de l'incertitude s'accentue dans les dernières lignes : « quelque chose de magique », « sans doute », « semblait ».

• La comparaison finale (l. 29-31) justifie l'inquiétude grandissante de Raphaël : le frisson initial devient ici un tremblement. Elle fait définitivement du marchand un vampire, entre la vie et la mort – donc un être capable de faire renaître son futur client, en lui offrant des secrets d'outre-tombe, et prêt à profiter de ses faiblesses.

Conclusion

[Faire le bilan de l'explication] Cet extrait joue un rôle essentiel dans le roman : Balzac exploite les motifs classiques du fantastique pour faire basculer dans le surnaturel un récit jusque-là réaliste. Il décrit également avec minutie l'état d'esprit de Raphaël, que tout conditionne à accepter, ensuite, le pacte diabolique avec l'antiquaire.

[Mettre le texte en perspective] Cet extrait rappelle Faust, le personnage de la pièce éponyme écrite par Goethe, ce jeune homme qui, par lassitude, se laisse tenter par le diable. Dino Buzzati en reprendra l'idée dans la nouvelle, *Le Veston ensorcelé* (1966), dans laquelle, cette fois, le diable n'est autre qu'un simple tailleur, dont le veston magique offre une réserve inépuisable d'argent, mais condamne son possesseur à l'enfer.

2. LA QUESTION DE GRAMMAIRE

« [Le silence régnait si profondément autour de lui] [que bientôt il s'aventura dans une douce rêverie] [dont les impressions graduellement noires suivirent, de nuance en nuance et comme par magie, les lentes dégradations de la lumière.] »

• Il s'agit d'une phrase complexe qui comprend trois verbes conjugués (en couleur), noyaux de trois propositions (entre crochets).

• La première proposition est la proposition principale qui régit les deux autres propositions, qui lui sont subordonnées.

• La proposition introduite par la conjonction « que » (annoncée par l'adverbe « si ») est une subordonnée conjonctive circonstancielle de conséquence.

• La proposition introduite par le pronom relatif « dont » est une subordonnée relative épithète du nom « rêverie ». Le pronom relatif remplace le nom « rêverie » et occupe la fonction de complément du nom « impressions ».

DES QUESTIONS POUR L'ENTRETIEN

Lors de l'entretien, vous devrez présenter une autre œuvre lue au cours de l'année. L'examinateur introduira l'échange et vous posera quelques questions. Celles ci-dessous sont des exemples.

1 Je vous remercie pour votre présentation du roman *Le Portrait de Dorian Gray* (1890), d'Oscar Wilde. Pouvez-vous expliquer en quoi ce roman appartient au genre fantastique ?

Le portrait change d'apparence à mesure que Dorian Gray sombre dans le vice : il porte, à la place de l'original, les marques de son amoralité.

2 Pourquoi le tableau joue-t-il le même rôle que la peau de chagrin dans le roman de Balzac ?

La peau de chagrin et le tableau trompent leur acquéreur en leur faisant croire que leur réserve d'énergie est inépuisable. Les deux objets sont à la fois des pièges et des révélateurs de leurs faiblesses intimes.

3 En quoi Dorian Gray est-il responsable de sa propre destruction ?

Jeune homme égoïste et vaniteux, c'est Dorian lui-même qui « tente le diable » en formulant le vœu que son portrait vieillisse et s'enlaidisse à sa place, afin de se livrer à toutes les débauches.

4 Quelle pourrait être la leçon morale du roman d'Oscar Wilde ?

Le roman suggère qu'on ne peut impunément laisser libre cours à ses désirs : l'hédonisme (la quête effrénée du plaisir) mène au mépris de l'autre et à la destruction de soi.

48 Sujet d'oral • Explication & entretien

Balzac, *La Peau de chagrin*, le retour de Raphaël à Paris

20 minutes
20 points

1. Lisez le texte à voix haute.
Puis proposez-en une explication linéaire.

DOCUMENT

Après s'être en vain retiré en province pour préserver ce qui lui reste d'énergie vitale, Raphaël de Valentin décide de rentrer à Paris.

Tantôt l'Allier déroulait sur une riche perspective son ruban liquide et brillant, puis des hameaux modestement cachés au fond d'une gorge de rochers jaunâtres montraient la pointe de leurs clochers ; tantôt les moulins d'un petit vallon se découvraient soudain après des vignobles monotones, et toujours apparaissaient de riants châteaux, des villages suspendus, ou quelques routes bordées de peupliers majestueux ; enfin la Loire et ses longues nappes diamantées reluisirent au milieu de ses sables dorés. Séductions sans fin ! La nature agitée, vivace comme un enfant, contenant à peine l'amour et la sève du mois de juin, attirait fatalement les regards éteints du malade. Il leva les persiennes de sa voiture[1], et se remit à dormir. Vers le soir, après avoir passé Cosne, il fut réveillé par une joyeuse musique et se trouva devant une fête de village. La poste[2] était située près de la place. Pendant le temps que les postillons mirent à relayer sa voiture, il vit les danses de cette population joyeuse, les filles parées de fleurs, jolies, agaçantes, les jeunes gens animés, puis les trognes des vieux paysans gaillardement rougies par le vin. Les petits enfants se rigolaient, les vieilles femmes parlaient en riant, tout avait une voix, et le plaisir enjolivait même les habits et les tables dressées. La place et l'église offraient une physionomie de bonheur ; les toits, les fenêtres, les portes mêmes du village semblaient s'être endimanchés aussi. Semblable aux moribonds[3] impatients du moindre bruit, Raphaël ne put réprimer une sinistre interjection, ni le désir d'imposer silence à ces violons, d'anéantir ce mouvement, d'assourdir ces clameurs, de dissiper cette fête insolente. Il monta tout chagrin dans sa voiture. Quand il regarda sur la place, il vit la joie effarouchée, les paysannes en fuite et les bancs déserts. Sur l'échafaud de l'orchestre, un ménétrier[4] aveugle continuait à jouer sur sa clarinette une ronde criarde. Cette musique sans danseurs, ce vieillard solitaire au profil grimaud[5], en haillons, les cheveux épars, et caché dans l'ombre d'un tilleul, était comme une image fantastique du souhait de Raphaël. Il tombait à torrents une de ces fortes pluies que les nuages électriques du mois de juin versent brusquement et qui finissent de même.

Honoré de Balzac, *La Peau de chagrin*, « L'agonie », 1831.

1. Ici, véhicule tiré par des chevaux et conduit par un postillon.
2. Poste : le relais de poste sert à remplacer les chevaux fatigués.
3. Moribond : qui est près de mourir.
4. Ménétrier : musicien jouant lors des fêtes populaires.
5. Grimaud : triste, maussade.

2. QUESTION DE GRAMMAIRE.

Analysez l'expression de la négation dans la phrase suivante : « Semblable aux moribonds impatients du moindre bruit, Raphaël ne put réprimer une sinistre interjection, ni le désir d'imposer silence à ces violons, d'anéantir ce mouvement, d'assourdir ces clameurs, de dissiper cette fête insolente. » (l. 22-25).

CONSEILS

1. Le texte

Faire une lecture expressive

- Dans cet extrait, la beauté des paysages et la fête contrastent avec l'accablement de Raphaël. Votre lecture doit en rendre compte.
- Dans la description de la fête, accélérez le rythme de la lecture lors des énumérations et renforcez ainsi le sentiment de vivacité.

Situer le texte, en dégager l'enjeu

- Montrez comment les paysages et la fête de village sont des pièges pour Raphaël, dans la lutte qu'il mène pour épargner ses dernières forces vitales.
- En quoi cet épisode montre-t-il la déchéance morale du jeune homme ?

2. La question de grammaire

• Demandez-vous de quelle phrase positive cette phrase est la négation. Déduisez-en la portée de la négation : est-elle totale ou partielle ?
• Le lexique peut aussi servir à exprimer une négation : cherchez un adjectif avec un préfixe de sens négatif.

48 PRÉSENTATION

1. L'EXPLICATION DE TEXTE

Introduction

[Présenter le contexte] Dans *La Peau de chagrin*, Balzac mène une réflexion morale et philosophique sur la volonté : chaque homme possède une réserve d'énergie qu'il doit veiller à ne pas dilapider. [Situer le texte] L'extrait se situe dans la troisième partie du roman, à quelques pages du dénouement. Épuisé par la dépense effrénée de son énergie vitale, Raphaël de Valentin s'est retiré en province pour ne plus succomber aux plaisirs de la vie parisienne. Mais cette tentative est un échec qui réduit encore la taille de la peau de chagrin et, à bout de forces, il décide de revenir à Paris. [En dégager l'enjeu] À travers deux descriptions (un paysage et une fête de village), Balzac brosse un portrait terrifiant de son héros : proche de la mort, désespéré, Raphaël a perdu toute joie et tout sens moral.

Explication au fil du texte

Le renoncement aux joies d'une nature idyllique (l. 1-11)

• Le passage commence par une longue phrase où la nature se déploie dans une description en mouvement, à mesure qu'avance la voiture de Raphaël. Les adverbes de temps (« tantôt », « enfin ») illustrent la variété et le caractère toujours changeant des paysages entrevus.

• Les nombreux adjectifs mélioratifs suggèrent l'émerveillement que pourrait susciter un tel paysage. La gradation fait passer du « ruban liquide et brillant » de l'Allier aux « longues nappes diamantées » de la Loire : la description s'enrichit ici d'une comparaison poétique, qui évoque à la fois l'éblouissement et le charme hypnotique du fleuve.

• La nature est typique de la poésie romantique qui a tant influencé Balzac : c'est une « riche perspective », ouverte sur l'infini (comme dans un tableau, chaque plan semble s'ouvrir pour révéler de nouveaux éléments, comme le montre l'énumération des sujets pluriels aux lignes 2 à 8) et propice à l'élévation spirituelle suggérée par le lexique abondant de la hauteur.

• Pourtant, à partir de la ligne 8, deux termes liés au thème du danger (« Séductions » et « fatalement ») créent une rupture dans cette description enchantée, en rappelant la menace de la peau de chagrin. On observe une nette antithèse entre la vivacité de la nature et « les regards éteints » de Raphaël.

MOT CLÉ
Une **antithèse** est une figure de style permettant d'opposer deux éléments ou deux idées.

• Pour éviter tout spectacle qui pourrait l'obliger à formuler un nouveau souhait, le jeune homme préfère s'isoler. La phrase de la ligne 11, plus courte, marque avec brutalité le renoncement aux charmes de la nature.

La promesse d'une fête enjouée (l. 12-21)

• Les deux compléments de temps initiaux (l. 12) suggèrent une ellipse. Désormais, le cadre change : après des paysages solitaires, Raphaël découvre une scène de village animée.

• La passivité du personnage se devine : la forme passive « fut réveillé » et le verbe pronominal « se trouva » montrent à quel point Raphaël est désormais réduit au rôle de spectateur, et surtout incapable de contrôler les événements de son existence.

• La description de la fête se caractérise par le lexique de la vivacité (« les danses de cette population joyeuse », « animés », « gaillardement »). La joie est partout, ainsi que le montrent les nombreuses énumérations, parfois marquées par une gradation (notons les trois sujets des lignes 17 et 18 : « les petits enfants... les vieilles femmes... tout ») ou par une personnification (les lieux sont « une physionomie de bonheur » et les maisons sont endimanchées).

• Ce moment de réjouissance innocente apparaît alors comme un nouveau piège pour Raphaël : au milieu de la description, les jeunes filles « agaçantes » (qui attirent l'attention et suscitent un désir incontrôlable) jettent une ombre sur cette fête qui devient un véritable lieu de tentations.

La jalousie de Raphaël (l. 22-33)

• De « malade » (l. 11), Raphaël devient un véritable « moribond » (l. 22). La suite de la phrase explique cette aggravation de son état : jaloux de la joie qu'éprouvent les villageois, le jeune homme a formulé malgré lui un nouveau souhait qui amenuise un peu plus sa force vitale.

• Raphaël renonce en effet à son rôle de simple témoin : la phrase abonde en verbes d'action et en émotions (« impatients », « une sinistre interjection », « le désir d'imposer silence »). La longue énumération des groupes infinitifs montre à la fois son exaspération et son inconscience : il ne se rend pas compte du mal qu'il se fait en voulant ruiner la fête.

MOT CLÉ
Une **interjection** est un mot invariable servant à exprimer une émotion ou un sentiment.

• Ligne 26, l'expression « il vit », qui introduisait l'évocation de la fête à la ligne 15 est répétée. Mais un jeu d'antithèses oppose ces deux descriptions : joie/tristesse, couleurs/ombre, animation/solitude, rires/bruits discordants. Et la description est ici plus courte, pour suggérer à la fois l'accélération du temps et l'efficacité redoutable du désir de Raphaël.

• Le narrateur n'évoque pas la réaction de Raphaël, qui devrait pourtant se réjouir du désastre : sa dégradation est telle qu'il n'est plus capable que de passions mauvaises comme la jalousie. Son existence est désormais aveugle et sans harmonie, comme le ménétrier et sa musique.

• En utilisant un présent de vérité générale, la dernière phrase de l'extrait donne une explication rationnelle à la pluie qui s'abat sur la fête, comme si Raphaël voulait se rassurer de n'avoir pas fait rétrécir sa peau de chagrin, ou (pire !) comme s'il voulait s'innocenter d'un malheur dont il est pourtant responsable. Balzac montre la monstruosité d'un homme privé de tout sens moral.

Conclusion

[Faire le bilan de l'explication] À travers deux descriptions variées, cet extrait illustre la dégradation physique et morale de Raphaël : incapable de profiter des plaisirs que pourraient lui procurer la nature et les hommes, il se replie sur lui-même et sombre dans l'aigreur et la cruauté.

[Mettre le texte en perspective] L'évolution de Raphaël fait penser au roman de Wilde, *Le Portrait de Dorian Gray* (1890), dans lequel le héros, au visage éternellement jeune, laisse libre cours à ses désirs et sombre dans une déchéance morale inexorable.

2. LA QUESTION DE GRAMMAIRE

« Semblable aux moribonds impatients du moindre bruit, Raphaël ne put réprimer une sinistre interjection, ni le désir d'imposer silence à ces violons, d'anéantir ce mouvement, d'assourdir ces clameurs, de dissiper cette fête insolente. » (l. 22-25).

• La négation apparaît dans le **lexique** : le préfixe *im-*, de sens négatif, permet de former le contraire de l'adjectif *patients*.

• La négation est aussi exprimée par la **syntaxe** :

– avec l'**adverbe « ne »** (l'adverbe *pas* est ici occulté, ce qui est souvent caractéristique d'un registre de langue soutenu) : la négation est totale, car elle porte sur l'ensemble de la phrase ;

– avec la **conjonction de coordination « ni »** : celle-ci remplace la conjonction *et*, et sert à coordonner « le désir » au GN « une sinistre interjection ».

DES QUESTIONS POUR L'ENTRETIEN

Lors de l'entretien, vous devrez présenter une autre œuvre lue au cours de l'année. L'examinateur introduira l'échange et vous posera quelques questions. Celles ci-dessous sont des exemples.

1 Je vous remercie pour votre présentation du roman *La Peste* (1947) d'Albert Camus. Pourquoi cette œuvre a-t-elle sa place dans un parcours sur les romans de l'énergie ?

Ce roman montre comment les personnages tentent, à des degrés divers, d'utiliser toute leur volonté face au fléau et se refusent à la résignation.

2 Quelle réflexion morale ce roman développe-t-il ?

Camus montre comment l'adversité révèle le sens moral des individus : tandis que certains luttent pour le bienfait de l'humanité, d'autres ne songent qu'à leur intérêt propre.

3 En quoi ce roman possède-t-il également une dimension politique ?

Écrit pendant la Seconde Guerre mondiale, durant laquelle l'Occupation a divisé le peuple français, le roman fait l'apologie de la fraternité, comme celle qui réunit Rieux et Tarrou – une fraternité solidaire et engagée au service de l'humanité.

4 Comment l'évolution du journaliste Rambert se caractérise-t-elle ?

D'abord égoïstement préoccupé de quitter Oran pour rejoindre la femme qu'il aime, il décide finalement de rester pour participer énergiquement à la lutte contre la peste. Il a compris la nécessité d'un engagement collectif contre toutes les formes d'oppression, seul capable de donner grandeur et dignité à l'être humain.

49 Sujet d'oral • Explication & entretien

Colette, *Sido*, les tempêtes hivernales

20 minutes
20 points

1. Lisez ce texte à voix haute. Puis proposez-en une explication linéaire.

DOCUMENT

La narratrice se souvient de son enfance à Saint-Sauveur-en-Puisaye, et plus particulièrement des tempêtes hivernales.

Il y avait dans ce temps-là de grands hivers, de brûlants étés. J'ai connu, depuis, des étés dont la couleur, si je ferme les yeux, est celle de la terre ocreuse, fendillée entre les tiges du blé et sous la géante ombelle du panais sauvage[1], celle de la mer grise ou bleue. Mais aucun été, sauf ceux de mon enfance, ne commémore le géranium écarlate et la hampe enflammée des digitales[2]. Aucun hiver n'est plus d'un blanc pur à la base d'un ciel bourré de nues ardoisées[3], qui présageaient une tempête de flocons plus épais, puis un dégel illuminé de mille gouttes d'eau et de bourgeons lancéolés[4]… Ce ciel pesait sur le toit chargé de neige des greniers à fourrages, le noyer nu, la girouette, et pliait les oreilles des chattes… La calme et verticale chute de neige devenait oblique, un faible ronflement de mer lointaine se levait sur ma tête encapuchonnée, tandis que j'arpentais le jardin, happant la neige volante… Avertie par ses antennes, ma mère s'avançait sur la terrasse, goûtait le temps, me jetait un cri :

– La bourrasque d'Ouest ! Cours ! Ferme les lucarnes du grenier !… La porte de la remise aux voitures !… Et la fenêtre de la chambre du fond !

Mousse[5] exalté du navire natal, je m'élançais, claquant des sabots, enthousiasmée si du fond de la mêlée blanche et bleu noir, sifflante, un vif éclair, un bref roulement de foudre, enfants d'Ouest et de

Février, comblaient tous deux un des abîmes du ciel… Je tâchais de trembler, de croire à la fin du monde.

Mais dans le pire du fracas ma mère, l'œil sur une grosse loupe cerclée de cuivre, s'émerveillait, comptant les cristaux ramifiés[6] d'une poignée de neige qu'elle venait de cueillir aux mains même de l'Ouest rué[7] sur notre jardin…

Colette, *Sido*, 1930.

1. Ombelle : ensemble sphérique de fleurs qui partent du même point de la tige ; panais sauvage : plante dont la racine est comestible.
2. Hampe : tige ; digitales : plantes dont les fleurs sont en forme de petites cloches.
3. Nues : nuages ; ardoisées : grises comme des ardoises.
4. Lancéolés : qui ont la forme de la pointe métallique du bout d'une lance.
5. Mousse : jeune marin.
6. Ramifiés : se divisant en petites branches.
7. Rué : qui s'est précipité avec force.

2. QUESTION DE GRAMMAIRE.
Étudiez l'expression de la négation dans la phrase : « Mais aucun été, sauf ceux de mon enfance, ne commémore le géranium écarlate et la hampe enflammée des digitales. » (l. 4-6)

CONSEILS

1. Le texte

Faire une lecture expressive

• Faites sentir la différence de ton entre la narration, marquée par la remémoration, et le discours direct de Sido, exclamatif et injonctif.

• Le rythme du texte évolue progressivement : n'hésitez pas à exprimer le fracas de la tempête lorsqu'elle arrive !

Situer le texte, en dégager l'enjeu

• L'extrait décrit l'un des nombreux souvenirs d'enfance évoqués par la narratrice de *Sido*. Qu'est-ce qui fait son originalité ?

• Demandez-vous comment Colette célèbre les intempéries de l'hiver et quel portrait de sa mère cette évocation construit en creux.

ORAL

2. La question de grammaire

• Repérez d'abord les termes qui construisent la négation.
• Sur quel constituant de la phrase cette négation porte-t-elle ? Quelle est sa valeur ?

49 PRÉSENTATION

1. L'EXPLICATION DE TEXTE

Introduction

[Présenter le contexte] Magistralement mise en œuvre par des écrivains comme Marcel Proust, l'écriture du souvenir constitue une veine littéraire importante dans la première moitié du xxe siècle. [Situer le texte] Dans *Sido*, Colette évoque son enfance dans un village rural de l'Yonne, et notamment le jardin de la maison familiale, marqué par la présence maternelle. [En dégager l'enjeu] Comment Colette, se rappelant les saisons de son enfance, célèbre-t-elle les intempéries de l'hiver ? Quel portrait de sa mère cette évocation construit-elle ?

Explication au fil du texte

Le souvenir de saisons extrêmes (l. 1-9)

Un souvenir indéfini et démesuré

• Le texte inscrit immédiatement l'évocation du passé dans une atmosphère merveilleuse. L'extrait commence à l'imparfait, sur le ton indéfini du conte : « Il y avait dans ce temps-là » rappelle la formule consacrée « Il était une fois… ».

• D'emblée, l'auteure essaie de retrouver le regard enfantin qu'elle posait sur le monde. Le thème du cycle des saisons est annoncé : « de grands hivers, de brûlants étés ». Les adjectifs semblent mimer la sensibilité de Colette enfant, pour qui tout paraissait alors démesuré.

L'évocation de l'été

• L'évocation des saisons estivales est de l'ordre de la recréation mentale, comme le montre la subordonnée circonstancielle « si je ferme les yeux ». Elle fait la part belle aux sensations visuelles (« terre ocreuse », « mer grise ou bleue »).

• Cependant les saisons de l'enfance conservent un caractère singulier, quelque chose d'unique. L'auteure crée un contraste entre les étés plus récents et « ceux de [son] enfance ». Ces derniers font l'objet d'une véritable célébration, que renforce la précision du lexique : « [...] ne commémore le géranium écarlate et la hampe enflammée des digitales ».

L'évocation de l'hiver

• Le cycle naturel entier des saisons est célébré pour sa beauté, comme le montre le parallélisme entre « aucun été » (l. 5) et « Aucun hiver » (l. 6).

• L'évocation s'étend alors au souvenir des hivers, dont la pureté, symbolisée par la couleur blanche, semble disparue depuis longtemps : « Aucun hiver n'est plus d'un blanc pur [...] ». Le temps de l'enfance, idéalisé, est bel et bien révolu.

[Transition] L'hiver de l'enfance fascine par ses métamorphoses merveilleuses : aux « nues ardoisées » succèdent la « tempête de flocons », puis les « mille gouttes d'eau » du dégel.

L'arrivée des tempêtes hivernales (l. 9-15)

La présence physique de l'hiver

• L'hiver se caractérise par la présence des flocons, qui recouvrent la maison tout entière et le jardin, et par un ciel tellement bas qu'il semble être en contact avec les choses et les êtres : « Ce ciel pesait sur le toit [...] et pliait les oreilles des chattes... ».

• Mais des indices visuels et sonores annoncent une évolution inquiétante : « La calme et verticale chute de neige devenait oblique, un faible ronflement de mer lointaine se levait [...]. »

Une tempête qui s'approche

La narratrice glisse de l'évocation générale des hivers au récit d'une tempête hivernale en particulier, qui met en scène l'enfant qu'elle a été. Son insouciance de petite fille (« j'arpentais le jardin, happant la neige volante ») contraste plaisamment avec la dangereuse tempête en train de se lever.

[Transition] Sa mère, Sido, apparaît, elle, comme une sorte de prophétesse qui communique avec la nature grâce à ses « antennes ». Comme sa fille, elle « goûte le temps », mais y lit des présages, car elle connaît le langage secret des éléments.

La figure maternelle au cœur de la tempête (l. 16-27)

Le branle-bas de combat

• D'un seul coup, la scène devient très vivante : il faut se protéger face aux éléments sur le point de se déchaîner. Les injonctions de la mère, rapportées au discours direct se multiplient : « La bourrasque d'Ouest ! Cours ! Ferme les lucarnes du grenier !... ».

À NOTER
Dans la mythologie grecque, **Zéphyr** est le dieu du vent d'ouest. Dans l'œuvre de Colette, Sido, telle une déesse, se trouve invariablement au centre de la rose des vents.

• L'enfant se prend alors au jeu, comme le montre la métaphore du « mousse exalté du navire natal », obéissant aux ordres de son capitaine. Les apparitions d'un « vif éclair, [d'] un bref roulement de foudre », repris sous la forme d'allégories (« enfants d'Ouest et de Février »), sont attendues par la petite fille « enthousiasmée » et avide de frissons.

• Le plaisir enfantin réside dans la fausse croyance que tout peut s'écrouler : « Je tâchais de trembler, de croire à la fin du monde. »

Une mère protectrice

• Au milieu de cette tempête, la mère apparaît comme une figure rassurante, véritable déesse protectrice du foyer. Sa sérénité contemplative (« l'œil sur une grosse loupe cerclée de cuivre ») contraste avec le déchaînement des éléments (« dans le pire du fracas » ; « l'Ouest rué sur notre jardin »).

• Le texte se clôt sur l'image marquante de Sido qui « [...] s'émerveillait, comptant les cristaux ramifiés d'une poignée de neige », où s'expriment une tendre ironie et une vive admiration pour cette mère hors du commun.

Conclusion

[Faire le bilan de l'explication] Dans ce texte, Colette célèbre la beauté des hivers de son enfance, intimement liés au souvenir d'une mère « puissante » qui paraît commander aux éléments.

[Mettre le texte en perspective] De cette figure maternelle, qui semble vivre en osmose avec la nature, la narratrice a bel et bien hérité ce regard attentif posé sur le monde, à l'origine d'œuvres comme *Sido* ou *Les Vrilles de la vigne*.

2. LA QUESTION DE GRAMMAIRE

« Mais aucun été, sauf ceux de mon enfance, ne commémore le géranium écarlate et la hampe enflammée des digitales. »

- La négation syntaxique est exprimée par la locution négative, formée du déterminant indéfini *aucun* (qui détermine le nom *été*) et de l'adverbe *ne*.
- La négation est partielle car elle porte sur un seul constituant de la phrase (son sujet), et non sur la phrase entière. Elle a une valeur descriptive.
- La négation est nuancée par le groupe prépositionnel en apposition « sauf ceux de mon enfance » : Colette souligne ainsi la singularité de ces lointaines saisons estivales, qui sont les seules à ne pas être concernées par la négation.

DES QUESTIONS POUR L'ENTRETIEN

Lors de l'entretien, vous devrez présenter une autre œuvre lue au cours de l'année. L'examinateur introduira l'échange et vous posera quelques questions. Celles ci-dessous sont des exemples.

1 Je vous remercie pour votre présentation des *Rêveries du promeneur solitaire* de Jean-Jacques Rousseau. Quel lien pouvez-vous faire entre cette œuvre et le texte étudié ?

L'œuvre de Rousseau et le texte de Colette donnent une place essentielle au regard posé sur la nature : regard rétrospectif et poétique pour Colette, regard philosophique pour Rousseau. Celui-ci se détache ainsi des affres de la vie quotidienne, afin de se livrer à ses méditations, « seul sur la terre, n'ayant plus de frère, de prochain, d'ami, de société que [lui]-même ».

2 Quel regard Rousseau pose-t-il sur les plantes qu'il découvre au fur et à mesure de ses « promenades » ?

Rousseau pose un regard de connaisseur sur les plantes qu'il découvre : il les observe de manière précise et les classifie scientifiquement. Elles sont pour lui une source de plaisir et de fascination.

3 Dans cette œuvre, de quelle manière l'expérience du monde amène-t-elle à la réflexion philosophique ?

Les diverses expériences et anecdotes dont parle Rousseau (par exemple, la découverte de la grotte isolée dans la septième promenade) sont propices à une réflexion profonde sur l'être humain et son rapport au bonheur.

ORAL

50 Sujet d'oral • Explication & entretien

Molière, *Le Malade imaginaire*, acte I, scène 5

20 minutes
20 points

1. Lisez le texte à voix haute.
Puis proposez-en une explication.

DOCUMENT

En présence de sa servante Toinette, Argan vient d'annoncer à sa fille Angélique son intention ferme de la marier, non pas à son amant Cléante, mais à Thomas Diafoirus, fils d'un médecin.

TOINETTE. – Mon Dieu ! je vous connais, vous êtes bon naturellement.

ARGAN, *avec emportement.* – Je ne suis point bon, et je suis méchant quand je veux.

TOINETTE. – Doucement, Monsieur : vous ne songez pas que vous êtes malade.

ARGAN. – Je lui commande absolument de se préparer à prendre le mari que je dis.

TOINETTE. – Et moi, je lui défends absolument d'en faire rien.

ARGAN. – Où est-ce donc que nous sommes ? et quelle audace est-ce là à une coquine de servante de parler de la sorte devant son maître ?

TOINETTE. – Quand un maître ne songe pas à ce qu'il fait, une servante bien sensée est en droit de le redresser[1].

ARGAN, *court après Toinette.* – Ah ! insolente, il faut que je t'assomme.

TOINETTE, *se sauve de lui.* – Il est de mon devoir de m'opposer aux choses qui vous peuvent déshonorer.

ARGAN, *en colère, court après elle autour de sa chaise, son bâton à la main.* – Viens, viens, que je t'apprenne à parler.

TOINETTE, *courant, et se sauvant du côté de la chaise où n'est pas Argan.* – Je m'intéresse, comme je dois, à ne vous point laisser faire de folie.

ARGAN, *de même.* – Chienne !

TOINETTE, *de même.* – Non, je ne consentirai jamais à ce mariage.

ARGAN, de même. – Pendarde[2] !

TOINETTE, *de même.* – Je ne veux point qu'elle épouse votre Thomas Diafoirus.

ARGAN, *de même.* – Carogne[3] !

TOINETTE, *de même.* – Et elle m'obéira plutôt qu'à vous.

ARGAN, *s'arrêtant.* – Angélique, tu ne veux pas m'arrêter cette coquine-là ?

ANGÉLIQUE. – Hé ! mon père, ne vous faites point malade.

ARGAN, *à Angélique.* – Si tu ne me l'arrêtes, je te donnerai ma malédiction.

TOINETTE, *en s'en allant.* – Et moi, je la déshériterai, si elle vous obéit.

ARGAN, *se jette dans sa chaise, étant las de courir après elle.* – Ah ! ah ! je n'en puis plus. Voilà pour me faire mourir.

Molière, *Le Malade imaginaire*, acte I, scène 5, 1673.

---

1. Redresser : corriger, remettre dans le droit chemin.
2. Pendarde : qui mérite d'être pendue.
3. Carogne : femme méchante, hargneuse.

2. QUESTION DE GRAMMAIRE. Analysez l'expression de la négation dans la phrase : « Non, je ne consentirai jamais à ce mariage. » (l. 25).

CONSEILS

1. Le texte

Faire une lecture expressive

- Faites bien entendre le contraste entre les deux personnages : le ton d'Argan est celui d'un homme colérique ; Toinette, elle, est déterminée et moqueuse.
- Faites sentir la vivacité comique du dialogue lorsque la course-poursuite autour du fauteuil démarre.

■ **Situer le texte, en dégager l'enjeu**

- Il s'agit d'une scène de confrontation entre deux personnages : Argan et sa servante Toinette. Étudiez-en l'enjeu.
- Observez qui l'emporte et mesurez la force comique de la scène.

2. La question de grammaire

- Vous devez relever deux négations.
- Comment est construite la seconde ? Quelle est sa portée ?

50 PRÉSENTATION

1. L'EXPLICATION DE TEXTE

Introduction

[Présenter le contexte] Dans *Le Malade imaginaire*, Molière associe les arts préférés du roi – musique, danse et théâtre – pour divertir son public, développant ainsi une nouvelle forme dramaturgique : la comédie-ballet.

[Situer le texte] Cette pièce s'inscrit dans une tradition comique bien établie : celle de la satire des médecins. Le spectateur découvre un Argan inféodé à ses soignants, au point de souhaiter prendre pour gendre un fils de médecin, au grand désespoir de sa fille Angélique.

[En dégager l'enjeu] Au milieu de l'acte I, la scène à étudier, particulièrement dynamique, met aux prises Argan et sa servante Toinette, dans un affrontement résolument comique.

Explication au fil du texte

Argan face à Toinette (l. 1-14)

- Le passage s'ouvre sur un échange verbal particulièrement vif. Courtes, les répliques s'opposent deux à deux, selon un mouvement de contradiction permanent qui montre combien chaque protagoniste est campé sur ses positions : le « Je ne suis point bon » d'Argan réfute le postulat de Toinette « vous êtes bon naturellement » ; en affirmant « je lui défends absolument », Toinette s'oppose à la réplique précédente d'Argan, « Je lui commande absolument ».

• Cette stichomythie suggère qu'aucun terrain d'entente n'est envisageable entre une Toinette soucieuse de l'intérêt d'Angélique, et un Argan sûr de son bon droit, arc-bouté sur ses prérogatives de père.

> **MOT CLÉ**
> La **stichomythie** est un dialogue vif composé de répliques courtes qui se répondent deux à deux.

• Toinette mêle la déférence (« Monsieur ») et l'ironie : « Vous ne songez pas que vous êtes malade ». Elle n'a de cesse de railler l'hypocondrie de son maître. Impérieux, Argan s'appuie sur son autorité de père de famille pour légitimer ses choix : « je suis méchant quand je veux » ; « prendre le mari que je dis ».

• Le ton se durcit progressivement face à une servante trop irrévérencieuse, qui dispute le pouvoir à son maître, dans des formules injonctives. Argan condamne, à travers des interrogations rhétoriques appuyées de termes péjoratifs, la révolte de Toinette : « quelle audace est-ce là, à une coquine de servante, de parler de la sorte devant son maître ? »

• Toinette, au verbe haut, tient tête à son maître grâce à une formule proverbiale légitimant sa désobéissance : « Quand un maître ne songe pas à ce qu'il fait, une servante bien sensée est en droit de le redresser. »

Une course-poursuite ridicule (l. 15-31)

• Devant l'insolence évidente de Toinette, Argan veut en découdre : s'ensuit une course-poursuite comique qui dynamise la scène, en renouant avec la veine de la farce. Les personnages usent d'accessoires pour parer aux attaques de l'adversaire, et ce dans la durée, comme l'indiquent les didascalies « *se sauve de lui* », « *court après elle autour de sa chaise, son bâton à la main* ».

> **MOT CLÉ**
> La **farce** est une pièce courte qui suscite le rire grâce à des procédés comiques assez grossiers (situations, gestes, mots).

• Retranchée derrière le fauteuil, Toinette continue de défier son maître avec fermeté, en recourant au lexique du devoir (« comme je dois ») et à grand renfort de négations totales (« Non, je ne consentirai jamais », « je ne veux point »).

• En contrepoint, Argan s'épuise en injures, qui fusent en crescendo : « insolente », « chienne », « pendarde », « carogne ».

• Sûre de son fait, Toinette dénonce le choix intéressé et égoïste d'un gendre médecin par l'hypocondriaque Argan, à travers un déterminant possessif accusateur : « Je ne veux point qu'elle épouse <u>votre</u> Thomas Diafoirus ». Plus étoffées et maîtrisées dans le ton, les répliques de Toinette prouvent sa supériorité sur un Argan hors de lui.

La défaite d'Argan (l. 32-40)

• Mis en échec par la verve et la vélocité de Toinette, Argan sollicite comiquement l'aide de sa fille. Soucieuse de ménager son père sans pour autant l'aider, Angélique l'invite plutôt à se calmer et à abandonner son effort !

• La scène se clôt sur un dernier échange amusant, reposant sur le chantage menaçant d'Argan (« Si tu ne me l'arrêtes, je te donnerai ma malédiction. »), rapidement annihilé par la répartie de Toinette, qui surenchérit ironiquement mais fermement : « Et moi, je la déshériterai, si elle vous obéit. » À travers le motif de la succession, Toinette confisque avec humour les prérogatives paternelles d'Argan.

• La dernière didascalie, « *se jette dans sa chaise, étant las de courir après elle* », scelle l'échec d'Argan, physiquement épuisé. Des interjections exclamatives associées à une négation soulignent sa déroute : « Ah ! ah ! je n'en puis plus. » L'hyperbole finale laisse éclater ses craintes d'hypocondriaque, arrachant un dernier sourire au spectateur : « Voilà pour me faire mourir. »

Conclusion

[Faire le bilan de l'explication] Argan est ainsi verbalement et physiquement contrarié dans ses projets matrimoniaux, dans une scène qui prend des accents de farce. Hauts en couleur, les personnages de l'hypocondriaque autoritaire et de la servante à forte tête suscitent un rire franc.

[Mettre le texte en perspective] La figure irrévérencieuse de Toinette rappelle d'autres personnages de domestiques qui osent tenir tête à leur maître : Dorine dans *Le Tartuffe* de Molière (1669) ou plus tard Figaro dans *Le Mariage de Figaro* de Beaumarchais (1784).

2. LA QUESTION DE GRAMMAIRE

« Non, je ne consentirai jamais à ce mariage. »

On relève dans cette phrase deux négations grammaticales différentes, qui se renforcent l'une l'autre, avec une forte valeur polémique.

• L'adverbe « Non » ouvre la phrase : il exprime l'opposition franche de Toinette à la proposition de son maître.

• La locution adverbiale « ne… jamais » encadre le verbe « consentirai » : il s'agit d'une négation partielle qui porte sur le temps, et qui rend absolument définitif le refus de Toinette.

DES QUESTIONS POUR L'ENTRETIEN

Lors de l'entretien, vous devrez présenter une autre œuvre que vous avez lue au cours de l'année. L'examinateur introduira l'échange et peut vous poser quelques questions sous forme de relances. Les questions ci-dessous ont été conçues à titre d'exemples.

1. Sur votre dossier est mentionnée la lecture cursive d'une autre pièce de théâtre : *Un fil à la patte* de Feydeau (1894). En quoi cette pièce porte-t-elle bien son titre ?

2. Pouvez-vous expliquer ce qu'est un vaudeville ?

3. Selon vous, peut-on se contenter de lire une œuvre comme celle-ci ? Quels éléments le spectacle ajoute-t-il au texte ?

4. Pourquoi cette pièce a-t-elle sa place dans le parcours « Spectacle et comédie » ?

51 Sujet d'oral • Explication & entretien

Molière, *Le Malade imaginaire*, acte III, scène 12

20 minutes
20 points

1. Lisez le texte à voix haute.
Puis proposez-en une explication.

DOCUMENT

TOINETTE *s'écrie.* – Ah, mon Dieu ! Ah, malheur ! Quel étrange accident[1] !

BÉLINE. – Qu'est-ce, Toinette ?

TOINETTE. – Ah, Madame !

BÉLINE. – Qu'y a-t-il ?

TOINETTE. – Votre mari est mort.

BÉLINE. – Mon mari est mort ?

TOINETTE. – Hélas oui. Le pauvre défunt est trépassé[2].

BÉLINE. – Assurément ?

TOINETTE. – Assurément. Personne ne sait encore cet accident-là, et je me suis trouvée ici toute seule. Il vient de passer[3] entre mes bras. Tenez, le voilà tout de son long dans cette chaise.

BÉLINE. – Le Ciel en soit loué. Me voilà délivrée d'un grand fardeau[4]. Que tu es sotte, Toinette, de t'affliger de cette mort !

TOINETTE. – Je pensais, Madame, qu'il fallût pleurer.

BÉLINE. – Va, va, cela n'en vaut pas la peine. Quelle perte est-ce que la sienne, et de quoi servait-il sur la terre ? Un homme incommode à tout le monde, malpropre, dégoûtant, sans cesse un lavement, ou une médecine dans le ventre, mouchant, toussant, crachant toujours, sans esprit, ennuyeux, de mauvaise humeur, fatiguant sans cesse les gens, et grondant jour et nuit servantes et valets.

TOINETTE. – Voilà une belle oraison funèbre[5].

BÉLINE. – Il faut, Toinette, que tu m'aides à exécuter mon dessein, et tu peux croire qu'en me servant ta récompense est sûre. Puisque par un bonheur personne n'est encore averti de la chose, portons-le dans son lit, et tenons cette mort cachée, jusqu'à ce que j'aie fait mon affaire. Il y a des papiers, il y a de l'argent, dont je veux me saisir, et il n'est pas juste que j'aie passé sans fruit auprès de lui mes plus belles années. Viens, Toinette, prenons auparavant toutes ses clefs.

ARGAN, *se levant brusquement.* – Doucement.

BÉLINE, *surprise et épouvantée.* – Ahi !

ARGAN. – Oui, Madame ma femme, c'est ainsi que vous m'aimez ?

TOINETTE. – Ah, ah ! le défunt n'est pas mort.

ARGAN, *à Béline, qui sort.* – Je suis bien aise de voir votre amitié, et d'avoir entendu le beau panégyrique[6] que vous avez fait de moi. Voilà un avis au lecteur qui me rendra sage à l'avenir, et qui m'empêchera de faire bien des choses.

Molière, *Le Malade imaginaire*, acte III, scène 12, 1673.

1. Accident : événement imprévu.
2. Trépassé : mort.
3. Passer : mourir.
4. Fardeau : poids.
5. Oraison funèbre : discours qui fait le portrait valorisant d'un mort.
6. Panégyrique : discours élogieux.

2. QUESTION DE GRAMMAIRE. Analysez la construction de la phrase : « Puisque, par un bonheur [...] mon affaire » (l. 25 à 27).

CONSEILS

1. Le texte

Faire une lecture expressive

• La scène convoque une riche palette d'émotions : donnez à entendre la douleur feinte de Toinette, la froideur de Béline, son exaltation pleine de colère et d'esprit de revanche, l'ironie d'Argan quand il « ressuscite ».

• Faites preuve de dynamisme : les répliques, surtout au début, s'enchaînent à un rythme soutenu qui doit tenir en haleine votre auditeur !

Situer le texte, en dégager l'enjeu

• Après avoir rappelé la situation, analysez la ruse imaginée par Toinette et Argan, et les réactions successives de Béline.

• Soulignez l'importance de ce passage dans l'intrigue : il s'agit d'une scène de dévoilement, grâce à un subterfuge qui précipite le dénouement.
• Soyez attentif à la progression de la scène : Toinette passe du désespoir feint à l'ironie cinglante.

2. La question de grammaire

• Identifiez d'abord les verbes conjugués : il y en a autant que de propositions.
• Puis observez comment les propositions s'articulent : sont-elles juxtaposées, coordonnées, subordonnées ?

51 PRÉSENTATION

1. L'EXPLICATION DE TEXTE

Introduction

[Présenter le contexte] Dans *Le Malade imaginaire*, Molière, s'inspirant d'une tradition théâtrale déjà ancienne, fait la satire de la médecine de son époque. Obnubilé par une santé qu'il pense fragile, Argan – le personnage principal de la pièce – veut absolument marier Angélique, fille d'un premier mariage, à un médecin et se laisse abuser par sa seconde épouse, Béline, qui obtient d'être sa seule héritière aux dépens d'Angélique.

[Situer le texte] Cette scène du dernier acte précipite le dénouement : Toinette, servante avisée, invite Argan à simuler la mort pour percer à jour Béline.

[En dégager l'enjeu] À l'issue de cette scène, véritable comédie dans la comédie, Argan ouvre enfin les yeux sur la réalité qui l'entoure.

Explication au fil du texte

La comédie de la mort (l.1-12)

• La scène s'ouvre sur une série d'exclamations dramatiques : « Ah, mon Dieu ! Ah, malheur ! ». Les interjections soulignent l'exagération de cette comédie du désespoir que Toinette joue sous les regards amusés des spectateurs, complices de sa ruse.

• Quatre courtes questions s'enchaînent sur un rythme vif pour manifester la surprise de Béline : « Qu'est-ce, Toinette ? […] Qu'y a-t-il ? ». Perplexe,

Béline reprend en écho la révélation de Toinette (« Votre mari est mort » / « Mon mari est mort ? ») et se contente dans un premier temps de vérifier l'information avec réserve, presque froideur.

- En bonne actrice, la servante multiplie par contraste les marques d'affliction (interjections et exclamations pour marquer son abattement) : « Hélas ! oui. » La tournure pléonastique « Le pauvre défunt est trépassé » prête à sourire.

- Toinette renforce son propos en présentant le corps étendu d'Argan – vision amusante pour un public dans la connivence : le maître joue lui aussi la comédie.

DES POINTS EN +
Un **pléonasme** est la répétition dans un même énoncé de mots ayant le même sens. Les pléonasmes de Toinette relèvent du comique de mots.

La joie méchante de Béline (l. 13-30)

- Assurée d'être enfin veuve, Béline tombe le masque. Elle quitte brutalement le rôle de femme attentionnée qu'elle jouait depuis le début de la pièce, et clame son soulagement à travers des exclamations appuyées : « Le ciel en soit loué » joue en écho (comique pour l'auditoire) à la formule inaugurale de Toinette : « Ah, mon Dieu ! »

- La réplique de la servante, au subjonctif imparfait, souligne combien l'attitude de Béline est peu conforme aux usages : « Je pensais, madame, qu'il fallût pleurer ». Loin d'être éplorée, Béline brosse une description accablante (mais aussi en partie exacte) d'un mari déplaisant moralement et répugnant physiquement : « Un homme incommode à tout le monde, malpropre, dégoûtant, sans cesse un lavement ou une médecine dans le ventre [...] ». Le spectateur sourit de l'énumération cinglante des défauts d'un Argan qu'on devine médusé : au lieu d'être pleuré, il entend sa femme lui jeter à la figure ses quatre vérités !

- Toinette ironise sur ce portrait désastreux : « Voici une belle oraison funèbre ! », tandis que Béline, sournoise et pragmatique, révèle ses véritables intentions – sans supposer que son mari est là, bien vivant, à en saisir le moindre détail : elle entend voler Argan et faire de Toinette une alliée ! Elle s'empresse de tirer profit d'une situation manifestement providentielle.

Le réveil d'Argan : Béline démasquée (l. 31-38)

- C'en est trop pour Argan, qui intervient à la fin de la scène pour faire éclater au grand jour la supercherie. Molière joue sur un comique de situation savoureux, souligné par des mouvements inattendus (didascalies « *se levant brusquement* », « *surprise et épouvantée* ») et par la formule paradoxale, pleine d'humour, de Toinette qui commente la (fausse) résurrection : « Le défunt n'est pas mort ! » en écho au « pauvre défunt [...] trépassé ».

ORAL

• Le supposé mort se relève et c'est à son tour de se répandre en sarcasmes en accablant une femme fausse et opportuniste : l'injonction « Doucement ! », suivie d'une question rhétorique, condamne le double jeu de Béline : « Madame ma femme, c'est ainsi que vous m'aimez ? »

• L'extrait s'achève sur une réplique ironique (« beau panégyrique ») qui pousse Béline, confondue, à se retirer de scène, et du jeu : la ruse a porté ses fruits ; la vérité éclate.

DES POINTS EN +
Dans *Tartuffe* également, un stratagème, dont le public est complice, permet de démasquer l'hypocrite.

Conclusion

[Faire le bilan de l'explication] Double jeu, déguisement, effet de surprise, comique de caractère et de situation, ironie piquante : tout est fait pour animer une scène particulièrement réjouissante. Elle se clôt sur la condamnation sans appel de l'opportuniste Béline qui, au même titre que les médecins, cherchait à profiter d'un Argan bien naïf et vulnérable.

[Mettre le texte en perspective] La comédie touche à son terme : Argan revient à l'essentiel, il va bientôt découvrir l'attachement sincère de sa fille, qui épousera l'homme qu'elle aime, tandis que les autres comparses l'inviteront, à défaut d'avoir pour gendre un fils de médecin, à se faire médecin lui-même.

2. LA QUESTION DE GRAMMAIRE

« [Puisque, par un bonheur, personne n'est encore averti de la chose], portons-le dans son lit, et tenons cette mort cachée, [jusqu'à ce que j'aie fait mon affaire.] »

• Cette phrase comporte quatre verbes conjugués (encadrés) ; il s'agit donc d'une phrase complexe constituée de quatre propositions.

• Les deux propositions principales (soulignées) sont coordonnées par la conjonction de coordination « et ».

• Deux propositions subordonnées circonstancielles (entre crochets) encadrent la phrase : l'une, de cause, est introduite par la conjonction « puisque » ; l'autre, exprimant le temps, est introduite par la locution conjonctive « jusqu'à ce que ».

• Ces subordonnées soulignent clairement l'opportunisme méthodique de Béline.

DES QUESTIONS POUR L'ENTRETIEN

Lors de l'entretien, vous devrez présenter une autre œuvre que vous avez lue au cours de l'année. L'examinateur introduira l'échange et peut vous poser des questions sous forme de relances. Les questions ci-dessous ont été conçues à titre d'exemples.

1. Sur votre dossier est mentionnée la lecture cursive d'une autre pièce de théâtre : *Ubu roi* d'Alfred Jarry. En quoi cette pièce se rattache-t-elle au genre de la comédie ?
2. Selon vous, peut-on se contenter de lire une œuvre comme celle-ci ? Quels éléments la représentation ajoute-t-elle au texte ?
3. Des passages vous ont-ils particulièrement marqué(e) ?
4. Pourquoi cette pièce a-t-elle sa place dans le parcours « Spectacle et comédie » ?

Marivaux, *Les Fausses Confidences*, acte I, scène 2

20 minutes
20 points

1. Lisez le texte à voix haute.
Puis proposez-en une explication.

DOCUMENT

DUBOIS. – Laissons cela, monsieur ; tenez, en un mot, je suis content de vous ; vous m'avez toujours plu ; vous êtes un excellent homme, un homme que j'aime ; et si j'avais bien de l'argent, il serait encore à votre service.

DORANTE. – Quand pourrai-je reconnaître tes sentiments pour moi ? Ma fortune serait la tienne ; mais je n'attends rien de notre entreprise, que la honte d'être renvoyé demain.

DUBOIS. – Eh bien ! vous vous en retournerez.

DORANTE. – Cette femme-ci a un rang dans le monde ; elle est liée avec tout ce qu'il y a de mieux, veuve d'un mari qui avait une grande charge dans les finances ; et tu crois qu'elle fera quelque attention à moi, que je l'épouserai, moi qui ne suis rien, moi qui n'ai point de bien ?

DUBOIS. – Point de bien ! votre bonne mine est un Pérou. Tournez-vous un peu, que je vous considère encore ; allons, monsieur, vous vous moquez ; il n'y a point de plus grand seigneur que vous à Paris ; voilà une taille qui vaut toutes les dignités possibles, et notre affaire est infaillible, absolument infaillible. Il me semble que je vous vois déjà en déshabillé dans l'appartement de madame.

DORANTE. – Quelle chimère !

DUBOIS. – Oui, je le soutiens ; vous êtes actuellement dans votre salle et vos équipages sont sous la remise.

DORANTE. – Elle a plus de cinquante mille livres de rente, Dubois.

DUBOIS. – Ah ! vous en avez bien soixante pour le moins.

DORANTE. – Et tu me dis qu'elle est extrêmement raisonnable.

DUBOIS. – Tant mieux pour vous, et tant pis pour elle. Si vous lui plaisez, elle en sera si honteuse, elle se débattra tant, elle deviendra si faible, qu'elle ne pourra se soutenir qu'en épousant ; vous m'en direz des nouvelles. Vous l'avez vue et vous l'aimez ?

DORANTE. – Je l'aime avec passion ; et c'est ce qui fait que je tremble.

DUBOIS. – Oh ! vous m'impatientez avec vos terreurs. Eh ! que diantre ! un peu de confiance ; vous réussirez, vous dis-je. Je m'en charge, je le veux, je l'ai mis là. Nous sommes convenus de toutes nos actions, toutes nos mesures sont prises ; je connais l'humeur de ma maîtresse ; je sais votre mérite, je sais mes talents, je vous conduis ; et on vous aimera, toute raisonnable qu'on est ; on vous épousera, toute fière qu'on est ; et on vous enrichira, tout ruiné que vous êtes, entendez-vous ? Fierté, raison et richesse, il faudra que tout se rende. Quand l'amour parle, il est le maître ; et il parlera. Adieu, je vous quitte ; j'entends quelqu'un, c'est peut-être M. Remy ; nous voilà embarqués, poursuivons. (*Il fait quelques pas, et revient.*) À propos, tâchez que Marton prenne un peu de goût pour vous. L'amour et moi, nous ferons le reste.

Marivaux, *Les Fausses Confidences*, acte I, scène 2, 1737.

2. QUESTION DE GRAMMAIRE. Transformez la réplique de Dorante aux lignes 9 à 13 en discours indirect, comme si vous rapportiez ses paroles.

CONSEILS

1. Le texte

Faire une lecture expressive

- Faites des pauses entre les répliques, pour que votre examinateur comprenne bien que vous changez de personnage.
- Marquez la différence de ton entre Dorante, indécis, et Dubois, qui est sûr de lui.

Situer le texte, en dégager l'enjeu

- Précisez que cet extrait constitue une partie de l'exposition : les personnages y dévoilent le stratagème sur lequel se fonde l'intrigue.

• Soulignez l'importance de ce passage, qui présente Dorante et Dubois et qui dessine, à travers leur dialogue, un premier portrait d'Araminte, jeune et riche veuve dont Dorante s'est épris.

2. La question de grammaire

• Repérez les pronoms personnels : au discours indirect, ils doivent être modifiés.
• Réfléchissez aux verbes de parole que vous allez employer. Pour cela, identifiez la modalité des phrases : sont-elles déclaratives, interrogatives, exclamatives ?

52 PRÉSENTATION

1. L'EXPLICATION DE TEXTE

Introduction

[Présenter le contexte] Les dramaturges du XVIIIe siècle se confrontent à la difficulté de renouveler le genre théâtral, et en particulier la comédie, à partir de l'héritage de Molière, maître de la comédie classique.

[Situer le texte] Marivaux s'illustre comme un des principaux acteurs de ce renouvellement. Si ses pièces comiques reprennent les thèmes de l'amour, de l'argent et du mariage, elles mettent davantage l'accent sur la psychologie des personnages et les ambiguïtés des sentiments. Dans *Les Fausses Confidences*, l'intrigue tourne autour d'un jeune homme désargenté, Dorante, que son ancien valet, Dubois, veut aider à épouser Araminte, une jeune et riche veuve. La scène 2 de l'acte I correspond à l'exposition de la pièce.

MOT CLÉ
La ou les scènes d'exposition permettent de poser le cadre spatio-temporel, de présenter l'intrigue et les principaux personnages, ainsi que les relations qu'ils entretiennent.

[En dégager l'enjeu] Dans l'extrait, le dialogue entre Dorante et Dubois permet de présenter l'intrigue, mais aussi d'esquisser un portrait des personnages principaux.

Explication au fil du texte

Une « entreprise » audacieuse (l. 1-13)

- La première réplique de l'extrait fait suite à une longue réplique de Dorante dans laquelle il exprime sa reconnaissance envers Dubois, qui veut « faire sa fortune ». Dubois témoigne de la fidélité singulière qui le lie à son ancien maître, ainsi que de l'ascendant qu'il a sur ce dernier. Ainsi, l'impératif « laissons cela », l'affirmation « je suis content de vous » évoquent plus le discours d'un maître à son valet. Le lexique de l'affection (« toujours plu », « que j'aime ») justifie l'aide que Dubois apporte à Dorante. Leur relation est à rebours d'un rapport maître/valet habituel.

- Dorante fait écho à ce discours, en exprimant sa gratitude. Puis il affirme son peu de confiance en leur « entreprise ». Ces premières répliques retardent l'exposé au public du stratagème, et donc de l'intrigue, créant ainsi un effet d'attente.

- Elles éclairent aussi le caractère de Dorante, jeune homme apparemment anxieux et pessimiste. Dubois répond d'ailleurs à ces inquiétudes, avec une pirouette pleine de légèreté sarcastique et de pragmatisme : « et bien, vous vous en retournerez ».

- Dorante continue néanmoins à exprimer son scepticisme. On apprend que cette « entreprise » a pour objet une « femme », qui n'est jamais nommée dans la scène. La réplique esquisse en fait un premier portrait d'Araminte : on apprend son « rang » social élevé, et sa richesse, liée à son statut de « veuve ». La fin de la réplique oppose ce statut social considérable à celui de Dorante, ruiné, qui affirme « moi qui ne suis rien, moi qui n'ai point de bien ».

La confiance de Dubois (l. 14-31)

- Dubois reprend la main sur le dialogue. À partir de sa réplique, la distribution de la parole sera clairement en sa faveur.

Il balaie les inquiétudes de Dorante, en soulignant ses qualités physiques, qui constituent « un Pérou » (= « une réserve d'or »). Il va jusqu'à ordonner à son ancien maître de se « [tourner] un peu », afin de le « considérer ». Sa conclusion – « voilà une taille qui vaut toutes les dignités possibles » – la valeur égale d'une belle apparence physique et d'un statut social élevé. Il peut donc imaginer, avec une certaine grivoiserie, Dorante « en déshabillé dans la chambre de madame ».

À travers ce dialogue, il apparaît comme un valet plein de verve et d'humour, prompt à la taquinerie.

- Cependant Dorante ajoute une autre objection : Araminte est « raisonnable ». Dubois fait de cet obstacle un avantage : l'énumération de verbes au

ORAL

futur annonce le combat perdu d'avance que livrera Araminte si elle tombe sous le charme de Dorante. La formule « vous m'en direz des nouvelles » montre la confiance de Dubois dans la réussite de leur entreprise.

- Ce n'est que dans le dernier échange (« vous l'avez vue et vous l'aimez » / « je l'aime avec passion ») que le spectateur apprend que la motivation de Dorante est l'amour, et non l'argent. Marivaux joue avec son public, en distillant petit à petit des informations contradictoires, qui font toute l'ambiguïté de la pièce.

Dubois, maître en intrigue (l. 32-44)

- La scène se clôt avec une longue réplique de Dubois. La ponctuation, ainsi que les interjections (« Eh ! », « Oh ! ») montrent sa certitude, et son impatience face aux « terreurs » de Dorante.

- Dans cette dernière réplique, le valet affirme définitivement sa mainmise sur le plan et sur l'intrigue. Le passage du « nous » au « je », ainsi que les verbes de connaissance (« savoir », « connaître ») traduisent son sentiment de maîtrise. Le savoir qu'il a de la situation lui permet de la prendre en « charge », et même d'en prédire l'issue avec un futur de l'indicatif (« on vous aimera ») qui exprime la certitude. Le pronom indéfini « on » renvoie ici à Araminte. Cela suggère que la jeune femme, quelles que soient ses qualités, ne pourra résister aux « talents » de Dubois.

- L'affirmation « quand l'Amour parle, il est le maître » annonce un des enjeux de la pièce, à savoir le triomphe inévitable du sentiment amoureux, et la manière dont les personnages sont conduits progressivement à se l'avouer. Dubois se présente en véritable stratège, résolu à faire triompher et son maître et l'amour, ce que résume parfaitement son annonce finale « l'amour et moi, nous ferons le reste ».

Conclusion

[Faire le bilan de l'explication] Ce dialogue entre Dorante et Dubois complète l'exposition, en présentant le projet au centre de l'intrigue : faire qu'Araminte tombe amoureuse de Dorante. Ce dialogue dresse également le portrait du jeune homme et de son ancien valet.

[Mettre l'extrait en perspective] La vision de l'amour exposée par Dubois dans cette scène annonce le véritable objectif de la pièce : montrer comment le sentiment amoureux s'installe et grandit dans les cœurs.

2. LA QUESTION DE GRAMMAIRE

« Cette femme-ci a un rang dans le monde ; elle est liée avec tout ce qu'il y a de mieux, veuve d'un mari qui avait une grande charge dans les finances ; et tu crois qu'elle fera quelque attention à moi, que je l'épouserai, moi qui ne suis rien, moi qui n'ai point de bien ? »

→ Dorante souligne que cette femme-là a un rang dans le monde, qu'elle est liée avec tout ce qu'il y a de mieux, qu'elle est veuve d'un mari qui avait une grande charge dans les finances. Il demande à Dubois s'il croit qu'elle fera attention à lui, qu'elle l'épousera, lui qui n'est rien, lui qui n'a point de bien.

DES QUESTIONS POUR L'ENTRETIEN

Lors de l'entretien, vous devrez présenter une autre œuvre que vous avez lue au cours de l'année. L'examinateur introduira l'échange et peut vous poser des questions sous forme de relances. Les questions ci-dessous ont été conçues à titre d'exemples.

1. Sur votre dossier est mentionnée la lecture cursive d'une autre pièce de théâtre : *Les Fourberies de Scapin* de Molière. Pouvez-vous la présenter brièvement ?
2. Que pensez-vous du personnage qui donne son nom à la pièce ? Pouvez-vous comparer Scapin au personnage de Dubois dans *Les Fausses confidences* ?
3. Quelles sont les formes de comique utilisées dans la pièce de Molière ?
4. Avez-vous apprécié cette lecture ? Que vous a-t-elle apporté en complément de celle des *Fausses Confidences* ?

53 Sujet d'oral • Explication & entretien

Marivaux, *Les Fausses Confidences*, acte II, scène 13

20 minutes
20 points

1. Lisez le texte à voix haute. Puis proposez-en une explication.

DOCUMENT

ARAMINTE. – [...] toute réflexion faite, je suis déterminée à épouser le Comte.

DORANTE, *d'un ton ému.* – Déterminée, madame ?

ARAMINTE. – Oui, tout à fait résolue. Le Comte croira que vous y avez contribué ; je le lui dirai même, et je vous garantis que vous resterez ici ; je vous le promets. *(À part.)* Il change de couleur.

DORANTE. – Quelle différence pour moi, madame !

ARAMINTE, *d'un air délibéré.* – Il n'y en aura aucune. Ne vous embarrassez pas, et écrivez le billet que je vais vous dicter ; il y a tout ce qu'il faut sur cette table.

DORANTE. – Eh ! pour qui, madame ?

ARAMINTE. – Pour le Comte, qui est sorti d'ici extrêmement inquiet, et que je vais surprendre bien agréablement par le petit mot que vous allez lui écrire en mon nom. *(Dorante reste rêveur, et, par distraction, ne va point à la table.)* Eh ! vous n'allez pas à la table ! À quoi rêvez-vous ?

DORANTE, *toujours distrait.* – Oui, madame.

ARAMINTE, *à part, pendant qu'il se place.* – Il ne sait ce qu'il fait ; voyons si cela continuera.

DORANTE, *à part, cherchant du papier.* – Ah ! Dubois m'a trompé.

ARAMINTE, *poursuivant.* – Êtes-vous prêt à écrire ?

DORANTE. – Madame, je ne trouve point de papier.

ARAMINTE, *allant elle-même.* – Vous n'en trouvez point ! En voilà devant vous.

DORANTE. – Il est vrai.

ARAMINTE. – Écrivez. « Hâtez-vous de venir, monsieur ; votre mariage est sûr… » Avez-vous écrit ?

DORANTE. – Comment, madame ?

ARAMINTE. – Vous ne m'écoutez donc pas ? « Votre mariage est sûr ; madame veut que je vous l'écrive, et vous attend pour vous le dire. » *(À part.)* Il souffre, mais il ne dit mot ; est-ce qu'il ne parlera pas ? « N'attribuez point cette résolution à la crainte que madame pourrait avoir des suites d'un procès douteux. »

DORANTE. – Je vous ai assuré que vous le gagneriez, madame. Douteux ! il ne l'est point.

ARAMINTE. – N'importe, achevez. « Non, monsieur, je suis chargé de sa part de vous assurer que la seule justice qu'elle rend à votre mérite la détermine. »

DORANTE, *à part.* – Ciel ! Je suis perdu. *(Haut.)* Mais, madame, vous n'aviez aucune inclination pour lui.

ARAMINTE. – Achevez, vous dis-je. « …qu'elle rend à votre mérite la détermine. » Je crois que la main vous tremble ; vous paraissez changé. Qu'est-ce que cela signifie ? Vous trouvez-vous mal ?

DORANTE. – Je ne me trouve pas bien, madame.

ARAMINTE. – Quoi ! si subitement ! cela est singulier. Pliez la lettre et mettez : « À Monsieur le comte Dorimont. » Vous direz à Dubois qu'il la lui porte. *(À part.)* Le cœur me bat ! Il n'y a pas encore là de quoi le convaincre.

DORANTE, *à part.* – Ne serait-ce point aussi pour m'éprouver ? Dubois ne m'a averti de rien.

Marivaux, *Les Fausses Confidences*, acte II, scène 13, 1737.

2. QUESTION DE GRAMMAIRE. Analysez la construction de la phrase « Votre mariage est sûr ; madame veut que je vous l'écrive, et vous attend pour vous le dire. » (l. 29 à 31).

ORAL

CONSEILS

1. Le texte

Faire une lecture expressive

- Faites entendre les apartés, ils sont essentiels dans cette scène.
- Veillez à faire sentir le désarroi de Dorante, et la feinte indifférence d'Araminte.

■ **Situer le texte, en dégager l'enjeu**

- Situez la scène dans l'intrigue générale de la pièce.
- Notez que Dorante est ici à son tour victime d'une « fausse confidence ».
- Soyez attentif à la progression de la scène : Dorante s'enfonce dans le désespoir, tandis qu'Araminte multiplie les tentatives pour qu'il avoue ses sentiments.

2. La question de grammaire

- Identifiez les 4 verbes conjugués. : ils vous permettent de délimiter les 4 propositions qui composent la phrase.
- Repérez une proposition subordonnée.

53 PRÉSENTATION

1. L'EXPLICATION DE TEXTE

Introduction

[Présenter le contexte] Les comédies de Marivaux témoignent de l'importance croissante donnée à l'analyse des sentiments et des rapports humains dans la littérature du XVIIIe siècle. La plupart évoquent ainsi un thème cher au dramaturge : la « surprise de l'amour ».

[Situer le texte] Dans *Les Fausses Confidences*, Dorante, amoureux d'Araminte, a mis en place, à l'initiative de son ancien valet Dubois, un plan pour la conquérir. À la scène 13 de l'acte II, il est lui-même victime d'une « fausse confidence » : Araminte, résolue à lui faire avouer des sentiments dont Dubois lui a fait part, prétend vouloir épouser un autre homme. La jeune femme cherche ainsi à vérifier l'intensité de ce qu'éprouve Dorante pour elle.

[En dégager l'enjeu] Dans l'extrait, le dialogue, d'un comique très subtil que le spectateur est le seul à pouvoir goûter, montre comment les personnages sont pris au piège de leurs propres stratagèmes.

Explication au fil du texte

La fausse confidence (l.1-7)

- Le texte commence avec le mensonge d'Araminte, « déterminée à épouser le Comte ». Jusque-là elle avait fermement refusé ce mariage, malgré l'empressement de sa mère à le lui faire accepter. La didascalie « *d'un ton ému* » et la question lapidaire de Dorante trahissent son trouble.

• Araminte appuie sa déclaration initiale, en se disant « tout à fait résolue ». La locution adverbiale marque la certitude. La suite de sa réplique est d'une fine cruauté : sous prétexte de rassurer Dorante sur le fait qu'il ne perdra pas son emploi, Araminte lui promet de le faire passer pour celui qui a rendu ce mariage possible. L'aparté « *il change de couleur* » rappelle aux spectateurs le vrai motif de cette « fausse confidence » : pousser Dorante au désespoir et lui faire avouer son amour.

MOT CLÉ
Un aparté est une réplique prononcée par un personnage pour lui-même : elle est donc destinée aux seuls spectateurs. Cet artifice théâtral permet de commenter l'action ou d'exprimer des émotions.

• La réponse de ce dernier marque le désarroi, par l'exclamative et l'apostrophe « madame », qui sonne comme une supplication.

La lettre (l. 8-38)

• La didascalie « *d'un air délibéré* » marque la détermination d'Araminte à faire aboutir son plan. Elle use d'un second stratagème : faire écrire à Dorante une lettre destinée au comte. La phrase « il y a tout ce qu'il faut sur cette table » montre la mise en scène qu'a préparée la jeune femme : elle se révèle aussi bonne manipulatrice que Dorante et Dubois.

• L'interjection « Eh ! » au début de la réplique de Dorante marque le progrès de son trouble. Il est de moins en moins maître de lui-même. La didascalie « *Dorante reste rêveur, et, par distraction, ne va point à la table* », redoublée par la remarque d'Araminte et sa question « À quoi rêvez-vous ? », ne font que le souligner.

• Dans un nouvel aparté, Araminte commente pour les spectateurs ce qui se passe : « Il ne sait ce qu'il fait ». Les apartés qui rythment la scène rappellent régulièrement l'objectif de ce jeu de dupes, et soulignent l'évolution du comportement de Dorante, que le spectateur est invité à observer attentivement. Dorante, en aparté lui aussi, affirme « Dubois m'a trompé » : il se croit dupe de son ancien valet, alors qu'il est d'abord dupe d'Araminte elle-même.

• Les répliques suivantes jouent sur le comique de gestes. Dorante, bouleversé, ne « trouve point de papier » alors qu'il en a « devant » lui, puis n'écrit pas alors qu'Araminte a commencé à dicter sa lettre. La jeune femme souligne à chaque fois impitoyablement sa distraction. Un nouvel aparté marque son impatience et son agacement : « est-ce qu'il ne parlera pas ? ».

• Alors qu'il est question du « procès », dont Dorante devait examiner les chances pour Araminte, le jeune homme tente d'argumenter en défaveur du mariage. Araminte balaie cette tentative par « n'importe, achevez. ».

Le désarroi de Dorante et le trouble d'Araminte (l. 39-50)

• Le désarroi du jeune homme est à son paroxysme, on le voit dans l'exclamation « ciel, je suis perdu ». Il tente une dernière objection, en utilisant cette fois-ci l'argument des sentiments, en rappelant à Araminte son absence « d'inclination » pour le comte. Araminte répète l'impératif « achevez », sans même répondre à cette objection, ce qui marque son impatience croissante face à l'absence d'aveu de Dorante. Afin de le faire céder, elle lui fait remarquer les manifestations physiques de son trouble : « la main vous tremble », « vous paraissez changé ».

• Malgré ses questions, elle échoue encore puisque Dorante se contente d'admettre qu'il ne « se trouve pas bien ». La réponse d'Araminte et les deux exclamations trahissent son propre trouble. Le dernier aparté « Le cœur me bat. Il n'y a point encore de quoi le convaincre » montre l'échec de son stratagème, mais surtout l'effet qu'il a eu sur ses propres sentiments. Tenter de pousser Dorante à avouer ses sentiments a un effet de révélateur de son amour naissant pour le jeune homme. Araminte est prise à son propre piège : celle qui avoue, c'est finalement elle, puisque le public ne peut se tromper sur l'émoi qu'elle éprouve.

DES POINTS EN +
Vous pouvez expliquer que, dans la comédie traditionnelle, le stratagème sert souvent à démasquer les véritables intentions ou sentiments d'un personnage.

• L'extrait s'achève sur un aparté de Dorante, qui se ressaisit. Il exprime sa méfiance et se demande si la conversation n'avait pas pour but « de l'éprouver ». La mention de Dubois rappelle au spectateur le premier stratagème, mis en place par les deux hommes pour qu'Araminte tombe amoureuse de Dorante. Comme dans toute la pièce, finalement l'action suit le plan de Dubois, à l'insu de ceux qui en sont les principaux protagonistes.

Conclusion

[Faire le bilan de l'explication] Dans cette fausse scène d'aveu, le spectateur s'amuse de voir Araminte manipuler Dorante. Mais il rit aussi de voir qu'Araminte est prise à son propre piège : le stratagème qu'elle a mis en place ne fait qu'accélérer le progrès de ses propres sentiments.

[Mettre le texte en perspective] La scène permet de multiplier les « fausses confidences » et leurs victimes. Elle confirme ce que Dubois annonçait à la scène 2 de l'acte I : « Quand l'amour parle, il est le maître ».

2. LA QUESTION DE GRAMMAIRE

« [Votre mariage est sûr] ; [madame veut] [que je vous l'écrive], [et vous attend pour vous le dire]. »

- La phrase comprend 4 propositions (délimitées par les crochets).
- La première proposition « Votre mariage est sûr » est indépendante.
- Elle est suivie par une proposition principale complétée par une subordonnée conjonctive COD du verbe « veut » : « madame veut que je vous l'écrive ».
- La phrase se termine avec une proposition indépendante coordonnée à la principale par la conjonction de coordination « et » : « et vous attend pour vous le dire ».

DES QUESTIONS POUR L'ENTRETIEN

Lors de l'entretien, vous devrez présenter une autre œuvre que vous avez lue au cours de l'année. L'examinateur introduira l'échange et peut vous poser des questions sous forme de relances. Les questions ci-dessous ont été conçues à titre d'exemples.

1. Sur votre dossier est mentionnée la lecture cursive d'une autre pièce de théâtre : *On ne badine pas avec l'amour* d'Alfred de Musset. En quoi cette pièce se rattache-t-elle au genre de la comédie ?
2. Quels liens pouvez-vous faire avec *Les Fausses Confidences* ?
3. Des passages vous ont-ils particulièrement marqué(e) ?
4. Pourquoi cette pièce a-t-elle sa place dans le parcours « Théâtre et stratagème » ?

54 Sujet d'oral • Explication & entretien

Lagarce, *Juste la fin du monde*, prologue

20 minutes
20 points

1. Lisez le texte à voix haute.
Puis proposez-en une explication.

DOCUMENT

Il s'agit du début de la pièce.

PROLOGUE

LOUIS. – Plus tard, l'année d'après
– j'allais mourir à mon tour –
j'ai près de trente-quatre ans maintenant et c'est à cet âge que je mourrai,
l'année d'après,
de nombreux mois déjà que j'attendais à ne rien faire, à tricher, à ne plus savoir,
de nombreux mois que j'attendais d'en avoir fini,
l'année d'après,
comme on ose bouger parfois,
à peine,
devant un danger extrême, imperceptiblement, sans vouloir faire de bruit ou commettre un geste trop violent qui réveillerait l'ennemi et vous détruirait aussitôt,
l'année d'après,
malgré tout,
la peur,
prenant ce risque et sans espoir jamais de survivre,
malgré tout,
l'année d'après,
je décidai de retourner les voir, revenir sur mes pas, aller sur mes traces et faire le voyage,
pour annoncer, lentement, avec soin, avec soin et précision

– ce que je crois –
lentement, calmement, d'une manière posée
– et n'ai-je pas toujours été pour les autres et eux, tout précisément, n'ai-je pas toujours été un homme posé ?,
pour annoncer,
dire,
seulement dire,
ma mort prochaine et irrémédiable,
l'annoncer moi-même, en être l'unique messager,
[…]

Nous n'avons pas eu l'autorisation de reproduire les 9 lignes qui terminent le prologue. Vous pouvez retrouver le texte intégral de cette scène dans l'édition des Solitaires intempestifs (2016).

J.-L. Lagarce, *Juste la fin du monde*, Prologue, 1990.

2. QUESTION DE GRAMMAIRE. Analysez l'interrogation dans ce passage : « et n'ai-je pas toujours été pour les autres et eux, tout précisément, n'ai-je pas toujours été un homme posé ? » (l. 26-27).

CONSEILS

1. Le texte

Faire une lecture expressive

• Ce prologue est une confession de Louis au public : votre lecture doit faire sentir le caractère intime et sensible de ces aveux.

• Louis parle en homme lucide, qui sait qu'il va mourir : il faut que vous fassiez entendre l'aspect tragique de la situation.

Situer le texte, en dégager l'enjeu

• Dans ce prologue, Louis annonce sa détermination à revenir vers les siens pour leur annoncer sa mort prochaine.

• Demandez-vous en quoi ce texte exprime les tourments intérieurs du personnage.

• Montrez qu'il construit une attente : Louis parviendra-t-il ou non à annoncer sa mort à sa famille ?

2. La question de grammaire

• Repérez les différentes marques de l'interrogation (ponctuation, place des mots, intonation…) et demandez-vous ce qu'elles signifient sur le plan syntaxique.

• Étudiez la portée pragmatique de cette interrogation : quel sens a-t-elle dans le discours ?

54 PRÉSENTATION

1. L'EXPLICATION DE TEXTE

Introduction

[Présenter le contexte] Le théâtre de Jean-Luc Lagarce interroge la difficulté à dire la vérité sur soi, mais aussi la complexité des relations familiales.

[Situer le texte] Dans *Juste la fin du monde*, Louis revient dans sa famille après des années d'absence. Au début de l'œuvre, dans un prologue rappelant le théâtre antique, le personnage présente les raisons de ce retour : l'annonce de sa mort prochaine.

[En dégager l'enjeu] En quoi ce prologue montre-t-il les tourments intérieurs du personnage ?

Explication au fil du texte

Un personnage face à sa propre mort (l. 1-14)

• Au seuil de la pièce, dans un monologue singulier, Louis se fait narrateur de sa propre vie : il annonce le thème de la pièce (un homme revient vers les siens pour leur annoncer sa mort prochaine) et crée d'emblée un sentiment d'urgence temporelle (il nous apprend que ses jours sont comptés).

• La parole s'inscrit dans un futur prophétique à travers l'entêtant *leitmotiv* : « Plus tard, l'année d'après ». Le jeu troublant des temps verbaux donne le sentiment que Louis, conscient de sa propre disparition, est suspendu entre la vie et la mort : « j'allais mourir », « j'ai près de trente-quatre ans maintenant », « je mourrai ».

- La parole est lancinante, répétitive ; le personnage ressasse cette attente solitaire. Le parallélisme insiste sur ses tourments existentiels : « j'attendais à ne rien faire, à tricher, à ne plus savoir, [...] j'attendais d'en avoir fini » ; l'anaphore « de nombreux mois » inscrit cette souffrance dans une longue durée indéterminée.
- Le personnage éprouve cependant le besoin physique de réagir à la mort qui vient, par une sorte de réflexe instinctif qu'exprime la subordonnée de comparaison : « comme on ose bouger parfois, / à peine / devant un danger extrême ».

La décision du retour (l. 15-27)

- Revenir vers les siens n'est pas chose aisée. La répétition de la formule concessive « malgré tout » rythme l'expression de la détresse (« la peur, / prenant ce risque et sans espoir jamais de survivre »).
- Le personnage annonce son choix à travers le passé simple « je décidai », qui semble constituer le verbe principal de l'unique longue phrase, aux nombreux détours, qui compose ce monologue. Il opère un retour vers sa famille, vers ses origines dans un moment de crise : « retourner les voir, revenir sur mes pas, aller sur mes traces et faire le voyage ».
- Le personnage insiste lourdement sur la manière dont il doit annoncer sa mort : « lentement, avec soin, avec soin et précision [...] lentement, calmement, d'une manière posée ». L'interrogation rhétorique qui suit interroge le rapport entre qui l'on est et l'apparence que l'on donne : pour sa famille, Louis est toujours apparu comme « un homme posé ».

Une annonce tragique et dérisoire (l. 28-32)

- L'objet de l'annonce est enfin prononcé comme une condamnation tragique : « ma mort prochaine et irrémédiable ». La parole revient avec insistance sur elle-même, comme s'il s'agissait pour Louis de se conforter dans une résolution difficile mais essentielle : « annoncer, / dire, / seulement dire ».
- Confronté à sa finitude, Louis trouve dans la maîtrise du discours un semblant de prise sur son existence : il s'agit d'être « l'unique messager » de sa mort.
- Ce besoin de s'affirmer une dernière fois, par fidélité à soi, perce à travers l'usage des pronoms de première personne : « l'annoncer moi-même ».

DES POINTS EN +
Comme dans les tragédies antiques où une divinité pouvait prononcer le prologue, Louis ressemble à Hermès, dieu messager chargé de guider les âmes des morts vers l'autre monde.

ORAL

Conclusion

[Synthèse] Dans ce prologue, le personnage principal de la pièce expose au spectateur les raisons de sa décision de revenir près des siens. Ce faisant, il dévoile sa volonté de rester maître de sa propre destinée, ce qui est une manière de rester vivant jusqu'au bout alors que la vie lui échappe.

[Ouverture] L'épilogue de la pièce constitue un écho tragique au prologue : Louis y fera l'amer constat de son incapacité à révéler la vérité à sa famille, avec une voix d'outre-tombe : « Je meurs quelques mois plus tard ».

2. LA QUESTION DE GRAMMAIRE

« et n'ai-je pas toujours été pour les autres et eux, tout précisément, n'ai-je pas toujours été un homme posé ? »

- Cette interrogation est directe, comme le montre le point d'interrogation final, ainsi que l'intonation ascendante à l'oral. Elle est de registre soutenu : le sujet *je* est inversé par rapport à l'auxiliaire du verbe *ai été*. Elle est totale (pas de mot interrogatif introducteur limitant la portée de la question).
- De forme négative, elle doit être interprétée comme une question rhétorique, qui implique le contraire de ce qu'exprime sa forme : Louis affirme ainsi qu'il a « toujours été pour les autres et eux […] un homme posé ».

DES QUESTIONS POUR L'ENTRETIEN

Lors de l'entretien, vous devrez présenter une autre œuvre que vous avez lue au cours de l'année. L'examinateur introduira l'échange et peut vous poser des questions sous forme de relances. Les questions ci-dessous ont été conçues à titre d'exemples.

1. Sur votre dossier est mentionnée la lecture cursive d'une autre œuvre associée au parcours « Crise personnelle, crise familiale » : *Le Retour au désert* de Koltès. Pouvez-vous en résumer brièvement l'intrigue ?
2. Quelle est la place des enfants dans cette crise familiale ?
3. Quels points communs et quelles différences peut-on observer entre le retour de Mathilde et celui de Louis dans *Juste la fin du monde* ? Quelles conséquences ces retours ont-ils sur la famille ?
4. Expliquez les liens de cette pièce avec le thème du parcours.

55 Sujet d'oral • Explication & entretien

Lagarce, *Juste la fin du monde*, 2e partie, scène 3

20 minutes
20 points

**1. Lisez le texte à voix haute.
Puis proposez-en une explication.**

DOCUMENT

Louis est sur le point de partir définitivement. Antoine dit alors enfin à son frère ce qu'il pense réellement de lui.

ANTOINE. – [...] Tu es là, devant moi,
je savais que tu serais ainsi, à m'accuser sans mot,
à te mettre debout devant moi pour m'accuser sans mot,
et je te plains, et j'ai de la pitié pour toi, c'est un vieux mot, mais j'ai de la pitié pour toi,
et de la peur aussi, et de l'inquiétude,
et malgré toute cette colère, j'espère qu'il ne t'arrive rien de mal,
et je me reproche déjà
(tu n'es pas encore parti)
le mal aujourd'hui que je te fais.

Tu es là,
tu m'accables, on ne peut plus dire ça,
tu m'accables,
tu nous accables,
je te vois, j'ai encore plus peur pour toi que lorsque j'étais enfant,
et je me dis que je ne peux rien reprocher à ma propre existence,
qu'elle est paisible et douce
et que je suis un mauvais imbécile qui se reproche déjà d'avoir failli se lamenter,
alors que toi,
silencieux, ô tellement silencieux,
bon, plein de bonté,

ORAL

tu attends, replié sur ton infinie douleur intérieure dont je ne saurais pas même imaginer le début du début.

Je ne suis rien,
je n'ai pas le droit,
et lorsque tu nous quitteras encore, que tu me laisseras,
je serai moins encore,
juste là à me reprocher les phrases que j'ai dites,
à chercher à les retrouver avec exactitude,
moins encore,
avec juste le ressentiment,
le ressentiment contre moi-même.
Louis ?

LOUIS. – Oui ?

ANTOINE. – J'ai fini.
Je ne dirai plus rien.
Seuls les imbéciles ou ceux-là, saisis par la peur, auraient pu en rire.

LOUIS. – Je ne les ai pas entendus.

J.-L. Lagarce, *Juste la fin du monde*, 2e partie, scène 3, 1990.

2. QUESTION DE GRAMMAIRE. Analysez la proposition subordonnée relative dans : « replié sur ton infinie douleur intérieure dont je ne saurais pas même imaginer le début du début » (l. 23-24).

CONSEILS

1. Le texte

Faire une lecture expressive

- Le ton juste est difficile à trouver : il faut faire sentir à la fois les reproches d'Antoine, mais aussi son affection pour son frère. Entraînez-vous !
- L'essentiel est de faire percevoir, à travers votre lecture, la douleur d'un personnage incapable d'expliquer clairement ses sentiments. Imaginez Louis muet en face de vous.

Situer le texte, en dégager l'enjeu

- Intéressez-vous à la tension qui traverse l'extrait. D'où provient-elle ? Comment se traduit-elle ?
- Montrez la difficulté avec laquelle Antoine exprime ce qu'il ressent.

2. La question de grammaire

• Repérez d'abord les bornes de la proposition relative. Quel est son antécédent ?
• Analysez aussi la fonction du pronom relatif au sein de la subordonnée.

55 PRÉSENTATION

1. L'EXPLICATION DE TEXTE

Introduction

[Présenter le contexte] Dans *Juste la fin du monde*, Jean-Luc Lagarce met en scène les retrouvailles d'un jeune homme, Louis, avec une famille dont il s'était éloigné : il revient pour annoncer sa « mort prochaine ».

[Situer le texte] Les tensions entre frères sont très vite palpables et culminent dans l'ultime scène dialoguée de la pièce, située juste avant l'épilogue. Devant des femmes muettes, « comme absentes », Antoine prend une dernière fois la parole face à son frère.

[En dégager l'enjeu] Comment cet échange rend-il sensible la complexité des relations fraternelles, entre affection, malaise et rancœurs ?

Explication au fil du texte

Antoine, un frère maladroit mais aimant (l. 1-10)

• Présent, Louis reste muet et insaisissable ; sa posture est perçue comme un affront par Antoine : « Tu es là, devant moi […] à m'accuser sans mot ».

• Sans illusion, Antoine enferme Louis dans un rôle prévisible, qui ne laisse aucune place à l'échange, ce qu'exprime le conditionnel à valeur de futur dans le passé : « je savais que tu serais ainsi ».

• Malgré un flot continu de reproches, Antoine est touchant lorsqu'il livre ses sentiments. La répétition de la conjonction de coordination « et » souligne son attachement pour son frère : « et je te plains, et j'ai de la pitié pour toi […] et de la peur aussi, et de l'inquiétude ». Antoine exprime sa mauvaise conscience à l'idée d'accabler Louis, dont le départ semble inéluctable.

• Conscient que Louis va mourir, le spectateur mesure tout le drame qu'Antoine ignore mais pressent peut-être lorsqu'il formule ce vœu : « j'espère qu'il ne t'arrive rien de mal ».

ORAL

Deux postures opposées (l. 11-24)

• Impuissant, Antoine se fait le porte-parole de la famille entière en s'exprimant par un *nous* qui convoque les autres à ses côtés : « tu nous accables » succède à « tu m'accables ».

• La figure fuyante de Louis semble pour lui une obsession qui l'empêche de se construire en tant que frère : « j'ai encore plus peur pour toi que lorsque j'étais enfant ».

• Antoine esquisse le portrait de deux frères radicalement opposés : le bonheur supposé de l'un (« ma propre existence [...] paisible et douce » de « mauvais imbécile ») contraste avec le martyre exemplaire de l'autre (« silencieux », « bon », « replié sur ton infinie douleur »).

• L'incompréhension l'emporte, faute de réel échange. Antoine se dénigre et se moque de l'attitude de Louis, « bon, plein de bonté » – dans la scène précédente, il l'avait désigné comme « la Bonté même ». Seul le spectateur saisit l'ironie tragique de ses propos quand il évoque la douleur de Louis, douleur « dont je ne saurais pas même imaginer le début du début ».

MOT CLÉ
On parle d'**ironie tragique** lorsqu'un personnage, victime de son ignorance, prononce des paroles qui se retournent contre lui. En s'exprimant ainsi, Antoine ne se doute pas que son frère va bientôt mourir.

Un dialogue dans l'impasse (l. 25-40)

• S'il a des mots durs envers Louis, Antoine ne s'épargne guère non plus. Il se sent constamment coupable. Plusieurs tournures négatives révèlent une piètre estime de soi : « Je ne suis rien, / je n'ai pas le droit [...] je serai moins encore. »

• L'abandon est présenté comme une fatalité douloureuse pour Antoine, qui vit dans l'ombre d'un frère insaisissable : citons les futurs prophétiques « tu nous quitteras encore [...] tu me laisseras ».

• Si délicats à trouver, les mots sont sources de tensions et de malentendus. Parfois blessants pour qui les reçoit, ils se retournent aussi contre leur auteur : « je serai [...] juste là à me reprocher les phrases que j'ai dites ».

• L'affection indéfectible d'Antoine pour son frère éclate avec la reprise du mot « ressentiment » (« avec juste le ressentiment, / le ressentiment contre moi-même »). Ici se lit la souffrance d'un personnage désemparé, habité par l'urgence d'une parole qui sera la dernière : « Je ne dirai plus rien. »

DES POINTS EN PLUS
Déjà disloquée, la famille semble vouée à rejouer sans cesse le **drame inaugural de la séparation** : « tu nous as faussé compagnie (là que tout commence) », rappelle Suzanne dans la scène 3 de la première partie.

• Si Antoine sollicite son frère (« Louis ? »), il ne semble pourtant pas attendre de réponse ; l'essentiel consiste à livrer son propre ressenti.

• Absent ou présent, Louis paraît lointain : minimales, ses interventions finales attestent seulement de son écoute, sans autre réaction. Face à la parole débordante de son frère, il reste quasiment muet.

Conclusion

[Faire le bilan de l'explication] Dans cet ultime dialogue de la pièce, l'échange avorte tragiquement. Sous les rancœurs accumulées et les maladresses se lit l'affection d'un Antoine miné par ses inquiétudes, mais à qui la vérité de son frère échappera définitivement.

[Mettre le texte en perspective] Louis repart seul avec un secret qu'il n'aura pas su livrer. Dans d'autres pièces, c'est à l'inverse la délivrance d'un secret intime qui plonge la famille dans une crise dont elle ne se relèvera pas : tel est le cas de Phèdre et de son amour incestueux dans la tragédie de Racine.

2. LA QUESTION DE GRAMMAIRE

« replié sur ton infinie douleur intérieure [dont je ne saurais pas même imaginer le début du début] »

• La proposition subordonnée relative (entre crochets), introduite par le pronom relatif *dont*, a pour antécédent le groupe nominal *ton infinie douleur intérieure*.

• C'est une relative apposée à valeur explicative : elle apporte un commentaire sans contribuer à l'identification de son antécédent.

• Le pronom relatif *dont* a une fonction de complément du nom du groupe nominal *le début du début*.

DES QUESTIONS POUR L'ENTRETIEN

Lors de l'entretien, vous devrez présenter une autre œuvre que vous avez lue au cours de l'année. L'examinateur introduira l'échange et peut vous poser des questions sous forme de relances. Les questions ci-dessous ont été conçues à titre d'exemples.

1 Sur votre dossier est mentionnée la lecture cursive d'une autre œuvre associée au parcours « Crise personnelle, crise familiale » : *Antigone* de Jean Anouilh. Pouvez-vous resituer le personnage d'Antigone dans sa propre famille ?

2 En quoi peut-on dire qu'Antigone traverse une « crise personnelle » ?

3 Comment la confrontation d'Antigone et de Créon ouvre-t-elle une réflexion sur les valeurs qu'un être humain doit défendre ?

EDC PARIS BUSINESS SCHOOL
OPEN UP NEW HORIZONS
ÉLARGIS TES HORIZONS
EXPLORE LE MONDE
CONSTRUIS TON AVENIR
DIPLÔME CONFÉRANT GRADE DE MASTER CONTRÔLÉ PAR L'ÉTAT
DIPLÔME VISÉ CONTRÔLÉ PAR L'ÉTAT
/ PROGRAMME GRANDE ECOLE
/ BACHELOR EN MANAGEMENT
DES SPÉCIALISATIONS
DES PARCOURS D'EXCELLENCE
ALTERNANCE POSSIBLE
110 UNIVERSITÉS PARTENAIRES
*Ouvrez-vous à de nouveaux horizons.
CONFÉRENCE DES GRANDES ÉCOLES
EFMD ACCREDITED Master
UGEI
cdefm